與器物房舍相關的漢字

廖文豪——著

目次

第一章 房屋 12

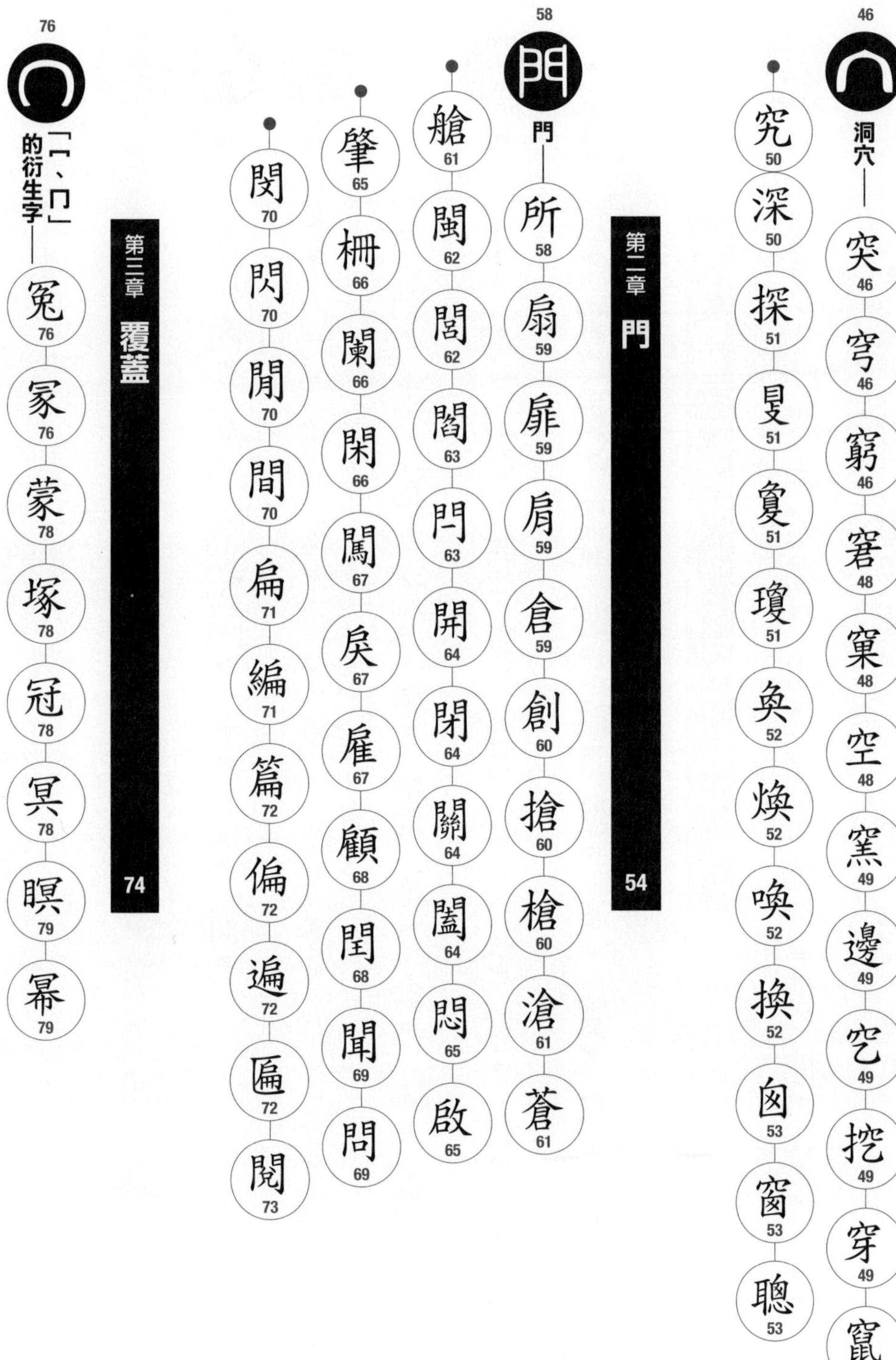

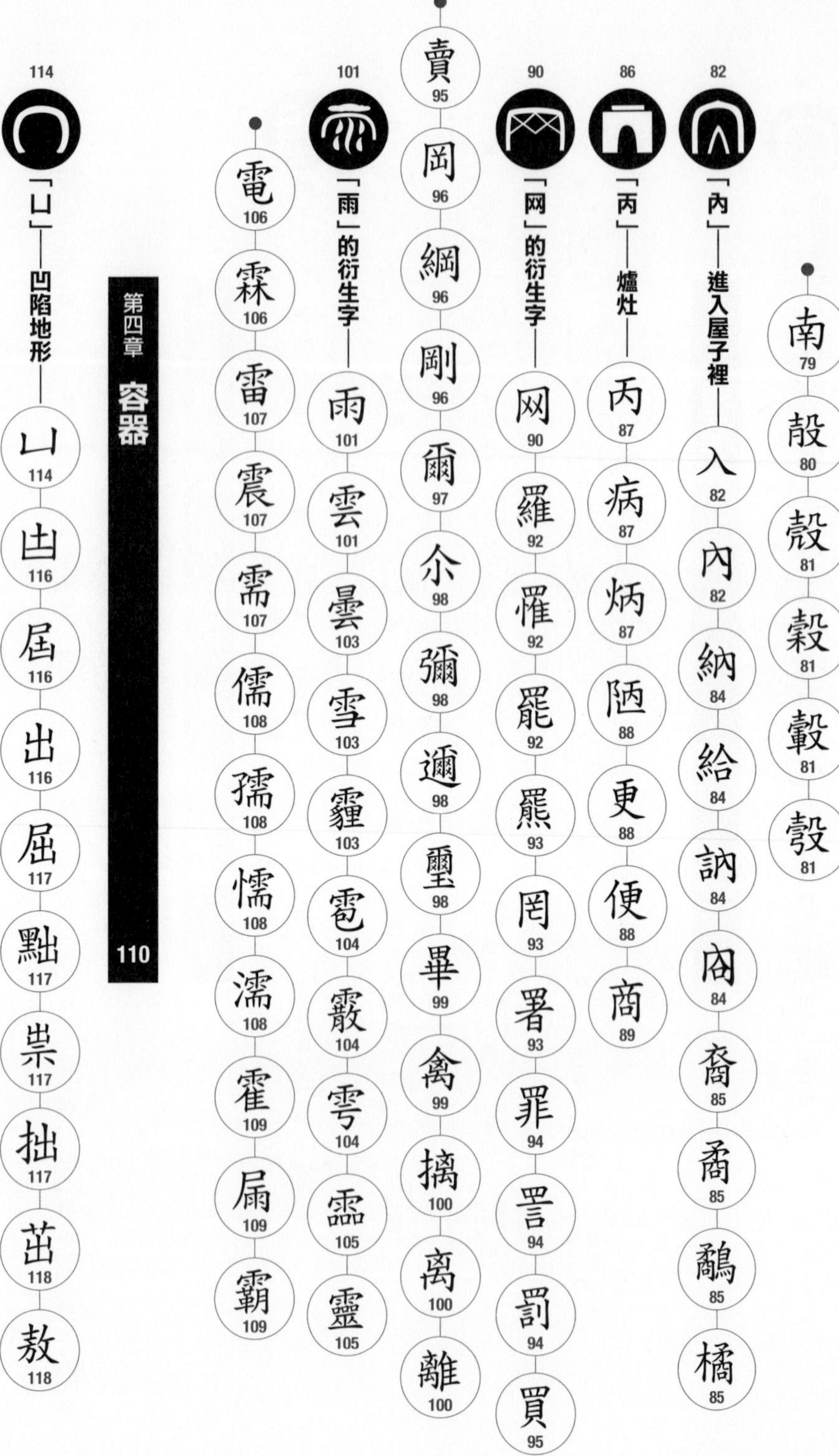

121
盆器類
「皿」不透水的有耳容器
121
盥 121
益 124
溢 124
隘 124
鎰 124
孟 125
盈 125
監 125
鑑 125
寧 126
盧 126
廬 126
盡 127
盆 127
盜 127
𥁕 127
殟 128
溫 128
慍 128
血 128
盛 129
盟 129
恤 129
去 129
盍 130
蓋 130
瞌 130
嗑 130
闔 131
盂 131
盓 131
蠱 131
「皀」飯盆
132
簋 132
食 132
餐 134
飧 134
餘 134
養 134
飤 135
飼 135
飭 135
飾 135
即 136
既 136
慨 136
漑 136
概 137
卿 137
鄉 138
退 138
廄 139
「臼」內部粗造的凹型容器
139
舀 139
稻 141
舂 141
鑿 141
毀 141
巢 142
舊 142
舄 142
寫 142
瀉 143
鼠 143
竄 143
兒 143
插 144
臽 144
陷 144
餡 144
焰 144
叟 145
搜 145
瘦 145
146
瓦罐類
「缶」瓦罐
146
缶 148
匋 148
掏 149
淘 149
陶 149
罄 149
缺 150
缸 150
罐 150
䍃 150
遙 151
謠 151
搖 151
「畐」長頸陶罐
152
畐 152
富 152
福 153
匐 153
逼 153
「酉」酒罐
154
酉 154
酒 154
醋 154
酋 156
尊 156
遵 156
鐏 157
奠 157
鄭 157
酌 158

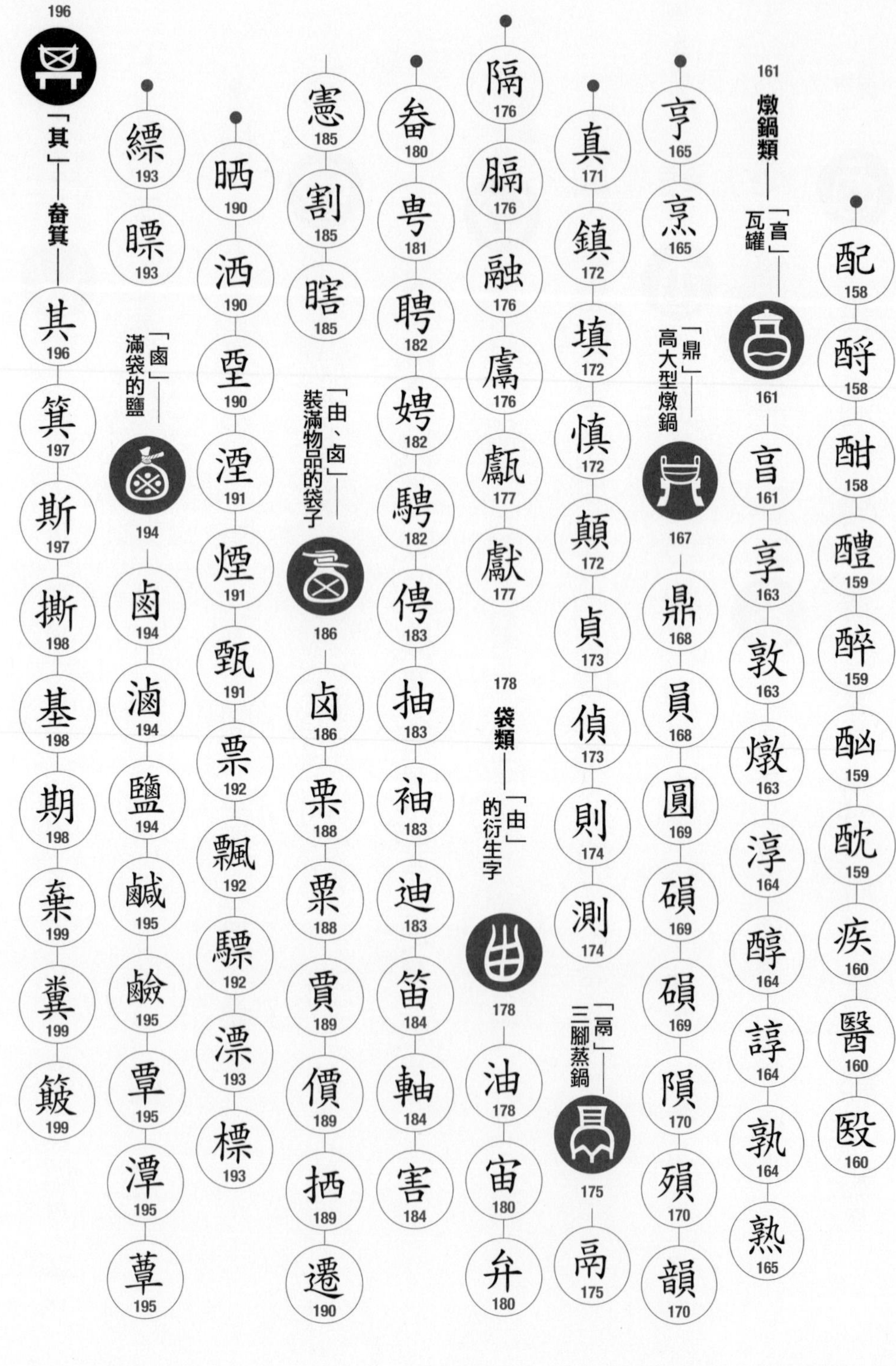

配 158
酹 158
酣 158
醴 159
醉 159
酗 159
酖 159
疾 160
醫 160
毆 160
161 燉鍋類
「亯」瓦罐
161
亯 161
享 163
敦 163
燉 163
淳 164
醇 164
諄 164
孰 164
熟 165
亨 165
烹 165
「鼎」高大型燉鍋
167
鼎 168
員 168
圓 169
碩 169
碽 169
隕 170
殞 170
韻 170
真 171
鎮 172
填 172
慎 172
顛 172
貞 173
偵 173
則 174
測 174
「鬲」三腳蒸鍋
175
鬲 175
隔 176
膈 176
融 176
鬳 176
甗 177
獻 177
178 袋類
「由」的衍生字
178
油 178
宙 180
弁 180
畚 180
甹 181
聘 182
娉 182
騁 182
俜 183
抽 183
袖 183
迪 183
笛 184
軸 184
害 184
憲 185
割 185
瞎 185
「由、鹵」裝滿物品的袋子
186
鹵 186
栗 188
粟 188
賈 189
價 189
拪 189
遷 190
晒 190
洒 190
垔 190
湮 191
煙 191
甄 191
票 192
飄 192
驃 192
漂 193
標 193
縹 193
瞟 193
「鹵」滿袋的鹽
194
鹵 194
滷 194
鹽 194
鹹 195
鹼 195
覃 195
潭 195
蕈 195
196
「其」畚箕
其 196
箕 197
斯 197
撕 198
基 198
期 198
棄 199
糞 199
簸 199

200
「匚」—方形儲物箱
匣 200
匱 202
櫃 202
匡 202
筐 203
匧 203
篋 203
愜 204
匪 204
篚 204
匠 205
医 206
柩 206
區 206
207
勺子
勺 208
的 208
與 208
約 208
妁 209
灼 209
豹 209
釣 209
斗 210
料 210
科 210
斛 211
斜 211
魁 211
第五章
砍刺武器
214
214
「戈」—長柄武器
戈 214
哉 215
栽 215
戴 218
裁 218
載 218
戟 218
戠 219
職 220
識 220
熾 220
或 221
惑 221
域 221
國 222
戍 222
蔑 222
幾 222
戒 223
誡 223
械 223
臧 224
藏 224
臟 224
戲 224
武 225
賦 225
戎 225
賊 226
伐 226
戔 226
鐵 227
殲 227
懺 227
籤 228
戮 228
戕 228
殘 229
錢 229
踐 229
棧 229
我 230
娥 230
義 230
儀 231
議 231
羲 232
犧 232
233
「戉」—長柄大斧
戉 233
鉞 233
越 236
戚 236
戊 237
茂 237
戌 237
威 238
滅 238
歲 238
穢 239
咸 239
感 240
減 240
成 240
盛 241
誠 241
城 242
王 243
皇 243
煌 243
全 244

稀 374
帍 375
佩 375
珮 375
帶 376
滯 376
帥 376
冒 377
帽 377
曼 378
幔 378
席 378
蓆 379
敝 379
蔽 379
弊 380
瞥 380
憋 380
撇 380
幣 380
鱉 381
斃 381
第九章
玉與貝
382
384
「玉」的衍生字——
玉 384
弄 386
玨 386
班 386
斑 387
玟 387
瑞 387
耑 388
豊 388
禮 388
袁 389
環 389
玦 390
瑗 390
璧 390
璜 391
琮 391
球 392
瓊 392
瑩 393
現 393
璞 393
理 394
琢 394
寶 394
瑕 394
乍 395
作 396
祚 396
怎 396
窄 397
詐 397
酢 397
炸 397
398
「貝」的衍生字——
財 400
貫 400
實 401
敗 401
貿 401
購 402
買 402
貨 402
價 402
賈 403
具 403
算 403
貳 404
膩 404
質 404
責 404
債 405
積 405
賀 405
賜 406
賞 406
償 406
貴 406
遺 407
匱 407
貯 407
賽 408
賺 408
賢 408
羸 409
贏 409
嬴 409
貢 410
贊 410
賓 411
賦 411
貪 411
狽 412
賊 412
贓 413
賭 413
費 413
貶 413
貧 414
賠 414
賤 414
賃 414
得 415
嬰 415

【第一章】……

房屋

在漢字中，「宀」代表房屋，「亠」代表屋頂，「广」代表屋棚，「穴」代表洞穴，這些符號都與古人的居住環境有密切關係。

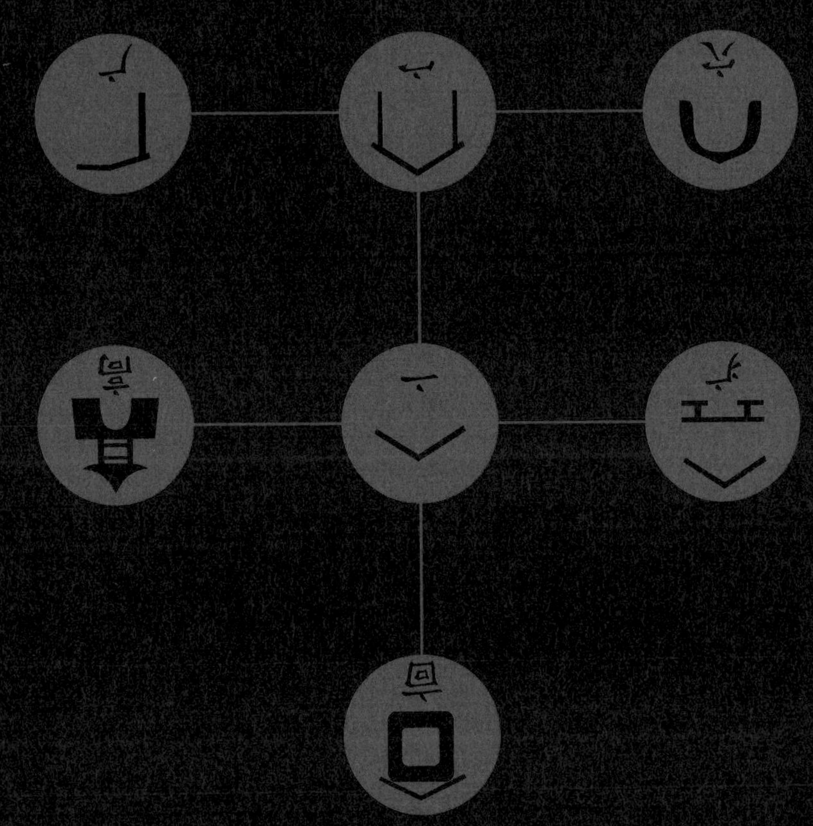

屋頂

〈（亠，ㄊㄡˊ，tóu）代表頂蓋，大部分是用來表示屋頂，也有極少數是用來表示人的頭頂或衣領。與屋頂有關的亠主要有代表高臺建築的「高」、代表糧倉的「㐭」及代表疾病的「疒」，其中，「疒」的衍生字請參見「木」的衍生字。

「高」的衍生字

高 ㄍㄠ gāo

高臺建築。

甲骨文是有土臺的尖頂樓榭，金文則增加了一個開口（口），其構形有如古城門建築。「高」引申為高聳之物。古人築高臺，原本是為了祭天。商周人祭祀天帝時，是在野外搭建高臺，然後將焚燒犧牲所用的柴火架在臺上。祭祀時，點燃柴火，焚燒所供獻的牛羊並化成裊裊上升的輕煙，以達於天際，稱為郊祭、柴祭或煙祭。築高臺的技術後來也應用在宮殿建築上。考古學家發現，高臺建築是古代相當普遍的建築型態。高臺建築又稱臺榭建築，這種建築結構分為兩部份，底層為土臺，上層為木製樓榭。甲骨文就是高臺建築的構形，底層表示土臺，上層表示樓榭。商朝夯土的技術相當

甲 金 篆

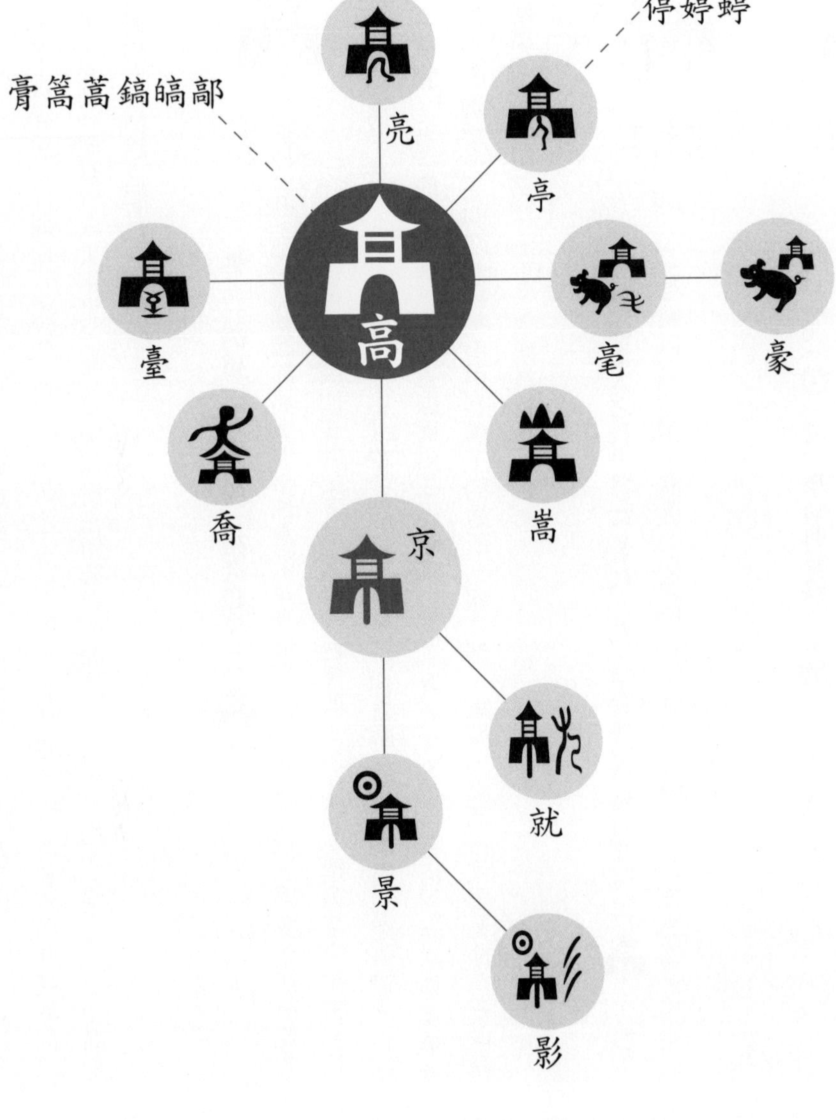
膏篙蒿鎬暠部
亮
停婷蜻
亭
高
臺
亳
豪
喬
嵩
京
就
景
影

進步，統治者動用大量奴工以夯杵棍一層層地將土夯實，最後建造成堅固厚實的土臺，之後才在土臺上搭建起宮廷樓榭，因此，《老子》說：「九層之臺，起於壘土」。商紂王所興建的高大土臺，史稱「鹿臺」。《太平寰宇記》描述商紂王所興建的鹿臺：「其大三里，高千尺」，在鹿臺上面還可容納數百間的宮廷樓榭。

京 ㄐㄧㄥ jīng

極其「高聳」（┃）的「高臺建築」（）。

古代強國的君王似乎都喜歡建高塔，例如商紂王在三千多年前所建的鹿臺，臺高四丈九尺。而兩千六百年前，巴比倫所建築空中花園，花園底部有四層平臺，各層平臺由二十五公尺高的柱子支撐，在當時算是非常高的建築物。

在（高）底下添加一條垂直線而衍生出（京的甲骨文），表示這是很高的高臺建築。「京」的本義是很高的建築物，引申為君王的居所，如京都、京城，因為古代君王都住在最高的建築物裡。《說文》：「京，人所為絕高丘也。」

甲　金　篆

就 ㄐㄧㄡˋ jiù

以「異於常人之長手臂」（，尤）攀登到「極高的城樓」（，京）。

「就」引申為達到、靠近，相關用詞如就近、就位等。（請參見「尤」）。

篆

景 ㄐㄧㄥˇ jǐng

「日」光（）從「極高的城樓」（，京）上照下來。

引申為美麗的風光、抬頭仰望，相關用詞如風景、景仰等。

篆

影 ㄧㄥˇ yǐng

「日」光（◎）從「極高的城樓」（）上照射所產生的「文彩」（彡）。

「影」的本字是「景」，後來才添加「彡」改作「影」，如《管子》：「如景（影）之隨形。」「影」引申為映射的形象，相關用詞如影像、攝影、陰影等。

亭 ㄊㄧㄥˊ tíng

可供旅「人」（）歇息或住宿的「高」（）樓。

戰國時期的秦國在重要幹道上每隔十里就設置一亭以供旅人歇息或住宿（參見《後漢書．百官志》。）然而，古代的「亭」後來被旅店所取代，現代的「亭」則多為供旅人歇腳的簡單建築物，已失去住宿的功能。篆體表示「人」（）住在「高」樓（）裡；另外兩個篆體、將「人」改成「丁」。丁是人的計數單位，在這裡也是聲符。「亭」引申為可供休憩的建築物，如涼亭。《風俗通》：「亭，留也，行旅宿會之所館也。」

亮 ㄌㄧㄤˋ liàng

旅「人」（，儿）走進有燈火的「高」（）樓內。

（請參見「儿」）。

嵩 ㄙㄨㄥ sōng

「高」（）「山」（）。

篆體是由山（）與可上下來回攀爬的樓梯（）兩個構件所組成，表示需要爬很多的階梯才能到達的山。另一個篆體則是一座「高」「山」的會意字。嵩山是五嶽中的中嶽，在河南省。

臺 ㄊㄞˊ tái

「來到」（，至）可瞭望的「高」（）處，也就是瞭望臺。

古人堆土以築高臺，用來瞭望四方，所以「臺」就是瞭望臺。高臺是不需要屋頂的，隸書將屋頂「亠」去除而以「士」代替，表示一個男子（士，男子的尊稱）來到高處。《說文》：「臺，觀四方而高者。」「臺」的簡體字為「台」。

㊅篆

豪 ㄏㄠˊ háo

「高」（）大的「豬」（，豕）。

「豪」引申為高大、蠻橫、才華過人，相關用詞如豪雨、豪傑、豪放等。古代所謂的「豪豬」並非現代人所指的「刺蝟」或「箭豬」等小型動物，例如西漢《揚雄傳》：「張羅罔罝罘，捕熊羆豪豬虎豹」，其中所指的熊羆、豪豬、虎豹都是大型動物。顯然，古代所謂的「豪豬」就是大型野豬，與現代人所稱的「豪豬」（或箭豬）是有差異的，所以「豪」才會引申出高大、蠻橫等意義。

㊅篆

毫 ㄏㄠˊ háo

「豪」豬（）身上的「毛」（）。

後人把「豕」省略，因而演變成今天的「毫」。「毫」的本義為豪豬身上尖細如針的毛髮，引申為細毛、細小，相關用詞如毫髮、分毫等。

㊅篆

喬 ㄑㄧㄠˊ qiáo

長得「高」大（）但走起路來搖搖擺擺的「人」（，夭）。

㊎金 ㊅篆

郭 ㄍㄨㄛ guō

保護「城內居民」（邑）的「圍牆」（囗）及「城樓」（）。

甲骨文、、、是由圍牆及高樓所組成，這是古代的城郭。甲骨文、、金文及篆體也都是在描寫圍繞著城市的外牆及牆上的城樓。這是「郭」的古字，另一個篆體添加了具有城市居民的構件「邑」。所謂的城郭，就是指城市的外牆。

「亩」——糧倉

亩 ㄅㄧㄥˇ bǐng

是一個有「屋頂」（）及厚實牆壁的「糧倉」（囗）。

「亩」的甲骨文、呈現屋頂與厚牆，另一種甲骨文則在糧倉上添加一層蓋子。陝西鳳翔所出土的兩件西漢陶倉，除了有牆、屋頂之外，它的糧倉口開在屋頂上，因此，上頭還必須用一個大蓋子將它蓋住。另外，在河南洛陽金谷園出土的兩件陶倉，也都是在頂上加上蓋子。可見，這是古代糧倉的普遍造型。到了篆體則將左右兩側的厚牆改成四圍環繞的「回」字形，於是形成了。「亩」是「廩」的本字，代表糧倉。在古代，「倉廩」都代表糧倉，但兩者造型是有區別的，「倉」有大門，而「廩」無門，只有糧倉口，這個差異由古字構形及考古文物都可得到證實。嚴格來說，所謂的陶倉，應該稱之為「陶廩」才對。只是後來，由於無門的「廩」漸漸被有門的「倉」取代，因此，現在多以「倉」來通稱糧倉。（請參見「倉」）。

（甲）（金）（篆）

（甲）

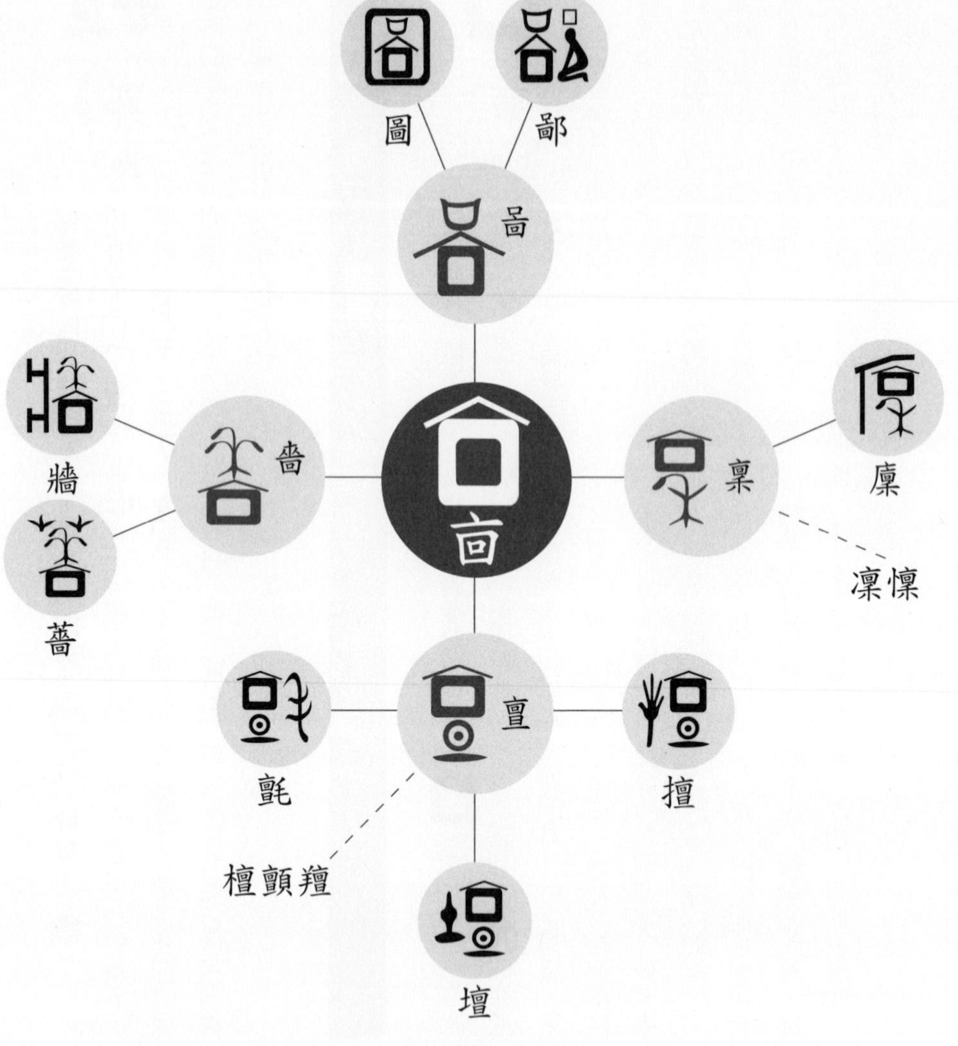

圖
鄙
啚
嗇
牆
薔
亩
㐭
廩
凜懔
亶
氈
擅
檀顫羶
壇

稟 ㄅㄧㄥˇ bǐng

發放「糧倉」（亩，亩）的「穀物」（禾，禾）。

我國在商朝時代即出現大規模的糧倉，史記記載周文王打敗商紂王，打開鉅橋的糧倉以賑濟災民，贏得人民擁戴。「稟」本義為發放糧食，引申為給予，相關用詞如稟糧（供給糧食）、稟報、稟賦（上天給予的才能）。

（金）（篆）

廩 ㄌㄧㄣˇ lǐn

在「屋棚下」（广，广）發放「糧倉」（亩，亩）的「穀物」（禾，禾）。

周朝掌管糧食賑濟、公家配穀的官稱為廩人。《國語》：「廩協出，……廩人獻餼。」

嗇 ㄙㄜˋ sè

將所收穫的「麥子」（來，來）送入「穀倉」（亩，亩）。

甲骨文 、 是在糧倉上頭添加象徵禾麥的符號，代表將收穫的禾穀存入倉庫。「嗇」的本義為存糧的穀倉，引申為節儉、農事，相關用詞如吝嗇、嗇事（農事）。

（甲）（金）（篆）

牆 ㄑㄧㄤˊ qiáng

「穀倉」（嗇，嗇）的「牆壁」（爿，爿）。

穀倉的牆壁必須堅固密實，要防止偷盜，還要禁得起風吹雨淋，故古人以此來描寫堅實的牆壁，相關用詞如城牆、屋牆、圍牆等。

（甲）（金）（篆）

薔 ㄑㄧㄤˊ qiáng

攀緣在「穀倉」（嗇，嗇）上的有刺花卉「植物」（艸，艸）。

為了防止盜匪，穀倉除了有厚實的牆保護之外，外圍還種了一些有刺的植物，使人與動物難以靠近。薔薇是攀緣蔓生的有刺植物，到了夏

（篆）

季會開出美麗的花朵。

啚 ㄅㄧˇ bǐ

將糧食送進「糧倉」（，亩）「口」（），繳糧入倉。

以目前出土的數件西漢陶倉來看，除了有厚牆、頂蓋之外，它們的「糧倉口」大多設在糧倉頂，這與甲骨文、金文的構形相當一致。「啚」的本義是糧倉口，代表送糧食進入倉庫儲存，引申為節儉、吝嗇。《說文》：「啚，嗇也。」

鄙 ㄅㄧˋ bì

須「繳糧入倉」（，啚）的小村「邑」（）。

周朝稱京城為「都」，邊遠的小城鎮為「鄙」，這兩者都設有官方糧倉，如《漢書．食貨志》：「都鄙廩庾盡滿，而府庫餘財。」另外，周朝以五百家為一鄙，五鄙為一縣，由此可見，鄙相當於一個小村鎮，應是當時設置糧倉的最小行政區域。古人所繳納的糧食稅，從地方一層層上繳到中央，小村鎮的糧倉自然遠不及都城的大糧倉，相形之下，所能上繳的糧食顯得特別寒酸，因此，「鄙」引申為狹小、偏遠，相關用詞如卑鄙、粗鄙等。

圖 ㄊㄨˊ tú

劃分「農業區域」（，口）以作為「繳糧入倉」（，啚）的依據。

「按田而稅」是古代的稅賦原則。周公將農地劃分為井字型，每一井有九百畝，取其九分之一作為公糧，必須送入糧倉。可見周朝人是依據農地劃分來作為應繳糧餉的依據，相關的農地劃分及賦稅制度都有詳盡的規劃。「圖」的本義為農地賦稅政策，引申為規劃、繪製，相關用詞如企圖、繪圖、地圖等。《管子》：「案田而稅。」隋煬帝在洛陽所建造的「含嘉倉」，倉體巨大無比，被譽為「天下第一糧倉」，可存糧五百八十三萬石，幾乎占了全國存糧的一半。由此可見，古代的糧食繳納制度的規模是非常大的。

亶 ㄉㄢˇ dǎn

「**糧倉**」（，亩）的儲存量「**不斷升高**」（）。

秋收之後，農民一個個前來繳納糧食，記載存糧的官員眼看糧倉的穀物節節升高。「旦」是從地平線上升起的太陽，具有快速升起的意涵，在此也是聲符。《說文》：「亶，多穀也。」

（篆）

擅 ㄕㄢˋ shàn

「**提升糧倉存量**」（，亶）的「**手**」（，扌）。

古代稅吏專長於徵收各種稅捐，甚至於壓榨人民，將超收部分放進自己口袋。莫怪乎春秋時代的孔子會發出「苛政猛於虎」的感慨！「擅」引申出專長、超過職權的專斷行為，相關用詞如擅長、擅權、擅自主張等。

（篆）

壇 ㄊㄢˊ tán

「**漸漸推高**」（，亶）的「**土**」臺（）。

本義為築高臺，引申為臨時搭建的高臺，相關用詞如祭壇、論壇等。

（篆）

氈 ㄓㄢ zhān

「**漸漸增厚**」（亶）的「**毛**」皮（）。

「氈」是數層毛皮壓縮後的產品，可製成睡墊、帳篷或保暖衣物等。相關用詞如氈帳（又稱氈房）、氈毯、氈墊等。《周禮・天官・掌皮》：「秋斂皮，冬斂革，共其毳毛爲氈。」

（篆）

房屋

孩童畫房子，會先畫一個房子的輪廓（宀），再畫一個門，這就是一棟最簡單的房子（向）。為了讓房子看起來更宏偉，於是在原有屋頂上頭再添加一層華麗屋頂（尚），最後再以夯土臺當地基墊高房子，就成了（堂）。

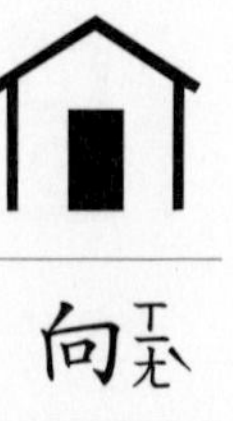

向 ㄒㄧㄤˋ xiàng

一棟大門口（▮）朝外的「房子」（⌂，宀）。

中國人非常注重門的方位，幾千年來，建造房屋時都講求坐北朝南，除了採光因素，更重要原因是為了遮避嚴寒的北風。大門設在南方，可迎接夏天舒適的南風。考古學家發現商周時期的房子都是將大門安置在南面，而在居所北方則種植成排的樹木以阻擋冬風，而此並排的樹木稱為屏藩或屏風。「向」引申為面對、朝著、方位等，相關用詞如向前、方向等。

甲 金 篆

尚 ㄕㄤˋ shàng

有高大華美「屋頂」（︿）的「房子」（⌂，向）。

在古代，屋頂的等級限制十分嚴格。天子居住的殿堂，屋頂構形採用從最高等級的重簷廡殿。紫禁城太和殿、故宮博物院也是採用這種屋

金 篆

頂構形。所謂的重檐廡殿，除了有雙重屋簷之外，還有五條屋脊，一條是在屋頂正上方橫直的正脊，其他四條則沿著屋頂斜坡伸展到四個屋角。尚，引申義為頂、上，相關用詞如崇尚、高尚、尚且（更進一步）。以「尚」為聲符所衍生的常用字相當多，如賞、裳、堂、棠、膛、螳、鏜、躺、倘、淌、趟、敞、廠、當、黨、檔、擋等。《廣雅》：「尚，上也。」

堂 ㄊㄤˊ táng

「地基」（土，土）穩固且「屋頂華麗的房子」（尚，尚）。

在周朝，殿堂臺基的高度是有嚴格規定的，地位高的人才能居住在臺基較高的房子。《禮記》記載：「天子之堂九尺，諸侯七尺，大夫五尺，士三尺。」相關用詞如殿堂、禮堂等。

當 ㄉㄤ dāng

或ㄉㄤˋ，dàng。「好房子」（尚，尚）與好「田」（田）都是最有價值的不動產。

有價值的不動產可以質押換錢，價值相等者還可以互相交換。「當」引申出對等、適任、交換、質押等意涵，相關用詞如相當、應當、典當等。「當」的簡體字為「当」。

敞 ㄔㄤˇ chǎng

「手持工具」（支，支）在「華屋」（尚，尚）上建造可瞭望的陽臺。

「敞」的本義是屋頂上的寬闊露臺，引申為張開、開闊、顯露等，相關用詞如敞開、寬敞等。《說文》：「敞，平治高土，可以遠望也。」《六韜》：「處高敞者，所以警守也。」《論衡》：「猶韓信之睹高敞萬家之臺也。」

堂（金）堂（篆）

敞（篆）

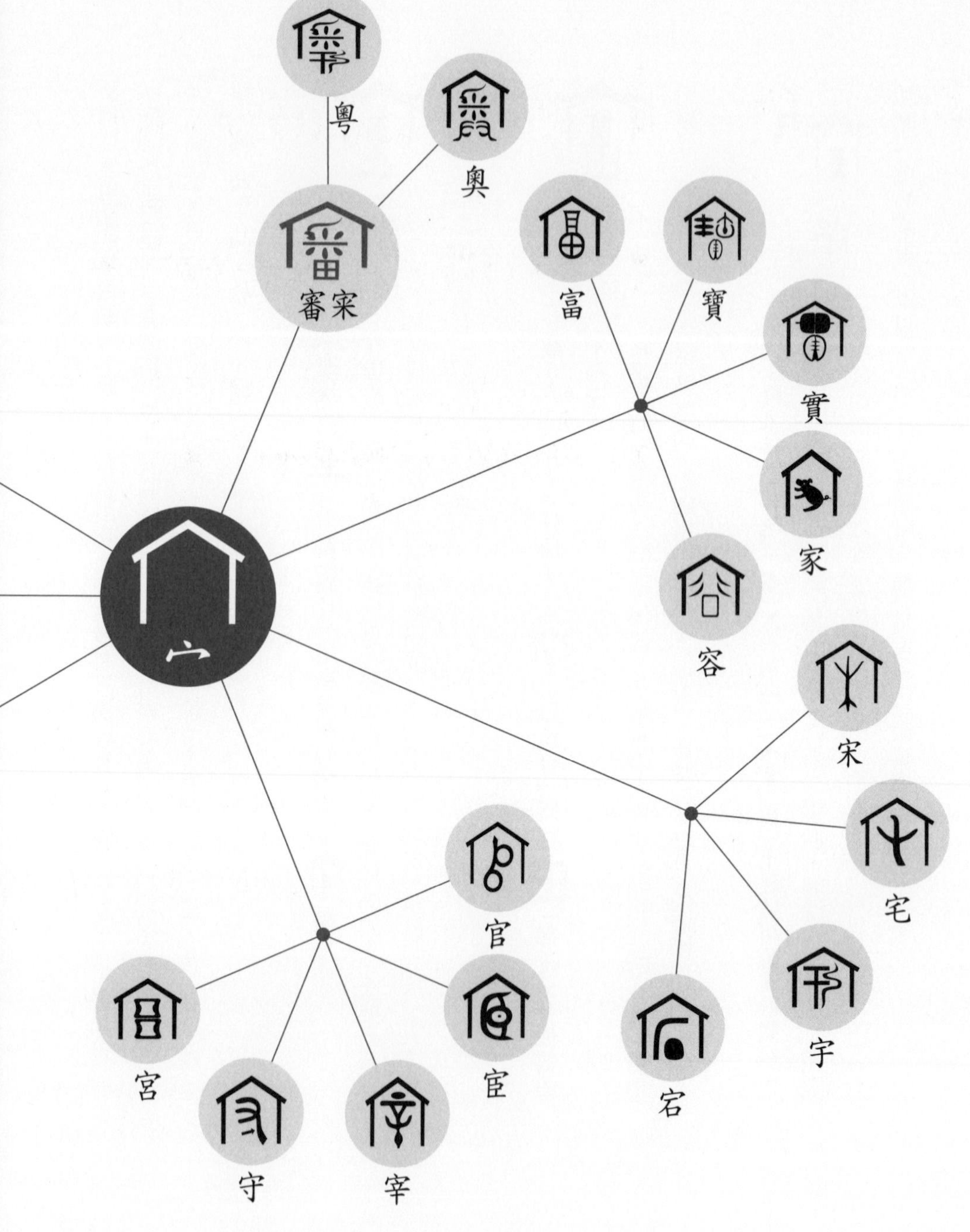
宀
粵
奧
審宷
富
寶
實
家
容
宋
宅
宇
宕
官
宦
宮
守
宰

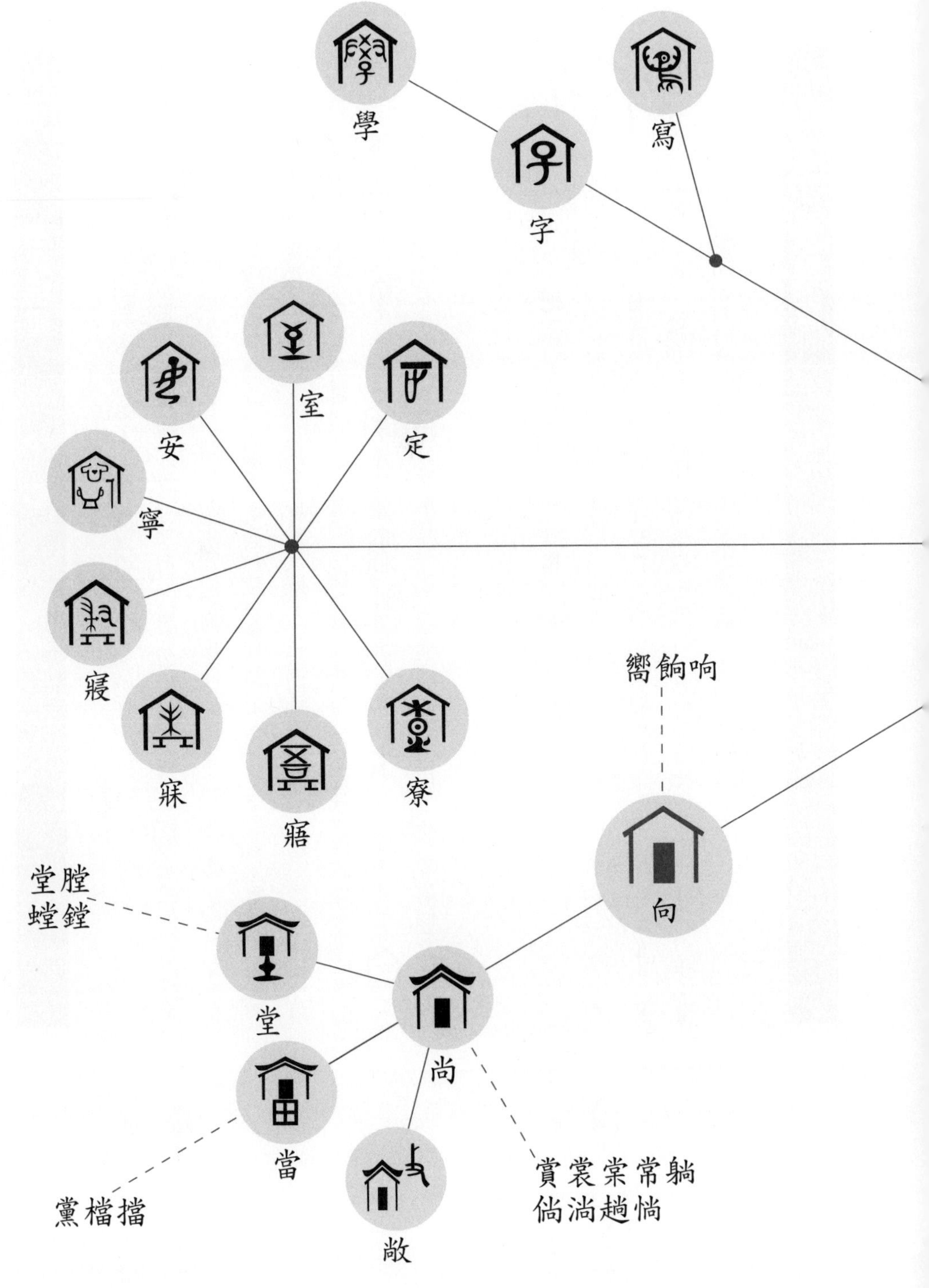
學
寫
字
室
安
定
寧
寢
寐
寤
寮
嚮餉响
向
堂膛
螳鏜
堂
尚
當
賞裳棠常躺
倘淌趟惝
黨檔擋
敞

木造房屋

宋 ㄙㄨㄥˋ sòng

以「木」（ ）頭建造房子（ ，宀）。

古代住在黃河上游的人，以穴居為主，但黃河下游的宋國人則選擇木屋居住，春秋時代的宋國位於河南商丘，宋氏的祖先微子啟，原本是商紂王的庶兄，降周後受封於商丘，國號宋。商丘位於黃河河道末端，由於黃河屢屢改道，帶來長久的水患，完全不適宜穴居，所幸境內林業茂盛，人民便建造挑高的木造房屋來居住。現今境內有一座「黃河故道國家森林公園」，公園內保存黃河舊堤道以記錄黃河改道氾濫成災的歷史。「宋」的甲骨文 、金文 及篆體 都是意表以木（ ）頭建造房子（ ）。《說文》：「宋，居也，从宀从木。」臣鉉等解釋說：「木者所以成室以居人也。」這個字頗能說明古代宋國人民的居住方式。

甲 金 篆

宅 ㄓㄞˊ zhái

把「房子」（ ，宀）「撐起」（ ，乇）來。

「宅」引申為住所、居住，相關用詞如住宅、凶宅、安宅、宅心仁厚。建造房屋，必須將屋頂撐起來，所以，宅以具有支撐意義的乇（ㄊㄜ）來描寫。從乇（ ）、亳（ ）、宅（ ）的甲骨文來看，乇是描繪托住芽苞的莖桿，除了畫出彎曲的主幹，也畫出左右分岔的枝條。「乇」引申為支撐，是「托」的本字。

甲 金 篆

石造房屋

宕 ㄉㄤˋ dàng

鑿「石」（ ）造「屋」（ ，宀）。

中國古代除了鑿穴而居或搭木造屋以外，還有一種特別艱困的造屋方式，就是鑿建石屋。重慶忠縣天池山上隱藏了四十八間石屋，屋內還有石床、石灶及石碗等，據傳是四千年前巴人的居住地。在堅硬的岩石上要鑿建出一間間的石屋，非常耗力廢時，這種造屋景況也成了古人的造字背景。宕的引申義有數個，其一為鑿石，如宕户或宕匠都是指鑿石工人，其二為拖延，此乃因鑿石造屋曠日廢時之故，相關用詞如延宕，其三為穿過，此乃取鑿穿之義。《說文》：「宕，過也。一曰洞屋。」天池山上的石屋像是一座碉堡，「碉」顧名思義就是一座四「周」都是「石」頭打造的房子。

官宅

官 ㄍㄨㄢ guān

在「宮室」裡（ ，宀）「追」隨（ ）君王。

要當官，就必須追隨君王，否則就辭官歸田家。古代官員的職責就是要完成君王或上級長官所交辦的任務，因此官員必須緊緊跟隨並留意上級長官的指示。相關用詞如官吏、官方等。《說文》：「官，吏，事君也。」（「追」的甲骨文 及金文 把一前一後的兩物件連在一起，代表後者緊緊跟隨前者。）

宦 ㄏㄨㄢˋ huàn

在宮室（ ，宀）裡「恭敬注視」（ ，臣）著主人，隨時聽候差遣。

「宦」是古代太監或官吏的統稱，因為他們都是在皇宮內侍候君王的人，相關用詞如仕宦、宦途、宦官等。（「臣」的甲骨文 是眼睛專心注視的象形文，本義為恭敬注視。）

甲 金 篆

宰 ㄗㄞˇ zǎi

「罪犯」（辛，辛）被關在屋裡（宀，宀）受刑。

甲骨文、金文及篆體都表示一個罪犯被關在屋裡，另一個金文像是一個罪犯被拖進屋內受刑，引申為任人處置，相關用詞如宰割、屠宰。另外，牢房的主人對於罪犯有「主宰權」，所以「宰」也引申出「控制」的意涵，相關用詞如宰相。

宮 ㄍㄨㄥ guān

由「許多房間接連在一起」（呂，呂）的大「屋子」（宀，宀）。

「宮」本來是指一般人居住的大房子，秦以後才將王室的居所稱為「宮」。「呂」的金文構形幾乎與脊椎骨完全一致，具有「一個接一個」的意涵。

守 ㄕㄡˇ shǒu

「屋」內（宀，宀）有一隻「行事恭謹的手」（寸，寸），掌管屋內事務。

戰國時期的「郡守」（又稱太守）是一個郡的最高行政長官，掌管郡內所有事務。「守」引申為看管、遵行、防禦。相關用詞如看守、守護等。

《說文》：「守，守官也，從宀從寸。」

豐盛之家

富 ㄈㄨˋ fù

豐盛（畐，畐）之家（宀，宀）。

金文（畐，ㄈㄨˊ）是一個盛裝食物的大陶罐，引申義為豐盛。由「畐」所衍生的常用漢字有富、福等。富的金文及篆體代表

豐盛（）之家（），相關用詞如富裕、富人等。

寶 ㄅㄠˇ bǎo

屋子（，宀）裡的瓦罐（，缶）、「玉」器（）與錢財（，貝）。瓦罐裡的錢財與玉器都是貴重物品，引申為珍貴之物，相關用詞如寶貝、寶藏等。

甲 金 篆

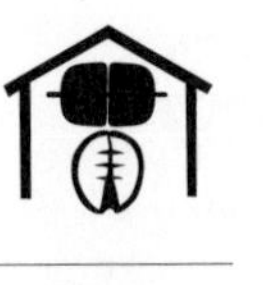

實 ㄕˊ shí

「房子」（，宀）裡存放著「一串串的錢幣」（，貫）。「實」本義為裝滿錢財的房子，引申義為充滿、富庶、不虛，相關用詞如充實、殷實、真實等。《說文》：「富也，從宀從貫」。「實」的簡體字為「实」。

金 篆

家 ㄐㄧㄚ jiā

下層有「豬」（，豕）圈的「房子」（，宀）。對先民來說，豬是每個家庭不可或缺的重要財產，也是肉品供給的重要來源，由甲骨文、金文、的構形，可看出先民過著一種人豬共處的生活方式。河南省焦作市在二〇一〇年出土了一批西漢陶製墓葬品，其中一具雙層建築陶器，下層為豬圈，上層為房舍，房舍內還可設廁所，排泄物可直接排入豬圈，與豬糞混合，以作為肥料。而在更早的新石器時代，浙江餘姚河姆渡遺址上發現大規模的干欄式建築，是先在土中打入木樁，接著在木樁上架上橫樑並鋪一層木板，木板上再搭建供人居住的房屋。這種騰空的建築除了能防止水災及野獸侵害之外，底層還可以飼養家畜。

甲 金 篆

容 ㄖㄨㄥˊ róng

可蓄積貨物的山「谷」（）**與「房屋」**（，宀）。

引申為能蓄積貨物的器物。相關用詞如容器、包容、容納等。

篆

奧 ㄠˋ ào

「雙手」（，廾）**將「精米」**（，釆）**送進「屋」內**（，宀）。

古人將收成的稻米送進倉房儲存起來，引申義為隱密處、深藏不露，相關用詞如深奧、奧秘、奧妙等。釆（ㄅㄢˋ）的甲骨文、金文及篆體都是由米（）所衍生而來，把「米」加上一撇就成了「釆」，本義是剔除米中的雜質，使成為可食用的精米。

篆

可安歇之處

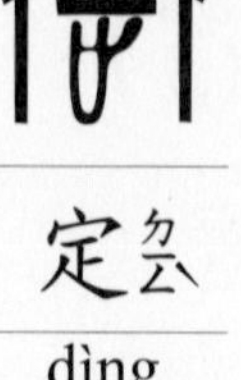

定 ㄉㄧㄥˋ dìng

「到達」（，正）**可安穩「居住」**（，宀）**之地**。

風塵僕僕的旅人，遠遠看見一間房舍，心想終於到達目的地，總算到了可落腳安歇之處。「定」的本義為到達可安歇的屋舍，引申為安穩，相關用詞如安定、定居、定案、定律等。（其中，正的金文及篆體代表「腳掌」準確觸及「目的地」。）

金 篆

室 ㄕˋ shì

「來到」（，至）**可安居的「房子」**（，宀）。

「室」是由「宀、至」所組成的會意字，表面字義是來「到」了可安居的「房子」，然而，從周朝典籍來看，它的實質意義應是指男女「到」了

甲 金 篆

結婚年齡，擁有自己的「房子」（或家庭）。古代男女，結婚前與自己的兄弟或姊妹同睡一室，一直到結婚後才能擁有專屬於自己的家室。《禮記》說：「三十曰壯，有室。」也就是男子到了三十歲的壯年必須要有自己的妻子與專屬的居所。《禮記》所稱的「室」，不單是指房子，也是指妻子與家庭。《韓非子》也說：「丈夫二十而室，婦女十五而嫁。」而這裡所說的「室」是指成家。現今，室多泛指房屋或宅舍，相關用詞如正室（正妻）、家室、臥室、教室等。

安 ㄢ ān

躲在「屋子」（宀，宀）裡的「女」人（女）。

在古代，女人出門在外很危險，稍一不慎可能就被搶婚或被抓去當奴隸，相較之下，躲在屋子裡就安全得多了。甲骨文像是一個受驚嚇的「女」人躲在「屋子」裡，金文及篆體表示一個在屋子裡的女人，引申義為太平無事、安靜，相關用詞如平安、安慰等。

（金）（金）（篆）

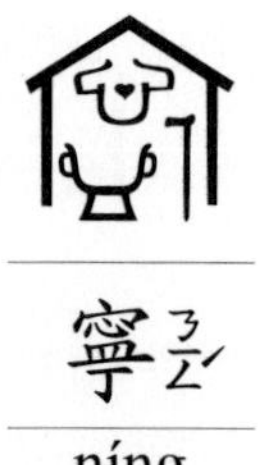

寧 ㄋㄧㄥˊ níng

拄著「拐杖」（丁，丂），拿著空「碗」（皿，皿）到「他人家」（宀，宀）中，「心」（心）中期望能得到溫飽與安歇之處。

古代的流浪漢或旅人，隨身攜帶著一個碗及枴杖，拐杖是用來防止犬獸攻擊（如丐幫的打狗棒），空碗是為了盛裝食物。對於一個流落在外頭的人，最大的盼望，就是能得溫飽與安歇之處，所以「寧」引申為盼望、安定、暫時安居，相關用詞如寧願、安寧、歸寧（出嫁女子回娘家）等。《說文》：「寧，願詞也。」「寧」的簡體字為「宁」。

（甲）（金）（篆）

「手」（，又）持掃「帚」（，）清理「房間」（，宀）後再上「牀」（，爿）睡覺。

寐 ㄇㄟˋ mèi

躺在「室內」（，宀）的「牀」上（，爿）而尚「未」（）醒來。

金文是一個人躺在床上的象形文，其中「未」是修飾符號，用以形容這個人尚未睡醒。

寤 ㄨˋ wù

從屋內（，宀）的「牀」（，爿）上醒來「說出有條理的話」（，吾）。

「寤」是描寫一個人睡醒後，神智清楚的狀態，引申為睡醒，「寤寐以求」是指日夜祈求。《說文》：「寐覺而有言曰寤。」「吾」是「語」的本字。

供燒柴取暖的簡陋小屋

燎 ㄌㄧㄠˊ liáo

或尞。「焚燒木柴」（）以「燃起明亮的」（，日）大「火」（）。

「尞」是「燎」的本字。「尞」的甲骨文、、、及金文是由一捆木柴（）、火（）所組成，代表焚燒柴火。周朝人什麼時候會焚柴呢？除了夜間圍在火堆取暖以外，較為知名的就是「燎祭」、「燎獵」與「庭燎」，燎祭是指焚柴祭天的大典，燎獵是指焚林而獵，而庭燎則是指在朝廷中所燃燒的火堆，這是供前來開會的大臣夜間照明及取暖用的。《詩經》中有一篇〈庭燎〉，主要在描寫周宣王勤於早朝，因此，諸侯公卿必須在天亮之前就得趕赴朝廷：「夜如何其？夜未央，庭燎之光。君子至止，鸞聲將將……。（夜裡什麼時候了呢？還不到夜半，宮庭前就燃起熊熊的火光。大臣已陸續來到，座車上的鑾鈴叮噹作響。）」春秋時期，齊桓公為招募賢士，也在朝中設立庭燎，盼望有才能的人能前來與他商議國事。《儀禮》：「火在地曰燎，執之曰燭。」《正字通》：「尞與燎同。」《潛夫論》：「燎獵中野。」

寮 ㄌㄧㄠˊ liáo

可供「燒柴」（ ）以「取暖」（ ）的「房子」（ ，宀）。

甲骨文 、 都是由一捆木柴（ ）、火（ ）及宀（ ）所組成，代表在室內焚柴取暖。金文 、 在火堆旁添加了幾顆石頭，應是為了隔離火堆所使用的石頭，篆體 將石頭改成「日」，用以表示明亮的火堆。寮的本義為描寫一群出外辦事的小官圍繞在火堆旁，商議明日該辦的事。在先秦典籍裡，寮多指小官，如「公卿百寮」、「百寮各修其職」、「群寮百姓」、「同官為寮」、「百寮會議」等，後來這個字改作「僚」，如同僚等，而寮則專指戶外的簡陋小屋，如工寮、茅寮等。

甲 金 篆

僚 ㄌㄧㄠˊ liáo

「圍繞在火堆旁」（ ，尞）商議事件的一群「人」（ ，亻）。

「僚」引申為官吏、同事等，相關用詞如幕僚、官僚等。

篆

學寫字的場所

在漢字中，學、寫、字三者都有「宀」的構件，顯示周朝人重視在屋內學寫字的學校教育。要讀書，一定要先識字，周朝的兒童八歲入學，首先要學習「文字學」。《漢書・藝文志》

記載，周朝人八歲讀小學，掌管教育的官員（稱為保氏）除了要教導貴族子弟學習文字以外，還必須教導構字基本原理，如象形、指事、會意等文字學。因此，漢朝將文字學稱為「小學」。唐宋以後，又稱小學為「字學」。

字 ㄗˋ zì

孩子（子）在屋子（宀）裡該學習的事。

古人認為學寫字是孩童在屋子裡該做的事，因為長大了再學寫字是困難的。「字」引申為孩子所練習的語言符號，相關用詞如字體、文字、字典等。

（金）（篆）

學 ㄒㄩㄝˊ xüé

孩子（子）在屋裡（宀）練習寫字（爻）。

甲骨文的學表示兩隻手在畫××；金文則增添了一個「字」（字），使得「學寫字」的意義更加明確。「教」與「學」這兩個字有相近的構字概念，兩者都有畫××的符號，「教」代表手持枝條教孩子習字（請參見「教」）。「學」的本義是孩童練習寫字，引申為對一切事務的學習，相關詞如學習、學校、學童、學門等。「學」的簡體字為「学」。

（甲）（金）（篆）

寫 ㄒㄧㄝˇ xiě

在屋內（宀）一筆一劃地寫字，就好像織布鳥用一條條的草編織出鳥巢（舄，舃）一般。

善於織巢的鵲鳥，古人稱之為「舃」（請參見「舃」）。人在屋內一筆一劃地寫字，就好像鳥喙啣著細草一條條地來回編織，於是古人便以此來形容書寫。寫的相關用詞如書寫、寫字等。

（篆）

屋棚

古人在屋前搭建屋棚做為工作、休閒及接待的半開放式空間。在漢字裡，（「宀」的金文）是四面有牆的房屋，用於描寫住家，但若拿掉右面的牆，便衍生出（「广」的金文），代表屋棚（porch），也就是屋簷延伸而出的有頂棚建築物。古人在屋棚下可以進行哪些活動呢？我們不妨從广的衍生字來加以探索。

接待賓客的場所

廳 ㄊㄧㄥ tīng

在「屋棚下」（，广）「聽」（）事。

屋棚是古代接待外賓的地方，主人在此與訪客交換訊息，聽聽來客訴說各種奇聞見解，漸漸就形成後來所謂的客廳。廳也是古代官署「聽事問案」之處。甲骨文是人在屋內聽人說話，金文將屋子改為屋棚。

（甲）（金）

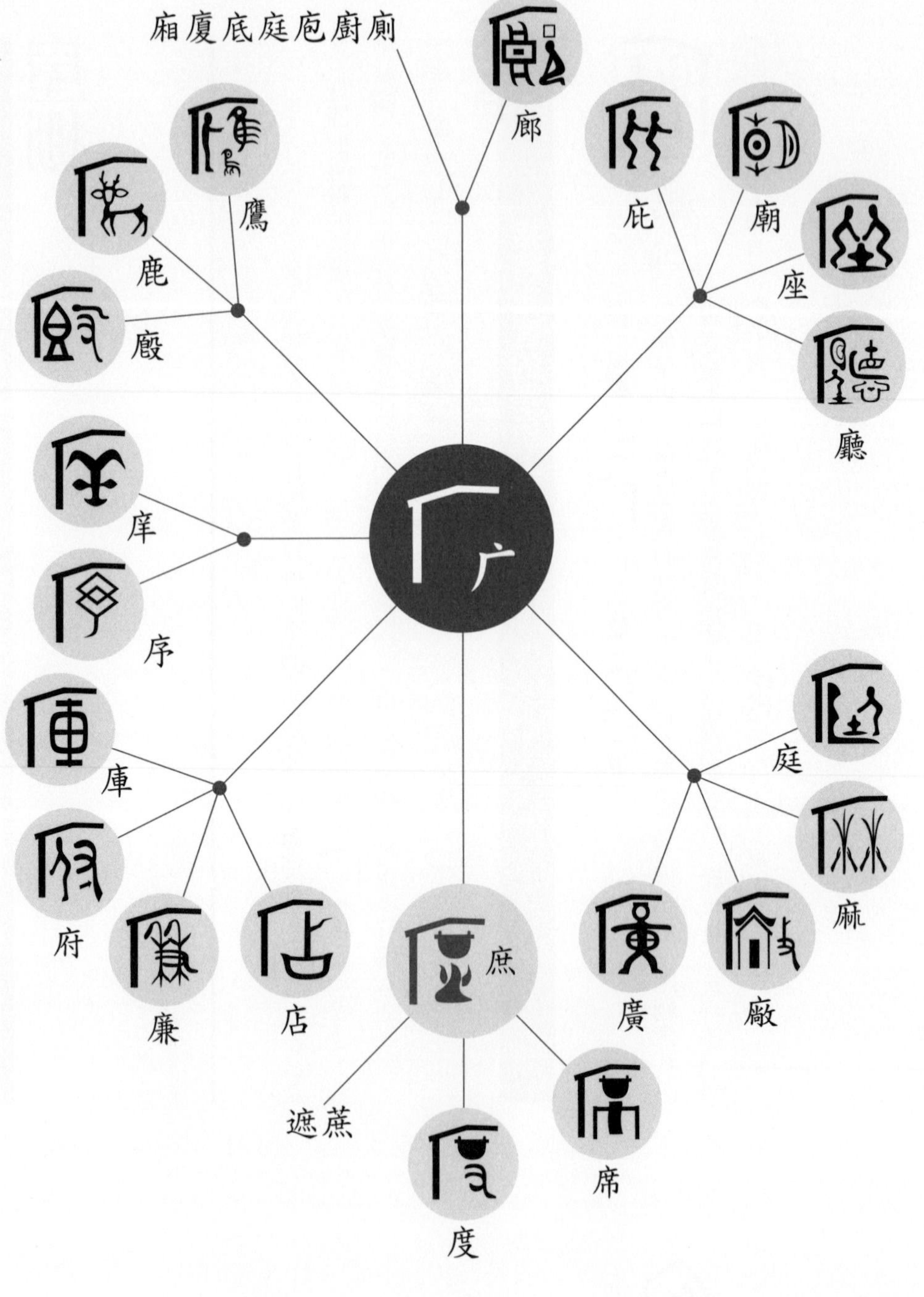
广
廂廈底庭庖廚廁
廊
鷹
鹿
廄
庇
廟
座
廳
庠
序
庫
府
廉
店
庶
遮蔗
度
席
廣
廠
庥
庭

座 ㄗㄨㄛˋ zuò

「屋棚」下（，广）可安「坐」（）之地。

屋棚是提供給眾人活動的半開放空間，古人在此聚集，一起工作聊天。座描寫出古人一起坐在屋棚下的景況。

廟 ㄇㄧㄠˋ miào

前往君王住所前的「屋棚下」（，广）「朝」（）見。

「廟」原本是指天子與諸侯商討國事的處所。《禮記》說：「天子居大廟大室」。王宮的前殿稱為「廟」，後殿稱為「寢」。而古代所謂「廟堂」就是指「朝廷」，如范仲淹說：「居廟堂之高，則憂其民」。《六書故》：「宮前曰廟，後曰寢。今王宮之前殿，士大夫之廳事是也」。由於天子與大臣商議國事前，都會祭拜天帝與祖先，所以後世多將「廟」引申為祭祀的地方。

金 篆

庇 ㄅㄧˋ bì

「兩人」（，比）棲息在他人「屋棚」下（，广）。

「庇」像是描寫一對流落在外的夫妻，好不容易得到善心人士的收容，得以暫時棲息在他人屋棚下，相關用詞如庇護。

篆

燒飯用餐的場所

周朝人稱廚房為「庖廚」，這兩個字都有「广」，表示在屋棚下作飯。除此以外，庶的衍生字也說明了古人在屋棚下燒火煮飯及用餐的習俗。

庶 ㄕㄨˋ shù

在「屋棚」下（，广）燒「火」（）「做飯」（，廿）。

無論是達官貴人或是平民百姓，到了用餐時間，總是要吃飯。「庶」便是描寫家家戶戶在屋棚下生火燒飯的情景。「庶」引申為眾多、普通的，相關用詞如庶官（百官）、庶民（百姓）、庶務（雜務）等。

金 篆

席 ㄒㄧˊ xí

在「屋棚」下（，广），大夥坐在布「巾」（）上，圍著「飯鍋」（，廿）用餐。

「席」的本義是吃飯用的坐墊，引申為座位，如《論語》：「席不正，不坐。」《列女傳》：「使男女不親授，坐不同席，食不共器。」相關用詞如坐席、席位、筵席等。

篆

度 ㄉㄨˋ dù

在「屋棚」下（，广）「做飯」（，廿）前，以手（，又）來量測所需要的米量。

燒火煮飯的人，必須先統計用餐人數，才能計算出需要多少的米，以雙手捧米就是最簡便的量米器具。「度」引申為衡量，相關用詞如度量衡、測度等。

篆

工作場所

庭 ㄊㄧㄥˊ tíng

「屋棚」下（，广）的「工作場所」（，廷）。

「廷」的金文是一個「人」（）在內壁凹陷（，乚或廴）的陶窟內以陶「土」（）做器。「廷」的本義為工作場所，引申為君王

金 篆

與大臣的辦公處所，如朝廷。古代的製陶區都是設在容易取得陶土的山坡上，經過不斷挖取後，漸漸呈現內壁凹陷的地形，這是古代製陶作坊的典型結構，又稱為陶窟。後來，製作陶土的工作也漸漸移至離居處較近的場所。篆體 庭 添加了「广」，表示屋棚下製作陶土，引申為屋前的活動空間，相關用詞如庭院、法庭。

麻 ㄇㄚˊ má

在「屋棚」下（厂，广）將麻類植物的莖一根根分離出來（朩，朩），剝製麻纖維。

古人製作麻衣之前，需要經過收割、剝皮、打散、晒乾、搓揉、抽麻線、染色及織布等程序，《禮記》說：「治其麻絲，以為布帛。」朩（朩，ㄆㄞˋ）表示「分」（八，八）離麻類植物的「莖」（屮，屮），這是治麻絲的主要過程。古人使用大麻、黃麻、亞麻或苧麻等麻類植物的纖維以供紡織或編繩，因此，常可見到家家戶戶於農閒期間在家門前的屋棚下剝製麻纖維。由於，每一根麻所能抽取的麻纖維極多，所以引申出密密麻麻、殺人如麻等義。

麻（篆）

廠 ㄔㄤˇ chǎng

可以讓許多人一起工作的「寬闊」（敞，敞）「屋棚」（厂，广）。

「廠」引申為工作場所。

廣 ㄍㄨㄤˇ guǎng

「屋棚」下（厂，广）的大片「黃」（黃）土地，屋前廣場。

廣（金） 廣（篆）

店 ㄉㄧㄢˋ diàn

在「屋棚」下（广，广）為人「占」卜（占）。

古代的「卜人」以占卜為生，《史記》記載一段戰國時期齊國宰相利用卜人謀害大將軍田忌的故事，齊國宰相成侯忌與大將軍田忌不和，他手下有一個謀士公孫閱，三番兩次獻計謀害田忌。有一次，公孫閱冒充田忌的下屬，攜帶了二百兩銀子（十金）來到卜人的店裡，說：「大將軍田忌攻打魏國，三戰三勝，威名震天下，我是他的親信，現在我們打算謀取王位，你替我們卜卜卦，到底吉不吉利呢？」過沒多久，宰相成侯忌便派人拿住卜人到齊王面前誣告大將軍田忌謀反，逼得田忌連夜逃亡。

廉 ㄌㄧㄢˊ lián

在店家「屋棚」下（广，广），可讓人「單手取兩禾」（秝，兼）。

同樣的價格，卻能得到兩倍的收穫，的確是很划算。「廉」引申為便宜、不貪心等，相關用詞如廉價、廉讓等。「广」本意為屋棚下，在此代表「店」家門前的屋棚。

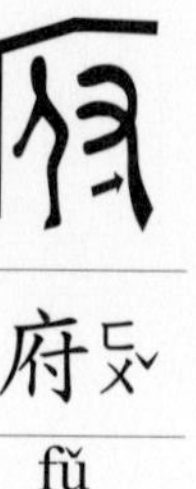

府 ㄈㄨˇ fǔ

交「付」（付）財貨的「屋棚」（广，广）。

古人在屋棚下辦理各項事務，其中也包括交付財貨。「府」引申為政府管理財貨的地方，相關用詞如官府、政府、臺南府等。「付」的金文代表伸「手」把東西交給他「人」。

廉（篆）

府（篆）

庫 ㄎㄨˋ kù

置放「車」輛（車）的「屋棚」（广，广）。

金 篆

學習的場所

庠 ㄒㄧㄤˊ xiáng

在「屋棚」下（广，广）學習「羊」（羊）的順服。

商朝稱學校為「庠」。「羊」是聲符，也是義符，代表順服。古人認為學生必須順服師長。周朝人非常注重禮儀，舉凡君臣、父子之間的倫理精神都在於順服。

篆

序 ㄒㄩˋ xù

在「屋棚」下（广，广）「有次序」（予，予）的坐下。

學生們聚集在老師家的屋棚下，有次序地排排坐下，這是最早期的學校樣式。周朝的學校稱為「序」。「序」引申為整齊排列之物，相關用詞如長幼有序、井然有序等。

篆

豢養動物的場所

鷹 ㄧㄥ yīng

「人」（人）在「棚屋下」（广，广）命令馴養的大鳥（隹，隹）去抓小「鳥」（鳥）。

「鷹」的金文（鷹）構字概念與甲骨文（后）（后）及（司）（司）相同，

金 篆

[鷹]表示人對鳥發命令，這是養鷹人對所馴養的獵鷹發出命令。古代的遼金遊牧民族訓練一種稱為「海東青」的獵鷹來追捕大雁，《後漢書》等古籍都有豢養「獵鷹」的記載，而由「鷹」的構形可知，中國豢養獵鷹的文化可以上溯至商周時期。

鹿 ㄌㄨˋ lù

豢養在「屋棚」下（厂，广）的鹿（鹿）。

商周人愛吃鹿肉，也喜愛觀賞鹿群的優雅體態，如《詩經．小雅．鹿鳴》就是一篇描寫草原上的鹿群彼此呼朋引伴地邀約吃嫩草的優美詩篇。商周時代的君王莫不熱衷於獵鹿、養鹿，當時的養鹿場所被稱為苑囿、鹿囿或鹿苑。商紂王所興建的鹿臺就是坐落於鹿苑旁的高臺。周朝的開國君主文王也愛養鹿、賞鹿，《詩經．文王》記載：「王在靈囿，麀鹿攸伏。」這是描寫文王觀察鹿群在養鹿場裡悠遊自在的情景。到了春秋時期，《左傳》也記載魯成公在位十八年時「築鹿囿。」由此可見先秦時期的君王個個都想擁有自己專屬的鹿苑。到了漢朝，養鹿風潮更吹到民間。甲骨文[甲骨文]、金文[金文]及篆體[篆體]都是描繪一頭鹿，但到了隸書則添加了「广」，用以表示豢養在屋棚下的鹿。古代的鹿苑就是指用來養鹿的園子。

(甲) (金) (篆)

廄 ㄐㄧㄡˋ jiù

在「屋棚」下（厂，广），手持長棍（殳，殳），整理「食器」（皀，皀）裡的草料。

「廄」的甲骨文[甲骨文]及金文[金文]是由代表食器的「皀」及代表長棍的「殳」所組成，組合起來就產生餵養動物的概念。持棍的目的除了防範動物攻擊以外，也可用來整理草料或飼料。篆體[篆體]添加了「广」，表示在屋棚下持長棍餵養動物。「廄」引申為馬房。《說文》：「廄：馬舍也。」

(甲) (金) (篆)

通行的廊道

良 ㄌㄧㄤˊ liáng

房子前後的迴廊。

古人在房子與房子之間設置了可以遮雨的走廊，供人行走。甲骨文（甲骨文字形）是描寫一座前後有走道的房子。其中，正方形符號代表房子，上下延伸而出的平行線代表供人行走的道路，可見古人認為出入便利是好房子的要件，即使到了今日，交通便利的地方，房價總是特別高。後來，古人又將屋子前後的走道加上頂棚便成了走廊。「良」是「郎、廊」的本字，本義為房子前後的走道或迴廊，不單是出入便利，而且由於迴廊上面有頂棚，使行人免去日曬雨淋，所以引申為美好，相關用詞如善良、良好等。

甲 金 篆

郎 ㄌㄤˊ láng

在「廊道」（良）行走的「人民」（邑）。

「郎」原指宮殿廷廊，如《左傳》：「冬，築郎（廊）囿」。因為宮殿廷廊總會安置一些侍衛，所以後來就用來稱呼在廊道侍候的人員為郎。「侍郎」是皇帝身邊的侍衛，因在廊道下巡守而得名。如《史記》：「積數十年，官不過侍郎，位不過執戟。」後來，「郎」又廣泛應用為成年男子的美稱，相關用詞如新郎、郎中等。

篆

廊 ㄌㄤˊ láng

在「屋棚」下（广）供「人民」（邑）通行的「廊道」（良）。

篆

洞穴

甲骨文⋀、金文⋀是一個拱型洞穴的象形文，其中的兩撇像是壁上突出的岩石。（有學者認為這兩撇代表兩個氣窗。）

突 ㄊㄨˊ tú

狗（犬）從洞「穴」（⋀）裡衝出來。

遠古先民住在洞穴哩，所豢養的家犬看見生人靠近便從屋裡竄出。「突」引申為忽然、凸出，相關用詞如突然、突襲、突出、突眼等。

穹 ㄑㄩㄥˊ qióng

洞「穴」（⋀）內的圓拱形屋頂像拉滿的「弓」（）一般。

「穹」泛指圓拱形的高大空間，如「穹廬」是指北方遊牧民族所居住的大帳篷，「穹頂」是指中央高四周低垂的圓拱形屋頂，「穹形」是隆起的半球型，「穹蒼」或「穹隆」都是指天空。北朝樂府《敕勒歌》：「天似穹廬。」

窮 ㄑㄩㄥˊ qióng

「躬」身（）躲藏在狹小洞「穴」（⋀）裡的人。

「王寶釧苦守寒窯十八載」是膾炙人口的京劇，王寶釧在西安的「窯洞」裡過了十八年的「窮苦」生活。什麼樣的人會躬身躲藏在窯洞裡

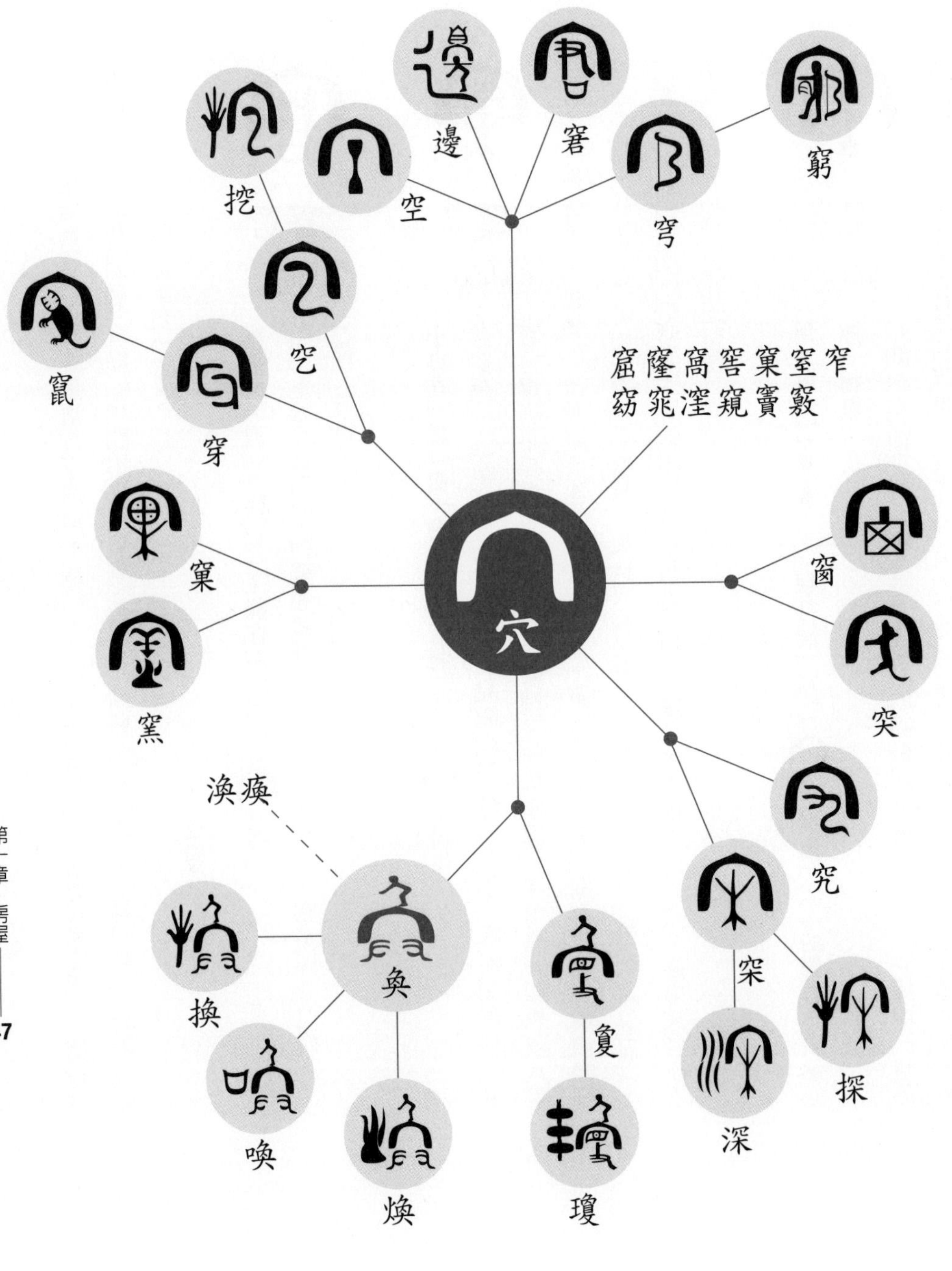
穴
邊
窖
窮
挖
空
穹
竄
穵
穿
窟窿窩窖窠窒窄
窈窕窪窺竇竅
窠
窯
窗
突
究
渙瘓
奐
換
喚
煥
敻
瓊
突
探
深

呢？多半是因為貧窮，或者是被仇家窮追不捨的人，因此，「窮」的引申義有兩個，一個是貧困窘迫，一個是追究到極點，相關用詞如窮苦、詞窮、無窮。「窮」的本字是「竆」，隸書改做「窮」。「窮」的簡體字為「穷」。

窘 ㄐㄩㄥˇ jiǒng

落難的「君」（）王躲在洞「穴」（）裡。

引申為落入被侷限的艱難景況，相關用詞如窘困、窘境等。《說文》：「窘，迫也。」

窠 ㄎㄜ cháo

小鳥在「果」樹（）上挖洞「穴」（）居住。

在臺灣，公園或森林裡常會看見愛吃果實的五色鳥啄樹洞居住。其實，還有不少鳥類也都喜歡住樹洞，如貓頭鷹、啄木鳥、犀鳥及八哥等。古人稱八哥為「鴝鵒」，它們所居住的樹穴就稱為「窠」，如《左思．蜀都賦》：「與鴝鵒同窠（與八哥同住一樹穴）。」《漢書》：「鴝鵒，夷狄穴藏之禽。（八哥是外來的穴居鳥類）」《穀梁傳》：「鴝鵒穴者而曰巢。」《說文》：「穴中曰窠，樹上曰巢。」窠，本指樹上的洞穴，後來被廣泛引申為洞穴或動物所居住的巢穴。

空 ㄎㄨㄥ kōng

用「夯杵」（，工）擊打洞「穴」（），發出「工」的聲音，表示空無一物也。

相關用詞如空洞、空虛等。空心的牆敲起來會有迴音，同樣地，空蕩蕩的洞穴，也會產生音箱的效果，回聲特別大。如何形容此響聲呢？古人夯土建造時，以夯杵用力槌擊，於是地面震動，發出聲響。因此，夯杵聲便常被造字者用來形容令人震盪的響聲，

金 篆 篆 篆

如「江」代表終日發出隆隆響聲的大河，江水濤濤，其聲大如夯杵撞擊。

窯 一ㄠˊ yáo

將「羊」（）放進窯「洞」（）裡燒烤（，灬）。

引申為可燒烤器物的洞穴，相關用詞如窯洞、窯器、窯工等。

（篆）

邊 ㄅㄧㄢ biān

「鄰國人」（，方）從邊「穴」口（）「走」進（，辶）我國（，自）領土。

「邊」引申為緊鄰的外圍，相關用詞為邊緣、邊疆、床邊等。

（金）（篆）

穵 ㄨㄚ wā

「蟲」（，乙）在挖「洞」（）。

「穵」是「挖」的本字。

（篆）

挖 ㄨㄚ wā

用「手」（，扌）「挖洞」（）。

穿 ㄔㄨㄢ chuān

老鼠用「牙」齒（）將牆咬出一個洞「穴」（）。

「穿」是破洞、貫通的意思，相關用詞如穿孔、鑿穿、天穿日等。先秦典籍有多處記載老鼠穿牆的事蹟，如《詩經》：「誰謂鼠無牙，何以穿

（篆）

我墉？」另外，西漢《算書》記載一則老鼠穿牆的算術問題，有一堵牆厚五尺，兩隻老鼠從牆的兩側對穿而來。第一天，大鼠穿一尺，小鼠也穿一尺。接著，大鼠逐日加倍，小鼠逐日減半，請問這兩隻老鼠幾天後可以相遇？這時候，他們各穿多少尺牆？

竄 ㄘㄨㄢˋ cuàn

老「鼠」（　）到處開鑿洞「穴」（　）。

鼠類是「齧齒」動物，有著一口銳利的牙齒，能咬碎堅硬的核果。鼠的甲骨文　及篆體　、　描寫出老鼠的三個特徵：滿口利齒、一雙爪子及長長的尾巴。俗話說：「龍生龍，鳳生鳳，老鼠的兒子會打洞。」可見，老鼠打洞的本領讓人印象深刻。

究 ㄐㄧㄡˋ jiù

「伸長手臂」（　，九）到洞「穴」（　）裡探尋。

深 ㄕㄣ shēn

將「木」棍（　）伸進有「水」（　，氵）的洞「穴」（　）裡，試探深度。

古字「罙」與「深」同義，「罙」表示以「木」棍探入洞「穴」。深的金文　及篆體　是由「穴」、「水」及「朮」所組成，朮是一隻叉分而出的手，整體代表一隻手探入有水的洞穴中，另一個篆體　將「朮」改成「木」，代表用一根木棍探入洞穴中。

探 ㄊㄢˋ tàn

把「手」（，扌）伸進很「深」（，罙）的洞穴裡。

伸手測試深度，相關用詞如探測、探取等。

在洞穴內挖掘寶玉

《詩經》說：「它山之石，可以攻玉。」詩中所說的「攻玉」就是指開採玉礦。馬鬃山玉礦遺址位於甘肅省，出土玉料近百塊，據考古學家推斷是戰國時期的遺址。該玉礦遺址總面積約五平方公里，裡面有礦井、礦溝、礦坑等，可見是相當具規模的大量開採。

旻 ㄒㄩㄝˋ xuè

或旻。一邊睜大「眼睛」（，目），一邊手持工具（，攴）。

甲骨文、金文、及篆體是以目、攴兩個符號來描寫專心工作的情景，一邊睜大「眼睛」，一邊「手持工具」，相當傳神。

夐 ㄒㄩㄥˋ xiòng

「人」（）在「礦坑內」（，穴），睜大「眼睛」（，目），手持工具（，攴）挖掘寶物。

「夐」尋求寶物也。《說文》：「夐，營求也。」

瓊 ㄑㄩㄥˊ qióng

「人」（）在「礦坑內」（，穴），睜大「眼睛」（，目），手持工具（，攴）挖掘寶「玉」（）。

「瓊」美玉也。《說文》：「瓊，赤玉。」《山海經》：「丹穴之山，其上多

甲 金 篆

金 篆

篆

金玉。」

奐 ㄏㄨㄢˋ huàn

或奐。「人」（，人）在「礦坑內」（，穴）找尋（）寶物。

「奐」與「敻」的本義都是尋寶，因為在礦穴裡，寶物眾多且光采美麗，所以引申為眾多、光彩，如《韓詩外傳》：「奐然而溢之。」《蔡中郎集》：「奐若星陣。」《禮記》：「美哉奐焉。」《說文》：「取奐也，从廾，敻省。臣鉉等曰：敻，營求也。取之義也。」

煥 ㄏㄨㄢˋ huàn

持「火」把（，火）進入「洞穴找尋寶物」（，奐）。

現代人採礦時，頭上必須配戴著燈具，然而，古代人只能藉助於火把。「煥」的本義是持火把進入礦坑採礦，引申為光亮、鮮明，相關用詞如容光煥發、煥然一新。《後漢書》：「寶鼎見兮色紛縕，煥其炳兮被龍文。」

喚 ㄏㄨㄢˋ huàn

呼「叫」（，口）在「穴內找尋寶物的人」（，奐）。

洞穴內的光線極其微弱，要找人就必須彼此呼叫。相關用詞如呼喚、招喚、喚醒等。

換 ㄏㄨㄢˋ huàn

在「穴內挖寶的人」（，奐）交出（，扌）寶物以換取酬勞。

「換」的本義為採礦工人交付寶物以換取酬勞，引申為更易、交易，相關用詞如更換、交換、換手等。

金 篆 篆 篆 篆

鑿穴作窗

囱 ㄘㄨㄥ cōng

可從屋頂上引下光線（■）的「窗格」（⊠），天窗，煙囪。

「囱」（囪）原是代表古代的「天窗」，「它」是「窗」的本字，它的篆體是一個棋盤式的窗格，另一個篆體在窗格上添加一豎，表示安裝在屋頂的天窗。古代格子狀天窗可以引進光線，也可以排煙。後來為了區分，添加「穴」成為「窗」，表示鑿「穴」作窗，囪於是成為煙囪的專屬用字。

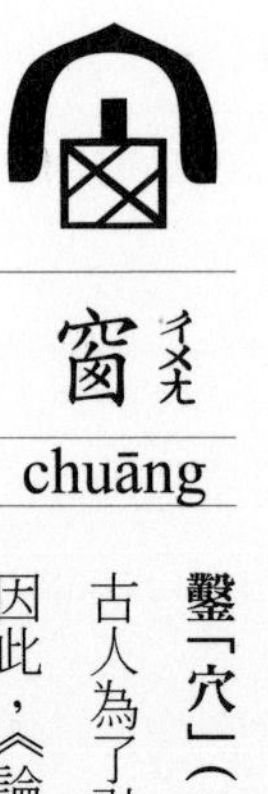

窗 ㄔㄨㄤ chuāng

鑿「穴」（⌒）作「囱」（⊠）。

古人為了引進光線以改善室內照明，於是在屋頂上開鑿「天窗」（囱），因此，《論衡》說：「鑿窗啟牖，以助戶明也。」《焦氏易林》也說：「窗牖戶房，通利光明。」古人稱開鑿在「屋頂」上的孔穴為「窗」（或囪），並稱開鑿在牆上的孔穴為「牖」，因此，東漢許慎說：「在牆曰牖，在屋曰囱（窗）。」到了後來，牖漸漸少用，一律通稱為窗。相關用詞如窗戶、窗格、窗簾、視窗等。

聰 ㄘㄨㄥ cōng

打開心「窗」（⊠，囱），將他人話語從「耳」朵（耳）聽進「心」（心）裡。

「聰」用來形容一個人聽覺靈敏、有智慧，相關用詞如耳聰目明等。

「聰」的簡體字為「聪」。

（篆）（篆）（篆）

【第二章】

門

在漢字符號裡，「門」是一座雙扇對開的大門，而「戶」是單扇側開的門，兩者都代表門。在門戶的衍生字當中，除了有家戶的門，有穀倉門，還有蛇門；除了開門、關門、門縫，還要有柵欄隔離內外；除了有動物在看守門戶，還有君王鎮守在門中央；除了有人在門外問候、哀悼，還有人躲著偷聽與偷窺；除此之外，家家戶戶還必須有戶口名簿。

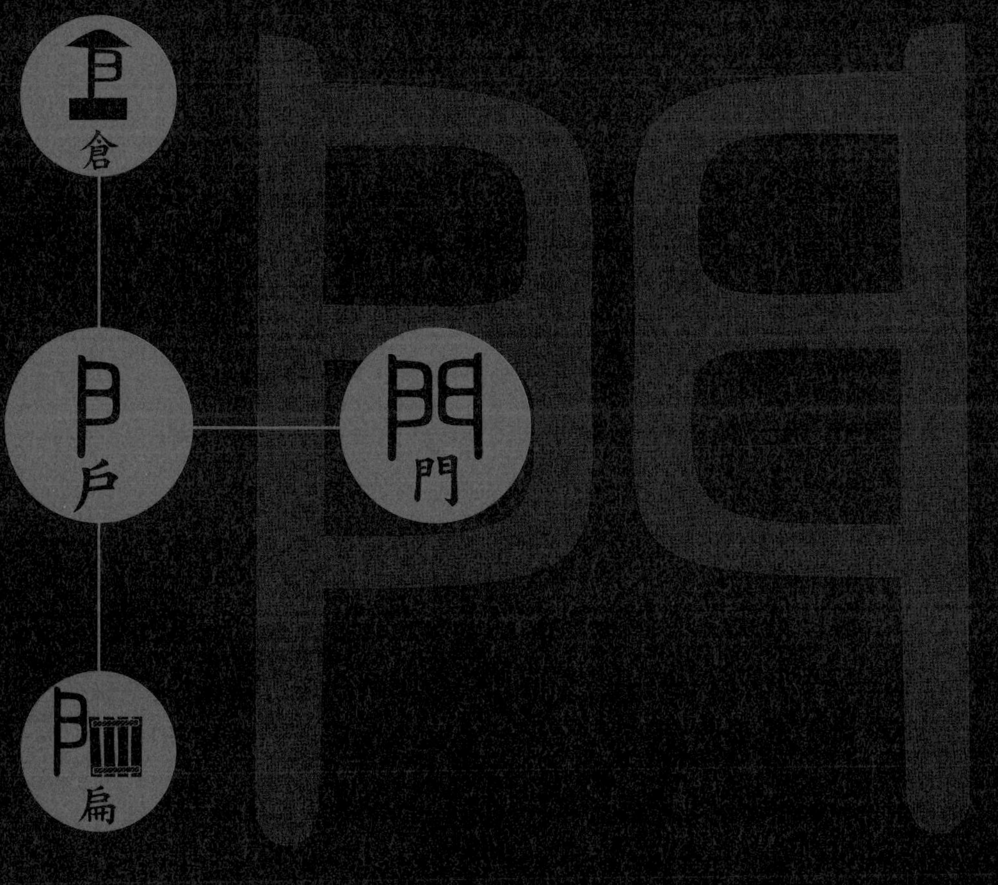
倉
戶
門
扁

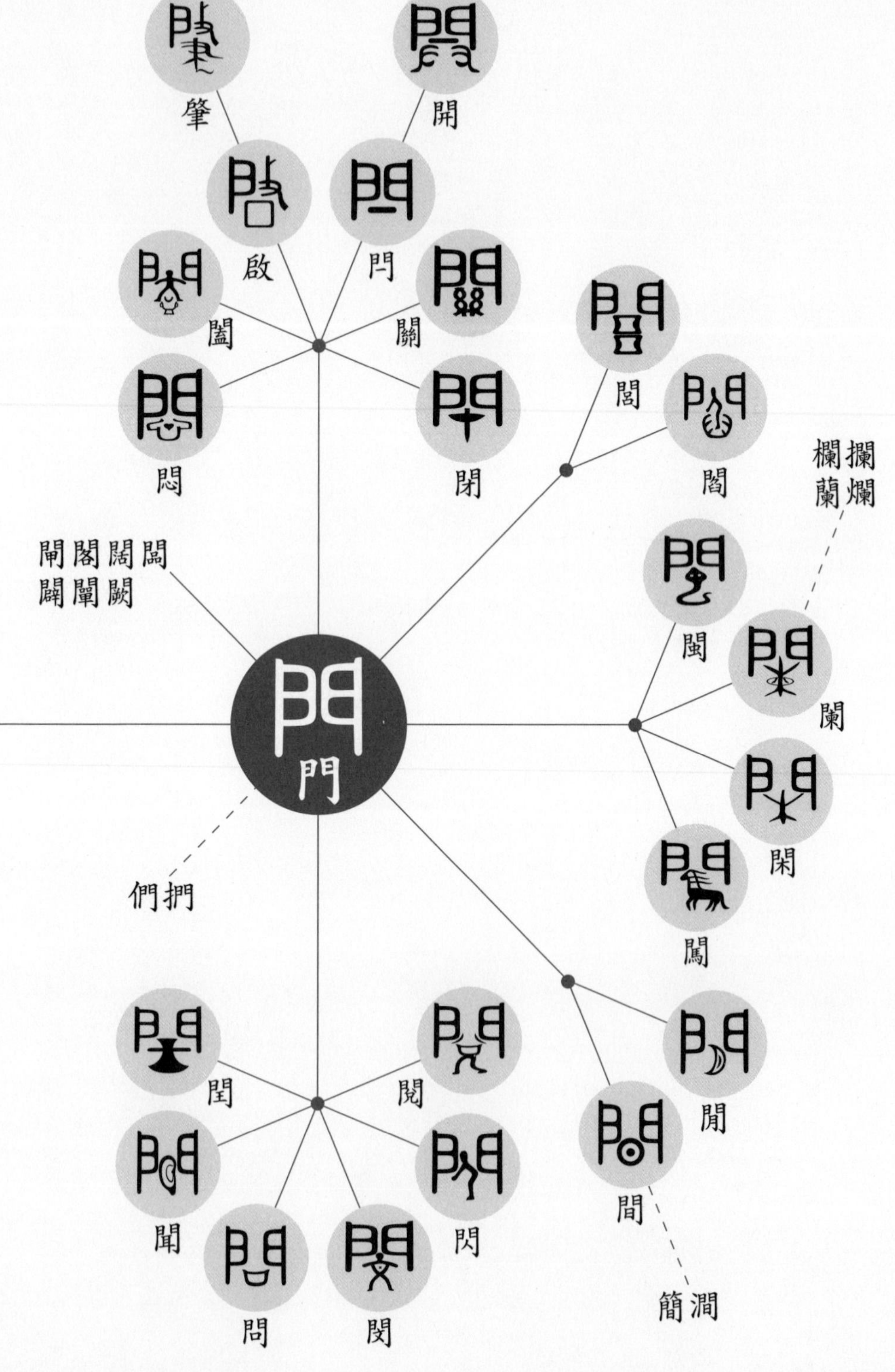
門
肇
開
啟
門
闔
闢
悶
閉
閭
閻
闖 閣 闊 閘
闕 闡 闢
攔 欄
爛 蘭
閩
闌
們 捫
閑
闖
閏
閱
聞
閃
問
閔
閒
間
簡 澗

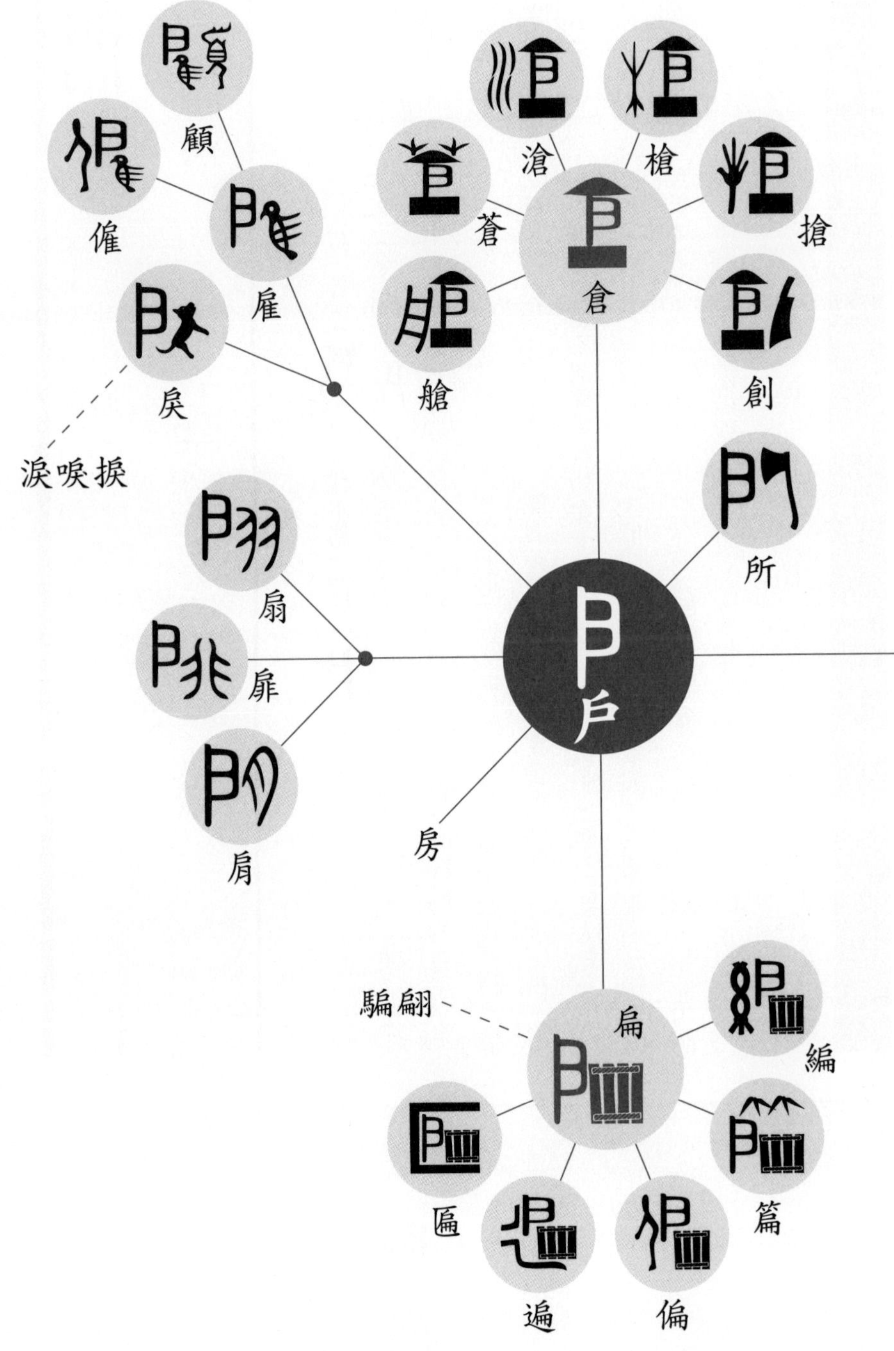

顧
傕
雇
戾
涙 唳 捩
滄
槍
蒼
搶
倉
艙
創
所
扇
扉
肩
戶
房
騙 翩
扁
編
篇
匾
遍
偏

所 ㄙㄨㄛˇ suǒ

以「斧」（，斤）伐木造「門」（，戶）。

金文、、是由「戶、斤」所組成，其中的「戶」顯得歪斜不完整，而且斧頭劈砍方向正朝向它，所以這是木匠作門的會意字。《詩經》所說的：「伐木所所。」以及《淮南子》所謂的「匠人斫戶」都是描寫木匠以斧伐木造門。製作門扇是一項精巧的技術，舉凡水平、垂直以及所有尺寸都要合於規範，否則，稍一不慎，會產生歪斜，使得門與框對不起來，有的會卡住，有的產生《慎子》說：「匠人知為門，能以門，所以不知門也，故必杜（門卡住），然後能門。」可見，要能做門，還要經過一些失敗經驗才能學得好。所的本義是造門，引申為劈砍聲音、位置、方法、一切、代名詞，相關用詞如處所、所以、所謂、所有、所知等。《說文》：「所，伐木聲也。」

門扇

金　篆

扇 ㄕㄢˋ shàn

能像鳥的「雙翅」（　，羽）任意開合的門「戶」（　）。

「扇」的本義為指能開合的門，引申為可來回開合之物，相關用詞如門扇、扇子、扇動等。

篆

扉 ㄈㄟ fēi

左右開合的門「戶」（　），就像鳥「張開的雙翅」（　，非）一樣。

相關用詞如門扉、心扉（心門）。

篆

肩 ㄐㄧㄢ jiān

像門「戶」（　）轉軸的「身體器官」（　）。

肩膀是「身體」與「手」的連接處，可以像門軸一樣靈活地轉動。在此，「門」是形容符號。

篆

穀倉門

倉 ㄘㄤ cāng

穀物聚「合」（　）在有大「門」（　）有「台基」（　）的穀倉裡。

以考古而言，中國最早期的糧倉是約七千年前浙江河姆渡遺址所出土的「杆欄式」糧倉。至於所發掘的漢朝糧倉，規模最大的當數甘肅省「大方盤城」糧倉，其造型為長方形，屬於夯土牆結構。每間倉房朝南方向各開一門。牆上有三角形通風孔。倉庫基座建置在土臺上。糧倉外還有圍牆，是為了防禦他人打劫糧倉。甲骨文

甲　金　篆

（古文字）是由「亼」與「禾禾」所組成的會意字，表示將一把把收割好的禾捆（禾）聚合（亼）在一處。（古文字）則將「禾」改成一扇大門，金文（金文）、篆體（篆體）又加了一個「口」作為穀倉的臺基以防淹水。在周朝，掌管糧倉的官員叫做倉人，《周禮》記載：「倉人，掌粟入之藏。辨九穀之物，以待邦用。」《說文》：「倉，穀藏也。」「倉」的簡體字為「仓」。

創 ㄔㄨㄤˋ chuàng

飢餓的災民持「刀」（刀）攻破糧「倉」（倉）。

鉅橋糧倉是商紂王所建造一座超大型糧倉，蓄積了大量糧食，後人也稱之為「太倉」（國家糧倉）。紂王末年，到處飢荒，他卻不開糧倉賑濟。當武王號召飢餓的百姓群起而攻時，可想而知，「太倉」必然是重要目標之一。《越絕書》記載：武王「發太倉之粟」，贏得百姓的擁戴。「創」是描寫一群飢餓的災民持「刀」攻擊糧「倉」，在糧倉門與牆上留下不少刀痕。「創」引申為傷痕，相關用詞如創傷、千創百孔等。此外，由於，京城糧倉往往是執政者的最終防線，糧倉被飢民攻破通常就象徵改朝換代的開始，於是「創」又引申為重新開始，相關用詞如開創、創造、創新等。

搶 ㄑㄧㄤˇ qiǎng

伸「手」（手，扌）奪取穀「倉」（倉）裡的糧食。

搶似乎在描寫一群飢民爭先恐後的奪取穀倉裡的糧食。引申為急忙奪取、激烈碰撞，相關用詞如搶奪、搶購、搶修、呼天搶地等。

槍 ㄑㄧㄤ qiāng

用長長的「木」棍武器（木）刺進糧「倉」（倉）。

槍是前端有尖銳物的長棍器具，主要用於刺擊。先秦時代的糧倉大多以夯土牆建造，盜糧者拿此長槍刺進糧倉後，稻穀就會從破口處流出

創 篆

槍 篆

來，篆體〔篆〕似乎是描寫此盜糧景象，引申為用以刺擊或射擊的武器，相關用詞如步槍、刀槍不入、唇槍舌劍等。槍是古代守城武器，如《墨子》：「二步置連梃、長斧、長椎各一物；槍二十枚，周置二步中。」槍也可作為農具，如《管子》：「時雨既至，挾其槍、刈、耨、鎛，以旦暮從事于田野。」

滄 ㄘㄤ cāng

糧「倉」（〔倉〕）泡「水」（〔水〕，氵）。

糧倉一旦浸水，所儲存的糧食便會發霉腐敗，因此，古代糧倉都建造在臺基上以防大雨，但若遇洪水仍是難逃一劫。篆體〔篆〕是描寫糧倉泡水的悽慘景象，引申為淒涼、大水，相關用詞如歷盡滄桑、淒滄、滄浪等。瀾滄江是源於青海，流經西藏、雲南的大河，流到東南亞後稱為湄公河。《後漢書》：「積粟腐倉。」

蒼 ㄘㄤ cāng

長滿雜「草」（〔艸〕，艹）的荒蕪糧「倉」（〔倉〕）。

農民遇到荒年，收成不好，無法積存五穀，糧倉只好任其荒蕪，《韓非子》形容這種景象為「田疇荒，困倉虛。」《道德經》也說：「田甚蕪，倉甚虛。」古人常以「草」來描寫「荒蕪」景象，因此，「蒼」便代表荒蕪的糧倉，引申為衰敗、老邁、白色（衰老的顏色）、青色（雜草的顏色），相關用詞如蒼老、蒼白、蒼天等。

艙 ㄘㄤ cāng

「船」（〔月〕，舟）裡可「存放糧食的房間」（〔倉〕，倉）。

用大船來運輸糧食的記載，在漢朝時便有。大船像是一座活動穀倉，能將大量糧食供應到有需要的地方。「艙」這個字是宋朝以後所造的

滄（篆）

蒼（篆）

字，引申為船上可置放貨物或旅人的房間，相關用詞如船艙、貨艙、客艙等。《漢書》：「以大船載食糧下。」《史記》：「鑿渠運糧。」

蛇門

閩 ㄇㄧㄣˇ mǐn

「蛇」（𧉅，虫）「門」（門）境內。

閩越地處山區，氣候溫暖潮濕，是蛇類最佳棲息地，於春夏之際，常可見蛇類到處亂竄。春秋時期，吳王夫差攻破越國，俘虜越王勾踐之後，便在吳越交界處設立「蛇門」，在門上掛著木蛇，蛇頭指向多蛇的閩越之地，並藉此彰顯其勢力範圍及於越國。《吳越春秋》：「越在東南，故立蛇門以制敵國，……示越屬於吳也。……於是遂赦越王歸國，送於蛇門之外。」《前漢記．孝武皇帝》記載閩越之地多蝮蛇猛獸。《說文》：「閩，東南越，蛇種」。

閩（篆）

一道道門

閭 ㄌㄩˊ lǘ

一連串（呂，呂）的「門」（門）。

古代宮廷建築，從外到內要經過多道門卡，俗稱一進、二進，甚至三進以後才能到達內廳。此外，古代的行政區從外到內也要經過多道門

閭（篆）

卡。這些一連串的門都可稱為閻。先秦典籍裡所謂的「門閻」，並非指單一的門，而是指一連串的外門與裡門。如《禮記》：「串宮令，審門閻。（嚴冬時，在宮中發布命令，關緊各處宮門）」《淮南子》：「閉門閻，大搜客。」（關閉各處城門以搜索刺客等不法之徒。）《呂氏春秋》：「門閻無閉，關市無索。」（大開各處門戶使通商無阻，且不徵收買賣稅捐。）閻也是進入鄉里的一道道「牌坊」。「牌坊」是中國式建築的重要特色之一，它是由門演變而來，特點在於門的立柱與橫版上有表彰他人的文字，《後漢書》記載：「昔武王克殷，表閻封墓。」「詔書褒歎，賜穀千斛，刻石表閻。」《管子》：「置木為閻，民始知禮也。」其中所說的「表閻」、「置木為閻」代表立牌坊以表揚功德。由於周朝在鄉里之間都會設立門閻，於是閻漸漸變成了鄉里的標誌，因此，「閻」也引申為鄉里。

閻 一ㄢˊ yán

深「陷」（，臽）於里巷內的「門」（）。

里巷外的門閭較為寬敞，里巷內的門則較為狹窄，稱為「閻」。相關用詞如閭閻、閻羅王等。《荀子》：「隱于窮閻漏屋。」

開關

閂 ㄕㄨㄢ shuān

「門」（）上的「橫木」（）。

門「閂」是指栓門戶的橫木；上「閂」是指把橫木插在門鞘裡，表示關緊門戶。

篆

開 ㄎㄞ kāi

「雙手」（）拉起門「閂」（），把門打開。

「開」的簡體字為「开」。

㊥篆

閉 ㄅㄧˋ bì

將橫木緊緊插在（，才）「門」鞘（）裡。

「閉」的本義為門閂，引申為關上、停止，相關用詞如關閉、閉幕等。

㊎金 ㊥篆

關 ㄍㄨㄢ guān

將「兩扇門」（）上的繩「索打結」（，絲）。

古代的門，有的使用門閂，也有的在兩扇門上各安裝一個環扣，環扣上各有一條繩子，關閉時就將這兩條繩索打結。金文及篆體在「門」底下描寫兩條打結的繩子，另一個篆體則將兩繩末端打成一個結，使它們連接在一起。由此可知，「關」是一個用繩索繫緊兩扇門的象形文，引申為閉合、連結，相關用詞如關閉、關聯等。

㊎金 ㊥篆

闔 ㄏㄜˊ hé

將「門」扇（）闔合（，盇）。

闔是「門盇」的合體字，其中，「盇」是「蓋」的本字，因此，闔表示將門蓋合，本義為關門，引申為掩蓋、閉合、全部的，相關用詞如闔閉、闔家等。

㊥篆

悶 ㄇㄣˋ mèn

或ㄇㄣ，mēn。「心」（　）被「關」（　，門）起來。

「悶」引申為將……封閉起來，相關用詞如鬱悶、悶熱等。

篆

啟 ㄑㄧˇ qǐ

「手持工具」（　，攴、攵）把門「戶」（　）開出一個缺「口」（　）。

相關用詞如開啟、啟程、啟蒙等。

甲　金　篆

肇 ㄓㄠˋ zhào

「籌劃」（　，聿）開「啟」（　）城門的計畫。攻城計劃。

若要拿下一座城池，一定要有周密的進攻計畫，而攻城的首要步驟，就是攻下城門。「肇」就是描寫將士籌畫攻城門的情景。「肇」的本義為攻門計劃，因為這是攻城的首要任務，所以引申為開始、引發等，相關用詞如肇始、肇事。

金文　表示籌劃（　，聿）如何以武器（　）攻入城門（　，戶）；另一個金文　則是籌劃（　）如何以工具（　，手持工具）打開城門（　）。　（聿）是手持筆的象形文，引申為籌畫或寫字（請參見「聿」）。

金　篆

柵 ㄓㄚˋ zhà

形狀像簡「冊」（）的「木」製（）圍籬。

古人用一條條的「木」板連接成圍籬，因為形狀好像是竹簡串連而成的書「冊」，於是造了這個「柵」字。柵代表圍籬，相關用詞如柵欄、木柵、柵門等。《後漢書》：「乃遣千人於西縣結木為柵，廣二十步，長四十里，遮之。」

篆

闌 ㄌㄢˊ lán

「月」（）亮出來時，挑選「一捆捆木材」（，柬）擋在大「門」（）前以防止牲畜及外人誤侵。

古人在大門外設立柵欄，用以攔阻夜間闖入的動物。金文是由月、門、柬所組成的會意字，代表「月」亮出來時，挑選「一捆捆木材」擋在大「門」前以防止動物及外人入侵。另一個金文及篆體則將月省略，主要是描寫古人在夜晚來臨時，設立屋外的柵欄，引申為夜晚、欄杆、任意闖入，相關用詞如夜闌人靜、門闌等。「闌」是「欄、攔」的本字，如《滿江紅》：「怒髮衝冠，憑闌（欄）處。」《戰國策》：「有河山以闌（攔）之。」

金　篆

閑 ㄒㄧㄢˊ xián

在大「門」（）外面設置橫「木」（）以防止動物及外人入侵。

「閑」的本義為設置能隔離內外的柵欄或木闌，引申為限制、界線，如《左傳》：「閑之以義。」《論語》：「大德不踰閑。」又引申為在屋內安居，如《孔子家語》：「孔子閑居。」《說文》：「閑，闌也。」

金　篆

闖 ㄔㄨㄤˇ chuǎng

「馬」兒（）衝出柵「門」（）。

「闖」是描寫一匹馬從馬廄裡突然往外衝出去，引申為不顧後果的貿然行動，相關用詞如闖蕩、闖禍等。《說文》：「闖，馬出門貌。」

（篆）

看守門戶

戾 ㄌㄧˋ lì

兇惡的「狗」（，犬）守在「門」（，戶）旁。

看門狗通常都不是好惹的，陌生人一靠近門邊，就會吠叫，因此，戾的引申義有兩個，其一為到達或客人來臨，如《詩經》：「鳶飛戾天」、「魯侯戾止。」其二為暴惡，這是以突然衝過來的惡犬所引申的字義，相關用詞如戾氣（暴戾之氣也）、乖戾（乖張易怒）等。

（篆）

雇 ㄍㄨˋ gù

會在門「戶」（）外呼叫農人耕作的「鳥」（，隹）。

許多人都聽過兒歌《布穀鳥》，歌詞說：「布穀、布穀，快快布穀，春天不布穀，秋收那有穀……。」大意是說，布穀鳥不斷用布穀布穀的叫聲催促農民趕快起來播種。在過去的農村裡，布穀鳥極為常見，叫聲嘹亮。當冬季漸漸過去，布穀鳥就會回來，農民一聽到布穀布穀聲，就知道春天來臨了。對農民而言，布穀鳥是益鳥，幫農民吃掉農作物上的蟲害，卻不會吃農作物，秋天無蟲可吃，牠們就吃松果。古人將有益農民的鳥類，統稱為農桑益鳥，或稱之為鳸（ㄏㄨˋ），「鳸」的甲骨文、、代表一隻

（金）（篆）

「鳥」（ ）在門「戶」（ ）外面鳴叫，似乎是在催促屋內的人趕快出來耕種，別再貪睡了。後人將「扈」改作「雇」（ ），由於農桑候鳥好像是農人聘請的工人一般，認真盡責，所以，「雇」引申為花錢聘請他人幫忙，如雇請、聘雇等。

《左傳》記載，遠古時代，少皞氏當君王時期，設立了九種農官，分別以九種農桑候鳥當作官名，而這九種農官統稱為九扈（或九雇）。他們的職責主要是在各種節氣來臨時，教導人民有關農作之事。賈逵解釋說：「春扈，趣（或驅）民耕種者也；夏扈，趣民耘苗者也；秋扈，趣民收斂者也；冬扈，趣民蓋藏者也……」

顧 gù

一隻「農桑候鳥」（ ，雇）將「一個人」（ ，頁）叫醒。

（ ）是一個有趣的金文，用來描寫一隻啼叫的鳥將一個人（ ，頁）驚醒。在古代，公雞也是一種農桑益鳥，因此，這個金文所描寫的鳥極可能是一隻司晨的公雞。篆體（ ）將其中啼叫的「鳥」改作「雇」，更凸顯了這鳥具有農桑益鳥的角色。在先秦典籍中，「顧」與「雇」原本是通用的，但現今多引申為看管的義涵，相關用詞如看顧、照顧等。（ ）的構字概念與（ ）（囂）相近，（ ）代表一個人（ ，頁）被週遭的喧嘩聲（四個口）吵得氣往上衝，因此，囂引申為令人煩躁的吵雜聲，如喧囂。

閏 rùn

「王」（ ）守在正「門」（ ）祈禱上帝將曆日回歸正軌。

自商朝以來，中國人將一年訂為十二個月，共三百六十五天。事實上，一個太陽年等於三六五．二四二二日，又等於一二．三七月，並非完整日數或月數。為了解決這種時間偏差，於是曆算家便想出每隔數年增加一閏日或一閏月的方法。也就是說，「閏」是為了導正時間偏差而設計的。古人凡事敬天，每逢歲末君王都會頒發來年的曆法書給諸侯並舉行祭天儀式，稱之為「告朔之禮」。若是碰到閏月，君王必須整個月守在正門，每日舉行祭典以祈求上帝將曆日回歸正軌。《禮記》記載：「閏月，詔王居門終月，大祭祀。」《說文》：「告朔之禮，天子居宗廟，閏月居門中。」

有人在門外……

聞 聞 ㄨㄣˊ wén

從「門」（門）邊「打聽」（耳，耳）到消息。

甲骨文 [甲骨文] 描寫一個人把手放在口鼻的前面，頭部後方還連著一張大耳朵，表示以耳聽聲音，以鼻嗅味道。篆體 [篆體] 表示從門邊打聽到消息。「聞」引申為聽、嗅、消息，相關用詞如聽聞、新聞等。

（金）（篆）

問 問 ㄨㄣˋ wèn

隔著一扇「門」（門）說話（口，口）。

門外訪客敲門詢問說：「某某人在家嗎？」門裡的人回說：「請問你是誰呀？」無論是門裡或門外的人，開口第一句話通常都是疑問句。相關用詞如詢問、訪問、問候等。

（金）（篆）

閔 ㄇㄧㄣˇ mǐn

弔祭者在喪家「門」（門）口頌「文」（文）悼祭。「憫」是衍生字，表示弔祭者的心同感悲傷。

《說文》：「閔，弔者在門也。」

金　篆

閃 ㄕㄢˇ shǎn

有「人」（人）躲在「門」邊（門）偷窺。

偷窺者躲在門邊，一會兒探出頭來偷看，一會兒又把頭縮進去以免被發現，引申為忽隱忽現，相關用詞如閃躲、閃爍、閃電等。《說文》：「閃，闚（窺）頭門中也。」

篆

門縫

閒 ㄒㄧㄢˊ xián

「月」（月）光從「門」（門）縫裡穿透進來。

夜晚時將門窗關閉，但月光仍從縫隙裡穿透進來。「閒」的本義為縫隙、間隙，具有這個意義的漢字後來改做「間」，意表「日」光從「門」縫裡透進來，相關用詞如間隔等。「閒」引申為繁忙期間所抽出的空檔，也就是空暇時刻，相關用詞如閒暇、閒置等。

金　篆

間 ㄐㄧㄢ jiān

「日」光（日）從「門」（門）縫裡穿透進來。

戶籍冊

古代的戶籍冊，相當於今天的戶口名簿。周朝的戶籍制度其實已經相當進步，每一個家庭都有一冊用竹簡紀錄的戶籍資料，並且每隔數年便實施一次人口普查以維持戶政資料的正確性。這些歷史除了記載於先秦典籍中，也留存在「扁」的衍生字裡。

扁 ㄅㄧㄢˇ biǎn

扁「戶」籍「冊」。

商鞅變法後，秦國全面實行戶籍制度。《商君書》中說：「四境之內，丈夫女子皆有名於上，生者著，死者削。」「扁」的本義為戶籍冊，但若是攤開戶籍冊，便會呈現整片又平又薄的樣式，所以引申為寬薄，相關用詞如壓扁、扁豆、扁舟、扁擔等。《說文》：「扁，署也。从戶、冊。戶冊者，署門戶之文也。」

編 ㄅㄧㄢ biān

將同一「戶」的竹簡以「絲繩」（糸）串成一「冊」。

秦國以竹簡記載戶籍，一人一簡，一戶一冊，也就是說，用一支竹簡記載一個人的名字、性別、生日等，然後再將同一戶的所有竹簡用繩子串成一冊。這種以竹簡登載戶籍的方式一直延續到三國時代，從出土的「長沙走馬樓三國吳簡」便可得證實。「編戶」一詞屢屢出現於秦漢古籍中，所謂的「編戶齊民」是指秦朝打破階級，所有人民身分平等，都必須編入戶籍之中。「編」的本義為將戶籍裝訂成冊，引申為依照順序有系統的連結在一起，相關用詞如編排、編輯、編髮、編織、編曲等。《史記》：「凡編戶

扁（篆）

編（篆）

之民……。」《漢書》：「俱為編戶齊民。」《吳越春秋》：「轉從眾庶為編戶之民。」《孔叢子》：「孔氏子孫不免編戶。」

篇 ㄆㄧㄢ piān

寫在「竹」片（ ）上的「戶」籍「冊」（ ，扁）。

古代的戶籍是登記在竹簡上，一戶一冊，因此，引申為簡冊、首尾完整的文章、書籍，相關用詞如短篇、長篇小說、詩篇、詩三百篇等。

偏 ㄆㄧㄢ piān

將某「人」（ ）編進所屬的「戶」籍「冊」（ ，扁）。

在秦朝，每一個人都必須備編錄在所屬的戶籍內，如此才能清楚知道每一家有哪些成員。「偏」引申為向某一邊靠攏或傾斜，相關用詞如偏斜、偏頗、偏頭痛、偏心、偏坦等。

遍 ㄅㄧㄢˋ biàn

為登記「戶」（ ）籍「冊」（ ）而走訪（ ，辶）各地。

為了徹底實施戶籍政策，古代戶政人員必須走遍各鄉各鎮，務必使全國人民都納入所屬的戶籍。「遍」的本義為為了登載戶籍而走遍各地，引申為毫無遺漏、全部含括，相關用詞如遍佈、普遍等。

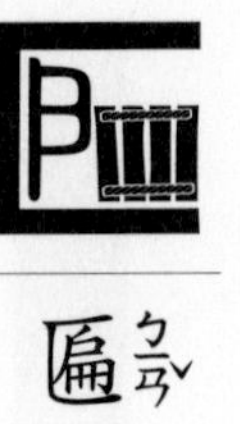

匾 ㄅㄧㄢˇ biǎn

將「戶」籍「冊」（ ，扁）放進「方筐」（ ）裡。

「匾」原是一種筐器，最早應是古代戶政人員攜帶戶籍冊所使用的籃筐，後來也被當作各種用途的筐器，如「針線匾」就是放置針線用具的

篇（篆）　偏（篆）

小竹筐；「掂匾」是農家用來篩去雜物的淺碟式竹筐，相當於篩米用具。除此之外，古代重要建築或貴族的住處，都會在大門頂上留一方型凹槽，然後在此方框內銘刻用以標示堂号、姓氏、郡望、祖地的文字，這是「門匾」的由來。金文門上所描繪的應是門匾。後來，隨著時代變遷，門匾文化也不斷翻新，不再以姓氏、堂號為主，漸漸改以表彰家風的文字，如「敦品第」、「耕讀第」、「高風亮節」等。門匾後來又演變為「匾額」，就刻寫形式而言，早期的匾額都是採「直書」形式，後來才改為「橫書」。如紫禁城裡的「太和殿」、「養心殿」是單行直書，而現存於日本的唐代扁額「唐招提寺」是雙行直書的形式，清嘉慶皇帝登基敕封匾額則是多行直書，清楚地陳述頒佈扁額的來由與目的。「多行直書」的形式源自於古代簡「冊」，代表將文字一條條書寫在竹簡上或木簡上。

人口普查

閱 ㄩㄝˋ yuè

在「門」口（ ）請住民「說」出（ ，兌）姓名與來歷以便清查人口狀況。

人口普查展開時，官員挨家挨戶拜訪民家，每到一家，就要求所有成員在門前集合，一一唱名紀錄。在西周時期，「司民」是掌管登記人民數目的官，定期舉行人口普查並層層上報於天子，《周禮》記載：「司民掌登萬民之數，自生齒以上，皆書於版。辨其國中與其都鄙及其郊野，異其男女，歲登下其死生。」「閱」的本義為在門口盤查住民的姓名與來歷以便清查人口狀況，引申為逐一清點檢查，相關用詞如點閱、檢閱、閱兵、閱讀、閱歷等。

（篆）

【第三章】……

覆蓋

冖（ㄇㄧˋ，mì）與冂（ㄐㄩㄥ，jiōng）的古字互相通用，都是代表覆蓋的意義。它們的金文都是一個覆蓋的符號，例如，冟（ㄇㄧˋ，ㄕˋ）的金文及篆體代表將「飯鍋」「蓋住」，鼏（或鼏，ㄇㄧˋ）的金文及篆體代表將「鼎」「蓋住」，也就是鼎蓋。其他包含冖或冂的字也都具有覆蓋的意義，如「冤」代表無辜的「兔」子被獵人「罩住」了，「冢」代表野「豬」被獵人「罩住」了，「冥」代表「日」光被「遮蓋」了，「冠」代表用「帽子」把頭罩住，而「南」則是一個「金鐘罩」。除此之外，冂還衍生出一些重要的基本漢字符號，如「內、丙、冈、雨」等，也都具有覆蓋的意義。

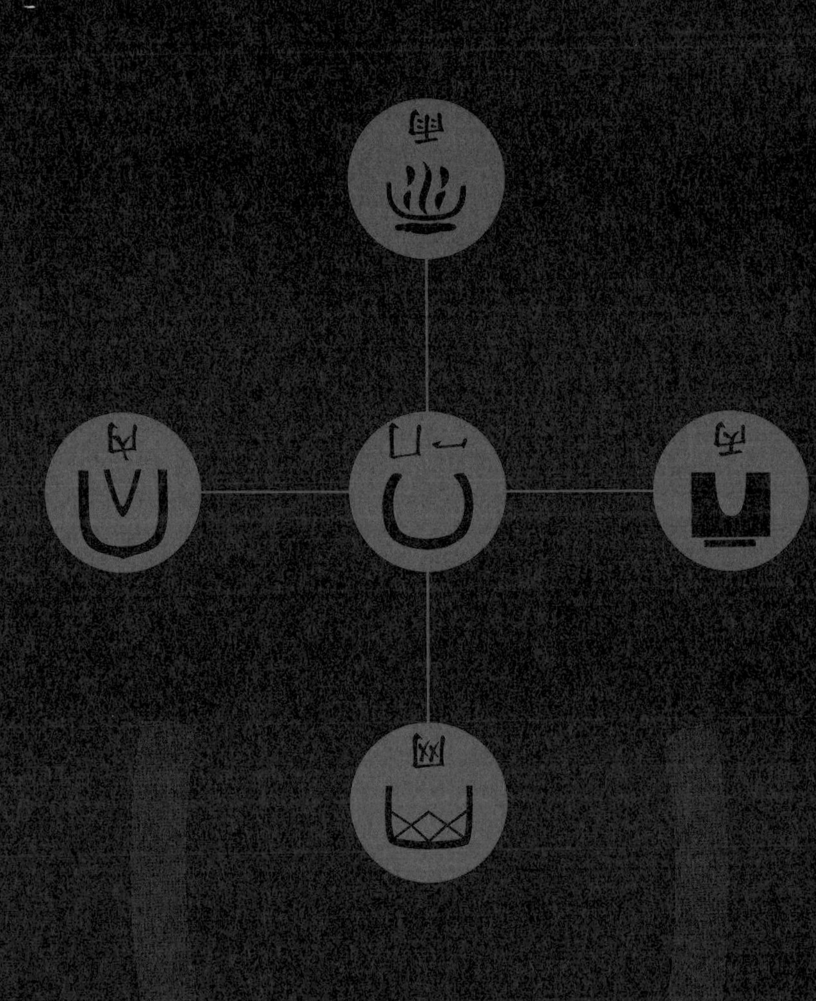

「冖、冂」的衍生字

罩住動物

冤 ㄩㄢ yuān

「兔」子（兔）被「罩住」（冂，冖）了。

野兔不易捕捉，因此古人便設下陷阱。最常見的手法是以兔子喜歡吃的食物當誘餌，在誘餌上方則放置一個罩子。上當的兔子吃了誘餌之後，守候一旁的獵人一拉繩線，兔子就被罩住了。被騙而心有不甘謂之「冤」，相關用詞如冤枉、冤屈等。

冢 ㄓㄨㄥˇ zhǒng

將「豬」（豕，豕）給罩住（冂，冖）。

「冢」是「蒙」的本字。在甲骨文符號中，冂及冂都具有將東西罩住的意義，如甲骨文冢及冢都是代表將鳥罩住，甲骨文冢及篆體冢代表將豬給罩住，這些都是古代活捉動物的寫照。《說文》：「冢，覆也。」

（篆）冤

（金）冢 （篆）冢

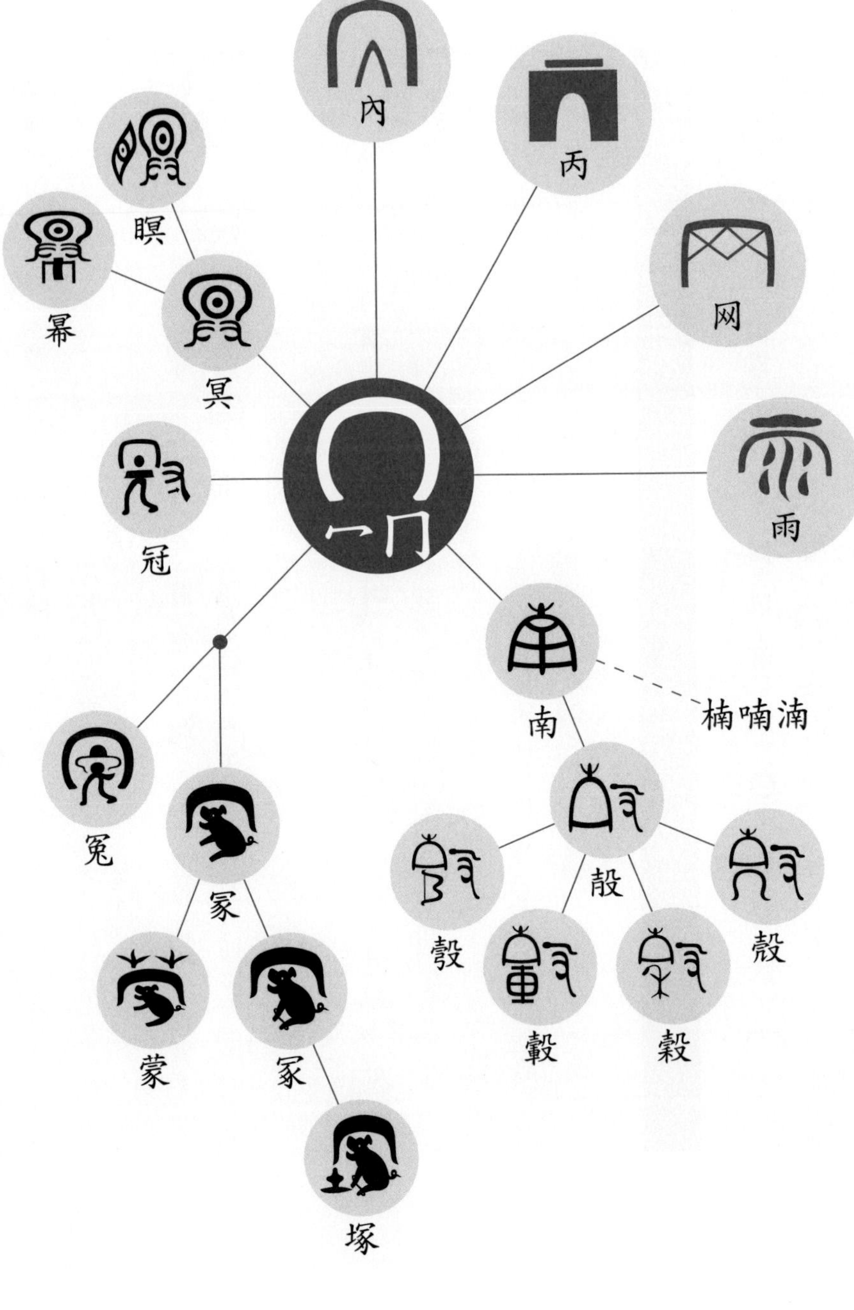
冖冂
內
丙
网
雨
瞑
冪
冥
冠
南
楠喃湳
殸
殸
殸
轂
穀
殼
冢
冢
冢
蒙
冢
塚

蒙 ㄇㄥˊ méng

用「草」（艸，艹）將東西「覆蓋」（冡，冢）。

「蒙」引申為遮蔽，相關用詞如蒙蔽、蒙騙等。蒙又衍生出矇、朦等字，「矇」代表「眼睛」被「蒙」住了，「朦」代表「月」亮被「蒙」住了。

篆

塚 ㄓㄨㄥˇ zhǒng

或冢。用「土」（土）將「豬」（豕，豕）「覆蓋」（冖）起來。

篆體 冡、冢 代表將豬「包」（勹）起來，而另一個篆體 塚 則代表用土將豬覆蓋起來。「塚」引申為隆起的墳墓。《說文》：「冢，高墳也。」

篆

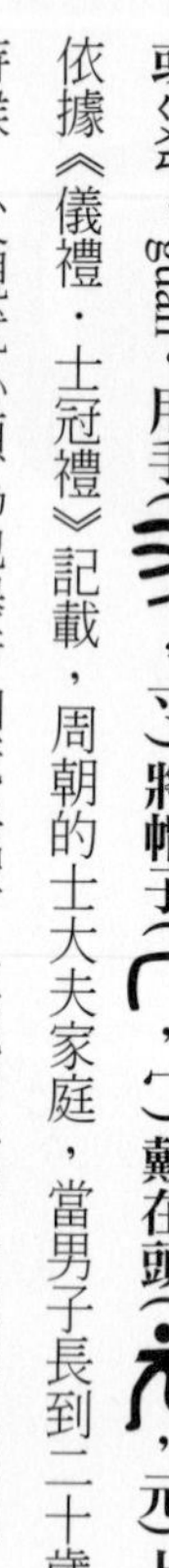

冠 ㄍㄨㄢˋ guàn

或ㄍㄨㄢ，guān。用手（寸，寸）將帽子（冖，冖）戴在頭（元，元）上。

依據《儀禮・士冠禮》記載，周朝的士大夫家庭，當男子長到二十歲的時候，父親就必須為他舉行加冠典禮，並親自將帽子戴在他的頭上，表示他不再是童子，而是成年人了。另外，周朝的成年貴族在重要場合都要穿著「冕服」，冕服是由冠（冕冠）、上衣、下裳所組成的高級禮服。「冠」的相關用詞如雞冠、皇冠等。

篆

罩住日光

冥 ㄇㄧㄥˊ míng

兩隻手（廾）拿著一個大罩子將「太陽」（⊙，日）整個「覆蓋」（冖，冖）。

「冥」的甲骨文 冥、冥、冥 代表兩隻手拿著一個大罩子（或布巾）將東西整個覆蓋。篆體 冥 表示將太陽罩住。冥是描寫日光被遮蔽的幽暗景象，先秦典籍裡，所謂的幽冥、玄冥、混冥都是指無邊的黑暗。「冥」引申為幽暗

金　篆

無光，相關用詞如冥想、冥頑、冥府（陰間）。

瞑 ㄇㄧㄥˊ míng

「眼睛」（，目）的光被「整個罩住」（，冥）了。

相關用詞如瞑目（閉目）、冥坐等。

篆

幂 ㄇㄧˋ mì

或冪。可將物體「整個罩住」（，冥）的大布「巾」（）。

「幂」是一條大布巾，如《國語》：「陳其鼎俎，淨其巾幂。」《韻會》：「幂，本作冖。或作冪。」

金鐘罩

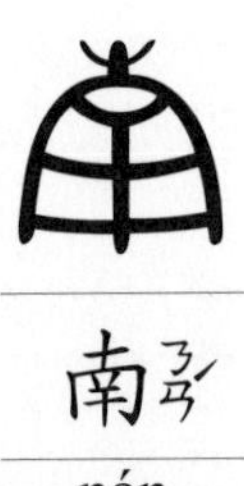

南 ㄋㄢˊ nán

吊鐘。

「南」的甲骨文、、金文、、、及篆體都是在描寫一個吊鐘，上構件是繩子吊掛的符號，（此符號與殼的甲骨文相吻合），下構件是鐘體，像個大型罩子。「南」的本義為吊鐘，引申為方位名稱，如南方、南國、南極等。為何一個吊鐘會引申出南方呢？主要是因為鍾是南方楚國重器，最早的鐘也都出現於黃河以南：

(1)「南呂」是古代的「編鐘」，也是十二律之一，例如大晟南呂編鐘就是北宋器物，鍾面鑄有「大晟」及「南呂中聲」。古代音律為何沒有東呂、西呂、北呂呢？顯然，呂是出自南方，而南呂

甲 金 篆

就是南方的鐘樂之聲。古律中的「呂」就是鐘樂，如大呂、南呂都是周朝的青銅鐘，西晉杜預說：「大呂，鐘名。」唐張守節也說：「大呂，周廟大鐘。」楚國詩人屈原所寫的《楚辭》：「吳歈蔡謳，奏大呂些。」大意是說，楚國人唱起吳國及蔡國歡樂的謳歌，並奏起鐘樂（大呂）。」

(2) 大鐘是楚國精神象徵。《淮南子》記載，吳王闔閭攻打楚國，直搗首都，燒毀米倉，毀掉楚國宗廟裡的大鐘，鞭打楚平王的屍體。楚國宗廟內的大鐘是楚國精神象徵，毀鐘就象徵滅國。原文：「闔閭伐楚，五戰入郢，燒高府之粟，破九龍之鐘，鞭荊平王之墓。」

(3) 編鐘最早出現於商代，興盛於周朝。就考古發現而言，編鐘主要出現於南方，如湖北的曾侯乙墓編鐘是非常完整的一套編鐘，曾被譽為世界第八大奇蹟。湖北葉家山墓也發現西周時期的編鐘。此外還有湖北及河南也都發現多處楚墓編鐘。

㱿 ㄑㄩㄝˋ què

或㱿，ㄎㄜˊ，ké。「**手持長棍**」（殳，殳）「**撞鐘**」（南，**南**）。

鐘是周朝常見的禮樂之器，不僅各種典禮要撞鐘，甚至連君王出門都要撞鐘。《論衡》說：「古者人君將出，撞鐘擊鼓。」凡事講究禮節的儒家，也不厭其煩地以「撞鐘」來比喻進學之道。《禮記》：「善待問者，如撞鐘，叩之以小者則小鳴，叩之以大者則大鳴。」大意是說，求學中的弟子一定要懂得深入發問。問得少而淺，老師回答得也少而淺；問得深入，老師回答就講解得深入，收穫就豐盛。這個道理與撞鐘一樣，若敲得輕，響聲就小；若重重撞擊，迴盪的鐘聲可就響亮而幽遠。「㱿」是由「㱿」簡化而來，它的甲骨文、、、及金文是由「南、殳」所組成，是持長棍撞鐘的象形文。「㱿」是「殼」的本字。㱿有兩個引申意義，其一為撞擊，其二為外體堅硬之物。

甲 金 篆

殼 ㄎㄜˊ ké

「堅硬」（，殸）的「外皮」（，几）

物體的堅硬外皮皆可稱為殼，如蛋殼、甲殼、龜殼等。「殼」的簡體字為「壳」。

甲 金 篆

穀 ㄍㄨˇ gǔ

外有「硬殼」（，殸）的「糧食作物」（，禾）。

凡稻、麥、黍等五穀雜糧都有硬殼，都可被稱為穀，食用前必須去除其外殼。相關用詞如五穀、雨穀等。

篆

轂 ㄍㄨˇ gǔ

「車」子（）較為「堅硬」（，殸）的部位，車輪軸。

車輪軸的體積雖小，卻必須要承受整個車體的重量，可以說是最堅硬的部位。《釋名》：「轂，體堅埆也。」

篆

彀 ㄍㄡˋ gòu

拉開「強硬」（，殸）的「弓」（）。

古代的青銅弓，是威力極強的硬弓。要拉開青銅弓就不是一般人做得到，項羽力能扛鼎，又能手開青銅弓，被稱為「霸王硬上弓」，但一般人就必須借助腳的力量才能拉開。「彀」引申為使勁拉弓，「彀弓」表示使勁拉弓或拉滿弓；「入我彀中」表示處在我強弓的射程範圍內。《韓非子》：「彀弩而射。」《孟子》：「羿之教人射，必志于彀。」

篆

「內」——進入屋子裡

「內」的古字有兩種構字系統。第一種系統，甲骨文、金文、是由入、宀所組成，代表進「入」「房子」裡頭；第二種系統，甲骨文、金文及篆體是由「入、冂」所組成，也是代表進入屋內，因為在古字中，「冂」有時也被用來代表房子，例如尚的金文含有「冂」，而卻寫成「宀」，相同的現象也出現在「疒」的甲骨文、。也就是說，「冂」或「宀」除了有覆蓋意義外，有時候也代表房屋，如戒的金文代表在屋內有人持戈防衛。

入 ㄖㄨˋ rù

房子的入口。

甲骨文、金文、及篆體代表房子的門框，此形狀與仰韶遺址裡穴居人類的門完全一致，他們以兩根木頭架成「入」字型當作出入的門戶。對於游牧民族而言，「入」的形狀也像是掀開帳篷的門。

內 ㄋㄟˋ nèi

進「入」()「房子」()裡面。

「內」主要的意思是進入裡頭，相關用詞如內室、內患、內子等。除此之外，內也具有入、納的意思，例如《史記》：「欲止不內。」《韓非

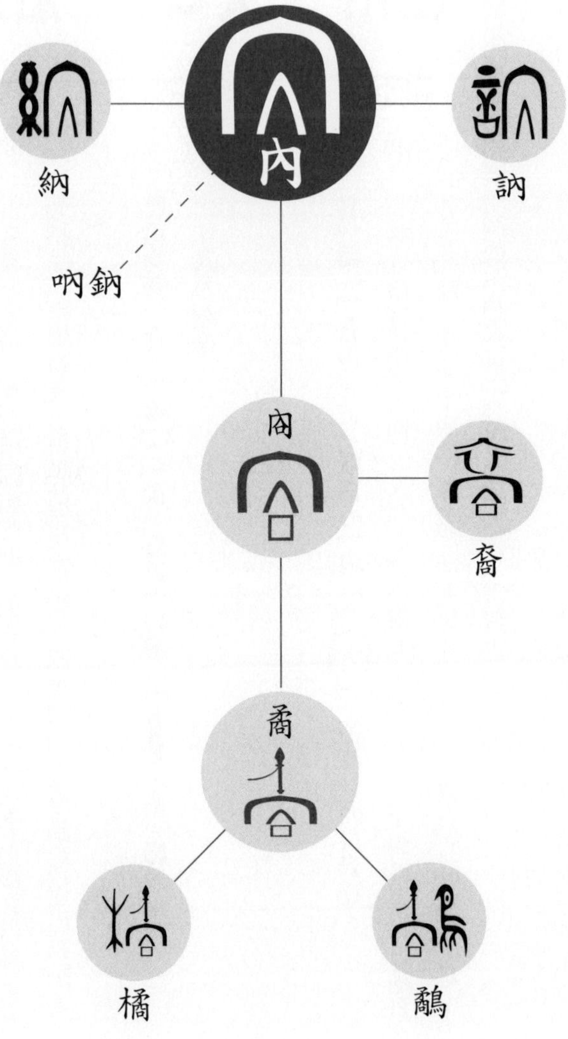
內
納
訥
吶鈉
㕯
商
矞
橘
鷸

子》：「卻客而不內。」《禮記》：「內金。」。《說文》：「內，入也，自外而入。」

納 ㄋㄚˋ nà

將物品以「繩索」（，糸）捆紮起來再送進屋「內」（）收藏。

引申義為收藏，相關用詞如收納、納妾等。納與給二字，都有以繩子捆紮物品的構字概念，只是前者用於表達收進物品，後者表達送出物品。

給 ㄍㄟˇ gěi

將禮物蓋「合」（）後，再以「絲繩」（，糸）綁起來。

引申義為贈送。

訥 ㄋㄚˋ nà

有「話」（，言）藏在心「內」（），卻難以開口表達。

有些人個性羞澀內向，愛在心裡口難開，而有些人不善於言詞，總是吞吞吐吐，表達不出內心的想法與感受。「訥」本義為有話藏在心裡，引申為言語遲鈍，相關用詞如木訥寡言。《說文》：「訥，言難也。」

㕯 ㄋㄚˋ nà

可進入屋「內」（）的小開「口」（）。

古人為了使空氣、光線等進出屋內，於是開鑿出各式窗口。「㕯」的本義為可進入屋內的小開口，引申為小開口。㕯與冏（ㄐㄩㄥˇ）二字，字型相近，容易混淆。冏的古字是由「丙」與「口」所組成，代表爐灶口，引申為明亮（請參見「丙」）。

篆 納

篆 訥

篆 㕯

裔 ㄧˋ yì

「衣」（[glyph]）服上的開口（[glyph]，冏），如衣襟口、袖口等。

引申為從開口處流通出去的人民，如裔子或後裔是指後代子孫，裔民是指移居邊境的本國子民。

篆

矞 ㄩˋ yù

用「矛」（[glyph]）向物體「內」部（[glyph]）刺出一個開「口」（[glyph]）。

《說文》：「矞，以椎穿物。」（請參見第五章「矛」）。

篆

鷸 ㄩˋ yù

善於吃蚌的「鳥」（[glyph]），以長長的尖嘴（[glyph]，矛）向蚌殼「內」（[glyph]）部刺出一個開「口」（[glyph]）。

「鷸」是一種棲息在河岸邊的水鳥，以捕食小魚、貝類或小蟲為生，牠細長的尖嘴像一支矛，可以鑽入沙土中覓食，也可以啄刺獵物。

篆

橘 ㄐㄩˊ jú

有「尖刺」（[glyph]，矞）的「果樹」（[glyph]，木）。

柑橘類的果樹，無論在樹幹或枝幹上，都佈滿尖刺，想要攀爬摘食的動物，很容易就被刺傷，於是古人以此特徵來形容它們。

篆

「丙」——爐灶

甲骨文當中，含有「丙」的字，大多與煮食有關，如（饔）、（雝）、（胥）分別代表把「龍、鳥、肉」放在爐灶上煮；（商）代表兩個鍋子在灶上；（更）代表手持火鉗撥弄爐灶下的柴火；（享）代表爐灶上的燉鍋。

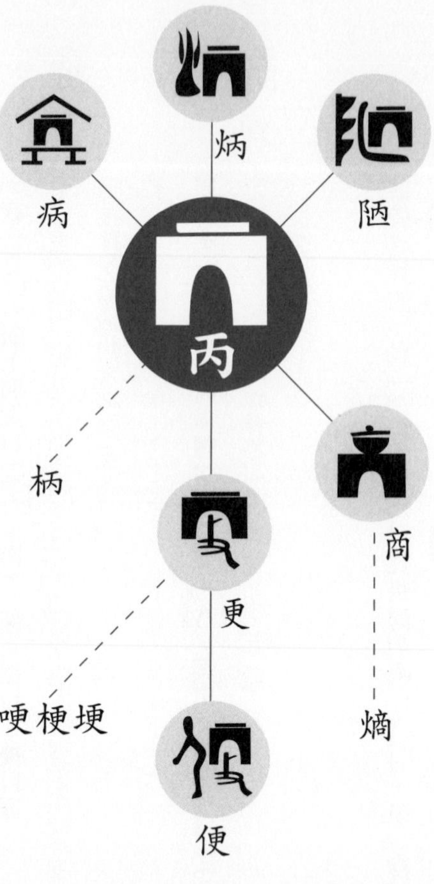

丙 ㄅㄧㄥˇ bǐng

燒火煮飯的爐灶。

燒火煮飯是每天的大事。甲骨文及金文像爐灶，下面可生火，上面可放置鍋子。「內」與「丙」的甲骨文構形幾乎一模一樣，很難區分，但金文及篆體就很明顯看出它們的差異，前者代表進入屋內，後者代表爐灶。由於「丙」的甲骨文構形與「內」很相似，為了區分，於是篆體在爐子上面加了一橫而成為，表示這是上頭可以放鍋子的爐子。「丙」的本義為爐灶或爐火，丙也是十天干的第三序位，是夏朝曆法中的第三個月份，代表天氣開始轉熱的季節。

(甲) (金) (篆)

病 ㄅㄧㄥˋ bìng

因「爐火」（，丙）在體內燃燒而「臥病在床」（，疒）的人。

由病的構字可看出，古人認為生病與發炎、發燒是有關連的。為何疾病與發燒有關呢？「疾」的甲骨文及金文表示一支「箭」（，矢）射中「人」（）的腋下，篆體表示受「箭」傷（）而「臥病在床」（）。由此可見，疾病是與箭傷有關，受了箭傷就會引起發燒，所以「病」的徵兆就是體內發燒。病的甲骨文是一個人躺在牀上，篆體將「人」改成「丙」，表示這個人的身體內部有一個爐灶，使他發熱不已。因此，中醫裡所謂的「病灶」就是指疾病的發熱根源。

(金) (篆)

炳 ㄅㄧㄥˇ bǐng

有「火」光（）從「爐子」裡（，丙）照射出來。

「炳」引申為明亮，相關用詞如炳燭（點燃燭火）、炳耀、炳著（明亮顯著）。

(篆)

陋 ㄌㄡˋ lòu

「隱居」（ㄴ，ㄴ）在「牆」（爿）角的「爐灶」（冂，丙）旁。

灰姑娘是個經典童話故事，女主角之所以被稱為灰姑娘，是因為她長年窩在爐灶邊工作，弄得全身髒兮兮的。直到有一天，爐灶旁出現了一位仙女，從此改變了她的命運。灰姑娘的遭遇其實與古代的舜類似，同樣遭受後母及同父異母的兄弟（或姐妹）的虐待，從小就得從事各式各樣的卑賤工作。同樣幸運的是，舜遇見了堯，從此嶄露頭角，最終成為後人景仰的偉大君王。漢字「陋」似乎是在描寫灰姑娘困窘時期時的處境，《論衡》說：「舜未逢堯，鰥在側陋。（舜未遇見堯之前，鰥居於偏僻簡陋的地方。）」「陋」引申為狹窄、偏僻、貧困，相關用詞如簡陋、陋室、淺陋等。

(篆)

更 ㄍㄥ gēng

或ㄍㄥˋ，gèng。「手持火鉗」（攴）撥弄「爐灶」（冂，丙）裡的柴火，改變火勢使燃燒愈加旺盛。

「更」的本字是「㪅」。甲骨文、金文及篆體都是描寫以火鉗撥弄爐火，另一個篆體的構形是為了字體方正及書寫便利而作的改變。「更」的本義為改變火勢，使燃燒更加旺盛，引申為改換、愈加，相關用詞如更改、變更等。

(甲) (金) (篆)

便 ㄅㄧㄢˋ biàn

一個「人」（亻）懂得因情勢而變「更」（㪅）作法。

「便」是描寫一個懂得變通的人，於是事情一件件圓滿解決，所以「便」引申為順利、變通，相關用詞如方便、便利等。

商 ㄕㄤ shāng

「鍋」（ ）在「灶」（ ，丙）上，鑄造器具也。

殷商人擅長興建爐灶以鑄造器具，於是以爐灶構形的「商」為稱號。在殷墟遺址中發現有一個面積達兩萬多平方公尺的鑄銅作坊，可見殷商鑄銅技術已達大規模的生產地步。殷墟所出土的青銅器數量極多，包括炊器（鼎、甗），食器（簋、豆），酒器（爵、尊、觚、卣、罍），水器（壺、盂、盤），兵工器具（刀、斧、鑿、錐、鋸、鑽、鏟、戈、鉞、矛、弓、胄）等等。殷商的司母戊大方鼎更是舉世罕見的大型青銅器。青銅是銅、錫或鉛的合金，硬度高於純銅，適於製作出各種實用兵器與工具，鑄造青銅是殷商能成為強大國家的重要因素。

青銅器的鑄造必須使用大型火爐將銅、錫熔化，然後再將熔化後的金屬液體注入模具之中。甲骨文 、 、 是「一個灶台」上有「兩個大鍋子」，而甲骨文 、 簡化為一個灶台上放「一個大鍋子」，其中， （丙）是「灶台」。金文 添加了「口」，代表爐灶所鑄造而成的「產品」。

夏商時期，以貝殼當作流通貨幣，到了商朝後期，開始鑄造銅貝以替代貝幣。河南安陽大司空村的商代墓地中所出土的銅貝，可以說是世界上最早的硬幣。「商」的金文 代表以「爐灶」（ ）鑄造銅「貝」（ ）幣。

鑄造青銅器的過程，除了要評估銅礦的純度以外，還需要計算銅、錫、鉛的比例，又要依據每一種器具的需求進行調整等等。「商」的本義為鑄造青銅器，由於考量因素眾多，所以引申為計量、估算，想關用詞為商量、商討等。又因殷商民族擅長鑄造產品以創造財富，所以又引申出與經商買賣有關的意涵，相關用詞如商業、商人等。

「网」的衍生字

張網捕獵

网 ㄨㄤˇ wǎng

或罒。將動物「罩住」（，冂）的「網子」（）。

古人織網以捕鳥獸的技能是從蜘蛛學來的，《新序》說：「昔蛛蝥作網，今之人循序。」「网」的甲骨文、、代表網子，「网」是「網」的本字。金文簡化成，篆體改成。在所有甲骨文中，网（或網）大多用於捕獵鳥獸，如（羅）、（羅）分別代表張網捕鳥及雉雞，（罝）、（罭）、（罬）分別代表張網捕虎、兔、豬，、代表以「刀」殺死被「網」禽之牛、羊，（剽）代表「束」緊「網」子再以「刀」獵殺，（罟）代表張「網」捕捉動物以餬「口」，、（罬）代表以「手」張開「網」子來捕捉動物，（罶）代表「眼睛」盯牢獵物再伺機收網或撒「網」。

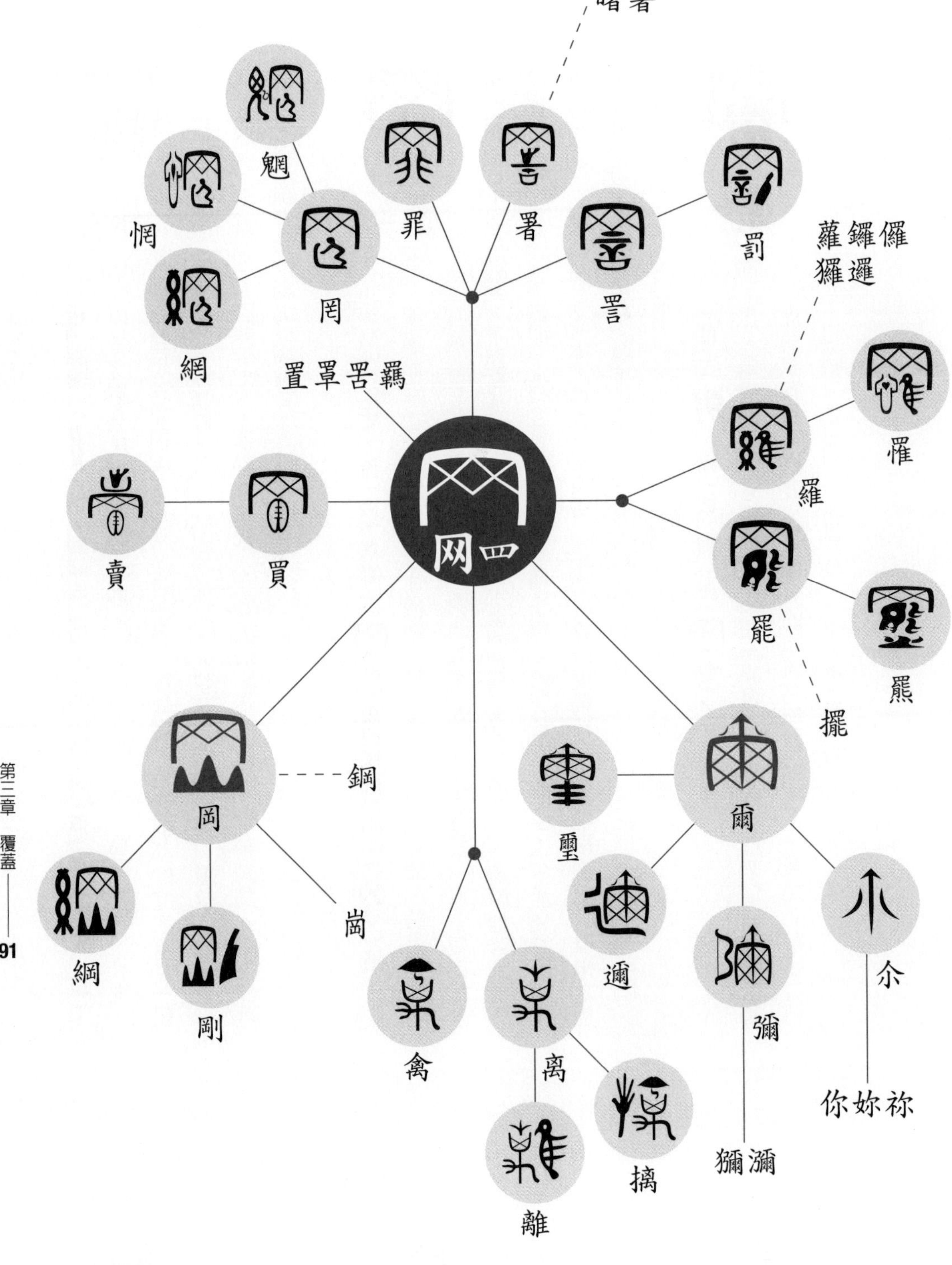
曙 薯
魍
罪
署
罰
惘
罔
蘿 鑼 儸
玀 邏
網
詈
置 罩 罟 羈
羅
羅
賣
買
网 罒
羆
罷
擺
鋼
岡
璽
爾
崗
迩
介
綱
剛
彌
禽
离
你 妳 祢
攡
獼 瀰
離

羅 ㄌㄨㄛˊ luó

用「繩索」（糸）編織的「網子」（网、罒）抓「鳥」（隹）。

甲骨文代表佈網以捕鳥，引申為用網捕捉、整齊排列、收集，相關用詞如網羅、羅列、包羅等。在周朝，負責捕鳥的官家稱為「羅氏」，他們在冬天織羅網，等待初春過後，就開始捕鳥，並將其中的鳩（鴿類）獻給國之大老享用。可見，羅姓祖先是以捕鳥為業而得此姓氏。《周禮》記載：「羅氏：掌羅烏鳥。蠟則作羅襦。中春，羅春鳥，獻鳩以養國老。」

罹 ㄌㄧˊ lí

「鳥」（隹）被「網羅」（罒）後的慌亂「心」（心）情。

東漢趙壹，俊美魁梧，恃才傲物，遭人排擠，屢次獲罪，於是把自己比喻作一隻窮途末路的鳥，寫下《窮鳥賦》，大意是說，有一隻走投無路的窮鳥，上面有網羅，下面有機關，前面有鷹隼，後面有捕獵者，彈丸、弓箭朝牠射來，想飛卻無處飛，想叫又不能叫，內心憂急，感覺身處冰窖，又像身陷火窟。」這隻窮鳥的處境大概就是「罹」的寫照吧。所幸，趙壹後來遇貴人相助，終於脫離捕鳥人的羅網。「罹」引申為遭受患難，相關用詞如罹難、罹患等。

罷 ㄅㄚˋ bà

「熊」（能）被「網」住（罒）了。

古人張網捕猛獸之紀錄不少，如《漢書》：「張羅罔罝罘，捕熊羆豪豬虎豹狖玃狐菟麋鹿。」「罷」的本義為熊被網住了，獵捕活動已告結束，引申為停止、免去，相關用詞如罷兵、罷官等。「能」是「熊」的本字。

羆 ㄆㄧˊ pí

「火」（　）烤被「網」住（　，罒）的大「熊」（　，能）。

「羆」是大型的熊。在古代，熊與羆是相當多的，例如，《逸周書》記載：「武王狩，禽虎二十有二，貓二，……熊百五十有一，羆百一十有八。」可見熊羆的數量遠超過老虎獅子，武王一次狩獵竟然可捕獲兩百六十九隻。可是，中國境內的熊後來為何變得如此稀少呢？除了能皮、熊肉具有經濟價值之外，大概是因為愛吃熊掌的關係。自古以來，君王愛吃熊掌（古時稱為熊蹯），《論衡》記載，太子商臣叛變，欲殺死自己的父親楚成王，成王臨死前，要求吃完熊掌再死，遭到拒絕，於是自縊身亡。《史記》又記載，晉靈公愛吃熊掌，有一次，御廚沒有將熊掌燉熟就端到他面前，他一氣之下，竟然把御廚給宰了。

篆

佈網捕捉人犯

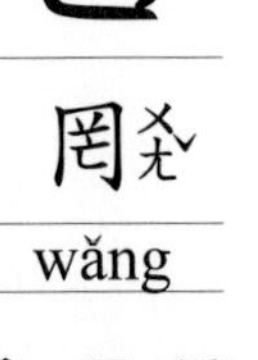

罔 ㄨㄤˇ wǎng

用「網子」（　，网、罒）捕捉逃「亡」（　）者。

「罔」的本義為張網捕獵，如《論衡》：「觀夫蜘蛛之經絲以罔飛蟲也。」《漢書》：「張羅罔罝罘。」「罔」引申為網羅、陷害，所衍生的字有網、魍、惘等。網（　）表示以「絲繩」（　）製成可「捕捉逃亡」（　）之物的工具；魍（　）表示會「網羅」（　）人的「鬼」（　）；惘（　）表示「心」（　）陷落在「網羅」（　）之中，以致於心神恍惚。

篆

署 ㄕㄨˇ shǔ

受命「前往」（　，者）佈設羅「網」（　，罒）。

要捕捉老虎、野豬等鳥獸，就必須尋找一位有經驗的獵人來佈置羅網，這是「署」的構字背景。若應用於政治，古代君王為了穩定政局，會在

篆

各處佈置地方機關以擒拿違法者以維護治安，因此，「署」也被用來稱呼政府機關，相關用詞如佈署、官署、警政署等。（「者」是由「之、曰」所組成，代表前往傳達訊息的使者，詳細說明請參見「者」。）

罪 ㄗㄨㄟˋ zuì

一個人為「非」作歹（非），於是陷入「網羅」（网，皿）裡。

古人將作惡的人稱作「為非者」，為非就是犯罪，除了會受天譴，還應受刑，因此，《史記》說：「為非者天報之以殃。」《晏子春秋》：「苦身為善者，其賞厚；苦身為非者，其罪重。」《漢書》：「犯法為非，大者群盜，小者偷穴。」《淮南子》：「畏刑而不為非。」秦始皇將「辠」改成「罪」，表明了要以網羅捕捉所有為非犯法者。《說文》：「罪，捕魚竹网。从网、非。秦以罪爲辠字。」

詈 ㄌㄧˋ lì

將人「網」住（网，皿）並施以訓誡或責罵（言，言）。

「詈」的本義為抓住別人的過錯並加以痛罵，引申為責罵，相關用詞如詈罵。《說文》：「詈，罵也。从网从言。网辠人。」周朝王室重視胎教，懷孕的后妃是不能任意詈罵的。《禮記》說：「周后妃任成王於身，立而不跂，坐而不差，獨處而不倨，雖怒而不詈，胎教之謂也。」大意是說，周后妃懷成王的這段期間，站立時不踮腳尖，坐時身體不歪斜，獨處時不顯傲慢，發怒時不任意責罵他人，這就是所謂的胎教。

罰 ㄈㄚˊ fá

將犯法者「網」（网，皿）住，施以「言」語（言）訓誡，或使用刑「刀」（ ）給予懲處。

周朝的刑罰，目的是使人知錯並加以糾正，因此，《禮記》說：「嚴刑罰以糾之。」刑、罰二字皆含刀，因為古代的五行，砍頭、割鼻、剁手腳、去生殖器與黥面都需要用刀來執行。罰除了有「刀」，還添加了「言」，表示以言語懲誡，可見是比「刑」更輕微的處分。罰的相關用詞如刑罰、懲罰、罰鍰等。

網住錢財

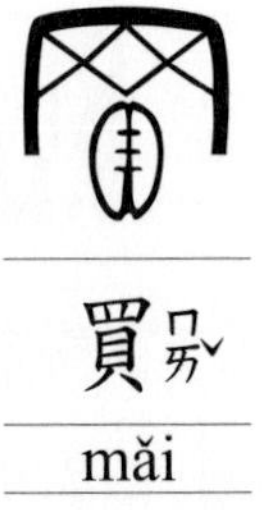

買 ㄇㄞˇ mǎi

用「錢幣」（，貝）「網」進（，罒）貨品。

相關用詞如買進、買醉等。買東西，就是以金錢換取貨物；而賣東西，就是以貨物換取金錢。在古代，不只人民經營買賣，連政府也經營起買賣。漢武帝時期，大司農桑弘羊提出「平準」政策以穩定物價，由職掌平準的官員監督物價，當市場上某種商品價格上漲時，就以低價出售；當商品價格下跌時，則予大量收購，以保持物價相對穩定。

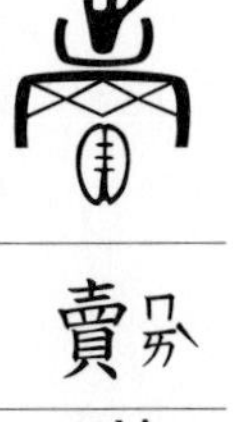

賣 ㄇㄞˋ mài

將「買」（）進的貨品交易「出」去（）。

賣就是將之前買進來的貨物，再交易出去。賣的相關用詞如賣出、賣酒等。《說文》：「賣：出物貨也。从出从買。」篆體是由買、出所組成的會意字，但金文卻是由屯、目、貝所組成，顯然與商品屯集、觀察時機、換取金錢有關，這是古代商人致富的常用方法。

岡 ㄍㄤ gāng

如「網」狀交織的（，罒）「山」脈（），山脊骨也。

遠行者站在山頂上，常會看見連綿起伏的山脈，交錯連接成網狀。人有血脈、經脈、筋脈，山則有所謂的山脈，也就是山的經脈，又稱為山脊（山的脊椎骨）。山脊就是山的稜線，它是古代重要道路或軍事要地。登上岡陵遠行也經常是古代使者出使遠方所必須經歷的艱辛任務。如《詩經》：「車騎駢闐，被行岡巒。」「陟彼高岡，我馬玄黃。」「迺陟南岡。」「如岡如陵。」岡，山崗也。「岡」是「崗」的本字，相關用詞如岡陵、高岡、站岡等。《說文》：「岡，山骨也。」

金 篆

綱 ㄍㄤ gāng

像「山脊骨」（，岡）一般的「繩子」（，糸）。

縱橫交錯的山脈像一面網子，然而，山脊骨是整座山脈的主幹線。古人藉山脊骨來形容整面網子的主線繩。「綱」就是網子的主線繩，引申為事務的主幹，相關用詞如總綱、綱要等。不善於佈網捕獵的人，網子拉來拉去，不但張不開，還愈扯愈亂，但擅長佈網的人，只要拉動網子中較粗的主線繩，所有的細繩與網目都隨之撐開。這就是《左傳》所說的：「善張網者引其綱，不一一攝萬目而後得。」

篆

剛 ㄍㄤ gāng

像「刀」（）一樣堅硬，像山「岡」（）一樣屹立不搖。

刀是剛硬之物，可以破網，可以宰殺，古文於是藉此描寫出「堅硬」的意義，甲骨文 代表以「刀」破「網」，另一個甲骨文 代表以

甲 金 篆

「刀」殺死被「網」擒的「牛」。金文改作「刀」與「岡」的組合，在此，岡除了是聲符，也是義符。山岡具有穩重不可移動的特性。整體而言，剛是用來形容一個人或物的本質堅強，但卻不肯彎曲或做任何改變。子路是孔子的著名弟子，以性格剛烈著稱，《孔子家語》形容他「為人果烈而剛直」，他所堅持的事，沒有人能改變他。《衛康叔世家》記載，子路是孔悝的家臣，為了維護主人的名節，與叛臣蒯聵（後來的衛後莊公）的手下相鬥。子路雖然武藝高強，但戰鬥中帽子卻不小心被打下來了，於是他停止戰鬥，把帽子撿起來戴正，就在他綁帽帶的時候，被對手乘虛擊殺，剁成肉醬。自此，傷心不已的孔子就不再吃肉醬。剛的相反是柔，如外柔內剛、剛柔並濟、以柔克剛，陽剛陰柔等。

交織如網的箭矢

爾 ㄦˇ ěr

甲 金 篆

對方射來的「箭」（）、「分」（八、八）散開來像密布的「網」（）一般。

兩軍作戰，與「我」方爭戰的對方稱為「爾」，此兩字都以武器來表示。爾的甲骨文及金文主要是由許多支箭矢（矢的甲骨文及金文、）的符號所組成，篆體則保留前端箭簇並將後半部改成「网」（網），表示箭如織網。爾似乎是描寫作戰時，對方射來的箭如雨下，佈滿了天空，自遠而近，因此爾具有「滿」、「近」的義涵，如《集韻》：「爾，滿也。」《詩．大雅》：「戚戚兄弟，莫遠具爾（近也）。」後來，這兩種意義分別以「彌」、「邇」替代，「爾」則引申為你或你們，如孔子說：「爾愛其羊，我愛其禮。」「盍各言爾志？」爾（你）的相對字是「我」，「我」的甲骨文是一個手持干戈的人，顯然，古人是以爭戰中的兩方來表達你、我。

尒 ㄦˇ ěr

或尒。「分」（八，八）散開來的「箭」（↑）從對方射來。

「尒」是「爾」的簡寫，代表對方，衍生字有你、妳、祢。

（篆）

彌 ㄇㄧˊ mí

使用長「弓」（弓）射出「密如織網的箭矢」（爾，爾）。

篆體彌、彌在爾的左邊添加「弓」或「長」，代表以「長弓」射出密佈的箭矢。長弓可以射得更遠，所以「彌」引申為佈滿、更加，相關用詞如彌新、彌月等。如何抵擋這麼密集的飛箭呢？《逸周書》說：「儠矢將至，不可以無盾。」由此可見，舉起盾牌護住要害乃是上策。衍生字「瀰」代表到處「佈滿」了「水」，相關用詞如瀰漫。

（篆）

邇 ㄦˇ ěr

「密如織網的箭矢」（爾，爾），由遠處漸漸「走」（辵，辶）近。

引申為靠近、近處。相關用詞如名聞遐邇、行遠必自邇。

（篆）

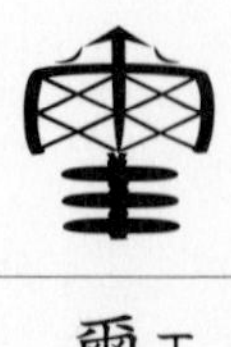

璽 ㄒㄧˇ xǐ

以「玉」（玉）製印章蓋出取得「對方」（爾，爾）信任的符號。

古代書信往來，為了取得對方信任，通常都會在信件上蓋上送信者的專屬印章。「璽」是周朝官府書信往來所使用的玉製印章，到了秦始皇，則將「璽」當作皇帝專用的印章。《周禮》：「凡通貨賄，以璽節出入之。」《釋名》：「璽，徙也。封物使可轉徙。」

（篆）

長柄網子

甲骨文、及金文是一支長柄網子，可見商朝人已懂得將網子與長竿結合成為好用的獵捕工具。此長柄網子所衍生的漢字主要為畢、禽與离。

畢 ㄅㄧˋ bì

「手持長柄網子」（）「田」獵（），可一網打盡。

「畢」本義為用網子獵捕，如《詩．小雅．鴛鴦》：「鴛鴦于飛，畢之羅之。」由於獵物一旦遭網獲，獵事就告結束，所以引申為全部、結束，相關用詞如完畢、畢業等。甲骨文、是手持長柄網子的象形文，另一個甲骨文則將持柄的「手」省略成「一橫線」，這是指事用法。之後金文又添加「田」，表示在田野打獵。

甲 金 篆

禽 ㄑㄧㄣˊ qín

「伸長手臂」（，九）抓著「長柄網子」（）去獵捕「可食之物」（，今）。

「禽」本意為獵捕可食用的動物，包含飛鳥與走獸，但現在多指飛鳥。《白虎通》：「禽者何？鳥獸之總名。」相關用詞如家禽、禽獸。甲骨文、是手持長柄網子的象形文，金文、及篆體則將添加「今」，「今」代表含在嘴裡，在此代表食用。「今」也是聲符。

金 篆

摛 ㄔ chī

「捉拿」（[glyph]，扌）「鳥獸」（[glyph]，禽）。

离 ㄌㄧˊ lí

「伸長手臂」（[glyph]，九）抓著「長柄網子」（[glyph]）捕捉「樹梢」（[glyph]）上的動物。

「离」是「離」的本字。

離 ㄌㄧˊ lí

「伸長手臂」（[glyph]，九）抓著「長柄網子」（[glyph]）捕捉「樹梢」（[glyph]）上的鳥（[glyph]）。

由於樹梢上的動物不易捕獵，所以引申為走開，相關用詞如分離、離家、離職等。

离（篆）　離（篆）

「雨」的衍生字

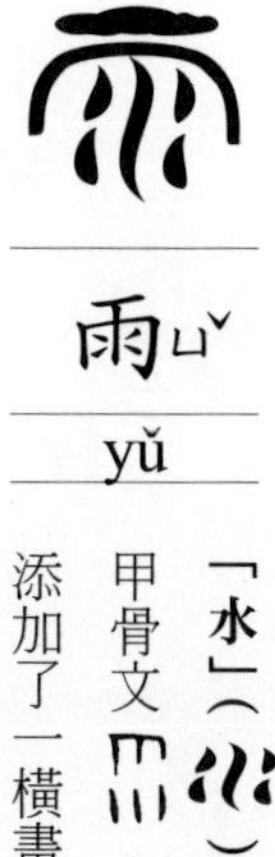

雨ㄩˇ yǔ

「水」（）從「天上」（）「罩落」（，冂）下來。

甲骨文、金文都是代表水從天上落下來，篆體在其上又添加了一橫畫，這一橫代表天（同樣的構字概念也出現在帝、示、云、天、辛等字）。相關用詞如天降甘雨、汗如雨下、雨露均霑等。

甲　金　篆

雲雨相伴而生

雲ㄩㄣˊ yún

會轉變成「雨」（）的「天上雲氣」（，云）。

水蒸氣上升之後，會凝結成雲，雲層累積到一個程度之後就會降雨。初時，雲變成雨，在過些時候，雨水蒸發後，又變成雲。《莊子》說：「雲者為雨乎？雨者為雲乎？」甲骨文、代表天上的雲氣，篆體加雨作，代表天空中的雲氣會轉變為雨，相關用詞如白雲、吞雲吐霧等。

金　篆

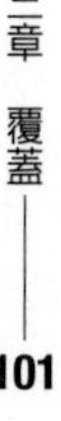

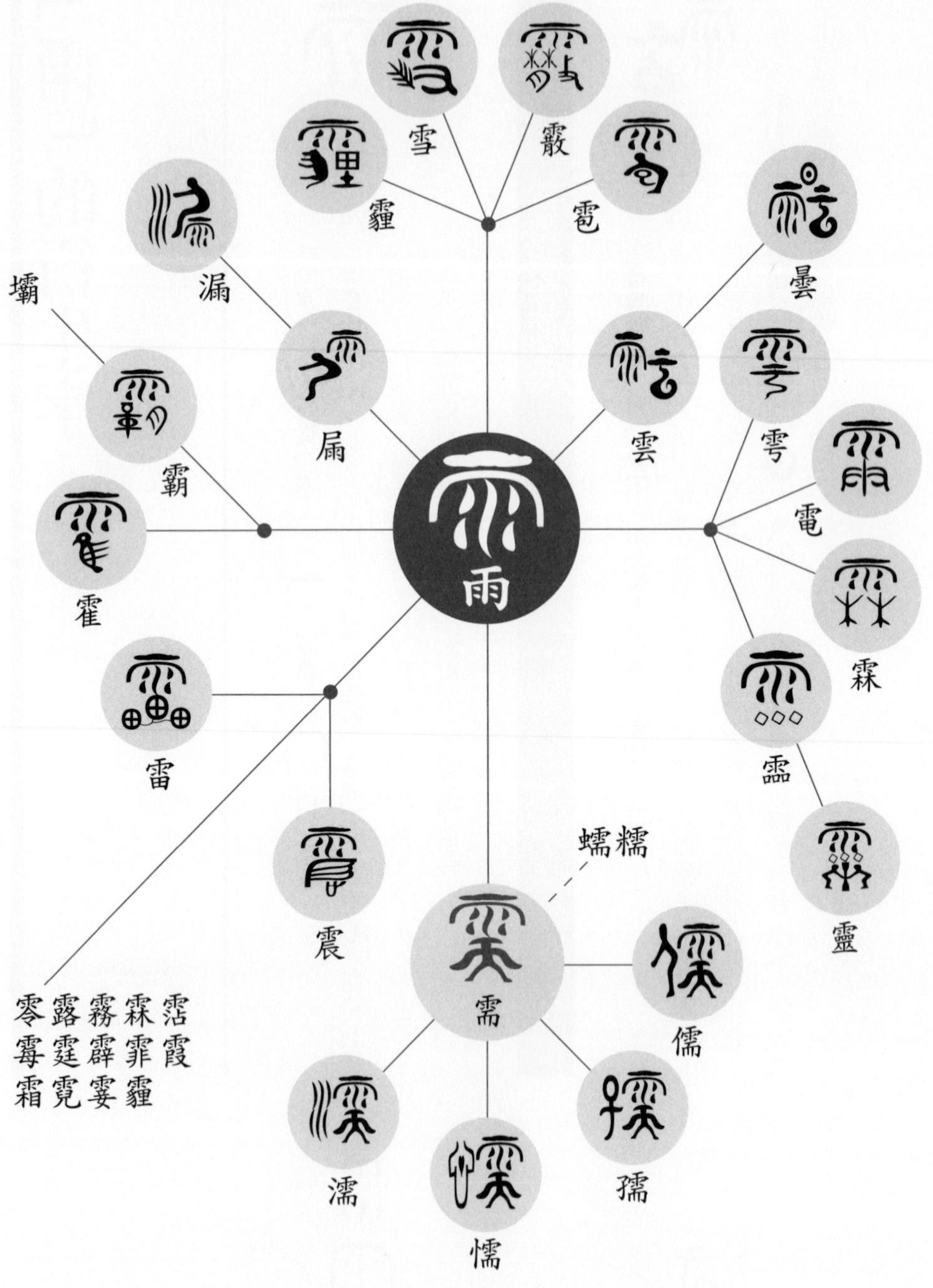

雨
雪
霰
霾
雹
曇
漏
灞
屚
雲
雩
霸
電
霍
霖
雷
霝
靈
震
蠕 糯
需
儒
零 露 霧 霖 霑
霉 霆 霹 霏 霞
霜 霓 霎 霾
濡
孺
懦

曇 ㄊㄢˊ tán

「太陽」（，日）光折射下的美麗「雲」彩（）。

太陽折射下的雲朵，美麗燦爛，然而，夕陽無限好，只是近黃昏，美麗彩霞總是短暫得令人嘆息，所以「曇」引申為彩色的雲、極短暫時間，相關用詞如彩曇、曇花等。

（金）（篆）

從天降落之物

雪 ㄒㄩㄝˇ xuě

或ㄒㄩㄝˋ，xuè。「掃除」（，彗）「天空飄落之物」（，雨）。

古人居住在寒冷的北方，冬天下雪之後，人們必須掃除屋瓦或窗檽上的積雪，造字者因而以掃雪之景像來描寫「雪」。甲骨文是由雨（）及掃帚（）所組成的會意字，篆體及是由雨及彗所組成的會意字。（彗），手持掃帚。另一個篆體則是簡化後的結果。「雪」本義為雲層落下的白色結晶體，引申為掃除，相關用詞如白雪、雪恥等。

（甲）（篆）

霾 ㄇㄞˊ mái

「從天而降之物」（，雨），像一頭會吞噬的「猛獸」（，豸）一般，準備將萬物掩「埋」（，埋省）。

中國西北、華北以及外蒙古地區有許多沙海，強勁的冬風一吹，北京等地便籠罩在沙塵暴裡，這時候，遮天蓋日的沙土掩蓋大地，像一頭吞噬萬物的猛獸。沙塵暴又稱為霾害，霾的甲骨文、代表從天而降的塵土，像猛獸一般，準備吞噬萬物，篆體加了「埋」，表示吞噬掩埋，引申為遮蓋、掩埋，相關用詞如霾害、陰霾等。沙塵暴

（金）（篆）

自古就有，如《詩經》：「終（冬）風且霾。」《後漢書》：「霾霧蔽日。」《楚辭》：「霾土忽兮壓壓。」《爾雅》：「風而雨土為霾。」

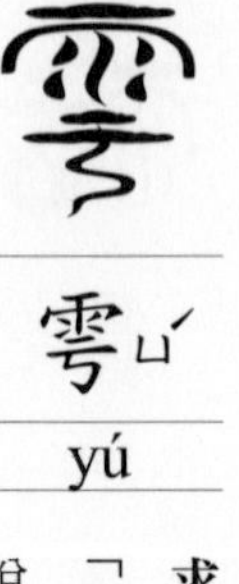

雹 ㄅㄠˊ báo

「雨」水（）遇冷凝結成「包」（）。

雨水遇冷可凝結成冰、雪之外，也能結成雹與霰。雹又稱為冰雹。《風俗通義》記載漢文帝即位二十三年，天將冰雹，大如桃李，累積有三尺之深，前所未見。原文：「文帝即位二十三年……，雨雹如桃李，深者厚三尺。」冰雹不僅傷害農作物，甚至還會傷害動物，《西京雜記》說：「雹殺驢馬。」

霰 ㄒㄧㄢˋ xiàn

遇冷凝結的小「雨」滴（）隨風飛「散」（）。

雨滴遇冷凝結成包，大顆的稱為「雹」，小顆的稱為「霰」。雹與霰常同時出現於古籍中，如《楚辭》：「雹霰兮霏霏。」《呂氏春秋》：「雹霰傷穀。」劉向認為雨滴遇陰冷之氣就變成「雹」，遇溫暖陽氣則散成「霰」。《漢書》：「劉向以為，……轉而為雹……則散而為霰。」霰也是指飛散的雪花，如《楚辭》：「霰雪紛其無垠兮。」

祈雨

雩 ㄩˊ yú

求「雨」（）的祭祀「煙氣達於上天」（，于、亏）。

「雩祭」是古代祈雨的祭典，《說苑》：「大旱則雩祭而請雨。」《論衡》說：「魯設雩祭於沂水之上。」有一次，孔子請弟子表達心中願望，曾皙說，我希望在暮春四月時，穿著春裝去參加雩祭，跟著祈雨者在沂水邊沐浴，迎風而歌，跳祈雨舞蹈。」《論語》：「莫春者，春服既成。冠者五六人，童子六七人，浴乎沂，風乎舞雩。」甲骨文（䨵）代表在雨中跳舞，祈雨舞也。「雩」的甲骨文代表向「神」（、，示）求雨（）。後來，另一個甲骨文、金文及篆體將「示」改成「于」，代表祭神求雨的煙氣直達天上。

霝 ㄌㄧㄥˊ líng

下「雨」（）落地所發出的「連連響聲」（，叩）。

「霝」的甲骨文及金文表示大「雨」（）擊打地面所發出的「連連響聲」（，叩），金文代表「雨聲」（）如「缶」（），另一個金文、代表「雨聲」如「龠」（）。「霝」引申為雨落下來了。《說文》：「霝，雨零也。」《詩經》：「靈雨既零」、「霝雨其濛。」（霝的構字概念與哭、咒、喿、囂相同，其中的吅表示連連響聲。）

靈 ㄌㄧㄥˊ líng

「巫」人（）呼求神靈「落雨」（，霝）。

古代祈雨者除了君王、冠者、童子之外，還有巫人。古代祈雨儀式也是五花八門，有跳舞、沐浴、歌詠之外，更有捉巫人去曝曬的。《論衡》說：「故大雩之祭，舞童暴巫。」這裡所說的「暴巫」就是將巫人曝曬的意思。乾旱時，頂著艷陽，巫人使出渾身解數向天求雨。《禮記》記載，魯國遇到乾旱，穆公想抓巫人曝曬（暴巫），但謀臣縣子卻不以為然，他說，把希望寄託在這愚昧的婦人身上，未免太離譜了。最後，穆公休市三天，親自帶領臣民虔心求雨。可見，巫人是因應人的迷信而產生的職業。靈引

甲 金 篆

篆

申為巫人呼求的對象，相關用詞如神靈、靈驗、靈魂、靈歌、靈感、靈活等。

電 ㄉㄧㄢˋ diàn

人向神「祈求」（，申）降「雨」（），神以閃電回應，所以引申為閃電。

殷商初期，連年乾旱，民不聊生，商湯除了向神祈求赦罪，還親自獻身當作燔祭，結果柴火還沒點燃就雷電交加，天降大雨。這個典故史稱「桑林禱雨」。《呂氏春秋》：「天大旱，五年不收，湯乃以身禱於桑林，曰：『余一人有罪，無及萬夫。萬夫有罪，在余一人。』……於是翦其髮，櫪其手，以身為犧牲，用祈福於上帝。」電的金文及篆體是由「雨」及「申」所組成，申主要的意涵是祈求、陳述，「申」的甲骨文、金文及篆體是跪著的人；篆體及則是兩手拿香的象形文。許多含有「申」的漢字都隱含著祈禱的意涵，如「壽」的金文表示向神祈禱（，申）使其能活到「老」（），神的金文表示一個人向神（）下跪，篆體表示一個人雙手拿香拜神。

金 篆

霖 ㄌㄧㄣˊ lín

有如樹「林」（）裡所降的「雨」（）。

古人向天求雨的典禮，通常會設在「林」間，如商湯在桑林祈雨，結果天降甘霖。為何必須在樹林裡求雨呢？因為，每逢甘旱，草木枯乾，唯有森林裡的樹木依然青翠，可見，林中的雨量特別豐盛。《論衡》說：「天之旱也，山林之間不枯。」長期乾旱，農作物無法生長，多希望來個雨季。「霖」本義為林間之雨，引申為豐沛雨量或長時間的下雨，《左傳》說：「凡雨三日以往為霖。」齊桓公時期甚至有連下一百天的霖雨，《說苑》記載：「齊桓公之時，霖雨十旬。」

金 篆

雷雨

雷 ㄌㄟˊ léi

或靁。大「雨」（雨）中，「雷聲連連」（畾）。

甲骨文及金文代表接連的雷聲，雷聲連連。篆體加了「雨」，更完整地描寫出雷雨交加的景況，另一個篆體則是簡化後的結果。相關用詞如春雷、迅雷等。

震 ㄓㄣˋ zhèn

在「農田耕作」（辰，辰）時，響起一陣「雷」「雨」（雨）。

篆體代表在「農田耕作」（辰，辰）時，響起一陣「雷」（畾），另一個篆體則將「雷」改成「雨」。農民在耕作時，突然來了一陣雷雨。措手不及的農人，紛紛尋找可避雨的地方。聽著巨雷打在河水洶湧的河岸邊，腳底感受到大地的震動。黃河中下游有個「雷澤」，又稱雷夏澤，這地方以雷聲而聞名。《山海經》說：「雷澤中有雷神。」《史記》也記載：「舜耕歷山，漁雷澤。」

需要雨衣護身的人

需 ㄒㄩ xū

一個身穿「簑衣」、頭戴「笠帽」的「人」（大），在「雨」（雨）中行走。

引申為雨天出門要攜帶雨具。蓑衣與笠帽是雨天的必備用具，而遠在周朝就已經有相關記載了，如《國語》：「譬如蓑笠，時雨既至必求之。」（雨季已經來臨了，必須趕緊取得蓑衣與笠帽。）金文、描寫一個「身穿簑衣，頭戴笠帽的人」在「雨」（）中行走，篆體、是逐步調整筆順之後的結果，但戴雨具的人已訛變為「而」，失去了原始的意涵。「需」引申為必須要有的東西，相關用詞如需要、需求等。在古代，勞動階級出外工作被雨淋溼是稀鬆平常的事，有誰會需要雨具保護呢？那就是儒生、孺子以及懦弱者。以下「儒、孺、懦」三字頗能表達這種想法。

儒 ㄖㄨˊ rú

雨天出門時，「需」要雨具保護（）的「人」（）。

孔子學說以仁愛為本，不講武力，被稱為儒學。漢字「儒」是描寫一個經不起風雨的讀書人，引申為溫柔、終日以書本為伍的人。《說文》：「儒，柔也。」相關用詞溫文儒雅、儒生等。

（篆）

孺 ㄖㄨˊ rú

雨天出門時，「需」要雨具保護（）的「小孩」（，子）。

引申為年幼，相關用詞如孺子、婦孺等。《說文》：「孺，乳子也。」《六書故》：「子幼弱也。」

（篆）

懦 ㄋㄨㄛˋ nuò

出門「需」要雨具保護（）的「心」態（）。

沒有雨具就不敢出門的人，會被視為膽小鬼，相關用詞如懦弱、懦夫等。

（篆）

濡 ㄖㄨˊ rú

「雨」（）水（，氵）從「笠帽蓑衣」（）慢慢浸潤而下。

「濡」是描寫被雨水浸潤的景況，相關用詞如濕潤、耳濡目染、浸潤等。《管子》：「雨，濡物者也。」

（篆）

霍 ㄏㄨㄛˋ huò

在「雨」（ ）中迅速飛離的「鳥」（ ，隹）。

大雨來了，原本在草地上蹦跳覓食的一群小鳥，一個個飛去躲雨了。甲骨文 及金文 代表一群鳥在雨中，篆體 簡化成一隻鳥。「霍」引申為迅速、突然、鳥飛聲，相關用詞如霍亂、霍然、磨刀霍霍等。《說文》：「霍，飛聲也，雨而雙飛者，其聲靃然。」

屚 ㄌㄡˋ lòu

「雨」水（ ）打在「躺臥」（ ，尸）的地方。

甲骨文 代表一個人睡在床上，雨水從上頭落下來。篆體 代表「雨」水落在「躺臥」（尸）的地方，另一個篆體 表示雨水從「棚屋」（广）的屋頂滲下來。「屚」後來添加「水」改做「漏」（ ）。《說文》：「屚，屋穿水下也。」

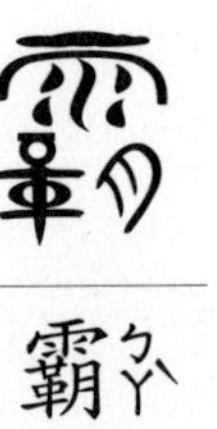

霸 ㄅㄚˋ bà

大「雨」（ ）無情地落在曝曬的皮「革」（ ）及「肉」品（ ）上，一場霸王雨。

在古代，冬季來臨前，就有許多人開始製作臘肉，或剝動物皮革以製作冬衣。剝好的皮革及臘肉都必須晾在戶外風乾或曝乾。運氣不好，來了一陣大雨，往往就造成未曬乾的皮革及肉品因而發霉腐敗。「霸」引申為依杖權勢而行，相關用詞如霸王、霸道、霸凌、霸佔等。

甲 金 篆

金 篆

金 篆

【第四章】……容器

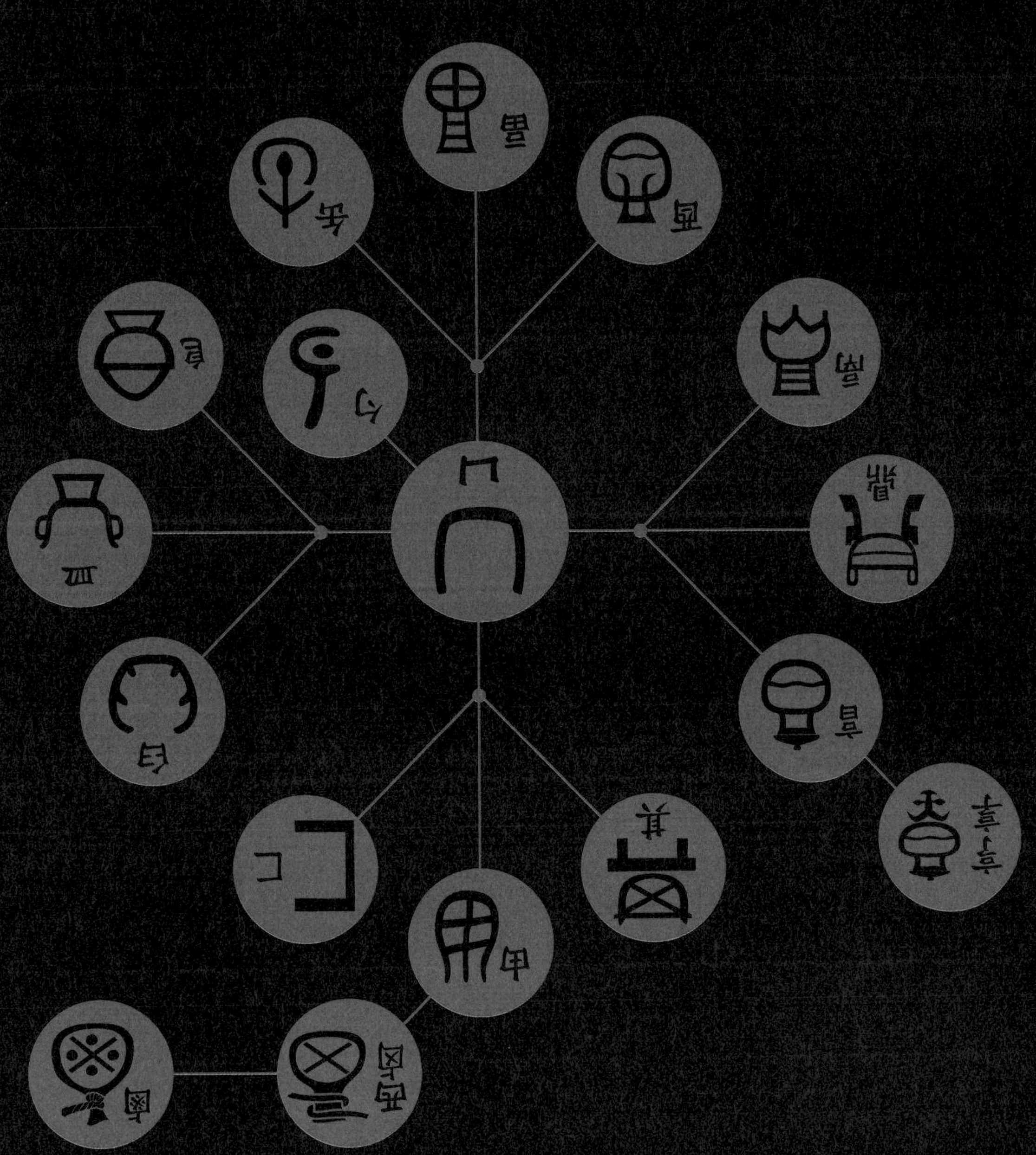

類別／容器	圖像字	現代漢字	構字意義	衍生的常用漢字
盆器類		皿	不透水的有耳盆器	益溢鎰隘盥孟盈盆盂盍蓋闔瞌監鑑鹽盜盡盪溫殟慍寧盧血盟恤等
		皀	飯盆	簋食餐飧餘餡飼飾飭即既溉概慨卿鄉饗退廄等
		臼	內部粗造的凹型盆器	巢勦舊舄寫鼠竄兒閱臽陷餡焰閻臿插舀稻舂椿毀舅等
瓦罐類		缶	瓦罐	寶匋陶窯罄缺缸罐罈等
		畐	長頸陶罐	富福匐逼等
		酉	酒（或酒罐）	酒酌配酋尊奠鄭酣醉酗酖醋醴醫酹等
燉鍋類		亯	燉鍋	享孰熟敦燉烹醇淳諄等
		鼎	有腳有耳的大型燉鍋	貞禎偵真員圓則等
		鬲	三足蒸鍋	隔膈鬳甗獻等

類別	字	字義	相關字
麻袋類	由	張開口的麻袋	宙畚抽甹聘娉騁袖軸迪笛害割瞎憲西等
	西卤	裝滿物品的麻袋	栗粟垔湮煙甄遷晒賈票飄漂標瞟縹卤
	鹵	一袋鹽	滷鹽鹼鹹覃醰蕈等
其他類	其	畚箕	箕基期斯撕簸棄糞等
	匚	方形儲物器	匣[illegible]匡筐框匠篋匱匪區匧柩等
	勺	舀食物用的勺子	杓酌的灼約妁與豹斗科料斛斜魁等

「凵」——凹陷地形

挖凵造屋

從考古遺跡可發現，穴居是上古時代中原地區主要的居住型態。穴居的發展從橫穴、袋穴、坑穴，逐漸演化到半穴居。西安半坡仰韶文化即出現半穴居的建築型態。先在地上挖掘淺坑，然後在坑上搭建柱子及茅草屋頂，就可以住人了。半穴居又稱為「凵居」，具有冬暖夏涼、防強風等優點。

凵

凵 ㄎㄢˇ kǎn

凹陷的地方。

坎的古字。《漢書》：「鑿地為坎」。《說文》：「坎，陷也，險也」。

凵 篆

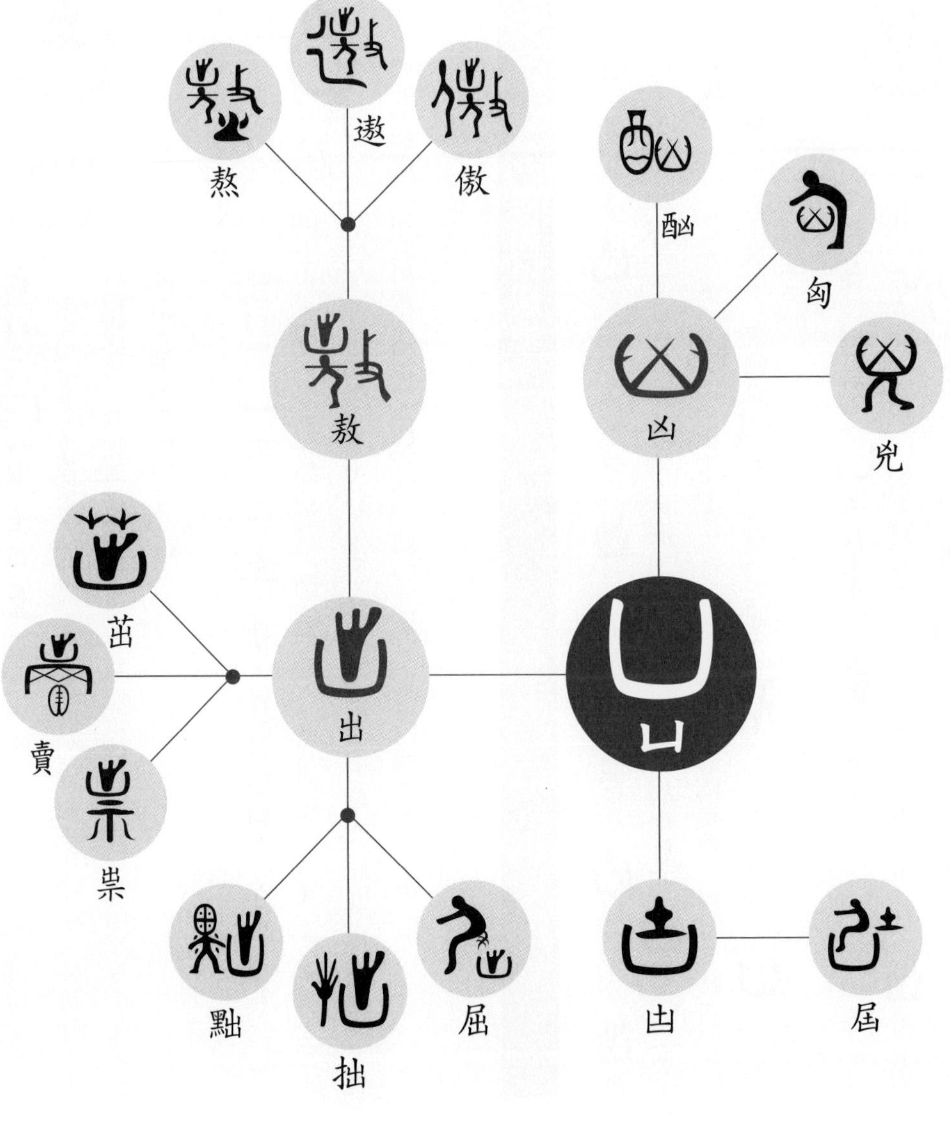
凵
出
凶
屮
敖
熬
遨
傲
酗
匈
兇
茁
賣
祟
黜
拙
屈
凷
凷

凷 ㄎㄨㄞˋ kuài

挖「凵」（）取「土」（）。

引申為土堆。先民鑿穴而居，西安半坡的仰紹文化顯示，先民在地上挖掘淺坑，然後再搭建柱子與茅草屋頂居住。先民將所挖掘的土堆積成山，稱為「凷山」。

屆 ㄐㄧㄝˋ jiè

挖「凵」（）取「土」（）之後，終於可以「躺下」安歇（，尸）。

古人尋找可安居的地方，勘查地點，鑿穴而居，這是一件極為勞苦的工作，挖出大量土石之後，才能安心躺下安歇。「屆」引申為完成、到達、期滿、極限，相關用詞如屆齡、屆時等。屆與完具有相近的構字概念。

走出凵居地

「各」的甲骨文（）與「出」的甲骨文（）呈現非常對稱的關係。（）是回家，（）是離家。居民回家便向下走進凵居中，外出便向上走離凵居。「各」的甲骨文（）表示「向下走」（）回「凵」居處（）。後來漸漸不住洞穴，所以字形稍微做了調整，將「凵」改成「口」，但仍然表示居處。篆體（）表示各自「走回」（）自己的「居所」（）。

出 ㄔㄨ chū

從「凵」居處（）「往上走」（），外出。

古人採半穴居，離家時必須向上攀登階梯而出。甲骨文（）與金文（）都是表示從「凵」居處（）「往外走」（）。「出」引申為

甲　金　篆

由裡到外，相關用詞如出門、出口等。

屈 ㄑㄩ qū

夾著「尾」（）巴跑「出」（）去。

金文（）表示夾著「尾」巴（）跑「出」（）去，篆體（）則是簡化後的結果，這是藉動物行為來描寫人類行為的構字應用。當一個人遭受欺壓時，處境就好像夾著尾巴逃跑的狗一般，因此，「屈」引申為彎縮、意志受挫、被冤枉，相關用詞如屈膝、屈辱等。《說文》：「屈，無尾也。」

黜 ㄔㄨˋ chù

犯了錯，除了被施以「墨刑」（，黑）外，還被免除職務，逐「出」（）宮廷。

「黜」引申義為降職或罷免。

祟 ㄙㄨㄟˋ suì

「神」（）「出」（）走了，鬼魅便出來作怪，危害世人。

引申為鬼怪、危害，相關用詞如作祟、鬼鬼祟祟等。

拙 ㄓㄨㄛˊ zhuó

用「手」（，扌）把不良品給挑選「出」（）來。

「拙」的本義為被挑出來的不良品，引申為粗劣、遲鈍，相關用詞如拙劣、笨拙等。《說文》：「拙，不巧也。」《老子》：「大巧若拙。」

（金）（篆）

（篆）

（篆）

茁 ㄓㄨㄛˊ zhuó

草木的幼苗（艸，艹）從地上冒「出」（出）來。

引申為生長，相關用詞如茁壯、茁茁（草木剛長出來的樣子）。《說文》：「茁，草初生出地貌。」《文始真經》：「草木俄茁茁。」《孟子》：「牛羊茁壯，長而已矣。」

篆

將「出」簡化為「士」的敖與賣

敖與賣的古字都含有「出」的符號，但隸書為了簡化書寫，卻將「出」改成「士」，然而，這兩個字的字義與士並無任何關聯。

敖 ㄠˊ áo

流「放」（攴）「出」（出）去。

金文代表手持鞭條將人流放到野「草」地，篆體改成「放」與「出」的會意字，代表流放而出，任其自力更生、自由快活。「敖」是「遨、傲」的本字，如《詩經》：「微我無酒，以敖以遊。」《商君書》：「官無邪則民不敖，民不敖則業不敗。」《禮記》：「敖不可長，欲不可從，志不可滿，樂不可極。」

金　篆

熬 ㄠˊ áo

用「火」（火）將食物的精髓釋「放」（攴）「出」（出）來。

熬在先秦典籍裡，最常出現的莫過於熬煮中藥，經過長時間的熬煉，藥材裡的精華就會逐漸被釋放出來，如《傷寒論》：「桂枝甘草龍骨牡蠣湯方：桂枝一兩；甘草二兩；牡蠣二兩，熬。」熬的相關用詞如煎熬、熬夜等。《說文》：

金　篆

「熬，乾煎也。」《儀禮》：「熬黍稷各二筐。」

傲 ㄠˋ ào

自我「放」（）逐「出」（）去的「人」（）。

「傲」的本字為「敖」，如《墨子》：「貴不敖賤。」因此，傲的字義與敖相近，代表流放出去的人。先秦時代所謂的「敖民」就是出走他國的遊民。由於古字敖與遨、傲互通，所以敖民就是傲民。春秋戰國時期，有志氣的人在本國無法施展抱負，紛紛出走他國打拼，或到邊境開拓，這些出外人，有著異於常人的傲骨。「傲」的本義為出外人，引申為不屈服、輕視、態度輕率，相關用詞如高傲、傲慢等。《新序》：「士之傲爵祿者（輕視爵位的讀書人）。」

遨 ㄠˊ áo

自我「放」（）逐「出」（）走（，辶）。

「遨」的本字為「敖」，隸書添加走字旁「辶」，藉以凸顯出走他國之義。「遨」引申為出外遊玩或觀光，如《前漢紀》：「千里遨遊。」《論衡》：「遨戲之人。」《列仙傳》：「遨步觀化。」

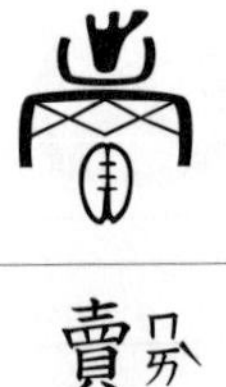

賣 ㄇㄞˋ mài

將「買」（）進的貨品交易「出」去（）。

傲 篆

賣 篆

凹陷的凶險地勢

凶 ㄒㄩㄥ xiōng

一塊「凹陷」（ ）的「險惡」（ ）地勢。

凵（ ，ㄎㄢˇ）是一塊凹陷之地，而凶（ ）裡頭的ㄨ表示能刺傷人的險惡東西，因此「凶」引申為險惡、不吉利，相關用詞如凶兆、凶險等。《說文》：「凶，惡也，像地穿交陷其中也。」

兇 ㄒㄩㄥ xiōng

「險惡」（ ）的「人」（ ），殘暴之人。

匈 ㄒㄩㄥ xiōng

「凶」（ ）惡的「人」（ ，勹）。

古代中國人因為常遭受北方民族的侵犯，故稱他們為「匈奴」。

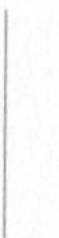

酗 ㄒㄩˋ xù

「酒」（ ）後露出「凶」（ ）惡本性。

古人認為酣醉之人，特別會顯露出本性，因此，故意將欲提拔之人灌醉來觀察其人是否可靠，戰國《逸周書》：「醉之酒，以觀其恭」，東漢諸葛亮也說：「醉之酒，以觀其性」。酒品不良的人，酣醉之後就演變成酗酒，酗酒者最易惹出禍事。

(篆) (篆) (篆) (篆)

盆器類

盆器類是屬於底小口大的容器，這類容器主要的漢字符號為皿、皀、臼，其中，皿是一種不透水的有耳容器。皀是一個飯盆，古代稱為簋，古人用它來盛裝煮熟的飯食。臼則是內部粗造如米臼之類的凹型容器。

「皿」——不透水的有耳容器

甲骨文、、金文及篆體是一個不透水的容器，容器旁還有兩耳以便於提取。皿主要是用來盛裝水、食物、排泄物等。

盥洗盆

盥 guàn

「雙手」（）自「盆」（，皿）中舀「水」（，氵）洗臉，盥洗。

金 篆

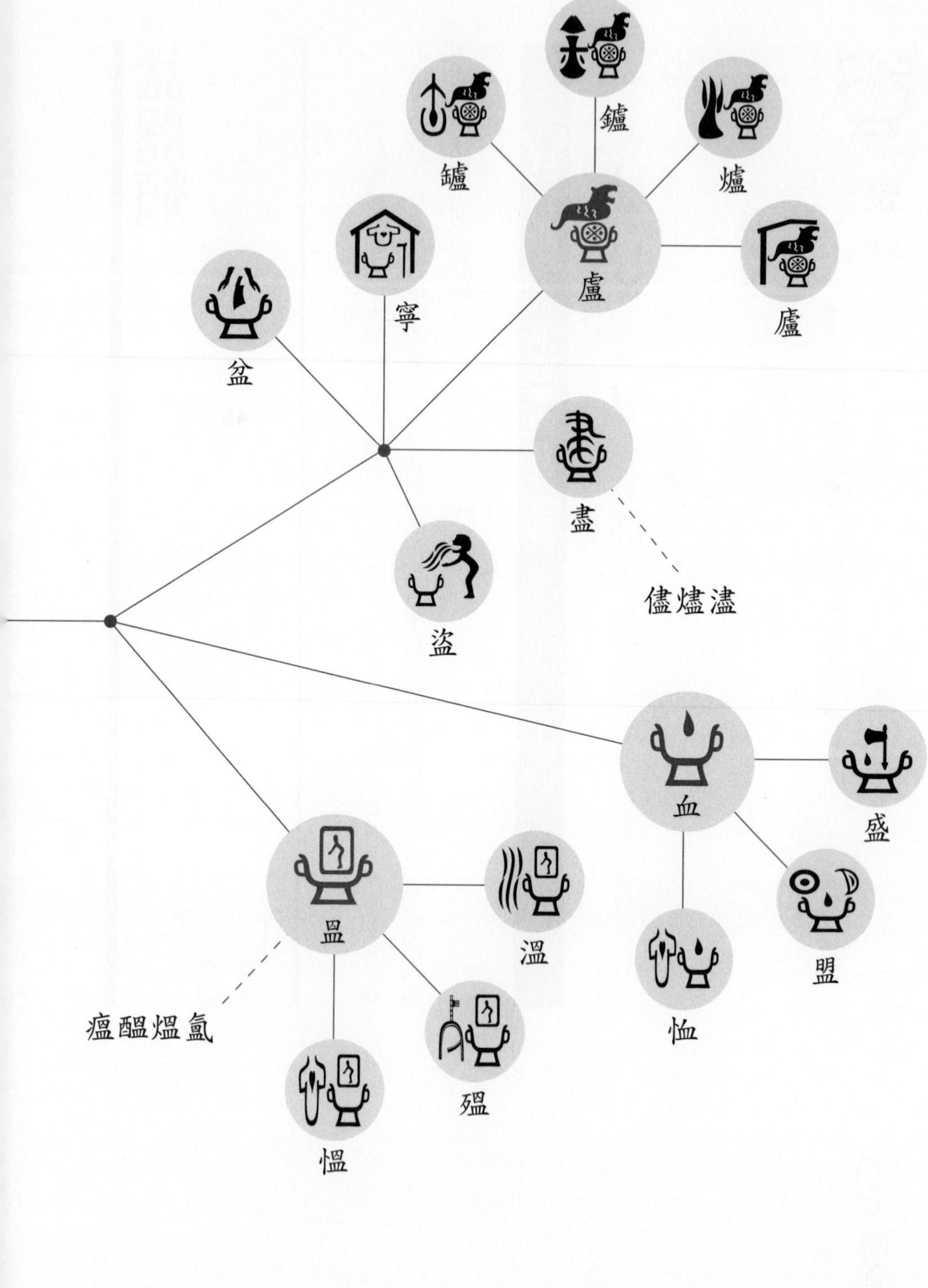

鑪
鑪
爐
盧
廬
寍
盆
盡
儘燼濜
盜
血
盛
盟
恤
昷
溫
殟
慍
瘟醞煴氳

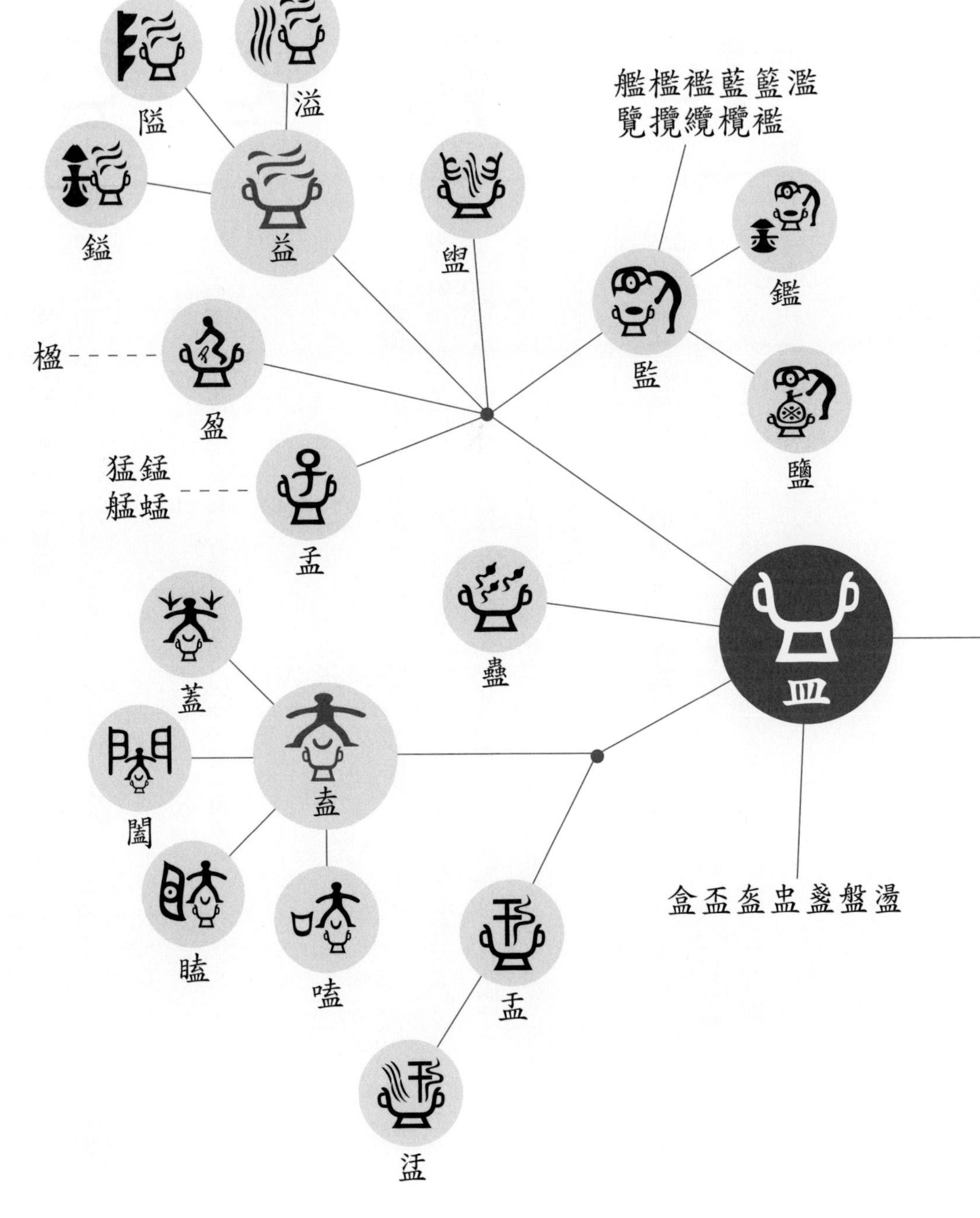
艦檻襤藍籃濫
覽攬纜欖襤
隘
溢
鎰
益
盥
鑑
監
盬
楹
盈
猛錳
艋蜢
孟
蠱
皿
蓋
闔
盍
瞌
嗑
盂
盒盃盔盅盞盤盪
盂

甲 金 篆

益 ㄧˋ yì

「水」（ ）添滿在「容器」（ ，皿）裡。

引申為添滿、更加、有利。相關用詞如益發、益處、利益等。

溢 ㄧˋ yì

「水」（ ，氵）從「容器」裡滿（ ，益）出來。

篆

隘 ㄞˋ ài

「滿溢」（ ，益）的人群擠在「陝壁」（ ，阜）中。

引申為狹窄的交通要道。古代著名的關隘（隘口），都是地勢狹窄的交通要道，因此成為兵家必爭之地。例如戰國時，六國聯合攻打秦國，結果秦國將百萬大軍圍困在函谷關，得到空前勝利。西漢賈誼《過秦論》如此描寫：「百萬之眾，叩關而攻秦，秦人開關延敵，九國之師，遁逃而不敢進。」

鎰 ㄧˋ yì

「滿盆」（ ，益）的黃「金」（ ）。

古人稱二十兩金子為「鎰」，因為剛好裝滿了一盆。「滿」與「溢」的構字概念非常一致，滿的古字 （ㄇㄢˇ）代表「二十」（ ，廿）「兩」（ ）。《禮記》所稱的「一溢米」就是指二十兩米。

盂 ㄇㄥˋ mèng

在「盆子」（，皿）裡洗澡的孩「子」（）。

上海博物館收藏一尊春秋時期的青銅澡盆，高四十五公分，口徑七十九公分。有關盂的說明（請參見「孟」）。

盈 ㄧㄥˊ yíng

「人」（）在澡「盆」（，皿）中洗澡，一「腳」踏下去（，夊），水就滿出來。

盈，滿也，相關用詞如惡貫滿盈等。《說文》：「盈，滿器也。」

監 ㄐㄧㄢ jiān

「一個人低頭注視」（）「臉盆裡的水」（）所反射的面容。

「監」的本義為檢查自己的面容，引申為仔細檢查，相關用詞如監察、監管、監工、監牢等。由監為聲符所衍生的字相當多，音發ㄐㄧㄢ（jian）的字有鑑、鑒、艦；音發ㄌㄢ（lan）的字有覽、襤、藍、籃、濫、攬、欖等。

鑑 ㄐㄧㄢˋ jiàn

「一個人低頭注視」（）「金」屬（）「臉盆裡的水」（，皿）所反射的面容，覽鏡自照。

「鑑」的本字為「監」。古人以盆子裝水當作鏡子，用以檢視自己的容貌。金文添加了金（，金屬），這是因為商周人開始懂得以青銅製作面盆之後的文字變革，篆體則是調整筆順後的結果。「鑑」的本義為照鏡子，引申為自我審查。相關用詞如鑑定、鑑別等。《廣雅》：「鑑謂之鏡。」鑑、鑒都是異體字。「鑑」的簡體字為「鉴」。

寧 ㄋㄧㄥˊ níng

拿著飯碗（[glyph]，皿），拄著枴杖（[glyph]，丂）到他人家裡，「心」（[glyph]）裡期望他人給予食物與歇宿。

寧似乎在描寫古代僧侶、教化子或流浪漢，一手持缽，一手持杖，到處化緣。（手中持杖，一方面可以防狗咬，一方面可用來敲門）。「寧」引申為尋求可暫時安心之地，相關用詞如寧願、安寧、歸寧（女子回娘家）。《說文》：「寧，願詞也，從丂。」

甲 [glyph] 金 [glyph] 篆 [glyph]

盧 ㄌㄨˊ lú

可餵飽「虎」（[glyph]，虍）「胃」（[glyph]）的「大飯鍋」（[glyph]，皿），鍋爐。

甲骨文[glyph]像是老虎在吃盆中的食物，金文[glyph]、篆體[glyph]則是由虎、胃、皿所組成的會意字，代表可以填滿虎胃的大號食器。「盧」是「爐、鑪、鑪」的本字，其中，爐代表燒「火」做飯的鍋子，鑪代表「瓦罐」鍋，鑪代表「金」屬鍋。由於煮飯鍋的外壁總是被燻得烏黑的，所以「盧」引申為黑色，相關用詞如盧弓（黑色大弓）、盧犬等。

甲 [glyph] 金 [glyph] 篆 [glyph]

廬 ㄌㄨˊ lú

有「爐子」（[glyph]，盧）及「頂棚」（[glyph]，广）的簡陋屋舍。

「茅廬」是以茅草蓋頂的簡陋屋舍；「廬墓」是古人為了陪伴剛死去的親人而在墓旁所搭建的小茅屋；「田廬」是田間的小茅屋。

篆 [glyph]

盡 ㄐㄧㄣˋ jìn

「手持動物毛」（）刷洗器「皿」（）。

吃完飯了，就要去清洗碗盤等器皿。「盡」引申為器皿空了、東西用完了、完全、終了，相關用詞如盡力、盡頭、自盡等。「盡」的簡體字為「尽」。

（甲）（金）（篆）

盆 ㄆㄣˊ pén

可用來「分」（）裝物品的「容器」（，皿）。

分配物品時，一人一盆。相關用詞如臉盆、花盆、盆地等。

（金）（篆）

盜 ㄉㄠˋ dào

對著他人「盆裡」（，皿）的食物（或財物）「流口水」（，次）。

「盜」是表達過度貪戀他人財物的行為，引申為偷取、搶奪，相關用詞如強盜、盜用等。

（金）（篆）

刑盆

昷 ㄨㄣ wēn

人被「囚」（）禁在「鍋盆」（，皿）中。

引申為溫熱，「昷」是「溫」的本字。古代有所謂的「烹刑」，將犯人衣服脫光，丟進湯鍋裡煮，商朝、周朝、甚至秦朝的項羽都曾施行過這種刑法。由於此種刑法太過殘忍，漸漸被廢除，於是，後人多將昷改成「昷」。熅（ㄩㄣ）代表以慢火烤盆中之人。

（金）（篆）

殟 ㄨㄣ wēn

慢慢「悶燒」（昷，昷）至「死」（歹，歹）。

「殟」引申為即將死亡、失去知覺。《聲韻》：「殟，欲死也。」《廣雅．釋詁》：「殟，病也。」《楚辭》：「仰長歎兮氣噎結，悒殟絕兮咶復蘇。」

（篆）

溫 ㄨㄣ wēn

慢慢「悶燒」（昷，昷）的「水」（氵，氵）。

「溫」引申為冷熱程度、不冷不熱、緩和，相關用詞如溫度、溫和、溫吞等。

（篆）

慍 ㄩㄣˋ yùn

持續「悶燒」（昷，昷）的「心」（心）。

引申為含怒。相關用詞如慍色、慍怒、解慍等。《論語》：「人不知而不慍，不亦君子乎？」

（篆）

血盆

血 ㄒㄧㄝˇ xiě

鮮血一滴滴地（血滴）滴入「盆子」（皿，皿）裡。

古代祭祀，必須殺羊取血，然後將血灑在祭壇上，這個儀式稱為「郊血」。血的甲骨文、金文表示血一滴滴地滴入皿中，這是宰殺取血的象形字。《說文》：「血，祭所薦牲血也。」

（金）（篆）

盛 ㄕㄥˋ shèng

或ㄔㄥˊ，chéng。以「長柄大斧」（戉）殺羊取「血」（皿）。

盛的甲骨文是由「長柄大斧」及「一滴血」所組成，代表以長柄大斧殺牲取血，後來，金文及篆體添加「皿」，表示以盆子盛血。「盛」的本義為在隆重祭典中殺羊取血，引申為填裝、隆重，相關用詞如盛飯、豐盛、興盛等。古人殺羊取血後，將血灑在祭壇上，塗抹在禮器上，甚至在結盟時，塗抹在嘴唇上。

甲 金 篆

盟 ㄇㄥˊ méng

在「日」（）「月」（）的光照下，將牲畜「血」（）塗在嘴唇上，向神發誓遵守諾言。

「盟」乃紀錄古人「日月明鑑，歃血為盟」的情景，金文及篆體都是由日月血三構件所組成，但隸書將血簡化為皿。相關用詞如盟約、結盟等。

金 篆

恤 ㄒㄩˋ xù

看見「血」（）就「心」（，忄）生憐憫。

相關用詞如憐恤、體恤等。

便盆

去 ㄑㄩˋ qù

「人」（，大）張腿蹲坐以解除「排泄物」（）。

相關用詞如除去、離去等。

甲 金 篆

盍 ㄏㄜˊ hé

人大便（𠫓，去）時，張腿蹲坐在便「盆」（皿，皿）上。

「盍」的本義為覆蓋，「盍」是「蓋」的本字。另一個篆體𥁋是在皿上加一個蓋字，也是表達覆蓋的意思。為何要將盆子蓋緊呢？原來是因為排泄物臭氣沖天之故，於是，「盍」引申為疑問字，相關用詞如盍反其本？盍各言爾志？盍如？

漢朝將便盆稱為「虎子」，因其形狀像蹲著的老虎，到了唐朝，唐太宗因忌諱與祖父李虎同名，故改成馬子，現在則稱為馬桶。

（金）𥁋　（篆）盍

蓋 ㄍㄞˋ gài

用「草」（艸，艹）掩「蓋」（盍，盍）。

瞌 ㄎㄜ kē

「眼皮」將眼睛（目，目）「覆蓋」了（盍，盍）。

這是描寫因疲倦，眼皮不自覺閉合的情形。相關用詞如打瞌睡、瞌睡蟲。

（篆）瞌

嗑 ㄎㄜˋ kè

將「嘴巴」（口，口）「蓋」（盍，盍）起來。

這是描寫上下排牙齒對咬的情景。相關用詞如嗑牙、嗑瓜子等。

闔 ㄏㄜˊ hé

將「門」扇（ ）關「合」（ ，盍）。

本義為閉合，引申為所有的，相關用詞如闔閉、闔棺、闔城、闔家等。

（篆）

盂 ㄩˊ yú

「煙氣」（ ，于）從「盆」（ ，皿）內散溢出來。

「盂」是古代盛湯、酒、尿、痰等液體的容器，相關用詞如尿盂、痰盂等。這些液體的氣味濃厚，常常瀰漫於室內，令古人印象深刻，於是造出此饒富趣味的漢字。《史記・滑稽傳》：「酒一盂」。

洿 ㄨ wū

或汙、污。尿「盆」（ ，皿）裡的「水」（ ，氵），發出惡臭的「煙氣」（ ，于、亐）。

引申為骯髒的，相關用詞如污穢、污染等。汙、污、洿三者為異體字，意義與發音都相同。

（金）（篆）

養毒蠱的盆子

蠱 ㄍㄨˇ gǔ

在器「皿」（ ）中培養的毒「蟲」（ ）。

古人養毒蠱來害人的紀錄不少，如《輿地志》：「江南數郡有畜蠱者，主人行之以殺人，行食飲中，人不覺也。」《通志・六書略》：「造蠱之法，以百蟲置皿中，俾相啖食，其存者為蠱。」

（金）（篆）

「皀」——飯盆

皀（或皂，ㄐㄧˊ，jí）的甲骨文、、金文代表一碗盆的飯食，下半部是商朝盛裝飯食的器皿——簋，上半部是白米飯。由「皀」所衍生的字都與食物有關。

簋 ㄍㄨㄟˇ guǐ

「竹」製（）盛裝「食物」（，皀）的器「皿」（）。

簋是商周時期盛裝飯食的器皿（盛黍稷之器），主要是用來盛裝煮熟的米飯。商周考古所發現的陶簋及青銅簋不在少數，可見是常用的食器。形狀為圓腹、圈足，大部分有蓋、有耳。依據文字演變的順序來看，「簋」的本字為「皀」，後來添加「皿」，表示此物屬於器皿，又添加「竹」，表示屬於竹製品。另外就考古遺物來推斷，商周時期有不少青銅簋，戰國以後就漸漸減少，可見青銅製品已漸漸被竹製品取代，這也是篆體為何添加「竹」的緣故。《儀禮》：「夫人使下大夫勞以二竹簋方（方形竹簋）。」《史記》：「飯土簋（陶簋）。」

篆

吃飯

食 ㄕˊ shí

「嘴」裡咀嚼著（，亼）碗中「食物」（，皀）。

甲骨文是由一張嘴、一鍋飯及兩滴口水所構成，清楚而生動地描繪出一個人就食的模樣。金文及篆體則去除兩滴口水。

甲 金 篆

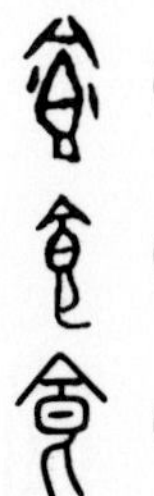
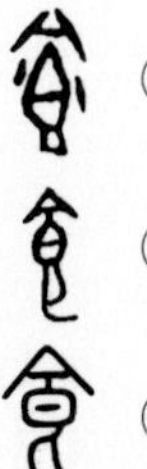

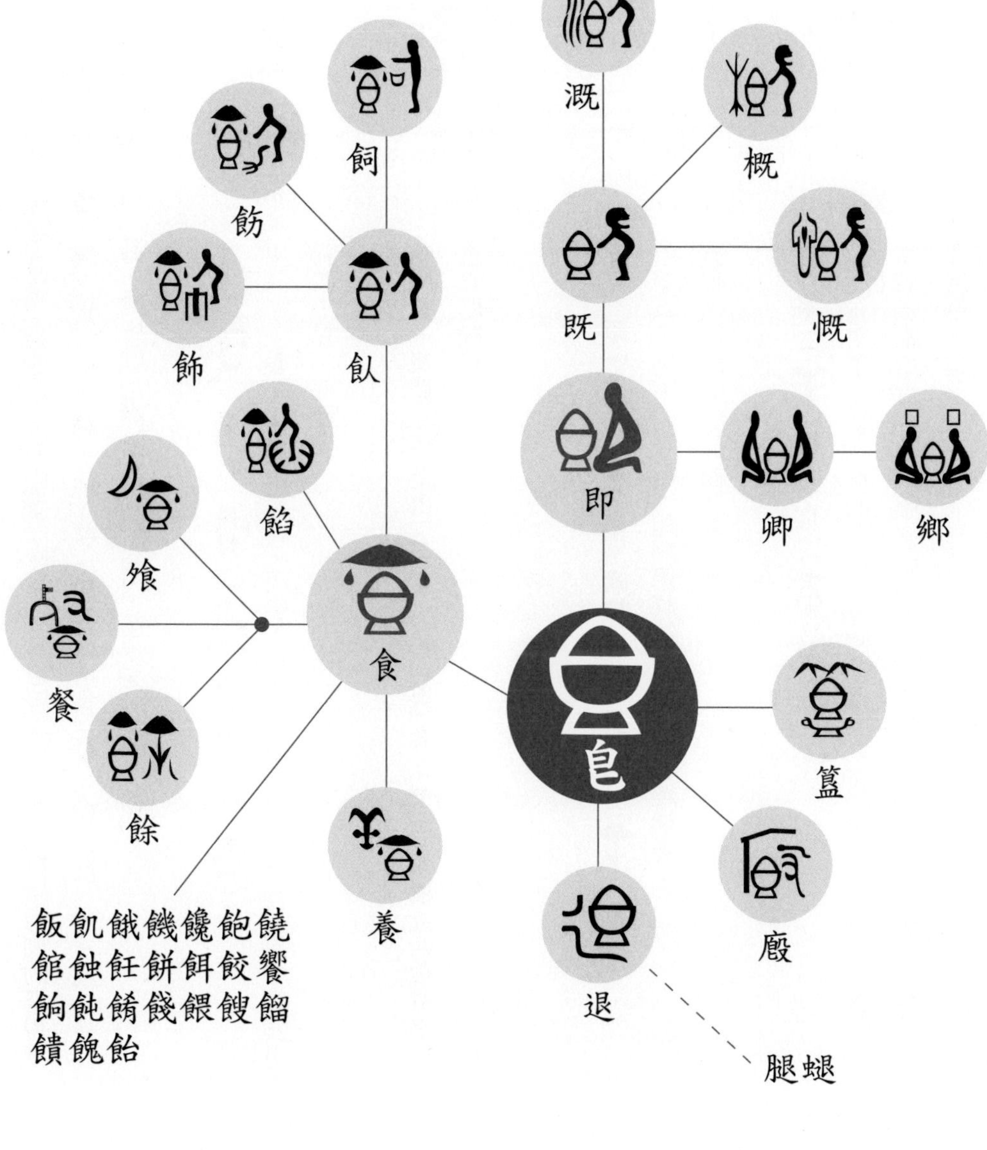
皀
食
飤
飼
飭
飾
餡
飧
餐
餘
養
飯飢餓饑饞飽饒
館蝕飪餅餌餃饗
餉飩餚餞餵餿餾
饋餽飴
即
卿
鄉
既
漑
概
慨
簋
廄
退
腿蜺

「食」的本義為吃或食物，相關用詞如糧食、飲食、食言等。以食為義符所衍生的常用字很多，如飯、飢、餓、饑、饞、飽、饒、餘、飲、館、蝕、養、餐、飼、飪、餅、餌、餃、飧、饗、餉、飩、餡、餚、餞、餵、餿、餾、饋、餽、飴等。

餐 ㄘㄢ cān

「手」（、又）持「殘骨」（、歺）而「食」（）。

用完了一餐，肉已經食盡，只剩下殘骨。「餐」引申為一頓飯，相關用詞如午餐、餐廳等。

飧 ㄙㄨㄣ sūn

吃晚餐。篆體 是由「夕」（）與「食」（）所構成的會意字，意表吃晚餐。

餘 ㄩˊ yú

吃完「飯」（，食）後，嘴裡仍含著「剩菜」（，余）。

引申為多出來的食物，相關用詞如剩餘、餘音繞樑等。《說文》：「餘，饒也。」「餘」的簡體字為「余」。

養 ㄧㄤˇ yǎng

將「羊」（）趕去「食」（）草。

「養」是古人放養羊群的寫照，先將羊養大之後，再宰羊養人。「養」的本義為供應食物給羊吃，引申為供應食物，相關用詞如餵養、供養、養分等。

篆 篆 篆 篆

飤 ㄙˋ sì

給「人」（）「食」物（）。

隸書將「飤」改成「飼」。《玉篇》：「飤，食也。與飼同。」《增韻》：「以食食人也。」

飼 ㄙˋ sì

「人」（）「呼叫」（，口）動物或眾人來吃糧「食」（）。

「飼」的構字好像一個管飯食的人開口呼叫「開飯了，快來吃飯哦！」又像一個飼養動物的人施口技呼叫動物來吃糧食。但若將飼拆成食與司，司在此是聲符，也是義符，有管理飯食的意義。「飼」的本字為「飤」，它本身並無甲骨文、金文及篆體。「飼」的本義為管理飯食，引申為供應食物給人或動物吃，相關用詞如飼養、飼料等。

飭 ㄔˋ chì

「人」（）使用權「力」（）「管理糧「食」（）。

人常為爭糧發生衝突，必須使用公權力來整頓紀律。「飭」引申為整頓、下達命令，相關用詞如整飭、飭令等。

飾 ㄕˋ shì

「人」（）在吃完「食」物（）後，以布「巾」（）擦拭。

用完餐後，用餐巾擦嘴，再用抹布擦桌子，整理自己也整理環境。「飾」本義為擦拭，引申為除去不潔與醜陋的，使變得乾淨美好，相關用詞如掩飾、粉飾、裝飾等。《說文》：「飾，刷也。」《逸雅》：「飾，拭也，物穢者拭其上使明，由他物而後明，猶加文于質上也。」

即 ㄐㄧˊ jí

「**跪坐**」（，卩）**在**「**飯鍋**」（，皀）**旁準備用餐**。

「即」引申為立即、就近，相關用詞如即席、即位、即刻等。

甲 金 篆

既 ㄐㄧˋ jì

一個吃完「**飯**」（，皀）「**打飽嗝**」（，欠）**的人**。

「既」是描寫一個人吃飽飯準備離開的景象。「既」的本義為食盡，引申為全都、已經，相關用詞如既然、既得利益等。《禮記》：「君既食。」《穀梁傳》：「既者，盡也。」日全蝕也稱為既，如《春秋》：「日有食之，既。」《論衡》：「日既是也。」「日蝕時既。」

甲 金 篆

慨 ㄎㄞˇ kǎi

「**心**」**中**（，忄）**有**「**滿肚子**」（，**既**）**的氣**。

「慨」通作「愾」，表示心中充滿怨氣、怒氣、高亢之氣，相關用詞如感慨、慷慨等。《楚辭》：「情慨慨而長懷兮。」

篆

漑 ㄍㄞˋ gài

用「**水**」（，氵）**澆灌**，**直到**「**飽足**」（，**既**）**為止**。

農夫引河水澆灌田園，直到足夠了，才用擋板將引水隔開，這是常見的田園景象。稻田要喝水，猶如人需要飲食，吃喝足了才有生產力。漑就是用水灌注，直到足夠為止，相關用詞如灌漑等。《史記》：「西門豹引漳水漑鄴，以富魏

金 篆

之河內。」《廣韻》：「漑，灌也。」

概 ㄍㄞˋ gài

將穀物「填飽」（，既）斗斛，再用橫「木」（）抹平。

概是古代測量穀物用的橫木，與斗斛（升與斗之類的量器）搭配使用。量穀時，先以斗斛裝滿穀物，再用「概」抹平，也就是將超出斗斛部分抹去。所謂的「概平」就是用「概」將斗斛刮「平」，而所謂的「一概如此」就是完全以這根概木為準，這些都是表示統一標準的用語。由於以概量測，總會產生一些誤差，故引申為大致、大略的，相關用語如概約、概況、概念等。《韓非者》：「概，平量者也。」《禮記》：「鈞衡石，角斗甬，正權概。」《禮記》：「為人子者……食饗不為概。」鄭玄注：「概，量也。」

(篆)

卿 ㄑㄧㄥ qīng

「右邊的人」（，卩）邀請「左邊的人」（，卯）共享美「食」（，皀）。

另一個與「即」相近的就食畫面為「卿」。甲骨文及金文生動地刻劃出兩個彬彬有禮的人一起用餐的畫面，右邊的人（君王）彎腰鞠躬邀請左邊的人共食，左邊的人（大臣）也答禮如儀，然後一起跪坐在飯鍋前用餐。卿是古代的大臣，也是君王對大臣的稱呼，如愛卿、眾卿平身等。「卿」也用以表示夫妻間相敬如賓的暱稱，如卿卿。

古代的國君為了表達對賢能人士的尊敬，常常邀他們一起共食，藉此聽取他們的高見，堯、舜、禹、湯等都是非常懂得禮賢下士的國君。到了東周時代，各諸侯國的國君或王子更以收養賢能人士為榮，較知名的有齊國的孟嘗君、魏國的信陵君、趙國的平原君及楚國的春申君，門下的「食客」甚至超過三千人。

(甲) (金) (篆)

鄉 ㄒㄧㄤ xiāng

官府以「酒食」（皀）款待「城內百姓」（）。

「鄉」是由「卿」所衍生而出的字，這可能是受周朝的「鄉飲酒禮」所影響，鄉飲酒禮是周朝為了表達敬老尊賢所實施的教化活動，後來為歷朝所遵行。周朝為了表達對長者的敬意，地方官每年都會在鄉州鄰里之間舉辦一次聚會宴飲，宴席之中，受邀的長者依序就坐，愈年長者分配到食物就愈豐盛。《禮記．鄉飲酒義》記載：「鄉飲酒之禮，六十者坐，五十者立侍，以聽政役，所以明尊長也。六十者三豆，七十者四豆，八十者五豆，九十者六豆，所以明養老也，民之尊長養老，而後乃能入孝悌。」「鄉」的篆體表示官府以酒食款待年長的鄉民，後來，從此義的字改做饗（），「鄉」則引申為地方行政區域或地方人士。

篆

撤飯

退 ㄊㄨㄟˋ tuì

將「食物」（皀）「撤走」（辶）。

「退」有兩個不同的構字系統，第一個構字系統，甲骨文、是由「皀、夊」所組成，金文及篆體是由皀、辵（辶）所組成，都表示將食物撤走。古代貴族吃完一餐，便命人將食物撤走。第二個構字系統，金文（逷）代表「太陽」（，白）在「回家」（，各）的「路」上（）「行走」（），表示太陽漸漸西沉了。篆體則是將「白」改作「日」，簡化成，意義仍不變。以上兩組構字系統的本義雖不同，但都引申為離開、往後方移去，相關用詞如後退、退避、退還等。

金 篆

廄 ㄐㄧㄡˋ jiù

或廄。在「屋棚」下（广，广），「手持長棍」（殳，殳），整理「食器」（皀，皀）裡的草料。

「廄」的本字是「㲃」，㲃的甲骨文及金文是由代表食器的「皀」及代表長棍的「殳」所組成，組合起來就產生餵養動物的概念。持棍的目的除了防範動物攻擊以外，也可用來整理草料或飼料。篆體添加了「广」，表示在屋棚下持長棍餵養動物。「廄」引申為馬房。《說文》：「廄：馬舍也。」

甲　金　篆

「臼」——內部粗造的凹型容器

臼（臼）是內部粗造的凹型容器，可用以表示米臼、鳥巢、凹槽或有牙齒的嘴巴。

米臼

舀 ㄧㄠˇ yǎo

以「手」掏取（爪）「臼」（臼）中的東西。

「舀」引申為自容器取物，相關用詞如舀水、舀湯等。「臼」是舂米時去除穀殼或將米搗碎的用具（請參見「臼」）。

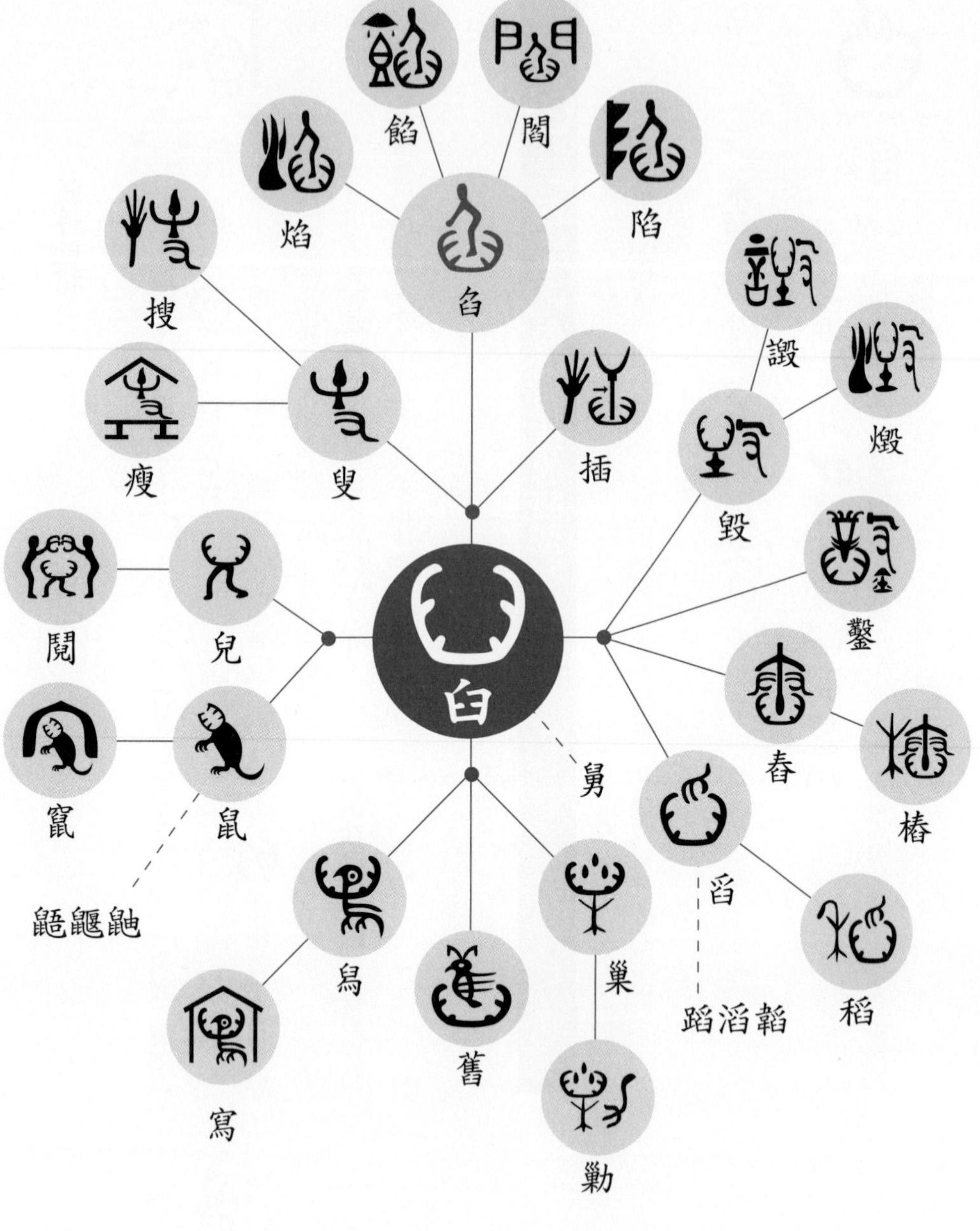
臼
焰
餡
閻
陷
臽
搜
叟
瘦
插
譭
燬
毀
鑿
舂
樁
舀
稻
蹈滔韜
閱
兒
竄
鼠
鼦鼴鼬
舅
舄
寫
舊
巢
勦

稻 ㄉㄠˋ dào

「抓」（，爪）取禾桿上的「稻穗」（，禾），然後放進「臼」（）中以便搗出米粒。

（金）（篆）

舂 ㄔㄨㄥ chōng

「雙手」（）拿者「杵棍」（）在「臼」（）中搗米。

（甲）（金）（篆）

鑿 ㄗㄠˊ záo

或凿。手持「長柄錘子」（，殳）敲擊「金」屬（）「鑿子」（）以製作「臼」器（）。

古代的石臼、木臼都是工匠細心鑿出來的。相關用詞如鑿出、鑿穿、鑿子等。「鑿」的簡體字為「凿」。

（篆）

毀 ㄏㄨㄟˇ huǐ

「手持長棍」（，殳）想要舂米，卻不小心敲破了陶「土」（）製成的米「臼」（）。

陶臼是古代很常見的用具，但是比較易破裂。若是用力搗米，就有可能不小心將陶臼搗毀。「毀」引申為破壞。毀的衍生字有「燬」及「譭」，「燬」代表被「火」燒「毀」，「譭」代表用「言」語「毀」壞他人名譽。《說文》：「毀，缺也。」「穀」與「毀」具有相近的構字意象，穀（，ㄏㄨㄟˇ）是舂米的會意字，表示將「米」（）放入「臼」（）中，再「手持長棍」（）擊穀去殼。《左傳》：「穀，精米也。」

（金）（篆）

巢 ㄔㄠˊ cháo

「樹上」(，木)有幾隻幼「小」()的生命在「鳥窩」()中。

舊 ㄐㄧㄡˋ jiù

「角鴞」(，萑)棲息在舊有的「鳥窩」(，臼)中。

角鴞本身不築巢，但會利用天然樹洞或其他動物廢棄不用的老巢，產卵繁殖。相關用詞如陳舊、破舊等。「舊」的簡體字為「旧」。

舄 ㄒㄧˋ xì

「鳥」()嘴用一條條的草編織出「鳥巢」(，臼)。

周朝人深知鵲鳥擅於以嘴築巢，《詩經．召南．鵲巢》說：「維鵲有巢，維鳩居之」。《禮記．月令》也說：「季冬鵲始巢」。所以，古人也稱鵲鳥為「舄」，如元朝沈禧的詩句提到：「喜迎梟舄。」這裡所說的「梟舄」就是「喜鵲」。

寫 ㄒㄧㄝˇ xiě

在「屋」內(，宀)一筆一劃地寫字，就好像鵲鳥用一條條的草編織出「鳥巢」(，舄)一般。

相關用詞如書寫、寫字等。寫、字、學等與字有關的漢字都有「宀」的構件，顯示周朝人重視在屋內學寫字的學校教育。

篆

甲 金 篆

金 篆

篆

瀉 ㄒㄧˋ xì

「水」（，氵）在「鳥巢」（，舄）中。

引申義為流掉。「瀉」是「瀉」的本字。

張嘴

鼠 ㄕㄨˇ shǔ

有一口利嘴及一雙利爪，能挖洞的動物。

甲骨文及篆體、呈現一隻有利嘴及利爪的老鼠。

竄 ㄘㄨㄢˋ cuàn

老「鼠」（）鑽「洞」（，穴）。

引申為躲藏、逃亡，相關用詞如抱頭鼠竄、竄逃、流竄等。

兒 ㄦˊ ér

「張開大嘴」（，臼）嗷嗷待哺的「人」（，儿）。

（請參見「兒」）。

甲 篆 篆

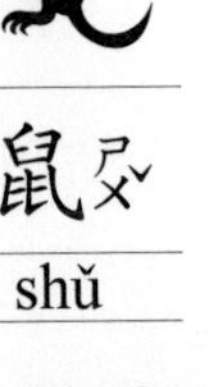

金 篆

插 ㄔㄚ chā

用「手」（手形，手）將長「木棍」（干形，干）置入「凹槽」（臼形，臼）中。

相關用詞如插花、插隊、插畫等

臽 ㄒㄧㄢˋ xiàn

「人」（人形）掉入「凹洞」（臼形，臼）裡。

「臽」是「陷」的本字。說文：「小阱也，從人在臼上。」

陷 ㄒㄧㄢˋ xiàn

「人」（人形）掉入四面有「高牆」（阜形）的「凹洞」（臼形，臼）裡。

引申為地下坑穴、掉落，相關用詞如塌陷、陷阱、陷害等。

餡 ㄒㄧㄢˋ xiàn

將「食」物（食形）放進凹「陷」（臽形，臽）的麵皮裡。

有許多中式點心如餃子、包子、餡餅等，都是以剁碎的菜、肉等食材作為填料，再將它們包在麵皮裡。相關用詞如餡餅、肉餡等。

焰 ㄧㄢˋ yàn

在凹「陷」容器（臽形，臽）裡燃燒的「火」（火形，火）。

早在商朝就懂得使用油燈，從歷代出土的青銅燈台來看，盛油的器具全都是凹型的，像一個小碗。點燃燈芯後，小碗上便出現紅色火燄。

插（篆）

臽（金）（篆）

陷（篆）

相關用詞如裂焰、氣焰。

叟 ㄙㄡˇ sǒu

「手」（，又）持「油燈」（）在屋內巡視的老人。

在先秦典籍裡，叟是對老人的尊稱，如智叟、瞽叟、田叟等。甲骨文、表示「手」持「火把」在「屋」（）內巡視，篆體將「火把」改成「火」。後來普遍使用油燈，於是隸書去除屋宇，並將「火」改成「油燈」。其中，油燈是由碗狀容器的「臼」、燈芯及火焰組成。拿著油燈巡視似乎象徵老年人能洞察事物，於是以此尊稱老人。有一次，年老的孟子去見梁惠王，梁惠王謙虛地說：「叟不遠千里而來，亦將有以利吾國乎？」梁惠王稱呼孟子為「叟」，就是想請孟子檢視國家缺失並提改善之道。叟的相關用詞如老叟、童叟無欺等。《說文》：「叟，老也。」

搜 ㄙㄡ sōu

老人「手持油燈」（，叟）伸「手」找（，扌）東西。

「搜」像是描寫一個老管家在四處搜尋，引申為找尋，相關用詞如搜尋、搜身、搜捕等。

瘦 ㄕㄡˋ shòu

「臥病在床」（，疒）的老「叟」（）。

久病的老人，漸漸變得骨瘦如材，因此，引申為纖細無肉、營養不良的樣子，相關用詞如瘦弱、面黃肌瘦、瘦皮猴等。

瓦罐類

中國最早的陶罐出土文化是江西萬年縣仙人洞遺址裡的圓底罐，距今約一萬年，遠超過造字年代。之後，再經過磁山文化、大地灣文化、仰韶文化、馬家窯文化、大汶口文化、龍山文化到殷墟文化。與甲骨文同時期的殷墟陶器中，出土的陶器極為豐富，有各式的食器、炊器、酒器、水器等，它們的塑形方法也相當進步，有泥條盤築、陶版法、壓模與輪製法。表示罐器的文字符號主要有三個，「缶」代表一般瓦罐，「畐」代表長頸陶罐，而「酉」則以酒罐形狀來代表酒。

「缶」——瓦罐

史前時代的的製陶（如海南島原住民黎族及台灣原住民阿美族等），木杵與木臼是極重要的工具，他們先將採集的黏土去除雜質，然後放進臼中用杵棍反覆捶打，一邊打一邊加水攪和，直打到黏度均勻為止，最後產生可以塑形的優良陶土。陶罐的塑形方法除了捏製外，還有陶版法、壓模與輪製法。陶板法是先用杵棍將陶土滾壓成陶板，壓模法是將陶土放在臼中，然後以木杵壓製出圓形底罐形狀，然後再將圓形底罐與陶板組合成完整陶罐。陶罐燒製完成後，為了檢驗其

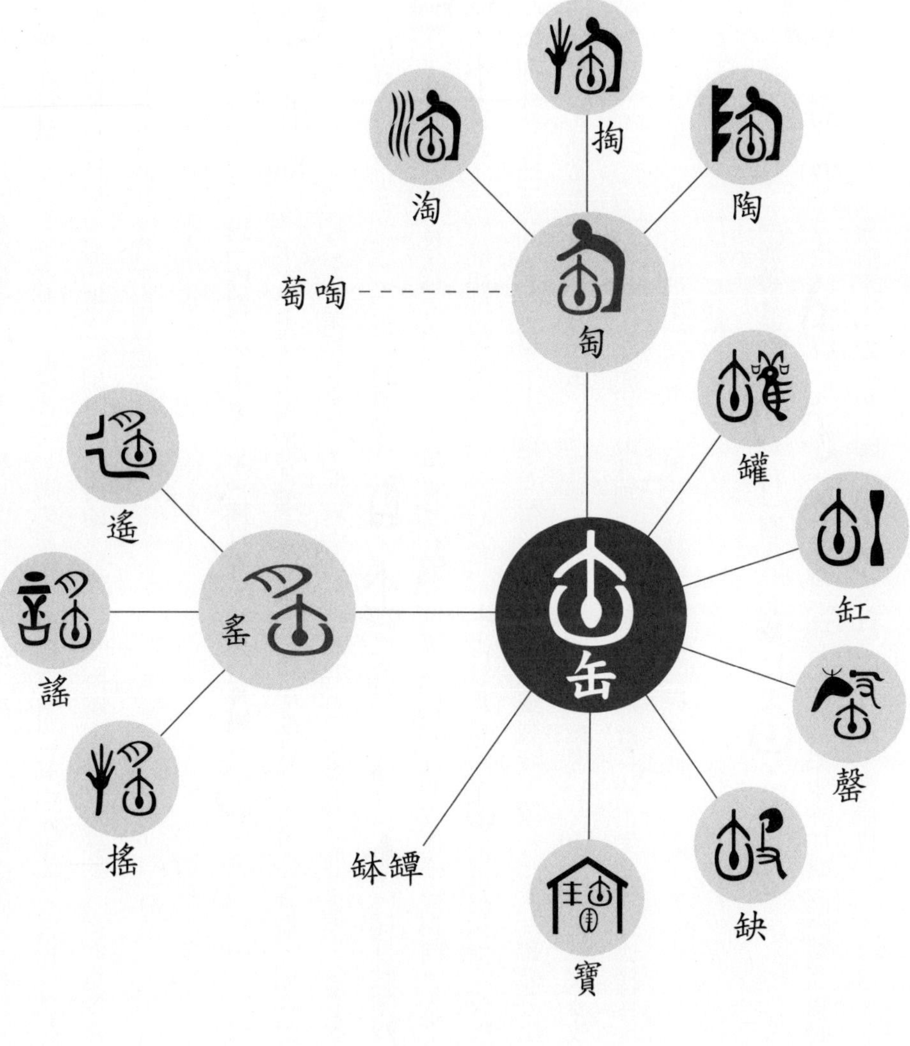
缶
缸
罄
缺
寶
缽罈
罐
匋
淘
掏
陶
萄啕
䍃
遙
謠
搖

品質是否優良，再以杵棍敲擊瓦罐，憑著回聲以判斷是否良品。總之，古代的陶罐與杵棍總是形影不離。《鹽鐵論》說：「古者，采椽茅茨，陶桴複穴，足禦寒暑。」其中所謂的「陶桴」就是指陶罐（或陶缽）與杵棍，而「複穴」則是指穴居的土窟，可見陶罐與木杵是原始人類的重要器具。陶罐用以盛裝食物，杵棍用以搗碎食物。

缶 ㄈㄡˇ fǒu

以「杵棍」（，午）捶打或壓製出「瓦罐」（）。

「缶」是古人常用的瓦罐（或陶罐），口小而肚大，可作容器，如《說苑》：「衛有五丈夫，俱負缶而入井灌韭。」（衛國有五個成年男子，都背著瓦罐從井裡汲水澆灌韭菜園子。）。「缶」的甲骨文、代表以「竹棍」（）槌打整團陶土（），此竹棍（或竹枝）構形與「鼓」的甲骨文及金文裡的竹棍構形相同。金文、改成以杵棍槌打整團陶土，另一個金文及篆體則再將「口」改成「凵」，凵在此代表臼或凹陷的容器──瓦罐。「缶」本義為瓦罐或製作瓦罐，由於瓦罐能發出悅耳的聲音，尤其當古人喝完一罐酒後，就會順手拿起空瓦罐，拍擊歌唱，因此，缶就演變成一種敲擊樂器。二〇〇八年北京奧運開幕儀式裡，就是以「鼓缶而歌」的古老文化拉出序幕，當然為了聲光效果，其中所使用的缶是結合現代科技的產物，已非古代的瓦罐了。

甲　金　篆

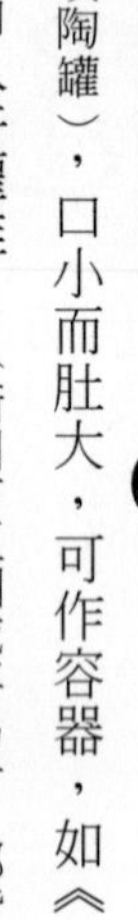

匋 ㄊㄠˊ táo

「彎著身體」（，勹）製作「瓦罐」（，缶）。

金文、、是人曲身以竹棍或木杵槌擊或壓製瓦罐的象形字。「匋」是「陶」的本字。《說文》：「匋，瓦器也。」

金　篆

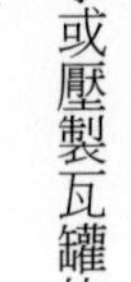

掏 ㄊㄠ tāo

「彎身」（勹）將「手」（扌）伸進「瓦罐」（缶）裡以取出物品。

「掏」引申為向內伸手取物，相關用詞如掏錢、掏心掏肺等。

淘 ㄊㄠˊ táo

「彎身」（勹）用「水」（氵）在「瓦罐」（缶）內清洗食物。

古人在瓦罐內洗米，稱之為「淘米」。「淘」引申為沖洗，相關用詞如淘洗、淘沙（取金）等。

陶 ㄊㄠˊ táo

在「山壁」（阜）間「彎身」（勹）採集陶土以製作「瓦罐」（缶）。

金文、出現三種符號，人、土、牆，這是描寫古人在山壁間採集陶土的情景，篆體將「土」改成「缶」，表示以陶土製作陶罐。堯以製陶業起家，被稱為陶唐氏，他居住於盛產陶土的山丘邊，該地於是被稱為陶丘。《說文》記載：「陶丘有堯城，堯嘗所居，故堯號陶唐氏。」陶的相關用詞如陶匠、陶土、陶器、陶冶等。

罄 ㄑㄧㄥˋ qìng

「罐」子（缶）空了以至於發出如「殸」（）的清脆聲音。

「罄」引申為東西用盡了，相關用詞如罄竹難書。《說文》：「罄，器中空也。」

㊎ ㊥篆 ㊥篆

缺 ㄑㄩㄝ quē

「瓦罐」（，缶）出現「裂口」（，夬）。

夬（或叏）的篆體代表手（）持棍敲出裂口，引申為裂口。衍生字「決」代表水從裂口處奔流而出。《說文》：「夬，分決也。」《彖傳》：「夬，決也。」

（篆）

缸 ㄍㄤ gāng

會發出「夯杵」（，工）聲的大型「瓦罐」（，缶）。

「缸」是一種大型瓦罐，內部中空，能產生良好的音箱效果，輕輕一敲就能產生很大的迴聲。如何形容此響聲呢？由於夯杵聲代表擊打所發出的大聲音，因此常被造字者用來形容連續震盪的大響聲，如「空」、「江」等字都是以夯杵聲來描寫洞穴中空的迴聲及大江的浪濤聲。

（篆）

罐 ㄍㄨㄢˋ guàn

會發出「貓頭鷹」叫聲（，雚）的「瓦罐」（，缶）。

「雚」是一隻「連連啼叫」（，吅）的「角鴞」（，萑），屬於貓頭鷹，在夜晚會發出低沉的「勿——勿——」聲。

（篆）

肉罐

䍃 ㄧㄡˊ yóu

一「瓦罐」（，缶）的醃「肉」（）。

古人將肉、鹽及香料放進瓦罐裡，既美味又能長久保存。篆體由肉、缶及省略的鹹所組成，代表一罐醃製的鹹肉。

（篆）

遙 ㄧㄠˊ yáo

帶著「一罐醃肉」（缶，䍃）**「行路」**（辵，辶）。

古時候，出遠門，為了避免沿途挨餓，帶著一罐醃肉上路，享受著另一番逍遙快活！引申為遠行、自由自在，相關用詞如遙遠、逍遙等。

《說文》：「遙，逍遙也。」

（篆）

謠 ㄧㄠˊ yáo

享受著「肉罐」（缶，䍃）**裡的美食，嘴裡快樂地「吟誦」**（言，言）**起來。**

引申為沒有音樂伴奏的清唱或順口傳唱的歌，相關用詞如民謠、歌謠等。《韓詩》曰：「有章曲曰歌，無章曲曰謠。」

搖 ㄧㄠˊ yáo

雙「手」（手，扌）**提著「肉罐」**（缶，䍃）**左右晃動。**

醃製食物時，除了要將陶罐裡的食物浸泡在醬汁之外，還要每天提起陶罐搖晃一番，否則，浮上來乾露在外的食物就會發霉腐敗，另一方面沉澱的醬汁會使得下層食物過鹹，而上層卻淡然無味，經過搖晃就能使它們均勻吸收醬汁。「搖」的本義為搖動肉罐，引申為左右晃動，相關用詞如搖擺、搖晃等。

（篆）

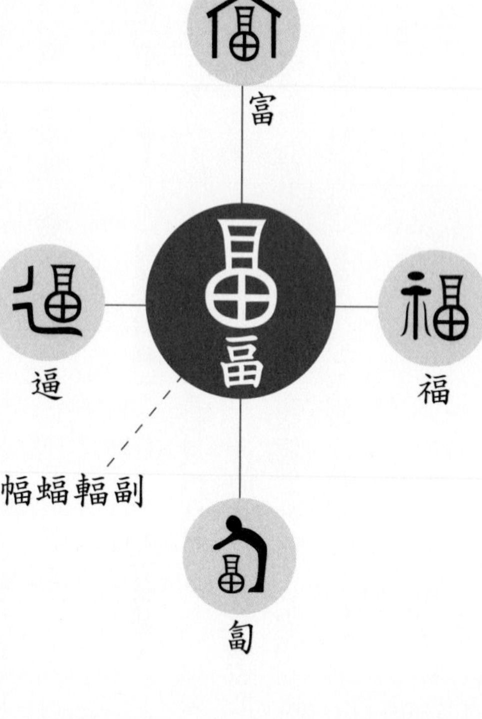

畐 ㄈㄨˊ fú

長頸陶罐。

「畐」的金文是一個可盛裝寶物的長頸陶罐。由於陶罐可盛裝寶物，所以「畐」引申為豐富。《說文》：「畐，滿也。」

(金)

富 ㄈㄨˋ fù

「**豐盛**」（畐，畐）之「家」（宀，宀）。所謂的「富」就是財產很多，有錢人家，家中擺放著許多可裝財貨的陶罐，而陶罐圓圓滿滿的構型就是富有的象徵，因此，金文、

(篆) (金)

便以「屋子」裡的「陶罐」來象徵「富」。

福 ㄈㄨˊ fú

蒙「神」（示）賜下「豐富」（畐）。

金文、是由「示、畐」所組成，而另一個金文則是由「示、富」所組成，都在表達蒙神賜予豐富。古人認為一切的福氣都是從神而來，所以福含有「示」的偏旁。什麼是福呢？《禮記》說：「富也者，福也。」《尚書》所說的五福，其中最大的福就是富，因此《說苑》說：「尚書五福以富為始。」

匐 ㄈㄨˊ fú

「彎身」（勹）處理「陶罐」（畐）內之物。

古人以陶罐醃製食物或儲存貴重物品，金文是一個人彎腰處理陶罐，引申為彎腰趴伏，相關用詞如匍匐前進。《詩經》：「凡民有喪，匍匐救之。」《潛夫論》：「匍匐曲躬以事己。」

逼 ㄅㄧ bī

「走近」（辶）強取他人「陶」罐（畐）。

債主登門逼債，若不從，則威脅取走貴重之物。「逼」的構字本義為威迫他人以取得自身利益，在古籍裡，大臣逼迫君王以強取利益的記載極多，如《吳越春秋》：「魯哀公以三桓之逼來奔。」《春秋繁露》：「臣下上逼，僭擬天子。」《後漢書》：「操迫大怒，遂逼帝廢后。」「逼」引申為迫近、以非禮手段強取他人之物，相關用詞如逼宮（逼迫君王讓位）、逼近、逼取、逼債等。《說文》：「逼，近也。」《廣韻》：「逼，迫也。」

酉 ㄧㄡˇ yǒu

一壺酒。

「酉」的甲骨文、金文及篆體都是以酒罐來描寫酒。據傳夏朝儀狄所造的醪酒，是將黍米蒸熟後加入酒麴發酵，經過一段時間成為糊狀，這個糊狀混合物稱作「醪」，在缸裡沉澱後會分為兩層，下層稠狀物為酒糟，上層汁液為酒，古人將酒缸裡的酒糟過濾後注入酒壺之中，酒壺內的酒就是自古流傳至今的黃酒，多產於江浙一帶。「酒」的本字是「酉」，在構字裡，「酉」都代表「酒」。酉被酒取代後，酉轉作時辰，傍晚五點到七點之間被稱為酉時，因為這段時間是古人享用酒食的晚餐時間。古人日落而息，工作了一天，回家享受一頓飽餐，《淮南子》因而詮釋說：「酉者，飽也。」

甲 金 篆

酒 ㄐㄧㄡˇ jiǔ

「酒罐」（酉，酉）裡的水（氵，氵）。

篆

醋 ㄘㄨˋ cù

「從前」（昔，昔）的「酒」（酉，酉）。

古人釀酒，若因保存環境不佳，酒與空氣中的醋酸菌結合後就會酸化變成醋，篆體、代表「昔」「酒」，也就是過時的酒。古人深知酒倒出來就要及時飲用，否則會變酸，因此，西漢揚雄在《揚子法言》中說：「日昃不飲酒，酒必酸。」

篆

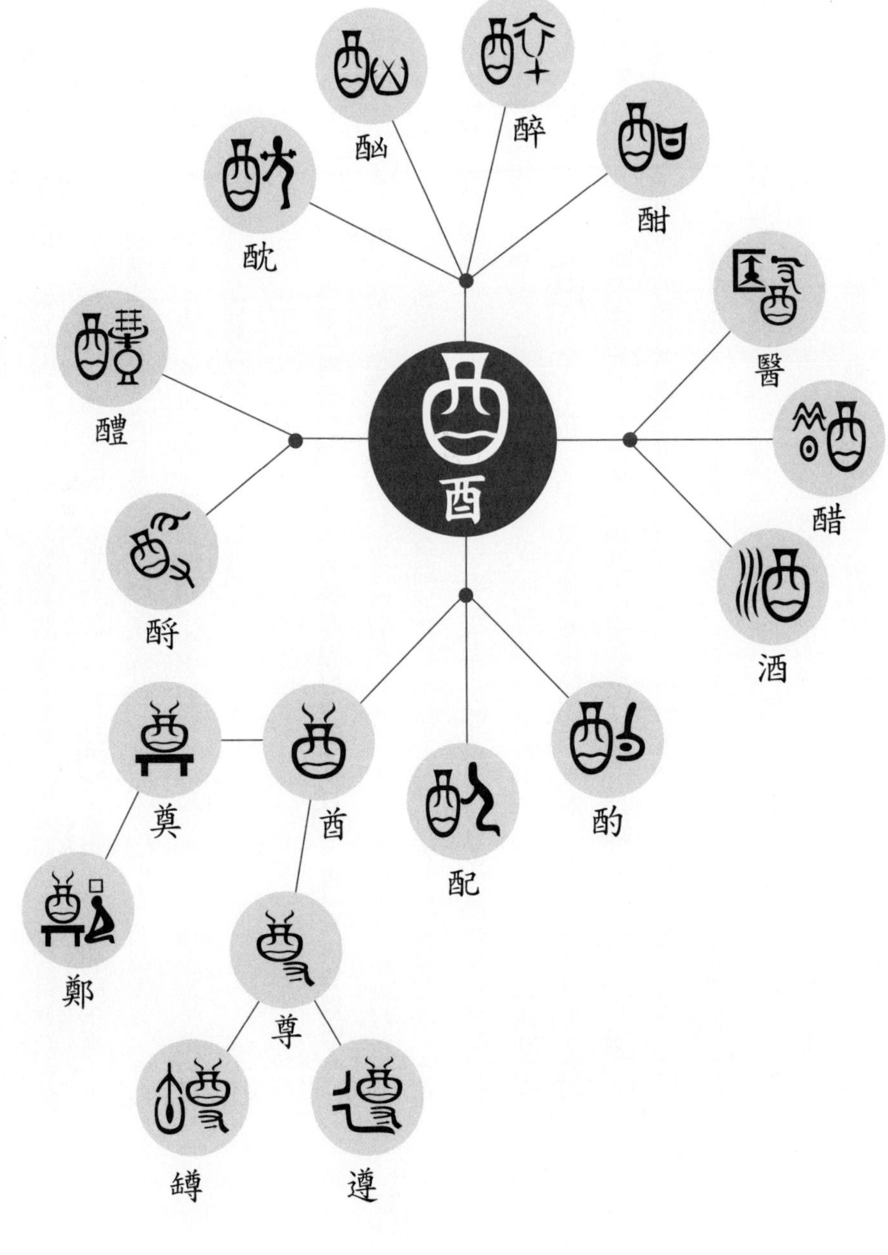
酉
酖
酗
醉
酣
醫
醋
酒
醴
酻
酌
配
酋
奠
鄭
尊
罇
遵

酋 ㄑㄧㄡˊ qiú

「芳香四溢」的（…，八）的美「酒」（…，酉）。

儀狄釀造黃酒，杜康則擅長釀造高粱酒，這兩個人是上古時代知名的釀酒人，所釀的酒，酒香四溢，篆體…正是描寫上等的陳年酒。古代，大酋也是一位掌酒官，酒官之長，周朝的《禮記》詳細紀載釀酒技術：「乃命大酋，秫稻必齊，麴蘖必時，湛熾必潔，水泉必香，陶器必良，火齊必得。兼用六物，大酋監之，毋有差貸。」可見古人深懂得以酒麴發酵造酒之六大秘訣。

篆

尊 ㄗㄨㄣ zūn

「手」端著（…，寸）「芳香四溢的美酒」（…，酋）奉給尊貴的人。

鄉飲酒禮是一項古代敬老尊賢的教化活動，為歷朝歷代所遵行，上至西周，下至清末，可謂淵遠流長。為了表達對年老長者的敬意，地方官每年都會在鄉州鄰里之間舉辦一次聚會宴飲，宴席之中，受邀之長者依序就坐，年紀愈長的人分配得的酒食就愈豐盛。商周人的敬老觀念不但呈現在「鄉飲酒禮」習俗中，也顯現在造字當中。「尊」的甲骨文…、金文…代表雙手捧著芳香四溢的美酒。向長者奉酒可不是隨隨便便將酒端過去的，而是要遵守一套禮儀規範的，因此篆體…乃將雙手改成「寸」（…），代表一隻「行事有分寸的手」依循禮儀進奉芳香四溢的美酒給貴賓。「尊」的本義為奉酒，但因尊貴人才得以享此美酒，所以引申為敬重、高貴的、對長者的敬稱，相關用詞如尊敬、令尊等。古代之酒罐也稱之為尊，後來改做罇。

甲 金 篆

遵 ㄗㄨㄣ zūn

跟隨「尊」長（…）「前行」（…，辶）。

周公製訂禮法，使得周朝人凡事講求尊卑長幼之序，舉凡祭祀、飲食、行路等等都是尊者優先，《禮記》記載：「所以官序貴賤各得其宜

篆

也，所以示後世有尊卑長幼之序也。」《莊子》說：「君先而臣從，父先而子從，兄先而弟從，長先而少從，男先而女從，夫先而婦從。夫尊卑先後，天地之行也，故聖人取象焉。」這樣的倫理，中國人奉行了數千年。「遵」引申為依循、沿襲，相關用詞如遵從、遵守、遵行等。

罇 ㄗㄨㄣ zūn

「尊」長（ ）專用的盛酒「瓦罐」（ ，缶）。

「罇」是商周貴族所使用的盛酒容器，本字為「尊」後添加「缶」改作罇。周朝所出土的罇，數量不少，多數是青銅製的，也有陶製的，大多是酒罐之形，是敬奉尊長所使用的酒器。

奠 ㄉㄧㄢˋ diàn

將「美酒」（ ，酋）安置在「基座」（ ，丌）上。

「奠」的甲骨文 、金文 及篆體 代表將美酒放在基座上獻給神。古人獻祭時，先將酒食安置在座上，然後祈禱告祭，告祭完後，將酒灑在地上，並將食物焚燒。「奠」本義為「設置酒食以祭神」，引申義為設立，如奠定、奠基等。周朝人之牲祭與素祭（或五穀祭）通常採用焚燒方式獻給神，而奠祭則是採用澆奠方式，無獨有偶，《聖經》也記載：「用酒一欣三分之一作奠祭，獻給耶和華為馨香之祭。」「燒燔祭、素祭、澆奠祭」。顯然，中國與猶太的古文化有一些相近之處，獻祭的方式幾乎一致。

鄭 ㄓㄥˋ zhèng

負責「奠」（ ）祭之「國」（ ，阝）。

鄭國，別名為奠國，因先祖在商朝時主持祭奠而得名。鄭氏祖先除了嫻熟奠祭的酒禮之外，也善於釀酒與飲酒。《左傳》記載，春秋時代，鄭國的國君建造地窖以藏老酒，常夜晚縱情飲酒。到了隔日敲鐘上朝時刻，國君卻未能上朝。

(甲) (金) (篆)

(篆)

上朝的大臣問說：「國君在哪？」有人回答說：「還在酒窖裡呢！」《左傳．襄公》：「鄭伯有耆酒，為窟室，而夜飲酒。擊鍾焉，朝至，未已。朝者曰：公焉在？其人曰：吾公在壑谷。」

酌 ㄓㄨㄛˊ zhuó

拿「勺」子（ ）斟「酒」（ ，酉）。

古代的酒官負責酒的釀造與供應，除了調酒之外，還要為人斟酒與分酒。「酌」的甲骨文 、金文 及篆體 都是代表以勺子舀酒，為人斟酒，相關用詞如斟酌、小酌等。

配 ㄆㄟˋ pèi

「酒官」（ ）分「酒」（ ，酉）。

分酒是一門學問，能幹的酒官必須準確估算出每年所需的生產與供應量，宴會時要精準計算酒量以便能合宜地分酒給賓客。「配」的金文 代表酒官分酒給賓客。「配」引申義為分派，相關用詞如配合、配偶、搭配等。

酹 ㄌㄟˋ lèi

將「酒」（ ，酉）「寽」（ ）倒，灑酒於地。

周朝負責酒祭的官稱為「祭酒」，獻祭方式是將酒灑在地上獻給神，稱之為酹（ㄌㄟˋ），又稱奠祭。「酹」義表將酒寽倒，「寽」是「捋」的本字。

酣 ㄏㄢ hān

喝「酒」（ ，酉）喝出「甘」（ ）甜滋味，酒興正濃。

「醉」是形容醉酒之人無故滋生事端的醜態。東漢王充《論衡》勸人喝酒不要超過三杯，他說：「三觴而退，過於三觴，醉酗生亂。」

醴 ㄌㄧˇ lǐ

祭祀「禮」（，豊）所使用的「酒」（，酉）。

宴饗賓客需要以酒助興，祭祀更是少不了酒，「醴」是古代祭祀用的甜酒。酒官必須負責釀造祭祀用酒，《周禮》紀載：「酒人掌為五齊三酒，祭祀則供奉之。」

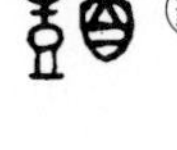

(篆)

醉 ㄗㄨㄟˋ zuì

爛醉後，把「酒瓶」（，酉）打「碎」（，卒）。

喝酒後，身體發熱，到了醉酒，往往就解開衣領散熱，爛醉者更是衣衫不整，甚至撕裂衣服。《韓詩外傳》：「齊景公縱酒，醉，而解衣冠，鼓琴以自樂。」醉酒之人，難免醜態畢露，因此，東漢王充《論衡》勸人喝酒不要超過三杯，他說：「三觴而退，過於三觴，醉酗生亂。」「卒」代表衣衫破裂（請參見「卒」）。

(篆)

酗 ㄒㄩˋ xù

「酒」（，酉）後露出「凶」（）惡本性。

（請參見「凵」——「酗」）。

(篆)

酖 ㄉㄢ dān

「沈」（）迷於「酒」（，酉）中之人。

沉迷於酒中的人，完全受酒控制的人，就好像掉入酒池而無法自拔的人。「冘」（）是一個被繩索綁住準備丟入河中的人。古代有「沉水之刑」，將重物綁在犯人身上再將他投入河中。

(篆)

以酒醫治箭傷

疾 ㄐㄧˊ jí

受「箭」傷（矢）而「臥病在床」（疒）。

古代爭戰不斷，身受箭傷是極為常見之事，因此箭傷便成為「疾病」與「醫病」的造字背景。甲骨文、金文及篆體是一個受箭傷而臥病在床的人，而箭傷必然引起發炎、發燒，因此，病（病）就是有爐火（丙）在體內燃燒。古代受箭傷者常因傷口感染導致身亡，但古人卻意外發現酒是治療箭傷的聖品，酒兼具麻醉與殺菌消炎的功效，成為當時醫生治病的必備品。

甲 金 篆

醫 ㄧ yī

先給受箭傷者喝一些「酒」（酉），再「將箭拔出投入容器」中（殹），最後再以「酒」（酉）倒在傷口處消毒。以酒治療箭傷。

篆

殹 ㄧˋ yì

將「箭」（矢）投擲到「方形容器」（匸）內所發出之「撞擊」（殳）聲。

這個字似乎在描寫周朝時所流行的「投壺」遊戲，主人與賓客比賽將箭投擲到容器中，投中數量多者為勝方。《說文》：「殹，擊中聲也。医，盛弓弩矢器也。」

金 篆

燉鍋類

古代用來蒸煮的炊具相當多樣化，就漢字符號表達而言，主要有亯、鼎與鬲三種。亯是沒有腳的燉鍋，必須放在灶上，而鼎與鬲各有三隻腳，可以直接生火蒸煮，完全用不到灶。

「亯」——燉鍋

亯 ㄒㄧㄤˇ xiǎng

燉鍋。

「亯」的甲骨文、金文、、、、、，是古代燉鍋，有蓋、有頸、圓腹，其形狀與戰國時期的青銅鍪（ㄇㄡˊ，由四川博物館收藏）幾乎一致，也與新石器時代河姆渡文化的陶釜相近，都是可以放在灶上炊煮的燉鍋。篆體是逐步調整筆畫的結果。《說文》：「亯，獻也。象進孰物形。」另一個甲骨文是描寫燉鍋（，亯）在爐灶上（，丙），這是燉煮食物的象形文。

金 金 篆

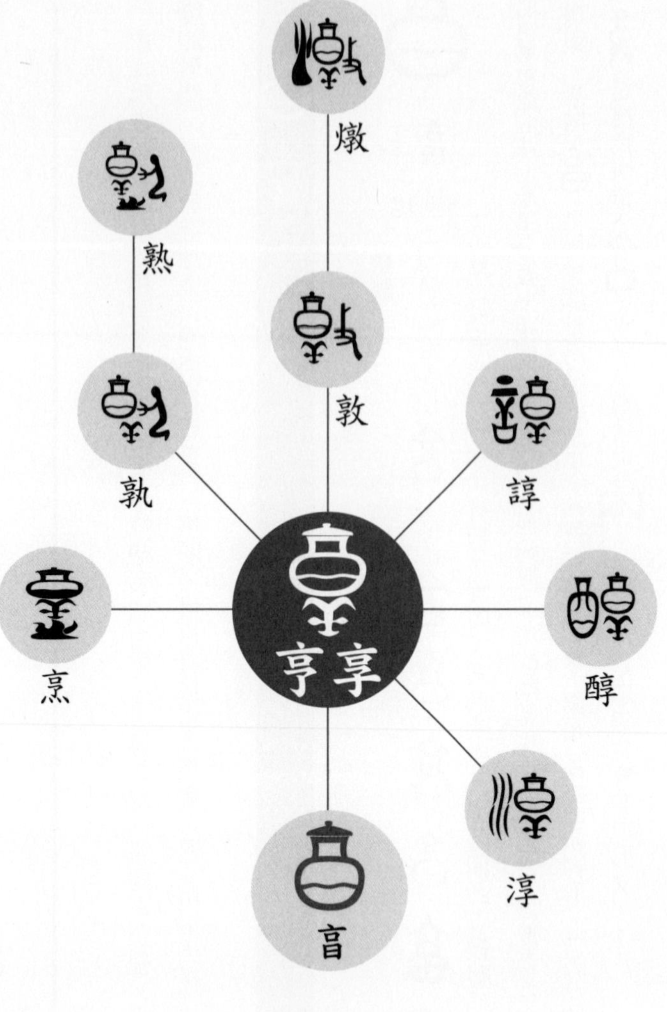

燉
熟
敦
孰
諄
亨享
烹
醇
淳
亯

享 ㄒㄧㄤˇ xiǎng

煮「羊」（）肉的「燉鍋」（，亯）。

「享」的甲骨文、金文及篆體是由「亯」與「羊」所組成的會意字，另一個篆體是將「亯」與「羊」合併簡化後的結果，後來隸書又調整筆畫寫作享，再改作「享」。「享」的本義為羊肉鍋，引申為進獻、受用、祭祀、煮，相關用詞如祭享、享受等。周朝的「享禮」就是獻禮，就是使臣向他國君王進獻禮物。《國語》：「享禮，有容色。」（獻禮時，必須和顏悅色）《曲禮》：「五官致貢（進貢），曰享。」

敦 ㄉㄨㄣ dūn

「手持器具」（，攴）攪拌「羊肉鍋」（，享）。

「敦」也是古代的燉鍋，目前出土的青銅敦（ㄉㄨㄟˋ）大多屬於戰國時期，它是由鼎所演變而來，呈球體形狀，三足，有頂蓋、有耳。「敦」的本義為慢慢熬煮，「敦」是「燉」的本字，引申為勤勉地、督促、濃厚，相關用詞如敦勉、敦促、敦親睦鄰等。敦與焞相通，敦煌，又寫作焞煌、燉煌，位於河西走廊之最西端，自漢代以來，此地為中原與西域諸國的交通要衝，《漢書》：「昆莫父難兜靡本與大月氏俱在祁連、焞煌間。」焞的篆體代表以小火熬煮羊肉鍋，這個字今多改作「燉」。《廣韻》《集韻》：「燉與焞通。」

燉 ㄉㄨㄣˋ dùn

以小「火」（）熬煮並「手持器具」（，攴）攪拌「羊肉鍋」（，享）。

淳 ㄔㄨㄣˊ chún

「羊肉鍋」（亯，享）裡的「湯汁」（水，氵）。

引申為濃厚、原味，相關用詞如淳厚、淳風、淳良等。

醇 ㄔㄨㄣˊ chún

把「酒」（酉，酉）倒進「羊肉鍋」（亯，享）裡熬煮。

羊酒味道醇厚，常成為古代進獻他人的賀禮，如《史記》記載劉邦與盧綰是同鄉好友，兩人同一天生日，他們的父親又是至交，出生時，鄉民紛紛拿羊酒來慶賀。「醇」引申為味道香濃的，相關用詞如醇厚、醇酒等。《史記》：「里中持羊酒賀兩家。」「令郡縣常以正月賜羊酒。」

（篆）

諄 ㄓㄨㄣ zhūn

如同「燉羊肉」（亯，享）一般，耐心「勸導」（言，言）。

引申為耐心地說明，相關用詞如諄諄教誨等。

（篆）

孰 ㄕㄨˊ shú

「一個人伸手」（丮，丮）取出「羊肉鍋」裡（亯，享）的美食。

甲骨文（金文字形）是一個人準備掀開燉鍋的蓋子，小篆（篆文字形）改成享與丮的會意字。燉鍋裡熬了好久的羊肉，終於可以伸手取出來了，古人藉此表達食物已煮熟。「孰」是「熟」的本字，如《禮記》：「五穀時孰。」《荀子》：「年穀復孰。」《墨子》：「風雨節而五穀孰。」煮熟的美食，必須進獻給尊貴的人，有誰能優先享用此美食呢？於是，「孰」引申為誰，相關用詞如孰能無過、孰是孰非等。

（金）（篆）

熟 ㄕㄡˊ shóu

「一個人伸手」（，丮）取出「羊肉鍋」（，享）裡煮過（，火）的美食。

引申為煮透、有經驗的，相關用詞如成熟、熟練等。

亨 ㄏㄥ hēng

將「羊」（）肉放進「燉鍋」（，亯）裡熬煮。

「亨」是由享所分化出來的字，篆體的構形相同，隸書才加以分化。「亨」的本義為烹煮，如《詩經》：「七月亨葵及菽。」《禮記》：「以亨以炙。」後來添加「火」改做「烹」，亨則引申為通達順暢，相關用詞如亨通、亨達、大亨（有權勢的人）等。

烹 ㄆㄥ pēng

熬「煮」（，火）「羊肉鍋」（，亨、享）。

宗廟說的謬誤

古文字學者吳大澂認為亯、享的甲骨文構形像宗廟，於是提出亯、享就是宗廟，王國維、羅振玉等甲骨文學者都表認同，自此，宗廟說儼然成為主流。然而，我們若將所有含有亯、享的甲骨文及金文列舉驗證，將會發現宗廟說是一項嚴重錯誤：

亯 （篆）

漢字	甲骨文	金文	正確構字意義	宗廟說的錯謬
[illegible]			燉鍋（，亯）在爐灶上（，丙）	宗廟在灶上？（火燒宗廟？）
[illegible]			兩手抬（或拍打）燉鍋	兩手抬宗廟？（如何抬得起來？）
[illegible]			一個人伸手（，丮）掀開燉鍋（，亯）的蓋子	巨人要掀開宗廟的屋頂？
[illegible]			將「禾」穀（）放進燉鍋（，亯）中熬煮	將「禾」放在宗廟屋頂上？
享			煮「羊」（）肉的燉鍋	把「羊」牽到「宗廟」？
[illegible]			用「斗勺」（、）將「羊」肉從「燉鍋」裡舀進「鍋碗」（，皿）中	羊、升斗、皿、宗廟？
[illegible]			重疊的兩層燉鍋（應是描寫周朝遺物中的雙層蒸鍋）	兩座宗廟？

由以上所列舉的甲骨文及金文來看，若將亯解釋成宗廟就顯得荒謬，但若以炊具（燉鍋）來理解，就變得合理。若再以先秦典籍及文字意義來驗證，燉鍋才是最合理的答案。為何亯的甲骨文刻畫得像一座「高」臺建築呢？這是因為甲骨文使用刀刻，曲線變成直線，使得原本圓腹的燉鍋變成矩形，這是甲骨文普遍的現象，然而，金文就將它們還原回或了。另外，甲骨文是以占卜為主，刻在龜甲上，書寫形式較為草率，但金文多半是寫在作為禮器的青銅器上，較為嚴謹而工整，一比對就可見真章。

「鼎」——高大型燉鍋

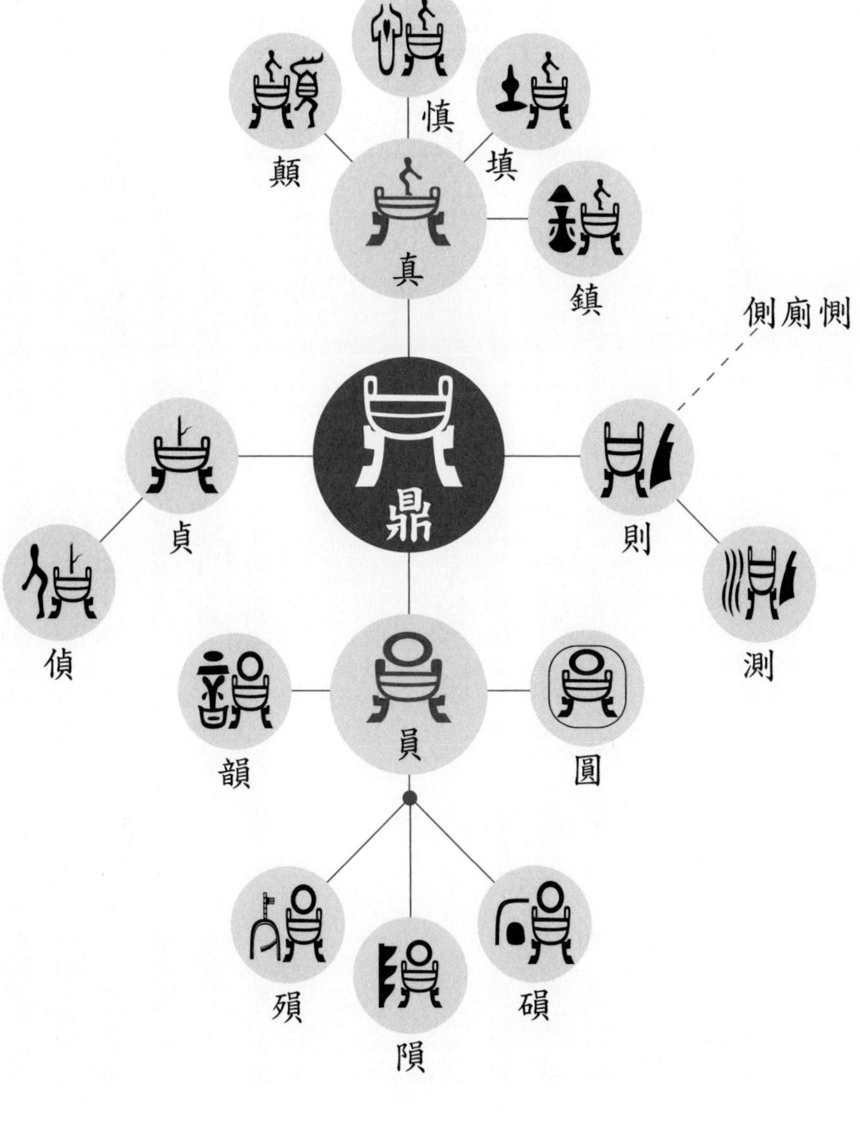

伊尹是商朝著名的宰相，本是棄嬰，是有莘氏家中的奴僕，但靠著精湛廚藝得到君王的賞識，並能憑藉烹飪之道向君王提出治國之道。《史記》記載，伊尹沒有門道求見商湯，只好藉著充當主人的隨嫁奴僕來到商湯府中，他背著「鼎」、帶著菜刀板為商湯烹調美食，並藉著講述烹飪之術，論及治國平天下之道，因此獲得商湯重用，西漢《說苑》遂以「負鼎俎調五味而佐天子」評論伊尹，《韓詩外傳》更說他「負鼎操俎，調五味，而立為相。」由於這個典故，「調和鼎鼐」便被視為宰相的責任，並用此成語來比喻處理國政，似乎意味著，不懂得在鼎中調理滋味的人，恐難以擔當宰相之責。

鼎 ㄉㄧㄥˇ dǐng

甲 金 篆

有腳有耳的大燉鍋。

商朝扁足鼎的構型與甲骨文、及金文相近。鼎是古代常見的炊具，通常有三隻腳（便於站立）、兩耳（便於提起）。中國早在新石器時代就已出現鼎的應用，如大汶口文化所出土的各式三足陶鼎。由於鼎的筆劃過於繁複，篆體或隸書為了進行簡化，將許多漢字中的「鼎」改成「貝」，如鼎所衍生的員、則、真等都是簡化後的結果。

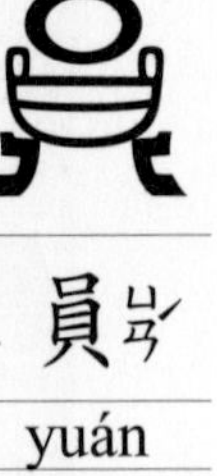

員 ㄩㄢˊ yuán

甲 金 篆

圓形鼎口

「鼎」（，貝）「口」（○）。

「員」是「圓」的本字，它是以「鼎口」形狀來代表「圓」，如《孟子》：「不以規矩，不能成方員（圓）。」《列子》：「能員（圓）能方，能生能死。」《史記》記載大禹將國家分成九個州，然後以青銅鑄造了九個大鼎，每個鼎代表其中一州，其上雕刻著該州的山川地形、奇風異俗等。「員」的本義為「圓」，但由於夏禹以每一口鼎代表一個州，所以引申為某一個完整組織當中的一份子，相關用詞如會員、成員、員工等。

圓 ㄩㄢˊ yuán

「鼎口」（，員）的「外圍」（，口）。

「圓」代表圓形或環形之物，與「方」相對。相關用詞如圓滿、圓周、圓月等。《說文》：「圓，圜全也。」《韻會》：「古方圓之圓皆作圜，今皆作圓。」

篆

磒 ㄩㄣˇ yǔn

滾動的「圓」（，員）「石」（），隕石。

昆陽之戰（西元二十三年），劉秀以三千精兵大破王莽四十萬大軍。戰爭前夕，天降異象，大批流星隕石打在王莽的軍營中，造成士兵的恐懼，《後漢書》如此記載：「夜有流星墜營中，晝有雲如壞山，當營而隕，不及地尺而散，吏士皆厭伏。」墜落的流星石經過大氣層，會因高速摩擦而燃燒，以致於邊角被磨圓，故以圓石來表達。除此以外，「磒」也可以是從萬丈溪流滾落的圓石，如《淮南子》：「若轉員（圓）石於萬丈之溪。」「磒」的本義為從高處滾落的石頭，引申為墜落。隕、磒、殞三者通用，發音相同且都有墜落之意。隕石又寫成磒石，如《春秋傳》：「磒石于宋五。」隕石就是從天降下的流星石，如《楚辭》：「流星墜兮成雨。」《前漢紀》：「矢星墜至地即石也。」（流星墜如箭矢，故又稱為矢星。）《集韻》：「磒，同隕。」《說文》：「磒，落也。」

篆

隕 ㄩㄣˇ yǔn

「圓」石（員）從「高牆」（阜）落下。

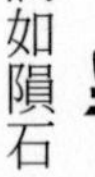

相關用詞如隕石、隕落（殞落）、隕世（殞世）。《說文》：「隕，從高下也。」《爾雅》：「隕，墜也。」《尚書》：「慄慄危懼，若將隕于深淵。」

殞 ㄩㄣˇ yǔn

如墜落的「圓」石（員）一般逐漸步入「死亡」（歹）。

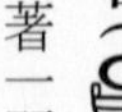

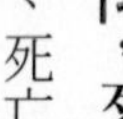

隕石落地就象徵著一顆星星的死亡。「殞」引申為墜落、死亡，如《荀子》：「列星殞墜，旦暮晦盲。」《史記》：「殞身亡國。」

韻 ㄩㄣˋ yùn

聲「音」（音）「圓」潤（員）。

唐朝白居易的《琵琶行》以「大珠小珠落玉盤」來描寫琵琶女所彈奏的聲音——圓轉而流美；唐朝王績《游北山賦》以「詩如彈丸」描寫詩句婉轉優美如彈丸；宋朝曾幾《贈空上人》則以「今晨出數篇，……圓美珠走盤」來比喻文章的圓融婉轉。由此可見，無論是歌聲、樂音、詩詞、文章都講究婉轉、靈活、流暢，因此，古人以「圓」來總括這一切。「韻」引申為和協悅耳的聲音，相關用詞如韻律、韻味、押韻等。

厚重的青銅鼎

考古遺物中的鼎，有小型的陶鼎，重量非常輕，但也有大型的青銅鼎，其重無比。漢字「真」就是描寫一個厚重的青銅鼎。據傳周鼎重逾千斤，無人能舉。戰國時代，秦武王初入周朝王都洛陽，看見了周鼎，忍不住要舉鼎表現他的臂力，卻沒想到因此氣絕而死。沒有人知道周鼎的真實

金  篆

篆

重量，但商朝遺物后母戊鼎（舊稱司母戊鼎）足足有八百七十五公斤重，遠超過人所能負荷。

真 ㄓㄣ zhēn

比「人」（ㄔ，匕）還重的大「鼎」（鼎）的。

「真」的甲骨文是一個大鼎，為了表示超越人所能舉起的大鼎，金文添加了「人」而成為「真」，篆體則又將其中的「鼎」簡化為「貝」。為何古人會以青銅大鼎來代表「真」呢？因為青銅鼎具有穩重、水火不侵的特性，所謂的三腳鼎立正是象徵鼎堅定不移的特性。「真」引申為本性實在的，相關用詞如真實、真誠等。真所衍生的字都具有穩重的意義，如鎮、填、慎、顛等。

道家所謂的「真人」是指修練得道的人，要如何驗證此人是否得道呢？就是把他放進鼎中烹煮，若他仍然毫髮無傷就稱得上是真人了，因為一個真人是水火不侵的。莊子說：「何謂真人？古之真人……入水不濡，入火不熱。」《呂氏春秋》記載一段真人文摯的故事，戰國時代，齊閔王臥病不起，請宋國文摯來診治。文摯診斷後對太子說：「大王的病是可以治好的，只是他痊癒後必定會殺我。」接著解釋說：「齊王的病，若不激怒他是不會好的，但若激怒了大王，我就只有死路一條。」太子彎腰懇求說：「只要能治好父王，我和母后定以死懇求來保住你的命。」推辭不過，文摯只好答應。文摯故意不守信約，屢傳不到，齊王見文摯失約便開始發怒。這時候，文摯卻突然來了，不脫鞋就直接踏上齊王的床，用言詞激怒齊王，齊王怒氣終於爆發，大吼一聲，竟然坐了起來，疾病不藥而癒。太子請求息怒，可是齊王怒氣未減，命人以鼎生烹文摯。怪異的是，煮了三天三夜竟然毫髮無傷。文摯說：「若真想殺我，就必須把我的頭也壓進鼎中烹煮。」王命人照作，最後文摯終於死了。對於這一段匪夷所思的記載，東漢王充《論衡》加以駁斥說：「今言烹之不死，一虛也。」又《史記》記載，秦始皇一心想成為真人，

甲 金 篆

可以水火不侵、長生不老，於是修煉道術，自稱真人，只要有任何人洩露他的行蹤都被處死。諷刺的是，這位虔心修煉的真人只活了五十歲。

鎮 ㄓㄣˋ zhèn

「青銅」（金）製的「厚重大鼎」（真）。

定鼎於國都的大鼎都是青銅製的，厚重無比，所以鎮引申為重壓、安定、壓制，相關用詞如鎮壓、鎮守、鎮定劑等。

填 ㄊㄧㄢˊ tián

用「厚重的鼎」（真）壓在「土」（土）上。

在古籍中，「填」多與「鎮」相通，具有重壓或壓平的意義。如《前漢紀》：「填（鎮）國家，撫百姓。」填是在描寫古人補土時，先將泥土倒入凹地，再用重鼎滾壓其上，好比現代人使用壓土機填平道路。「填」引申為補平、壓實，相關用詞如填塞、填平、填空、填寫等。《說文》：「塡，塞也。」

慎 ㄕㄣˋ shèn

內「心」（心）穩重如「大鼎」（真）。

如何形容一位遇事沉穩、不急躁的人呢？將他的心以鼎定住吧！慎引申為小心沉穩，相關用詞如謹慎、慎重等。

顛 ㄉㄧㄢ diān

「頭」（頁）重如「大鼎」（真）。

金文顛除了有代表頭部的「頁」之外，還有「卜鼎」安置在「丌」上的符號，象徵頭像安置在基座上的大鼎一樣。引申為頭頂、頭重腳輕、仆倒，相關用詞如顛頂（頭頂）、顛倒。《說文》：「顛，頂也。」

貞 ㄓㄣ zhēn

「卜」年（卜）定「鼎」（鼎）。

商周君王在建國之後，就進行「卜年定鼎」儀式。所謂的「定鼎」就是安置大鼎於京城，代表「定都」；而所謂的「卜年」就是卜卦出國運的年歲。《左傳》記載，大禹鑄造九個鼎，把它們安置在首都，商湯建國後，就把九鼎遷至首都商丘，後來周朝興起，周成王再把九鼎遷至首都郟鄏，定鼎後，占卜得知國運共有七百年。《史記》也記載：「昔成王定鼎于郟鄏，卜世三十，卜年七百，天所命也。」後魏酈道元走訪周成王當年卜年定鼎之處（河南河南縣，故郟、鄏地也），於是在《水經注》寫道：「卜年定鼎，為王之東都，謂之新邑，是為王城。其城東南名曰鼎門，蓋九鼎所從入也。故謂是地為鼎中。」

由於商周君王一經定鼎之後，就不任意遷移，故「貞」引申為堅定不移、遵守信約，相關用詞如忠貞、貞節、堅貞等。貞除了具有定鼎之義外，還具有求神問卜之義，如《周禮》：「季冬，陳玉，以貞來歲之惡。」商朝所謂的貞人，就是負責卜卦的人。另有學者認為「貞」代表龜甲在鼎中烘烤，但證據不足。依據考古發現，燒灼龜甲以產生裂痕的工具是鑽子及火炬而不是鼎，而先秦典籍也沒有用鼎卜卦的記載。此外，鼎卦是易經六十四卦中的第五十卦，鼎卦與鼎中卜卦完全無關，而是卦象排列猶如鼎的形狀，此卦與革卦相對，一為革舊，另一為布新。

(金) (篆)

偵 ㄓㄣ zhēn

一個「人」（人）在「求神問卜」（貞，貞），探求上天旨意。

「偵」的本字是「貞」，本意也是求神問卜。商朝貞人將問卜之事寫在龜甲上，經過一番卜問儀式後，便燒灼龜甲，再詳細檢查龜甲裂痕並依

(篆)

據此裂痕來解讀上天的旨意。「偵」引申為探查情況，相關用詞如偵察、偵探等。

刑鼎

則 ㄗㄜˊ zé

將法律條文用「刀」刻（）在「鼎」（）上，成為全國人民必須遵守的標準。

引申為規章法度，相關用詞如法則、準則、原則等。春秋時代，鄭國的子產訂定國家大法，他為了增加法律威信並達到昭告天下的目的，將法律條文刻鑄在鼎上，然後將此鼎放在城中繁華之處。子產執政期間，鄭國百姓人人遵守法律，國家漸漸興盛起來。子產所創的「刑鼎」可以說是中國司法史上的重要里程碑。其後，晉國也仿效子產的成功模式，鑄造刑鼎，要求全國人民，不分貴族、平民或奴隸，一律遵守，然而卻遭孔子所批判，認為引用夷狄之法，使國家無貴賤之分，亂了倫常秩序。「則」除了具有準則的意涵以外，也引申出效法的意涵，如唐朝女皇帝姓武名則天，就是效法天的意思。金文及篆體都是由鼎與刀所組成，後來鼎簡化為貝。

金 篆

測 ㄘㄜˋ cè

以「水」平（，氵）作為測量準「則」（）。

建造房屋時，工匠少不了水平儀。古人以水平為測量準則，稱為「水準」。《莊子》說：「水靜則明燭鬚眉，平中準，大匠取法焉。」《漢書》：「水為準平。」

金 篆

「鬲」——三腳蒸鍋

鬲 ㄍㄜˊ gé

或ㄌㄧˋ，lì。用來裝水加熱的三足炊具。

「鬲」是商朝常見的炊具，可以單獨用來水煮食物，也可以搭配其他炊具以蒸炊食物。整個蒸煮的炊具分成上下兩層，下層為「鬲」，用來裝水加熱，上層為「甑」，用來放置食物。兩層之間的橫隔版稱為為「箅」（，ㄅㄧˋ），是一個有許多孔隙（）可以讓水蒸氣通過的竹（）製基座（），今天稱為蒸屜，是用來隔水蒸煮食物的器具。由於鬲具有隔水加熱的特性，所以引申為隔離，「鬲」是「隔」的本字。

甲骨文、、金文及篆體是三腳蒸鍋的象形文，另一種鬲的構字系統，金文、及篆體、是描寫古代的「羊」鬲，在三足鬲上雕著三隻羊。

甲 金 篆

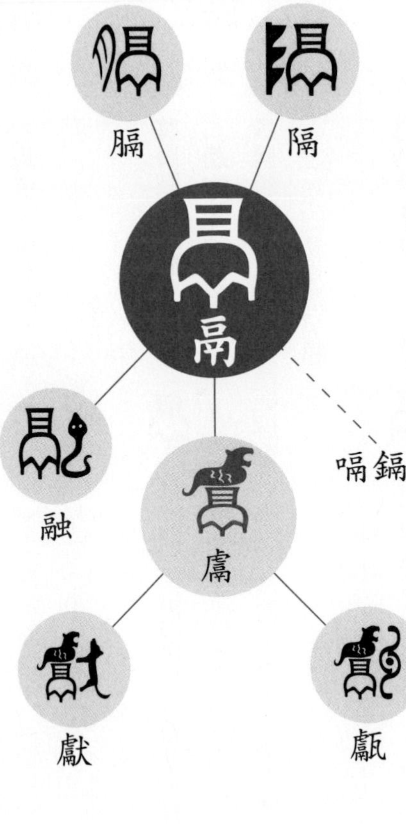

隔 ㄍㄜˊ gé

中間有「高牆」（，阜）「隔開」（，鬲）。

古籍中，鬲與隔相通，如《漢書》：「鬲絕器物。」《管子》：「州里不鬲。」後來為了分化，所以添加「阜」，「阜」代表高牆。

膈 ㄍㄜˊ gé

將胸腔與腹腔「隔開」（，鬲）的「肉體器官」（，月）。

人體的胸腔與腹腔之間，有一層橫膈膜，早在《黃帝內經》就已經有橫膈膜的記載，如「鬲與脾腎之處」「食飲不下，鬲塞不通」，其中的「鬲」指的就是橫膈膜。

融 ㄖㄨㄥˊ róng

「虫」（）在「鬲」（，鬲）中蒸煮。

將蟲蛇類丟入鬲中熬煮，時間久了，肉就被煮爛，溶解在湯中。「融」引申為分解（如融化、融合）、流通（如金融、融通）、溫暖（如其樂融融）、明亮（如祝融、融光）等。

大型蒸鍋

甗 ㄧㄢˋ yàn

「大型」（，虎）「蒸煮炊具」（，鬲）。

商周時期所出土的青銅甗（甗）為數不少，其構型與甲骨文及金文完全一致。甗的甲骨文及金文是一個大型的蒸煮炊具，上層是裝食物的鍋子，稱為「甑」，下層為裝水加熱用的，稱為「鬲」，中間隔著一層有蒸氣孔的竹箅。

古人如何表達大型炊具的概念呢？由於老虎是古人聞之色變的大型兇猛動物，所以古代造字者常以「虎」來表達「大」的概念，例如「盧」也含有「虎」，也是代表大型的食器。電鍋是現代人所使用蒸煮炊具，它的功能與鬳是相同的。其中的外鍋相當於鬲，用來裝水加熱，而內鍋則相當於甑，用來盛裝食物。

甗 ㄧㄢˇ yǎn

「瓦」（ ）製的「鬳」（ ）。

陶甗與青銅甗都是屬於鬳類的蒸煮炊具，貴族使用青銅製，而平民則多使用陶製的。龍山文化就已出現陶甗，到商朝逐漸普遍。上層是無底陶甑，放食物，下層是裝水加熱的陶鬲，中間隔著一層有蒸氣孔的竹箄。

獻 ㄒㄧㄢˋ xiàn

將「鬳」（ ）中的「犬」（ ）肉當作獎賞呈給應得之人。

周朝人將狗肉煮成羹湯稱為「犬羹」，並以此當作獻禮，如《禮記》：「犬羹，兔羹。」「犬曰羹獻。」《周禮》：「膳獻。」另外，就構字而言，也顯現出古代的吃狗肉習俗，如「肰」代表「犬肉。」「然」代表火烤犬肉。獻與「獎」有相近的構字概念，兩者都是以「犬」肉當作獻禮或獎品。獻的相關用詞如奉獻、獻祭、貢獻等。

甲 金 篆

篆

袋類

在漢字裡，最能表達袋子的基本符號是「由、西、卤」，「由」是張開口的袋子，「西」是一個裝滿物品的袋子，而「卤」則是一個裝滿鹽的袋子。這三字的字源來自於一個網袋的象形文。

「由」

「由」的甲骨文、是一個張開口的網袋或麻袋。因為東西都必須經由開口處進出，故引申出「經由、由來」等意涵。後來，篆體改成，以凸出的線條表示出入口方向。出現「由」的古字並不多，甲骨文、（㹨）代表用「網袋」（，由）捕捉野「豬」（豕），（舳）是拿著「網袋」（，由）「追」（，𠂤）趕動物，代表以「網罩」及「陷阱」捕捉「莽」原上的動物，其他還有（宙）、（甹）、（油）等。

油 ㄧㄡˊ yóu

「水」（，氵）從「網袋」（，由）中流出。

古人結網捕魚，「油」的甲骨文有河水及網袋（，由）兩個符號，本義是水在網袋中順暢地流進流出，引申為滑溜、滑溜的液體，

金 篆

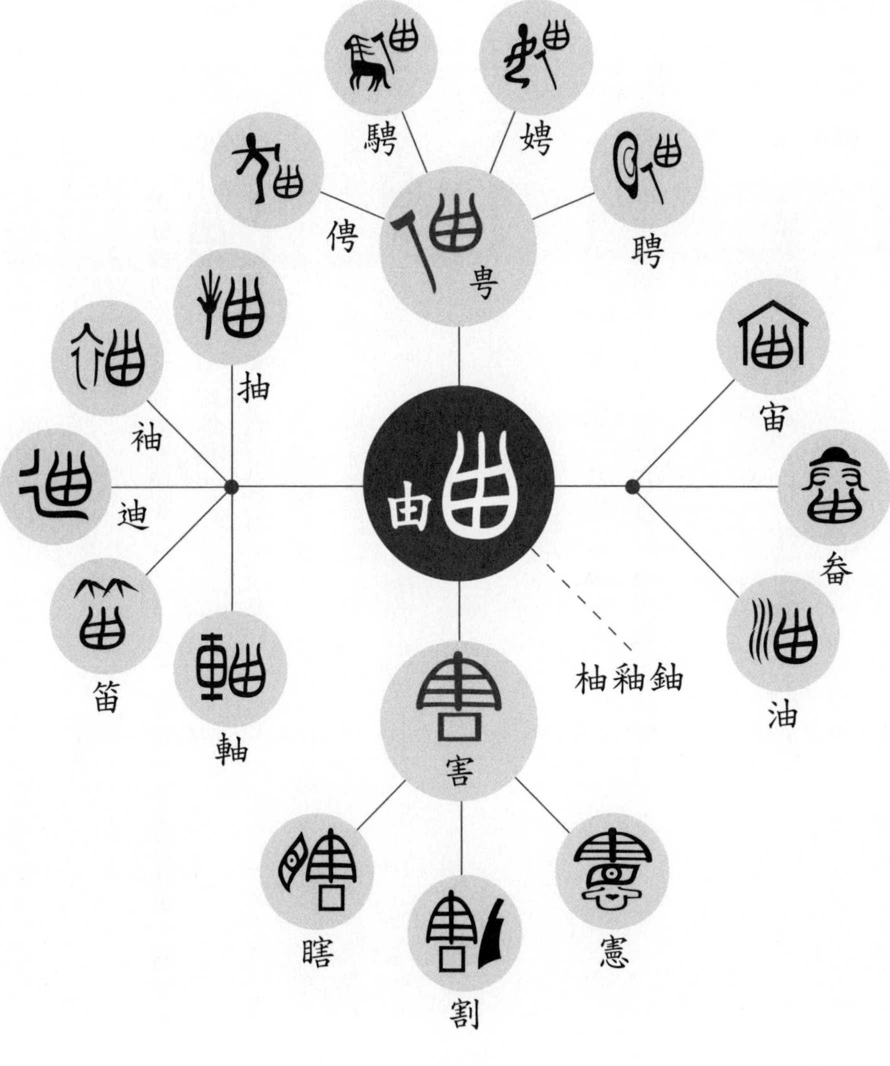
由
甹
俜
騁
娉
聘
抽
袖
迪
笛
軸
宙
畚
油
柚 釉 鈾
害
瞎
割
憲

相關用詞如油滑、汽油等。在先秦典籍中，「油」大多與自然流暢有關，如《楚辭》：「江湘油油（自由流動）長流汩兮。」《禮記》：「則易直子諒之心，油然生矣（自然而然地產生）。」「禮已三爵而油油以退（從容地退下）。」

宙 ㄓㄡˋ zhòu

天好像可覆蓋萬物的「屋宇」（宀，宀），地像可承載萬物的「麻袋」（由，由），天覆地載。

古人將整個宇宙看成可以包覆天地萬物的容器，因此，《淮南子》以天覆地載來形容宇宙，原文：「天之所覆，地之所載，包於六合之內，托於宇宙之間。」甲骨文由是由冖、由所組成，冖代表覆蓋，象徵能覆蓋萬物的天；由代表麻袋，象徵能承裝地上萬物。另一個甲骨文宙將冖改成宀，宀代表屋宇，象徵天就像屋宇。「宙」引申為涵蓋了所有的空間與時間，相關用詞如宇宙、宙始（宇宙的開始，遠古）、宙合等。《玉篇》：「宙，居也，徐鉉曰：凡天地之居萬物，猶居室之遷貿而不覺。」

金 篆

弁 ㄅㄧㄢˋ biàn

「雙手」（廾，廾）編織「草帽」（冖）。

引申為帽子。周朝的皮弁就是一種用鹿皮做的官帽。

篆

畚 ㄅㄣˇ běn

「雙手編織草帽」（弁，弁）與「麻袋」（由，由）。

「畚」是盛裝糧食的袋子，如《周禮》：「挈畚以令糧（雙手抓著袋子命人倒入糧食）。」畚也是裝土的袋子，如《左傳》：「畚築。【註】畚，盛土器。以

篆

草索（麻繩）爲之。」另外，「畚」也是草帽，如《列女傳》：「老萊方織畚……，其妻戴畚萊挾薪樵而來。」（老萊子正在編織囊袋與帽子，他的妻子戴著草帽背著木柴回家。）篆體代表雙手編織麻帽與麻袋，可惜，隸書將代表袋子的「由」訛變為「田」。古代用麻繩做的帽子稱為麻冕，如《論語》：「麻冕，禮也。」現今，箕與畚常被混為一談，雖然兩者都可做為盛土器具，但構形及詳細用途還是有差異的。「箕」是竹製的盛土（或垃圾）的器具，經常與「掃帚」一齊搭配使用，如《說文》：「古者少康初作箕、帚、秫酒。」《列女傳》：「妾幸得充後宮，執箕帚。」然而，「畚」卻是草繩或麻繩製成的大袋子，搬動時，可以用揹的，也可以用載的，如《呂氏春秋》：「負畚而赴乎城下。」《說苑》：「見老丈人載畚。」先秦典籍裡，並無「畚箕」一詞。現今，「畚箕」指的主要是「箕」而非「畚」。

挑著大麻袋當聘禮

周朝的聘禮相當多，「朝聘」之禮是指每三年諸侯國派遣使者帶著禮物覲見天子的禮儀，「聘問」之禮是諸侯國之間派大使攜帶禮物相互訪問的禮儀，此外，還有「婚聘」之禮及「聘賢」之禮。

甹 ㄆㄧㄥ pīng

以「拐杖」（，丂）挑著裝滿禮物的「麻袋」（，由）。

甲骨文、金文及篆體都清楚地表達以「拐杖」挑著裝滿禮物的「麻袋」。

甲 金 篆

聘 ㄆㄧㄣˋ pìn

「**挑著禮物**」（甹）**邀請他人，並「探聽」**（耳）**對方意願**。

篆體聘本是指攜帶禮物向他人請教疑難，其中的「耳」代表聆聽對方的意見，如《說苑》記載，春秋時期，楚昭王渡江時遭巨物撞船，受了驚嚇，於是派使者「聘問孔子」，孔子回答說，那是浮萍果實，如此巨大，是普通人難得一見的吉祥之兆，剖來吃吧。至於聘賢能人士任官職，《韓詩外傳》記載楚莊王派遣使者「賫金百斤，聘北郭先生」擔任宰相之職，可惜遭北郭先生拒絕。聘也用於男女間的媒妁之禮，在周朝，明媒正娶的才算是妻子，因此《禮記》說：「聘則為妻，奔則為妾。」可見，娶妻必須以大禮相聘，如此，妻子才會以身相許。另一個篆體娉似乎意表「挑著禮物」（甹）懇請對方以「身」（身）相許。聘的相關用詞如聘請、禮聘、聘金等。

娉 ㄆㄧㄥ pīng

男方「挑著大禮」（甹）**向女方**（女）**求婚**。

古代婚禮，男方備好禮物向女方求婚稱之為「娉」，如《荀子》：「婚姻娉內（聘納）」。《後漢書》：「初設媒娉，始知姻娶。」金文𨊠是由「兄、女、甹」所組成，表達一個開口說話的人（兄）備好禮物（甹）向「女」子（女）提親。後來因為「聘」也被用來表示男女聘約，「娉」於是就轉作姿態美妙的女子，相關用詞如娉婷。

騁 ㄔㄥˇ chěng

「**帶著禮物**」（甹），**騎著快「馬」**（馬），**飛奔目的地**。

此人騎著快馬飛奔，顯然是有任務在身，應是為了完成聘禮吧？因為騁是由聘所分化而來，如《荀子》：「孰與騁能而化之。」其中的「騁能」就是「騁能」，意思是任意施展才能。騁的相關用詞如馳騁等。《玉篇》：「騁，直馳也，走也。」

聘 ㊊

娉 ㊊ 𨊠 ㊎

騁 ㊊

甹

俜 ㄆㄧㄥ pīng

「挑著禮物」（甹，甹）登門拜訪的「人」（亻）。

《說文》：「俜，使也。」

篆 俜

從開口處出入

有些「由」的衍生字，如抽、袖、迪、笛、軸等，屬於較晚期的文字（因無甲骨文及金文），主要是借用「由」的引申意義來造字。「由」的本義是麻袋，引申義為開口處、出入口、經由。

抽 ㄔㄡ chōu

「手」（手，扌）從「麻袋開口處」（由，由）將某物拉出。

引申為拉出，相關用詞如抽取、抽水等。

篆 抽

袖 ㄒㄧㄡˋ xiù

手經由「衣」（衣）服裡的「開口處」（由，由）出來。

穿衣服時，手必須從袖子裡穿出來。《釋名》：「袖，由也，手所由出入也。」

篆 袖

迪 ㄉㄧˊ dí

引導他人經由「開口處」（由，由）「走」（辵，辶）出來。

迪好比一個嚮導，引導他人走出迷宮。迪引申為開導、遵循，如《尚書》：「啟迪後人。」《法言》：「為國不迪（遵循）其法。」

篆 迪

笛 ㄉㄧˊ dí

聲音經由「竹」管（）「開口處」（，由）出來。

周朝的吹奏樂器相當豐富，如《周禮》：「笙師掌教吹竽、笙、塤、籥、簫、篪、笛、管，舂牘、應、雅，以教祴樂。」竽、笙、籥（籥）都是多管樂器，笛與簫則是單管樂器。塤相當於現今天的陶笛。

(篆)

軸 ㄓㄡˊ zhóu

「車」（）子經「由」（）此器具得以轉動。

本義為指車輪軸，就是貫穿車輪中間用以支持輪子的長杆。相關用詞如軸心、卷軸、轉軸等。

(篆)

用網袋捕獵

甲骨文是一個開口向上的網袋，若將它倒過來，就變成可將動物或人罩住的網袋（或網罩）。「害」所衍生的字就是採用這種構字概念。

害 ㄏㄞˋ hài

使用「網袋」（）及「陷阱」（）來捕捉動物。

甲骨文、金文以茻、網罩、「凵」（或口）來表示用網袋及陷阱來捕捉在莽林中活動的動物。早期人類挖凵以捕捉動物的象形文不少，如甲骨文、、、代表挖陷阱以捕捉牛、豬、鹿、兔子。金文將「凵」改成「口」，並將「茻」省略。篆體是調整筆順後的結果。「害」的本義為設下陷阱捕捉獵物，引申為殺傷、不利於、禍患，相關用詞如謀害、陷害、傷害、害蟲等。

(甲) (金) (篆)

憲 ㄒㄧㄢˋ xiàn

用「心」（ ）佈設「網罩」（ ），然後用「眼睛」（ ）緊盯獵物動向。

獵人佈設網罩獵捕動物時，首先將網罩吊在樹上，再將吊網罩的另一頭繩索握在手裡，然後躲在樹叢後。當獵物經過時，立即將它放下來以罩住獵物。金文 、 代表用「眼睛」仔細觀看，獵物經過後就立刻放下「網罩」。篆體 添加了「心」，對古人而言，心是思考器官。「憲」的本義為佈設網罩以捕捉獵物，引申為佈設完善的系統，如設計完善的法令或機制，相關用詞如佈憲、憲法、憲兵（偵查違法行為的兵）等。《管子》：「布憲於國。」《墨子》：「發憲布令於國之眾。」《禮記》：「發慮憲，求善良。」《說文》：「憲，敏也。从心从目，害省聲。」

金 篆

割 ㄍㄜ gē

用「刀」（ ）宰殺被捕於「網袋」下（ ）的獵物。

獵人以網罩或陷阱捕到獵物後，為避免獵物逃脫，會先將它宰割後，再從網罩中取出。金文 是由網罩、口（陷阱）及刀所組成，另一個金文 甚至將刀伸進罩網底下，像是宰殺被罩住的獵物。「割」的本義為宰殺獵物，引申為宰殺、截斷，相關用詞如切割、割烹等。《爾雅》：「割，裂也。【疏】謂以刀裂之也。」《淮南子》：「屠割烹殺。」《禮記》：「食三老五更於大學，天子袒而割牲。」

金 篆

瞎 ㄒㄧㄚ xiā

「眼睛」（ ）受到傷「害」（ ）。

「瞎」並無古字，先秦典籍也沒有瞎字，可見是後人借用「害」的引申義所造的字。「瞎」引申為雙目失明，相關用詞如瞎眼、瞎猜等。（古籍使用盲、瞽二字，卻不使用瞎字。）

「西、卤」——裝滿物品的袋子

甲　金　篆

卤 ㄒㄧ xī

或西、卥。以「繩索」（）綑紮滿「袋子」（）的物品。

甲骨文是一個開口向上的袋子，這是「由」與「西」最初始的構形。經過分化後，「西」（或卤、卥）的甲骨文及金文變成、，構形上是一個開口合攏的布袋，代表裝滿整袋子的物品。金文及篆體更在開口處打一個繩結，這是裝滿東西之後，以繩子束緊的象形字。另一個篆體則更明確地將「繩子」寫成「己」（）。在漢字構造裡，「己」代表一條繩子（請參見「己」）。到了隸書，再將「己」簡化為「一」。「西」的本義為裝滿了布袋的東西，由西所衍生的漢字都具有此本義，如粟、栗、垔等。東漢許慎認為「西」的篆體像是一隻鳥在鳥巢之上，顯然是錯將繩索看成鳥。

西為何具有方位的意涵？

「西」是一個袋子的象形文，但為什麼會引申出具有方位的意涵呢？這主要是跟西方的習俗與特產有關，若要進一步探討，大致有下列幾點原因。

「卤」的本字是「卤（西）」，「鹵」的簡體字也寫作「卤（西）」，除此之外，「覃」字上頭的「西」是由「鹵」轉變而來，可見，西與卤之間關係密切，有互通之義。

西方生產湖鹽與岩鹽，他們使用麻袋來裝運（請參見「鹵」），故以此麻袋的意象代表西方。《史記》說：「山東食海鹽，山西食鹽鹵。」

古代西方人習慣使用袋子盛土搬運，如《漢書》：「岑彭與吳漢圍隗囂，時以縑囊（絲繩織

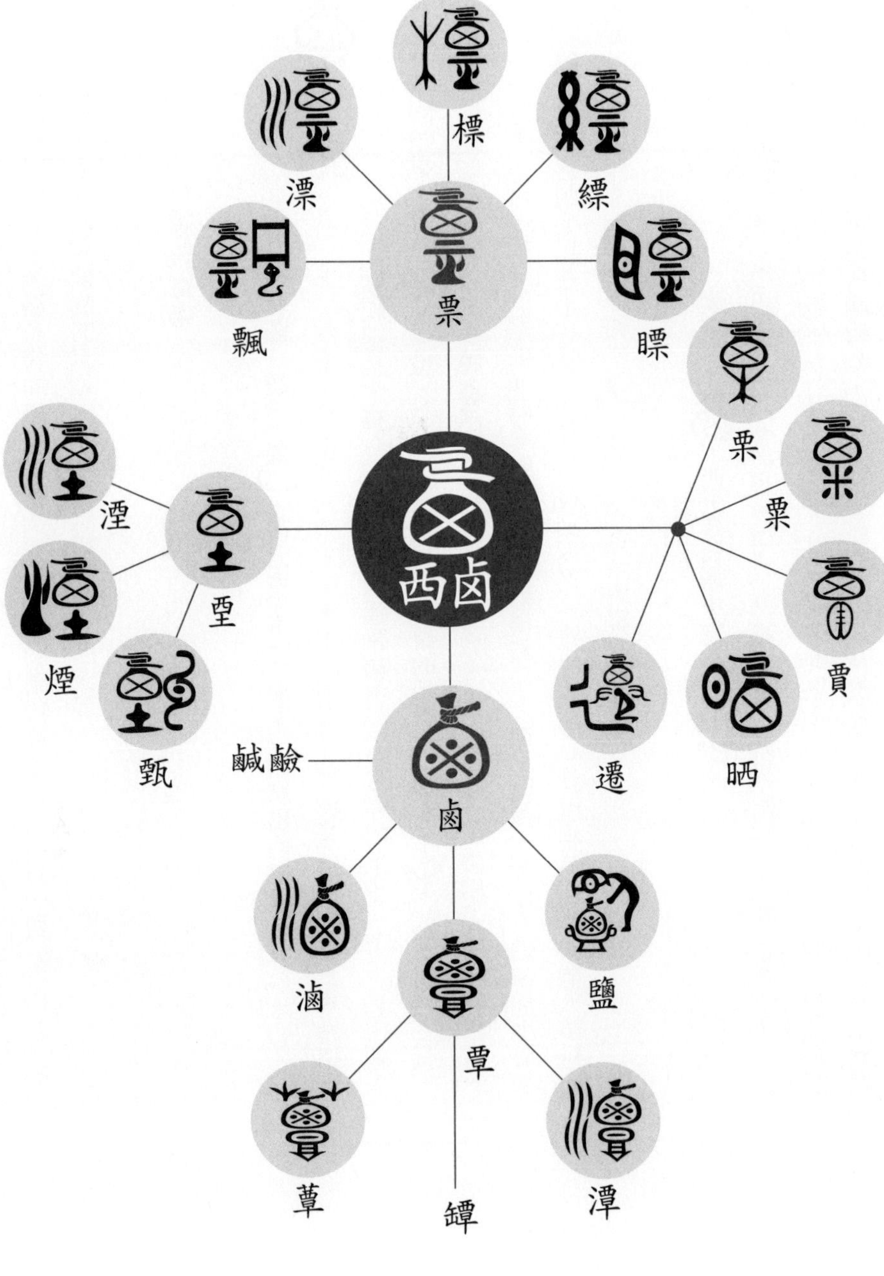
西
卤
票
標
漂
縹
飄
瞟
栗
粟
賈
晒
遷
垔
湮
煙
甄
鹵
鹹鹼
滷
鹽
覃
蕈
鐔
潭

成的袋子）盛土為堤，灌西城（甘肅省天水市）。」東方人則以木擔架（東）來運土（請參見「東」）。除此之外，對於收割莊稼的農夫而言，出門拿著一個空布袋，等到裝滿農產品後，便可背著滿布袋的收穫回家，因此，裝滿布袋的概念可視為完成了某一階段的工作，所以「西」引申為工作完成、黃昏、太陽回家歇息的方位，相關用詞如歸西、西沉等。

一袋袋貨物

栗 ㄌㄧˋ lì

「裝滿一袋」（，西）樹「木」（）所結出的果實。

冬天吃栗子是中國人兩千多年來的傳統。栗樹是落葉喬木，會結出一顆顆總苞，每一個總苞裡面通常藏有一至七顆的栗子。栗子是周朝人喜愛食用的堅果，《呂氏春秋》說：「冬日則食橡栗。」栗的甲骨文、代表樹木上有一顆顆周圍佈滿刺毛的總苞，篆體將果實改成西（卤），表示裝滿一大袋樹上所結的果實。由於冬天吃栗子時，要先剝開佈滿刺毛的總苞才能取得栗子，而它的樣子好像人遇冷而毛骨聳然一般，尤其當刺毛扎在手心時，感受又特別深刻，所以，「栗」就引申為寒冷、令人顫抖的意涵，如《史記》：「不寒而栗（或慄、溧）。」《黃帝內經》：「寒慄。」

粟 ㄙㄨˋ sù

「囊袋」（，西）裡裝滿小「米」（）。

《孟子》引用《詩經》說：「乃積乃倉，乃裹餱糧，于橐于囊。……爰方啟行。」大意是說，古人居住地設有米倉，出外旅行時，就用囊袋裝滿米糧再上路。周朝所謂的米，就是剝了殼的粟，那什麼是粟呢？《論衡》說：「穀之始熟曰粟」。《淮南子》：「量粟而舂，數米而炊。」也就是說，穀子熟了稱為「粟」，去殼之後稱為

「米」，可以用來作飯。粟的甲骨文表示「禾」（）上結滿一粒粒成熟飽滿的穀子。篆體、表示裝滿一袋袋的（）「米」（），這正是《論衡》所說：「以囊橐盈粟米。」（以囊袋裝滿粟米）

賈 ㄍㄨˇ gǔ

用「金錢」（，貝）買賣「貨物」（，西）。

「賈」的本義為做買賣，如《韓非子》：「多財善賈。」善於做買賣，引申為買、賣、商人、求取，相關用詞如商賈（商人）、賈田（買田）、賈利（謀求利益）。《說文》：「賈，市也。」

價 ㄐㄧㄚˋ jià

商「人」（）在估定「貨物」（，西）值多少「錢」（，貝）

由於商人買賣貨物時，必須估價、議價，所以引申為貨物所值的金額，相關用詞如價格、價值等。子貢善於經商，他始終覺得自己的老師孔子學識才幹一流，應該投靠一位賢能君主以施展抱負才對，於是他向孔子試探：「這裡有塊美玉，老師您覺得應該找個木匣子把它珍藏，還是求個好價錢賣了呢？」孔子馬上回答說：「賣了吧！賣了吧！我正在等人出高價呢！」這段典故就是成語「待價而沽」的由來。「價」的簡體字為「价」。

掮 ㄑㄧㄢ qiān

「手」（，扌）提著「滿袋的東西」（，西）。

篆體、、都是代表以手抬一袋東西。揰與遷通用，表示將東西搬走，遷移。

遷 ㄑㄧㄢ qiān

「奴僕」（，卩）「雙手」（，廾）抬著「滿袋物品」（，西）走在路上（，辶）。

「遷」是描寫搬家的情景。「遷」是「拪」的異體字，簡體字寫作「迁」，相關用詞如遷徙、升遷等。

篆

晒 ㄕㄞˋ shài

將「滿袋貨物」（，西）攤在「太陽」（，日）底下。

「晒」是「曬」的簡體字，表示在太陽下烘烤使其乾燥。《方言七》：「曬，暴五穀之類。」《說文》：「曬，暴也。」

金 篆

洒 ㄙㄚˇ sǎ

取一「囊袋」（，西）的「水」（，氵）來沖洗汙穢。

「洒」引申為洗刷、潑水、散佈在地，如《孟子》：「寡人恥之，願比死者一洒之。（願代死者洗刷此屈辱）」《說苑》：「汙辱難湔灑（洗刷）。」《論語》：「當洒掃、應對。」洒與灑通用，「灑」的本義為以「水」洗出亮「麗」，相關用詞如灑水、灑掃等。

一袋袋砂土

垔 ㄧㄣ yīn

裝滿「一袋」（，西）「土」（）。

每逢颱風來臨，為防堵水患，市府就會發放免費沙包給民眾。其實這一招，四千多年前的鯀早已用過了。「垔」是「湮、陻」的本字，這三個字都在表達「堆土造牆以防堵水患」，如《尚書》：「鯀垔洪水。」《焦氏易林》：「鯀湮洪水。」

金 篆

《史記》：「鯀陻鴻水。」陻的金文 表示手捧一袋土並用以造牆。

湮 ㄧㄢ yān

用「一袋袋的土」（，垔）防堵「水」患（，氵）。

「湮」的本義為以沙包防堵洪水，引申為掩蓋、堵塞，相關用詞如湮塞、湮沒等。《焦氏易林》：「鯀湮洪水。」不只是鯀善於用沙包防堵，他的兒子禹更是青出於藍，因為他懂得哪些地方要用防堵法，哪些地方必須用疏導法。《莊子》：「昔者禹之湮洪水，決江河而通四夷九州也。」

煙 ㄧㄢ yān

用「一袋土」（，垔）滅「火」（）。

引申為滅火之後所產生的煙氣。野外炊飯後，通常我們會用土將炭火覆蓋，這是一個安全簡便的滅火方法。當火熄滅後，就化成一縷輕煙慢慢上騰。無論如何，煙指的就是炭火燃燒後所產生的氣體，如《說文》：「煙，火氣也。」《論衡》：「氣如雲煙。」相關用詞如香煙、煙囪、煙熏等。「煙」的簡體字為「烟」。

甄 ㄓㄣ zhēn

挑選「一袋土」（，垔）以製成「瓦」器（）。

「甄」代表挑選好黏土以製成瓦器，本義為製陶或製陶人，《鹽鐵論》：「舜不甄陶（舜不製陶）。」如《漢書．董仲舒傳》：「如泥之在鈞，唯甄者之所為；猶金之在熔，唯冶者之所鑄。」然而，不是所有泥土皆可做成瓦器，製陶者必須懂得挑選可用之黏土，所以「甄」引申為挑選、審查，如《後漢書》：「甄陶品類」「甄善疾非。」相關用詞如甄選、甄審等。

篆 湮　篆 煙　篆 甄

票 ㄆㄧㄠˋ piào

將「一袋」物品（西）置於大「火」（）之「上」（二），焚化。

篆體是兩手將一袋物品放在火上的象形文。現代人用焚化爐解決垃圾，用火化燒毀屍體。火幾乎是人類消除廢棄物最迅速的手段，而且由於東西燒了就化成灰燼隨風飄，於是「票」引申為飄飛與輕快兩個意涵，如《漢書》：「票然逝（飄然而逝）。」「橫鉅海，票（飄過）昆侖。」《漢書》：「票騎（輕快奔馳）將軍。」「票禽（輕快飛翔的禽鳥）之紲隃，犀兕之抵觸。」後來，為了區分這兩種意涵，於是將「票」分化成「飄」與「驃」兩字，前者代表隨風飄飛，後者代表輕快飛馳。票則改作輕薄能飄之物，相關用詞如鈔票、船票等。《說文》：「票，火飛也。」

飄 ㄆㄧㄠ piāo

「一袋物品被火燒毀」後（，票），隨「風」（）飄飛。

驃 ㄆㄧㄠˋ piào

快「馬」（）奔馳如風「飄」逸（，票）。

「驃」本是描寫一匹飛馬，引申為快速、勇猛，相關用詞如驃勇、驃騎將軍。霍去病是中國第一位驃騎將軍（也寫作票騎將軍），受封於漢武帝元狩三年。霍去病第一次出征匈奴年僅十八歲，率領八百騎兵，深入敵境數百里，殺死兩千多名敵軍，俘虜匈奴首領的叔父，一戰成名，其後，數次長征匈奴，殺敵無數，迫使匈奴大舉撤退，不敢再來侵擾。可惜，這位勇猛的驃騎將軍年僅二十三歲就因病去世。《漢書》：「元狩三

篆 篆 篆

年春為票（驃）騎將軍。」《集韻》：「驃，馬行疾貌。」

漂 ㄆㄧㄠ piāo

在「水」（，氵）面上「飄」動（，票）。

「漂」的相關用詞如漂浮、漂流、漂布、漂亮等。《尚書》：「血流漂杵。」《說文》：「漂，浮也。」

標 ㄅㄧㄠ biāo

「樹」（，木）上會隨風「飄」（，票）動的部位，樹梢。

「本」與「標」的意義正好相反，前者是樹根，後者是樹梢。「標」引申為事件的表面或末端。醫學上，所謂的「治標」是指治療表面的病灶，而「治本」則是針對病灶的根本原因加以治療。標也引申為明顯可辨識之物，相關用詞如標記、目標、商標、路標等。《說文》：「標，木杪末也。」

縹 ㄆㄧㄠˇ piǎo

「絲線」（，糸）在染料上「飄」（，票）動。

「縹」的本義是將絲布染色，如《博雅》：「縹青也。」《楚辭》：「翠縹兮爲裳。」引申為隱隱約約、飄揚，相關用詞如縹緲、縹縹等。《漢書》：「鳳縹縹其高逝兮。」

瞟 ㄆㄧㄠˇ piǎo

「眼睛」（，目）快速「飄」（，票）過。

引申為偷看、斜看。

鹵 ㄌㄨˇ lǔ

一袋像米粒一般的好東西。

中國古代山東一帶產海鹽，山西產湖鹽，產地在現今的山西運城的鹽池，當時稱為鹵或鹽鹵。《史記》記載：「山東食海鹽，山西食鹽鹵。」戰國時期的井鹽則主要生產於四川。「鹵」的本義為將曬乾的湖鹽裝成一袋，除了代表有鹹味的粗鹽之外，也引申為將……裝袋，如《漢書》：「鹵獲馬牛羊萬餘。」其中的「鹵獲」就是「擄獲」的意思。「鹵」的金文像一袋細小的東西，這是描寫西方人民採得天然岩鹽把它裝進囊袋的情景。《說文》：「鹵，西方鹹地也。」「鹵」的本義為有鹹味的東西，引申為粗糙的（未精煉的），如粗鹵、鹵莽。《莊子》：「君為政焉勿鹵莽。」「鹵」的簡體字為「卤（西）」。

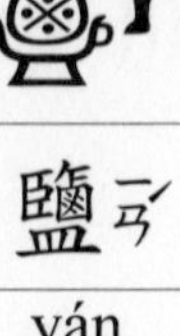

金　篆

滷 ㄌㄨˇ lǔ

用含有「鹽」（，鹵）的「水」（，氵）醃製食物。

相關用詞如滷肉、滷汁等。

鹽 ㄧㄢˊ yán

將粗製的「鹵」鹽（）倒進「盆」（，皿）裡，再低頭檢查（）以去除雜質。

天然而未經處理的粗鹽稱為「鹵」，去除雜質後的精鹽稱為鹽。「鹽」就是描寫將粗製的鹵鹽倒進盆裡，仔細檢查以去除雜質的情景。《廣韻》：「鹵，鹽澤也，天生曰鹵，人造曰鹽。」「鹽」的簡體字為「盐」。

金　篆

鹹 ㄒㄧㄢˊ xián

「全」（，咸）都受到「鹵」鹽（）浸染。

引申為有鹽的味道，相關用詞如鹹魚、鹹味等。

篆

鹼 ㄐㄧㄢˇ xián

「全」（，僉）都受到「鹵」鹽（）浸染。

鹼與鹹通用，相關用詞如鹼性等。

篆

覃 ㄊㄢˊ tán

「厚厚」（）的「鹵」鹽（）。

金文及篆體是由「鹵」（）與「厚」（）所組成，本義為濃厚的鹽味，引申為味道濃厚、深厚，相關用詞如覃恩（厚恩）、覃思（深思熟慮）等。《說文》：「覃，長味也。」隸書為了簡化書寫，把鹵改成西，把厚改成早。

金　篆

潭 ㄊㄢˊ tán

「深」（，覃）「水」（，氵）。

「潭」是指深水之處。《楚辭》提到：「屈原既放，遊於江潭。」其中的江潭，所指的應是湘江深水區。《廣雅》：「潭，淵也。」

金　篆

蕈 ㄒㄩㄣˋ xùn

「味道濃厚」（，覃）的真菌「植物」（，艸），如香菇、蘑菇等。

篆

「其」——畚箕

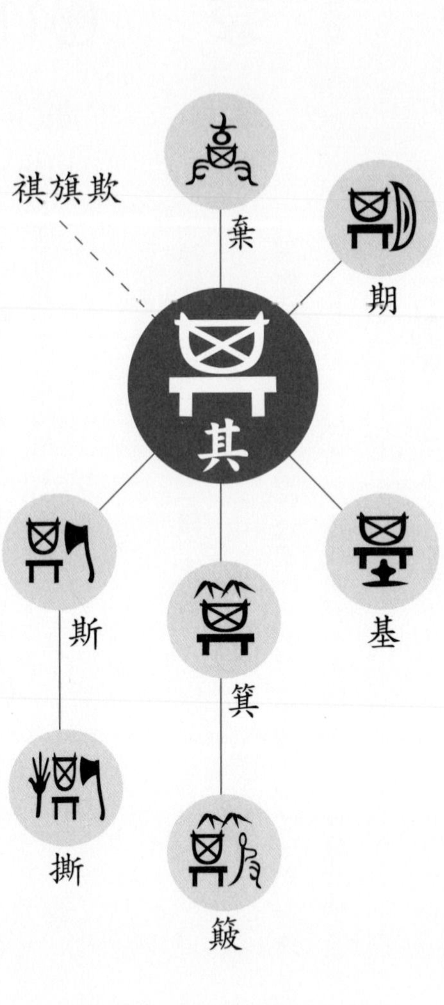

其 ㄑㄧˊ qí

畚箕。

甲骨文及金文代表畚箕，另一個甲骨文是兩隻手抓著畚箕，這兩種構形都是「其」的古字，由於古人以畚箕搬土以建造地基，所以金文、又將持畚箕的雙手改成「丌」，丌代表地基、台基，丌同時也是聲符。

金 金

「其」的本義為畚箕，「其」是「箕」的本字，後來添加「竹」改作「箕」，「其」則引申為語助詞或它，相關用詞如其他、其餘、其實等。

在先秦典籍裡，畚與箕是兩種不同構型的器具，今日所稱的畚箕其實是箕而非畚。古代的箕至少有三種用途，其一為運土建造，其二為盛裝廢棄物，其三為揚米去糠，簸揚。

箕 ㄐㄧ jī

「竹」（）製「畚箕」（，其）。

「箕」是以竹篾做成的器具。破竹以製作畚箕是古代極為實用的基礎技能，周朝男子不僅要學射箭之術，還要學製作弓箭，然而，要學製作良弓之前，先要學會製作畚箕。《禮記》：「良弓之子，必學為箕。」

相傳杜康發明帚與箕，《說文》記載：「古者少康初作箕、帚、秫酒。少康，杜康也，葬長垣。」商紂王時期，有位大臣，名叫「箕子」，想必與畚「箕」有密切關係。箕子是紂王的叔父，因屢次勸諫紂王而被囚禁，為求活命佯裝瘋癲。武王滅商後，將他釋放，並將朝鮮之地分封給他，成為韓國人的先祖之一。《潛夫論》記載：「武王封微子於宋，封箕子於朝鮮。」《漢書》提到：「箕子去之朝鮮，教其民以禮義，田蠶織作。」

斯 ㄙ sī

用「斧頭」（，斤）劈開竹子以製作「畚箕」（，其）。

「斯」是「撕」的本字，如《廣雅》：「斯，裂也。」《詩經》：「墓門有棘，斧以斯之。」古人用斧頭把竹子劈成許多長條後，削成竹篾，然後用竹篾編織成畚箕、竹簍等用具。「斯」應是描寫劈竹做畚箕的典故，引申為有文化的、如此這般，相關用詞如斯文、逝者如斯。

金 篆

篆

撕 ㄙ sī

用「手」（手，扌）將物品「撕裂」（斯，斯）。

用於建造地基的畚箕。

基 ㄐㄧ jī

用「畚箕」（其，其）起「土」（土）興建。

愚公移山是《列子》所記載的寓言故事，書中提到，愚公家門前有太形、王屋兩座高山，使得他出入不方便，苦惱的愚公決定把它們剷平，於是年近九旬的愚公就率領全家拿著「箕」與「畚」移山。可見，畚箕是古代運土的重要工具。甲骨文是「土」在「其」上，代表裝滿「土」的「畚箕」，金文是「土」在「其」下，代表以「畚箕」運「土」以建立地「基」。（這種以土代表地基的構字概念也出現在「堂」字。）起土建造必定從地基開始，因此引申為建築物的基座，相關用詞如地基、根基、基礎等。《列子》：「叩石墾壤，箕畚運於渤海之尾。」

甲 金 篆

期 ㄑㄧˊ qí

或ㄐㄧ，qī。以「畚箕」（其，其）起土建造所需的「月」數（月）。

動工興建要計算工期，預估所需要的時間，除此之外，在中國人的習俗裡，開工動土總要挑個好日子，並在這一天向天帝感恩祈福。金文表示建造地「基」所需的「日」數（☉），但因為難以如此精確預估，所以篆體將「日」改成「月」，表示建造地「基」所需的「月」數。古人計算時間常以日或月為單位，如《禮記》：「天子七日而殯，七月而葬。（天子死了，要等七天才能入殮，等七個月才能安葬）」《漢書》：「期月（滿一個月後），四方之士，相攜而並至。」《論語》：「三月不知肉味。」「期」的本義為興建所需的

金 篆

工期，引申為約定時間或盼望，相關用詞如日期、期限、預期等。

棄 ㄑㄧˋ qì

「雙手」（ ，八）將「出生嬰孩」（ ，ㄊ）裝在「畚箕」（ ）裡。

甲骨文 表示雙手將孩子裝在畚箕裡，企圖把他丟棄，引申為丟掉，相關用詞如廢棄、棄嬰等。

甲 金 篆

糞 ㄈㄣˋ fèn

發出「異」（ ）味的「米」（ ）。

甲骨文 是雙手持畚箕將廢物丟棄，篆體 將廢棄物改成「米」，另一個篆體 代表將有異（ ）味的米（ ）倒在土（ ）裡做肥料。人吃進去的「米」，排出來後就成了有味道的「糞」，兩者可大不相同。箕與帚是清掃糞便的工具，甲骨文 （諆）代表左手拿著掃帚，右手拿著畚箕，清除污穢。《吳越春秋》以「執箕帚，養牛馬以事之」來描寫越王句踐服事吳王夫差的屈辱事蹟。在周朝，扶助長者上大號，使用箕帚清除糞便也有一定的禮儀，《禮記》說：「凡為長者糞之禮，必加帚於箕上。」

篆

簸 ㄅㄛˇ bǒ

搖動「簸箕」（ ）以去除穀「皮」（ ）。

古人把穀放進臼中，接著以木杵槌打使穀殼裂開，最後再放進簸箕裡，一會兒搖擺，一會兒揚起，就會得到乾淨無殼的米粒。其中，搖擺的動作是為了將米與殼分離，揚起的動作則是讓重量較輕的穀皮飛揚起來被風吹走。《說文》：「簸，揚米去糠也。」𠀠的金文 、 像是一個人伸出兩手揚起畚箕的樣子。《風俗通義》：「箕主簸揚。」

篆

「匚」——方形儲物箱

甲骨文、、金文及篆體、都是在描寫一個有方框的儲物器具。許多含有此符號的漢字都具有這種意涵，如匣是珍藏珠寶的小方盒，匱是收藏貴重物品的箱子，篋是收藏衣物或書籍的旅行箱，筐是外出用的竹箱，匠是工具箱，篚是招待賓客用的竹筐，柩則是棺材。

儲存貴重物品的匣匱

匣 ㄒㄧㄚˊ xiá

「外殼堅硬」（，甲）的小「方盒」（）。

匣與匱都是古人珍藏寶物的儲存器具，大多是木製的。其中，匣是小方盒，而匱是大方盒。例如《淮南子》：「夫有夏后氏之璜者，匣匱而藏之，寶之至也。」《鹽鐵論》：「家人有寶器，尚函匣而藏之。」玉製的匣成為玉匣，是極少數富貴人家所使用的，如《後漢書》：「金縷玉匣。」匣的相關用詞如木匣、玉匣、梳妝匣。《六書故》：「今通以藏器之大者為匱，次為匣，小為櫝。」（「甲」是種子突破硬殼的象形字，在此也是聲符。）

篆

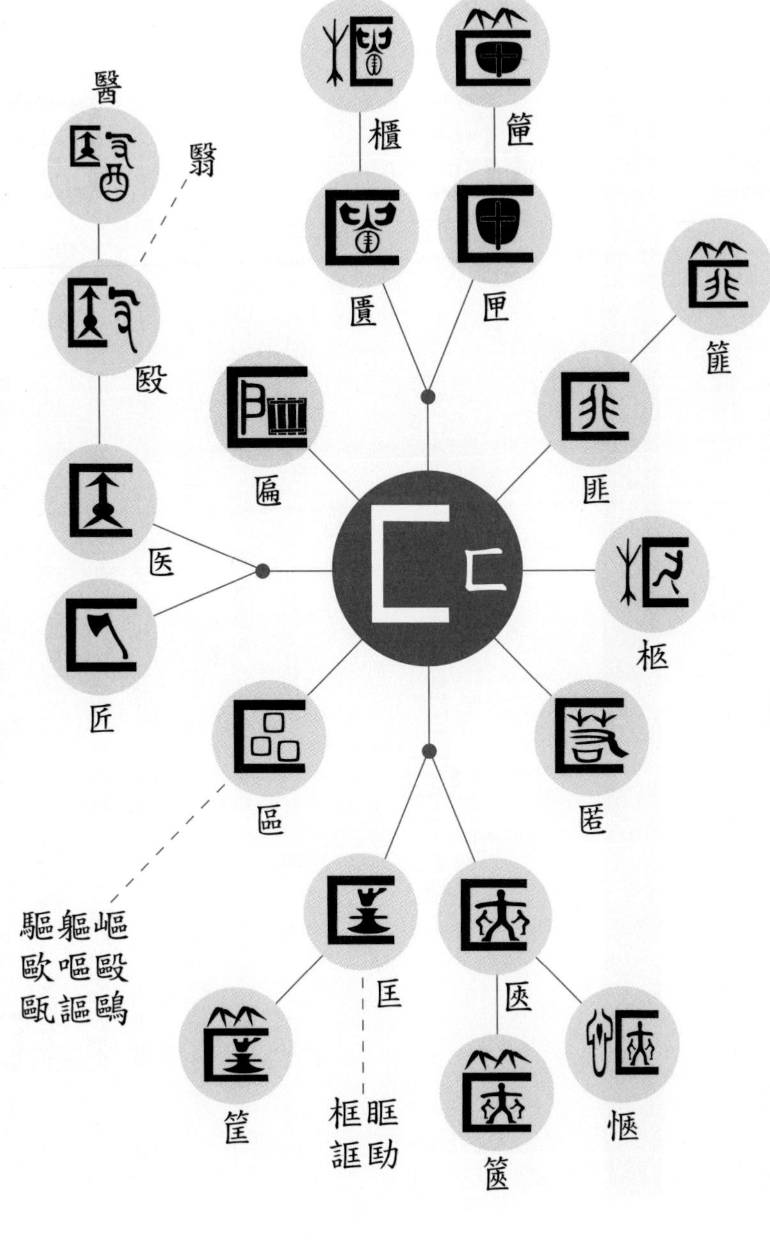
匚
櫃
篋
匱
匣
篚
匪
匾
殹
翳
醫
医
匸
柩
匠
區
匿
嶇 軀 驅
毆 嘔 歐
鷗 謳 甌
匡
匧
筐
眶 框
劻 誆
篋
愜

匱 ㄎㄨㄟˋ kuì

或ㄍㄨㄟˋ，guì。收藏「貴」重（ ）物品的「方箱子」（匚，匚）。

《淮南子》說：「夫有夏后氏之璜者，匣匱而藏之，寶之至也。」可見，匱是用來收藏玉璜之類的寶物。古代的「金匱」是指銅櫃，如《大戴禮記》：「藏之金匱，置之宗廟，以為後世戒。」所謂的「匱乏」就是指匱中之物缺乏了，寶物沒了。《後漢書》所說的「府帑虛匱」就是指政府的錢匱虛空了。因此，「匱」引申為缺乏，（此時應讀作ㄎㄨㄟˋ），相關用詞如財用不匱、糧食匱竭等。有時匱也引申為不缺乏，如《商君書》：「民，善之則親，……和則匱。」（人民，若國家善待他們，他們就與國家親近……。若他們與國家和平共存亡，國家就不貧乏。）

篆

櫃 ㄍㄨㄟˋ guì

「木」（ ）製的儲存「匱」（ ），木匱。

外出所使用的筐篋

匡 ㄎㄨㄤ kuāng

或匩。前「往」（ ）某地所攜帶的「儲物箱」（匚，匚）。

金文 代表前「往」（ ）某地所攜帶的儲物器（ ），篆體 將「往」改成聲符「王」。「匡」的本義小可提著走的方箱，後來添加「竹」成為「筐」，「匡」則引申為調整、使方正的意義，為何有此引申呢？出國旅行時，令許多人困擾的一件事就是如何將眾多隨身用品打包在旅行箱裡？不但要把衣物緊密地摺疊在一

金 篆

起，還要不斷調整位置。同樣地，古人打包時，也必須將眾多的物品適切地安置在方箱內，因此，匡引申為調整人事物使他們能安放在正確的位置，相關用詞如匡正、匡扶等。（𦥑、𦥑是「往」的甲骨文及金文。）

筐 ㄎㄨㄤ kuāng

「竹」製（⺮）「外出用的方箱」（匡，匡）。

「筐」是可提著走的儲物器，相關用詞如一籮筐、菜筐、米筐、背筐（可背在背上的竹筐）等。《詩經》：「采菽采菽，筐之筥之。」《蔡中郎集》：「女執伊筐，男執其耕。」

匧 ㄑㄧㄝˋ qiè

可「夾」帶（夾）物品的「方箱」（匚，匚）。

「匧」是「篋」的本字，是便於攜帶隨身物品的箱子。

篋 ㄑㄧㄝˋ qiè

「竹」（⺮）製可「夾」帶（夾）物品的「方箱」（匚，匚）。

篋是古代收納衣物、書籍的箱子，如衣篋、書篋等。古代學校稀少，學子必須千里迢迢「負篋求學」。其實這種傳統早從西周就開始了。《禮記》記載周朝貴族子弟入學時的「鼓篋」之禮，在入學這一天，家長必須擊鼓歡送負篋求學的弟子，並警誡他們要謙順努力地求取學業。原文：「入學鼓篋，孫其業也。」

匧（篆）　篋（篆）

將「心」安藏於「匧」（匧）中。

愜 ㄑㄧㄝˋ qiè

人的心若不能安定，搖盪不已，就會憂愁、疑惑，因此，《詩經》感嘆：「中心搖搖，知我者謂我心憂。」《墨子》說：「非無安居也，我無安心也。」《管子》也說：「豈無安處哉？我無安心。」可見，古人所求者為何？心安而已。如何能心安呢？但願能有一個箱子能安藏我漂泊不定的心。「愜」引申為心滿意足、快樂，相關用詞如愜意、愜懷等。

招待賓客用的篚器

匪 ㄈㄟˇ fěi

「儲物器」（匚）內的珍貴物品不翼而「飛」（非，非）了。

「非」是一雙翅膀的象形字，除了有「不」的意義外，也具有飛翔的涵義（請參見「非、斐、蜚」等字）。「匪」在先秦典籍裡大多與「非」通用，具有「不」的意義，可見其中的「非」是義符而不是單純的聲符。如《詩經》：「我心匪石，不可轉也。」《孝經》：「夙夜匪懈。」先秦典籍中極少部分的匪是代表容器，後來添加「竹」改成「篚」。然而，先秦典籍裡，完全找不到「匪」具有盜匪的意涵，可見這是後人所引申出來的意義。因為儲物器內的物品不見了，顯然是有人盜走了，故「匪」引申為盜賊，相關用詞如盜匪、土匪等。

篆

篚 ㄈㄟˇ fěi

「竹」製（竹）可供賓客任意取走內容物的「方盤」（匪，匪）。

篚是一個竹製方盤，所放置的物品主要是用來招待客人的飲料、食物或禮物。在先秦典籍裡，篚是用來盛裝宴客用的酒器以及餽贈的禮

金 篆

物。這裡有三段使用篚典故。《尚書．禹貢》記載南方諸國送給大禹的貢品內容為「厥貢惟金三品，……鳥夷卉服，厥篚織貝。」其中所說的「厥篚織貝」是指竹篚裡盛放著織有貝殼花紋的布疋。所以，「篚」是盛裝貢品用的。第二段典故是有關宴客禮儀。在周朝的宴客禮儀中（如燕禮或鄉射禮），總少不了「設篚」之禮，也就是設置供賓客取酒的容器──篚，篚是置放酒杯（古代稱為爵、觶）的淺盤容器，分成上下兩層，上篚是放裝滿酒的酒杯，下篚是放喝完酒的空酒杯。如《儀禮》：「設篚於洗西」、「取爵於上篚；既獻，奠於下篚」、「取觶於篚」等。第三段典故是有關男女授受之禮。古代男女授受不親，女人不能直接從男人手中接受物品，必須採用間接的方式，男人先將物品放在篚中，然後女人再從篚中取出。《禮記》說：「男不言內，女不言外。非祭非喪，不相授器。其相授，則女受以篚。」

篚的金文代表持「刀」砍「竹」以製作「匪」（非）器，篆體將刀改成匚，代表「竹」製「匪」器，匪器就是盛放贈品供他人取用的器具。「匪」是「篚」的本字，如《孟子》：「其君子實玄黃于匪以迎其君子。（貴族迎賓時，將黑色與黃色的禮物佈滿在匪器中）」

存放斧頭、箭矢的工具箱

匠 ㄐㄧㄤˋ jiàng

內有「斧」頭（ ，斤）的「工具箱」（ ，匚）。

斧頭是古代木匠、石匠的主要工具，總是隨身配掛在身上，如《白虎通》：「工匠佩其斧斤，婦人佩其金咸鏤。」《莊子》：「匠石運斤成風。」《黃帝內經》匠人磨斧斤，礪刀削斷材木。」「匠」的本義小工具箱，引申為精巧的、技工，相關用詞如匠意（有巧思）、木匠、石匠、陶匠、匠戶（以工匠為業的世家）等。

金 篆

医 ㄧ yī

盛箭「矢」（ ）的「方箱」（匚，匸）。

《說文》：「医，盛弓弩矢器也。」（請參見「醫」）。

柩 ㄐㄧㄡˋ jiù

永「久」（ ）躺臥的「木」（ ）製「方形容器」（匚，匸）。

棺材。

區 ㄑㄩ qū

將各式物「品」（ ）放入「儲物器」（匚，匸）內。

引申為分類收藏或劃分儲藏空間。甲骨文 表示將眾多物「品」（ ）「隱藏」起來（乚，乚），篆體 則表示將物品放入儲物器內。「區」引申為劃分的儲藏空間，相關用詞如區域、區分等。以區為聲符所衍生的字有驅、軀、嶇等，音發ㄑㄩ；及歐、嘔、毆、甌、謳、鷗等，音發ㄡ。《說文》：「區，藏匿也，從品在匸中。」「區」的簡體字為「区」。

医（篆） 柩（篆）

勺子

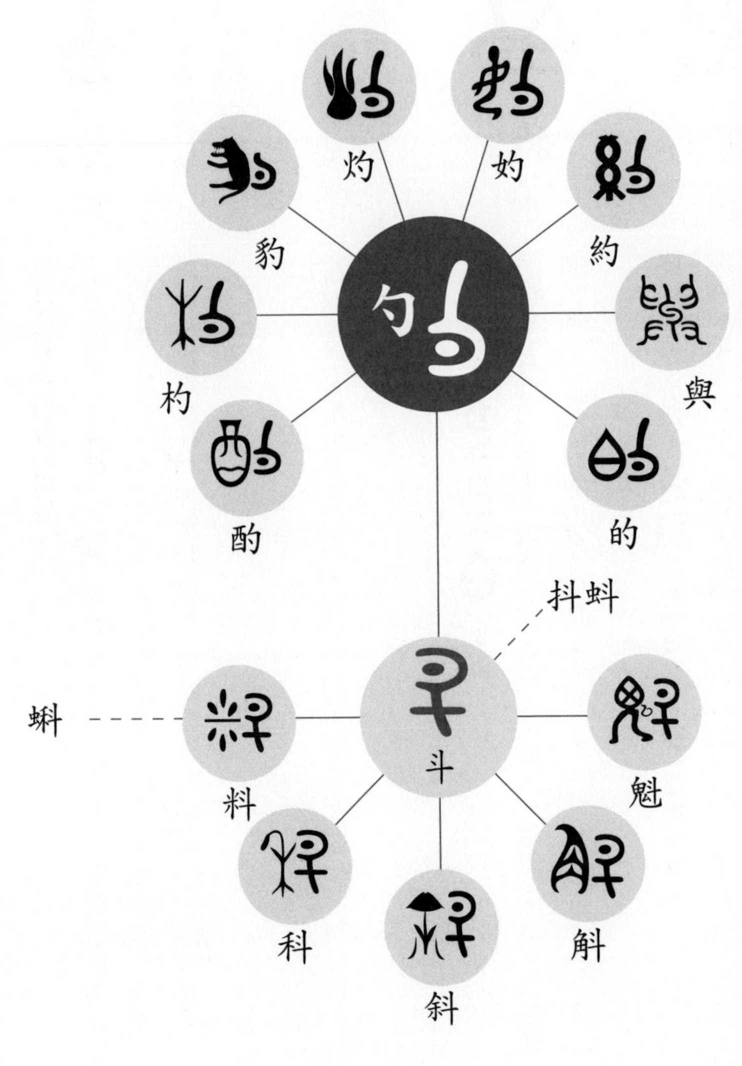

勺 ㄕㄠˊ sháo

可以舀食物的有柄用具。

「勺」的甲骨文、是長柄勺子的象形文，此構形與出土的西周青銅勺（或斗）相近。另一種甲骨文則在勺子裡添加了內容物。勺又寫作杓，「杓」（）是一支「木」製的「勺」子。

勺子不僅是舀湯、酒的用具，也是古代測容量的器具。

在漢字符號裡，「勺」是一支分配飲食的勺子，因此它的衍生字如酌、的、與、約、妁等都具也分配的意涵（其中，「酌」請參見「酉」）。

（金）（篆）

的 ㄉㄜ˙ de

一「勺」（）「白」（）**米飯**。

分配糧食時，分糧者一邊拿著勺子舀起食物，一邊說：「這一勺是張三的，這一勺是李四的，這一勺是……的」。

（篆）

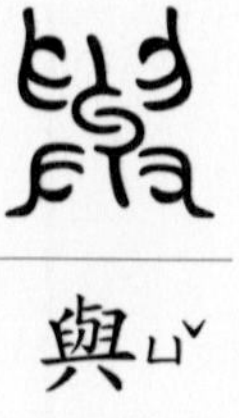

與 ㄩˇ yǔ

或ㄩˋ，yù。「四手」（）持「勺」（）互相分食。

四個好朋友，各自將自己碗裡的食物舀給對方，引申為給、參加，相關用詞如給與、參與等。

（金）（篆）

約 ㄩㄝ yuē

以「繩子」（，糸）及「勺」（）子來限定每人應得的分量。

古代人在進行土地或食物分配時，總少不了繩子與勺子，因為繩子及勺子分別是量長度及容量的用具。「約」以此兩用具來詮釋管制、限定、大概等意涵，相關用詞如約束、約定、節約、大約等。

（篆）

嫁，必由父母，須媒妁何？遠恥防淫佚也。」

妁 ㄕㄨㄛˋ shuò

以「勺」配（）為業的「女」子（）。

媒與妁都是古代的婚姻介紹人，或稱為紅娘。依照古老習俗，不憑媒妁之言是不能嫁娶的，因此，《白虎通》說：「男不自專娶，女不自專

灼 ㄓㄨㄛˊ zhuó

用「勺」子（）舀起「火」燙（）的湯食。

舀起一勺熱騰騰的湯，若不小心就會被燙傷，引申為炙熱的、焦急的、旺盛的、燒傷，相關用詞如灼熱、灼急、灼灼其華、灼傷等。

形狀像勺

豹 ㄅㄠˋ bào

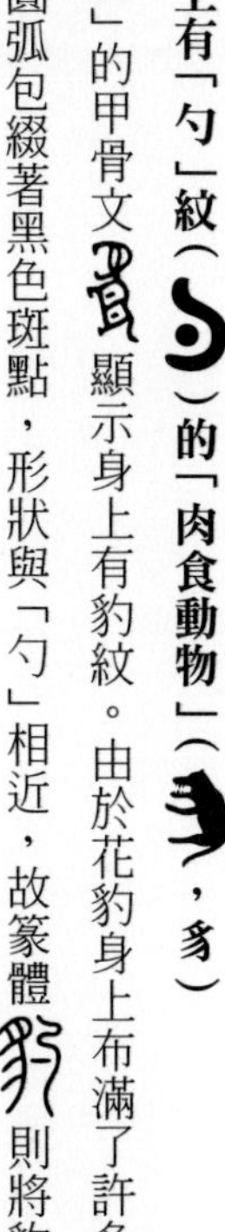

身上有「勺」紋（）的「肉食動物」（，豸）

「豹」的甲骨文顯示身上有豹紋。由於花豹身上布滿了許多的橘色圓弧包綴著黑色斑點，形狀與「勺」相近，故篆體則將豹紋改成「勺」。

釣 ㄉㄧㄠˋ diào

用「青銅」（，金）「鉤子」（，勺）來捕魚。

中國在西周時期就有釣魚的記載，如《詩經》：「籊籊竹竿、以釣于淇。」釣原寫作魡，金文是一條線拉著一條魚，另一個金文是一條魚及一根魚鉤，早期的魚鉤是骨製的，後來漸漸改成青銅製造，故將金文中的「魚」改成

「金」，而將魚鉤分化成「勺」與「句」，前者代表「釣」魚（），後者代表魚「鉤」（）。《論語》說：「子釣而不綱。」孔子釣魚而不網魚，這種不趕盡殺絕的作法，正是仁者的風範。

斗 ㄉㄡˇ dǒu

「二」千（）「勺」（）。

「斗」是一個大號勺子，同時也是古代容量單位。關於古代容量單位的換算，《孫子算經》記載：「十勺為一合，十合為一升，十升為一斗，十斗為一斛。」亦即一千勺為一斗。古人造字如何表達「千」的概念呢？千的甲骨文（）代表一千「人」（），可見，加「一橫畫」在人身上就表示一千人。同樣的，加「一橫畫」在「勺」（、）之上就表示一千勺，也就是一斗（、）之量了。

甲 金 篆

料 ㄌㄧㄠˋ liào

用「斗」（）量「米」（）。

古人用斗量米，因此，引申為估量、口糧、做飯的食材，相關用詞如預料、料想、食料、材料、料理等。廉頗是戰國時期名將，年老時，趙王派使者測試他是否仍堪用，他為了展現老當益壯的實力，一頓飯吃下五斗米糧，二十斤肉，食量驚人。沒想到，使者卻回報廉頗已經老邁不堪，一頓飯下來，拉了三次屎。最後趙王以年輕的趙括替代廉頗，在長平之戰，四十萬大軍全軍覆沒。《史記》：「廉頗為之一飯斗米。」

金 篆

科 ㄎㄜ kē

必須繳納若干「斗」數（）的「禾」穀（）。

古代農民繳納稅租時，以「斗」為單位。「科」的本義是依照法律進行課稅，引申為繳稅、衡量、分類、法律條文，相關用詞如科稅、科目、作姦犯科等。

篆

斛 ㄏㄨˊ hú

可以盛裝若干「角」（）或若干「斗」（）量的米桶。

在古代，牛角有多種用途，除了可以拿來吹角，也可以做為量器，《管子》說：「斗斛也、角量也。」角與斗都是平準量器，而斛是由「角、斗」所組成，它就是《呂氏春秋》所說的「角斗桶」，顧名思義就是可以容納若干斗或角的米量，因此，《漢書》解釋說：「斛者，角斗平多少之量也。」後來，一斛被約定為十斗之量，所以斛也可以說是可容納十斗米的桶子。中國國家博物館收藏東漢的大司農平斛，圓桶形，高二四．四公分，口徑三四．五公分。

金　篆

斜 ㄒㄧㄝˊ xié

剩「餘」食物（，余）從「斗」（）中流出來。

要將斗中剩餘的米糧倒出來，若不傾斜斗柄是無法達到目的。金文、是一支傾斜的斗，有食物從斗中流出來，篆體添加了「余」，余是「餘」的古字，代表剩餘的食物。「斜」的本義小傾斜斗柄，引申為不正，相關用詞如歪斜、斜視、斜坡等。

金　篆

魁 ㄎㄨㄟˊ kuí

勺頭大如「鬼」頭（）的「大勺子」（，斗），鬼也是聲符。

「魁」原是指特大號的勺子，因其圓形勺頭大如鬼頭而得名，（西周青銅斗中亦有此形狀者）。「魁」引申為頭部、首領、大號的，相關用詞如魁首、罪魁、魁梧等。在北邊的星空中，有七顆明亮的恆星排列成一支大斗勺，所以古人稱它為北斗七星，其中，第一到第四顆所組成的勺頭稱為魁或斗魁，而第五到第七顆所組成的勺柄稱為標。

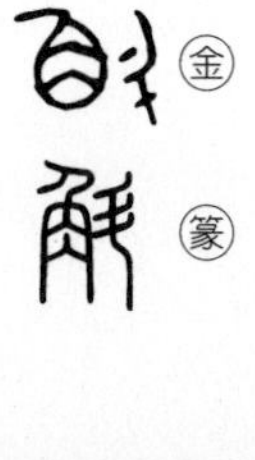

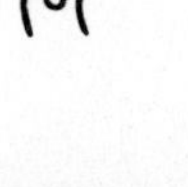

篆

【第五章】

砍刺武器

（戈）是一種長柄橫刀的武器，也是武器的通稱，由此衍生出許多有刀有柄的武器。（斤）是短柄斧頭，是一把「刀」。（戊）代表長柄大斧，衍生出砍人頭的寬柄大斧頭（戌），砍草木的月牙鉞（戉）；帶有鋸齒的長柄大斧（戚），象徵王者及審判官權柄的大斧頭（王）與（士），以及鑄造這些青銅器所需要的合金。（矛）是可穿刺的武器，而（戟）是矛與戈的合體。此外，（我）是一支長柄青銅耙。

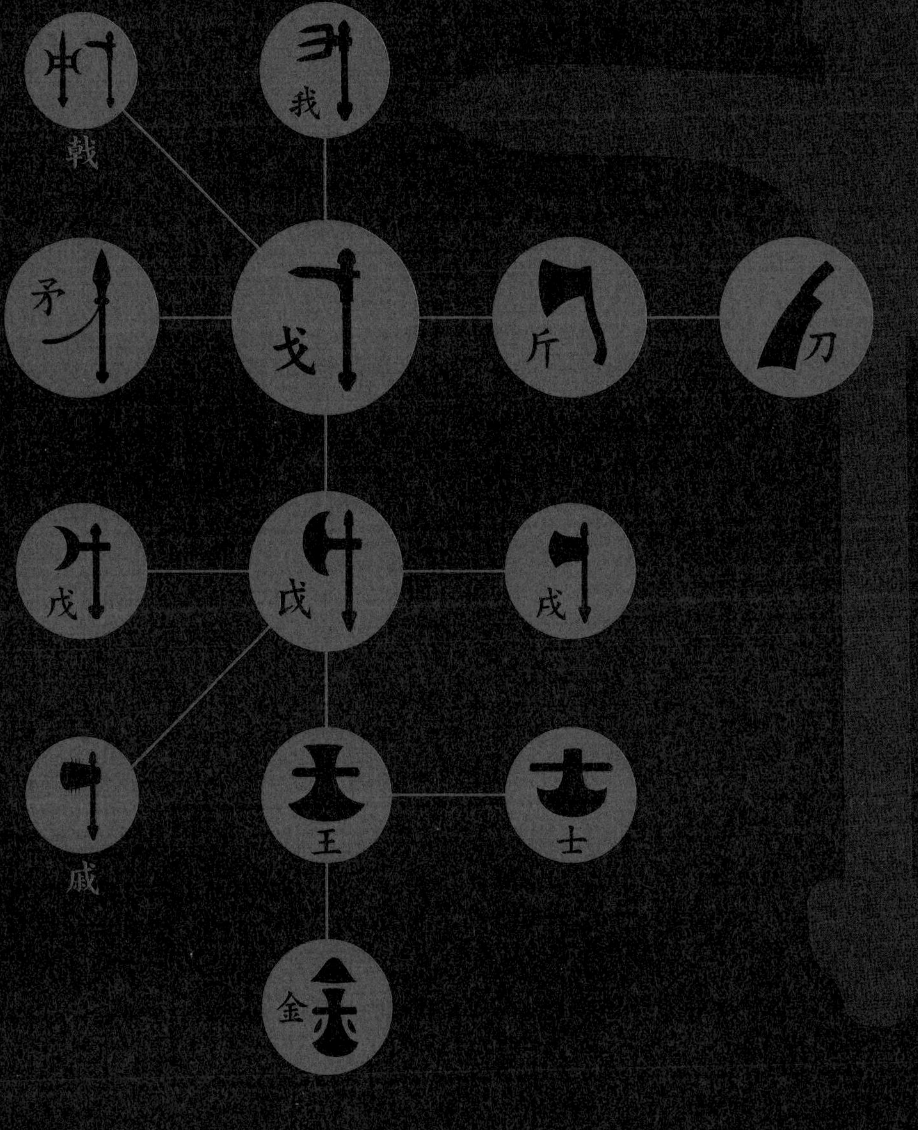
戟
我
矛
戈
斤
刀
戊
戉
戌
戚
王
士
金

「戈」——長柄武器

「戈」的甲骨文、金文是一支可以砍殺的長柄武器。在漢字裡，戈代表武器，是一個非常重要的基礎符號。包含戈的漢字都與武器有關，主要可以分為武器製造、防衛、攻伐三大類，其中，武器製造又可分為武器組裝與武器的優劣判別。除此以外，漢字「我」也是含有「戈」的漢字，構型像古代青銅耙，可兼做農具與武器，除了象徵自力更生，也象徵人類自我的不可侵犯性與叛逆性，因此，它的衍生字有其特殊意義。

武器製造

戋 ㄗㄞ zāi

將戈頭（）牢牢地「插在」（，才）長柄（）之上。

完整的戈（）包括戈頭（）、柲（）和鐏（）。柲是一支木製長柄，戈頭與鐏都是青銅所製，分別安裝在木製長柄的前端與尾端。戰國時代的戈頭有（、）兩種，前者是直接套進去，後者是需要用繩子綁住。甲骨文、、金文及篆體都是由「才」與「戈」所組成，代表將「戈」頭「牢牢地安插」在長柄上。值得注意的是，這些象形字都是將「才」放在「戈頭」的部位，意在強調將戈頭插進去。「戋」是「哉」的本字，本義為安插戈頭，引申為牢牢地安裝。「才」的甲骨文

甲 金 篆

[glyph]及金文[glyph]是一支木樁插進土裡的象形字，引申為牢牢插入（請參見「才」及其衍生字）。

哉 ㄗㄞ zāi

將「戈頭」（[glyph]）牢牢「插進」（[glyph]，才）「長柄」（[glyph]）之後所發出的「感嘆聲」（[glyph]，口）。

「哉」的本字是「𢦏」，例如「載」也寫作「𨍭」，其中的「哉」與「𢦏」是通用的。「哉」字裡的「口」，原是指戈頭的接口，表示安裝戈頭時必須對準接口。但因從此義的哉與𢦏相同，所以改作感嘆用字，相關用詞如哀哉、美哉、天何言哉？

金 [glyph] 篆 [glyph]

栽 ㄗㄞ zāi

將「木」樁（[glyph]）「牢牢地插進」（[glyph]，𢦏）土裡。

《左傳》記載一段「里而栽」的典故。春秋時代魯哀公元年，楚國圍攻蔡國，無奈蔡國的城牆高大又堅固，城牆外還有護城河保護，因此久攻不下，只好派人向首都柏舉報告此困境。楚國的大臣子西於是獻九日築壘圍城的策略，首先，先在蔡城的方圓一里外圍，打下木樁，然後沿著木樁豎起大片木板，形成一道擋土牆，接著倒入泥土，夯實，短短九晝夜，就堆起一座簡易的土牆。這道土牆圍堵了蔡國的所有出入口，土牆上還有楚國的弓箭手，以逸待勞地射殺所有衝出的勇士。坐困愁城的蔡國人民眼看糧食就要耗盡，個個人心惶惶，一片哀聲，最後只好豎起白旗，打開城門。城內居民為了保全性命，分成男女兩隊，左右列隊出城，迎接敵人進城以示絕對臣服。自此，蔡國被消滅，人民被遷往長江與汝水之間。此段故事，《左傳》如此記載：「楚子圍蔡，報柏舉也，里而栽，廣丈，高倍，夫屯，晝夜九日，如子西之素，蔡人男女以辨，使疆于江汝之間。」《說文》：「栽，築牆長版也。」可見，「栽」的本義為插樁築牆，引申為種植樹木，相關用詞如栽種、栽培等。

金 [glyph] 篆 [glyph]

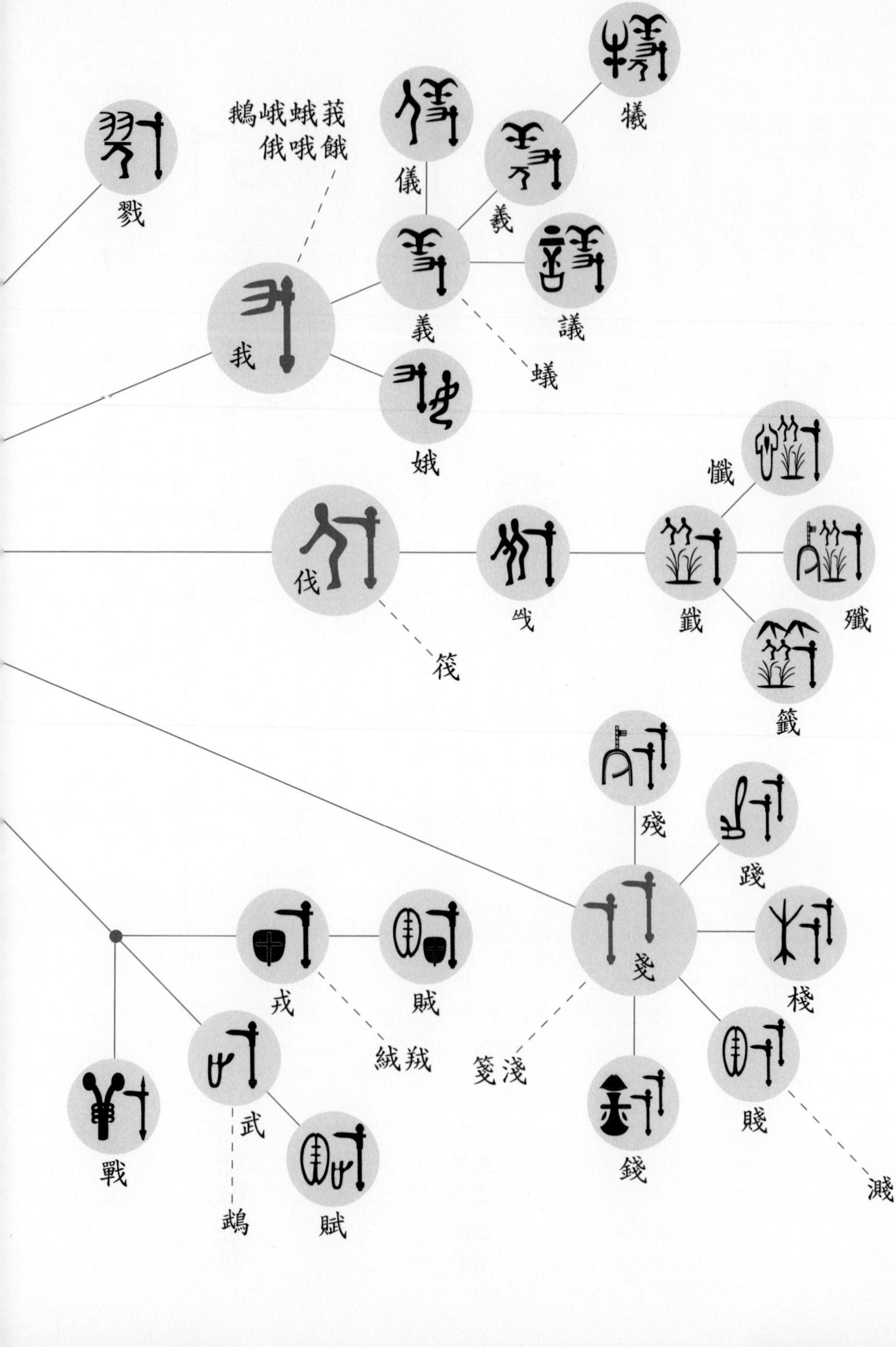

戮

鵝峨蛾莪
俄哦餓

我

儀

羲

犧

義

議

蟻

娥

伐

筏

戔

戩

韱

殲

懺

籤

殘

踐

棧

戔

箋淺

賤

濺

錢

戎

賊

絨羢

武

鵡

賦

戰

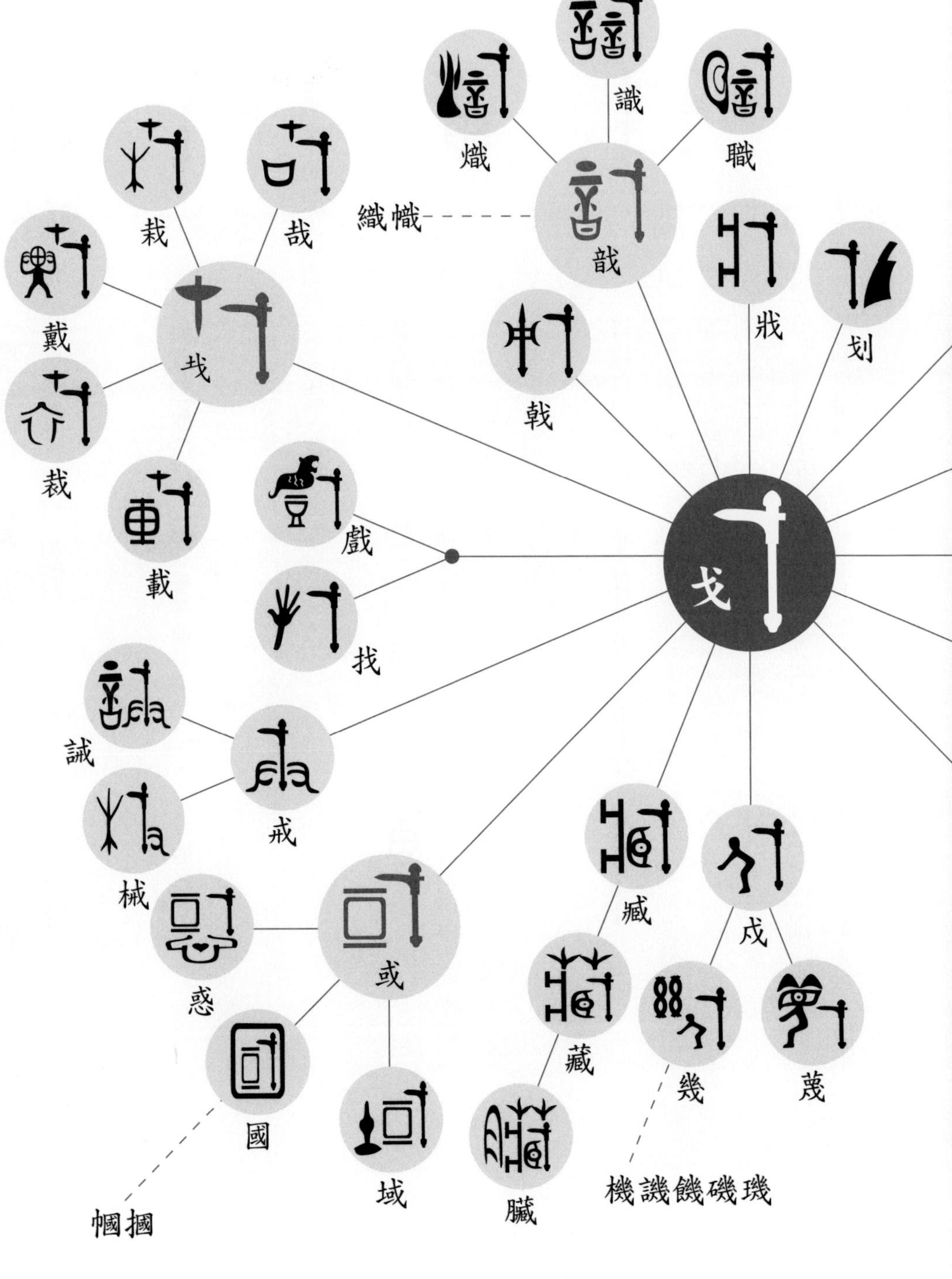
戈
戠
熾
識
職
織幟
戟
戕
划
𢦏
哉
栽
戴
裁
載
戲
找
戒
誡
械
或
惑
國
幗摑
域
臧
藏
臟
戍
幾
蔑
機譏饑磯璣

戴 ㄉㄞˋ dài

「雙手將面具」（，異）「穩妥地套進」（，戈）頭部。

引申為套進、擁護，相關用詞如戴面具、戴戒指、擁戴等。

（篆）

裁 ㄘㄞˊ cái

使「衣」服（）能「穩妥地套進」（，戈）他人身上。

裁縫師傅製作一套衣服，必先為客戶量身，然後依照尺寸剪布製衣。「裁」的本義為量身製作衣服，引申為剪去多餘的、合宜地製作、合宜地處置，相關用詞如裁衣、裁縫、裁判、裁決等。

（篆）

載 ㄗㄞˋ zài

將貨物「穩妥地安設」（，戈）在「車」內（）。

車子在行進中會搖搖晃晃，因此，必須將載送的貨物用繩子牢牢綁在車上。古代運酒的車子，都有特製的酒甕座，目的是安置酒甕，以免在運送過程中摔破。「載」引申義為運送，相關用詞如載送、載客等。

（金）（篆）

戟 ㄐㄧˇ jǐ

可以直刺及劈砍的「雙面月牙刃」（）「武器」（，戈）。

「戟」是戈和矛的合體，戈是砍殺的武器，矛是直刺的武器。若在戈頭上方安裝可以直刺的矛頭就變成既可砍殺又可直刺的戟。戟的金文是在「戈」的左下方，添加一支「矛頭」，代表將矛頭套在戈上（）。在殷商文物中，有一件是由戈和矛聯裝在一支木製長柄上的武器，它算是目前所發現到最古老的戟。周朝考古文物中，有單面月牙刃的戟（），也有雙面月牙刃的戟（），稱之為方天畫戟。漢末

（金）（篆）

的名將呂布就是使用這種武器。篆體[篆字]在戈的左邊，似乎就是方天畫戟的描寫。除了雙面月牙刃的戟之外，一般常見的是單面月牙刃的戟。春秋時期，齊國叛臣崔杼殺死國君，掌握大權，若有大臣反抗他，崔杼就以「戟拘其頸」要脅。崔杼所使用的戟，是能架在他人脖子上的武器，或許就是這種有月牙刃的戟。

聽音辨器

商朝時代的人就懂得鑄造青銅武器，到了周朝，更形成完整的管理制度。周朝人將掌管金屬器物的職務稱為「職金」，擔任此職務的人除了要負責徵收鑄造武器所需要的金屬之外，他還必須善於分辨材質好壞，將它們分等級再送進掌管兵器的部門。掌管兵器鑄造的官稱為「司兵」，他必須善於調和銅與錫比例以煉製青銅器，當兵器鑄造完成後，為了判斷純度夠不夠，他還必須練就「聽音辨器」的本事。「職、識」等字就是描寫武器辨識的職責。《周禮》記載：「職金：掌凡金玉……。受其入征者，辨其物之媺（美）惡與其數量，楬而璽之。入其金錫于為兵器之府。」

戠 ㄓˊ zhí

或ㄕˋ，shì。「武器」（[古文字]，戈）所發出的聲「音」（[古文字]）。

司兵是古代掌管兵器的官職，必須要能分辨武器的種類，並依照精良程度分出等級。優良的武器，材質必須精純，但要如何分辨材質的精純程度呢？就是憑藉武器所發出的聲音。「戠」是「識、職」的本字。甲骨文代表說出（[古文字]，

甲 金 篆

言）武器（，戈）的精良程度（請參見「識」）；金文及篆體代表「武器」所發出的聲「音」（），（請參見「職」）。《周禮》：「司兵：掌五兵五盾，各辨其物與其等，以待軍事。」

職 ㄓˊ zhí

金 篆

「耳」朵（）能分辨「武器」（，戈）聲「音」（）的人。

古代沒有精密儀器，因此檢測金屬純度全憑鑄器者靈敏的聽力。聲音清脆悅耳的，表示純度高，反之，聲音混濁的表示純度低。高純度的良劍，輕彈劍刃，聲音便有如龍吟。正是《荀子》所言：「耳辨音聲清濁」也。「職」的本義本義「耳」朵能分辨「武器」聲「音」的人，引申為具有專業技能的人，相關用詞如職業、職司、職位等。

識 ㄕˋ shì

篆

由「武器」（，戈）所發出的聲「音」（）就能「說出」（，言）武器的精純程度。

「識」原本是指鑄造武器的人所具備的專業知識，引申為知道、分辨、見解，相關用詞如知識、辨識、學識等。

熾 ㄔˋ chì

篆

以大「火」（）熬煉，直到「武器」（，戈）能發出輕脆悅耳聲「音」（）為止。

為了提高青銅武器（或鐵器）的精純度，鑄造者先將武器放進火爐裡熬煉，再將燒得火紅的武器取出捶打，然後不斷重複熬煉、捶打，直到武器能發出輕脆悅耳聲音為止。干將、莫邪是古代最著名的寶劍，銳利無比。《論衡》說：「干將之劍，久在鑪炭，銛鋒利刃，百熟煉厲。」可見如果不經過百般熬煉與砥礪是無法成就一支寶劍的。「熾」的本義為熬煉精良的武器，引申為旺盛的大火、猛烈，相關用詞如熾焰、熾烈等。

防衛

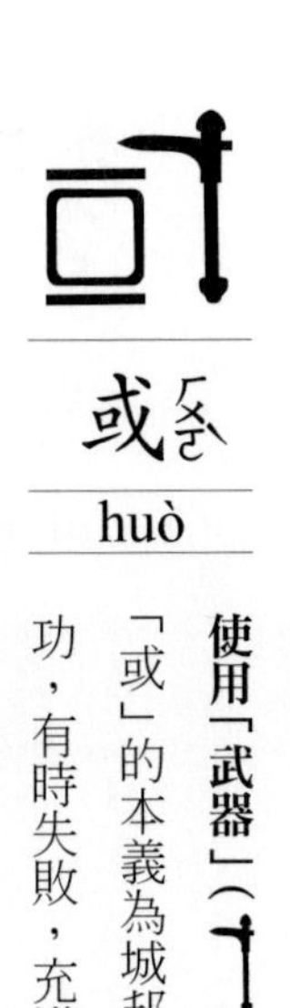

或 huò

使用「武器」（戈）防守「城邦」（口）的「疆界」（一 一）。

「或」的本義為城邦，後人改成「國」。因為，防守城邦邊疆，有時成功，有時失敗，充滿了不確定，所以「或」引申為不確定、也許，相關用詞如或許、或然率等。《說文》：「或，邦也。」

惑 huò

「防守城邦疆域」（或）的戰士，無法確定未來命運如何，所以「心」情（心）迷亂。

春秋戰國時代，諸侯國互相爭霸，國與國之間征戰不斷，弱國常被強國併吞，戰士的性命朝不保夕。「惑」正是描寫守城戰士恐懼不安的心。惑是疑慮、迷亂的意思，相關用詞如困惑、疑惑、蠱惑等。《說文》：「惑，亂也。」

域 yù

使「城邦」（或）所座落的地「土」（土）。

古代的城邦常建在易守難攻的地方，而山寨地形通常較符合這個原則，所以篆體是一個在「陡坡」（阜）上的「城邦」（或）；另一個篆體則表示城邦（或）所座落之地（土）。「域」引申為一定範圍的土地，相關用

甲 金 篆

詞如區域、領域等。

國 ㄍㄨㄛˊ guó

有完整「疆域」（，口）**的「城邦」**（，或）。光是有一座城，還無法成為一個完整的國家，國家除了有京城之外，還應包含所統轄的完整地域。「國」的甲骨文跟「或」是一樣的，指的都是城邦。金文在外圍加了，表示京城所管轄的完整疆域。（「國」的簡體字為「国」，其中的「玉」，既非義符，也非聲符。）

甲 金 篆

戍 ㄕㄨˋ shù

「人」（）**將「武器」**（，戈）**置於身旁，隨時防衛。**「戍」引申為防守邊境，相關用詞如戍守、戍衛等。

甲 金 篆

蔑 ㄇㄧㄝˋ miè

一個「人」（）**將「兵器」**（，戈）**棄置一旁，「眼皮低垂」**（）。**輕視敵人。**甲骨文描寫一個「人」將「三叉戟」棄置一旁，眼皮低垂（），敵人當前，還能如此輕忽，顯然是對敵人藐視至極。金文將「三叉戟」變為「戈」（），篆體則是調整筆順的結果。「蔑」引申為輕視。

甲 金 篆

幾 ㄐㄧˇ jǐ

或ㄐㄧ、jī。**「防守」**（，戍）**如「絲」線**（）**般微弱，即將被攻破。**「幾」是描寫防守陣線快要被攻破的景況，因而引申為即將要、還要多久、微少，相關用詞如幾乎、幾許等。《說文》：「幾，微也、殆也。」

金 篆

《爾雅・釋詁》：「幾，危也。」

戒 ㄐㄧㄝˋ jiè

「雙手」（廾）握住「兵器」（戈），謹慎防衛以防止敵人突擊。

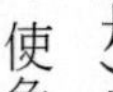

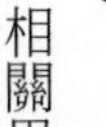

引申為防備、使免除（危險），相關用詞如戒備、警戒、戒除等。《說文》：「戒，警也，從廾持戈，以戒不虞。」

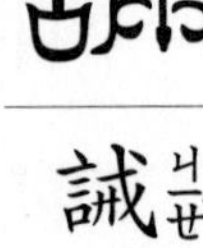

甲 金 篆

誡 ㄐㄧㄝˋ jiè

「警告」（言）人必須「防備」（戒）某事。

古代母親以相夫教子為責。孟子小時後貪玩，他的母親常常告誡他。有一次，孟子背誦詩書的時候，因為分心就突然停止背誦。這時候，正在織布的母親就把孟子叫來告誡一番，接著拿起剪刀把織好的布疋從中剪斷，以這件事作爲警告。從此以後，孟子讀書時便專心一意，不再分心了。誡就是警告他人，不可如何如何，例如摩西十誡列出了以色列百姓不可拜偶像、不可殺人等十大禁戒之事。誡的相關用詞如告誡等。

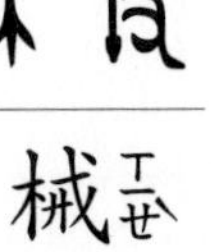

篆

械 ㄒㄧㄝˋ xiè

使用各種「木」造器具（木）以「戒」護（戒）城牆。

魯班的本名是公孫盤，他是中國早期最著名的工匠，發明了許多器械與工具，因此被奉為工匠祖師。同一時期的墨子也是製造器械的高手，相較於魯班，年輕的墨子甚至有青出於藍的氣勢。有一次，魯班為楚國製造了雲梯車，準備攻打宋國。墨子為了阻止戰爭，前去遊說魯班與楚王。接下來，墨子與魯班進行了一場精采的模擬戰爭。魯班九次攻城，每一次都變換不同的攻城器械與戰略，結果被墨子一一化解。魯班所有攻城器械都用盡了，而墨子卻游刃有餘。典故出自於《墨子》：「公輸盤為楚造雲梯之械，成，將以攻宋。……公輸盤九設攻城之機變，子墨子九距之。」械原是指戰爭用的器具，

篆

如《荀子》：「械用兵革攻完便利者強，械用兵革窳楛不便利者弱。」後來，引申為打鬥、器具的總稱，相關用詞械鬥、機械等。

臧 ㄗㄤ zāng

極好的東西，必須安藏在有「牆」（爿，爿）屏障之處，除了隨時「注視」（臣，臣）之外，還要用「武器」（戈，戈）護衛。「臧」引申為美善之物，相關用詞如臧否等。《爾雅．釋詁》：「臧，善也。」

篆 臧

藏 ㄘㄤˊ cáng

或ㄗㄤˋ，zàng。將「好東西」（臧，臧）用「草」（艸，艹）掩蓋。相關用詞如藏匿、收藏、寶藏等。

臟 ㄗㄤˋ zàng

隱「藏」（藏）的「身體器官」（月，月）。

以戈鬥虎

戲 ㄒㄧˋ xì

一手拿著「肉鍋」（豆，豆），一手拿「兵器」（戈，戈），來逗弄老「虎」（虎）。

戈是作戰武器，為何拿來鬥虎呢？《鹽鐵論》：「百獸馬戲鬥虎。」《漢

甲 金 篆

書》：「弄㲋鬥虎，……日與近臣飲食作樂，鬥虎豹。」這種以鬥虎作為娛樂的習俗充分反映在「戲」的構字裡。甲骨文代表持「戈」鬥「虎」，金文代表持武器（，戈）逗弄吼叫（）的老虎（、），另一個金文及篆體將「口」改成盛裝肉食的器具「豆」（），代表一手拿著食物引誘，一手拿兵器威脅老虎。相關用詞如戲耍、遊戲、戲院等。

攻伐

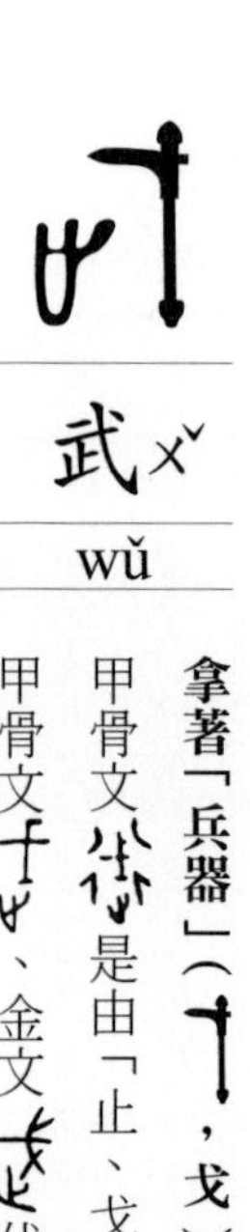

武 ㄨˇ wǔ

拿著「兵器」（，戈）「前往」（，止）征戰。

甲骨文是由「止、戈、行」所組成，代表拿著武器在路上行走，甲骨文、金文代表拿著武器走路，都是代表前往征戰的意思。引申為打鬥、勇猛的、軍事的，相關用詞如動武、武士、武裝、武器、武功等。

賦 ㄈㄨˋ fù

收取「金錢」（，貝）以充實「軍備」（，武）。

古代實施稅賦制度。「稅」是向人民徵收糧食，「賦」是向人民收錢以支應前方戰事。《前漢．法志》說：「畿方千里有稅有賦，稅以足食，賦以足兵」。

戎 ㄖㄨㄥˊ róng

手持「盾牌」（）與「戈」（）。

金文、描繪一個「人」一手拿「盾牌」，一手持「戈」，另一個金文、將人省略。盾牌（）是防護的兵器，而戈是攻擊的兵器，所以「戎」引申為兵器或戰爭，相關用詞如兵戎、戎裝等。

賊 ㄗㄟˊ zéi

使用「兵器」（，戎）搶奪他人「財物」（，貝）。

金文及篆體是由「則、戈」所組成，代表以武力破壞法則，也就是《左傳》所說：「毀則為賊。」所以，「賊」的本義為持戈違法作惡，引申為毀壞、作惡。後來，隸書改成「戎、貝」的組合，代表持兵器奪取他人財物。賊的相關用詞如竊賊、賊害、盜賊等。（「則」代表刻在鼎上的法條，引申為法律、規條，請參見「則」。）

㊎ ㊮

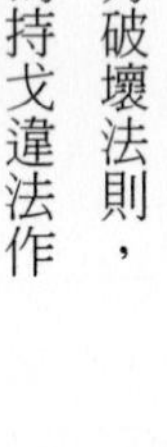

伐 ㄈㄚˊ fá

以「武器」（，戈）砍他「人」（，亻）頭頸。

金文描寫「手」持「戈」砍「人」腦袋。「伐」引申為攻擊，相關用詞如攻伐、討伐等。

㊙ ㊎ ㊮

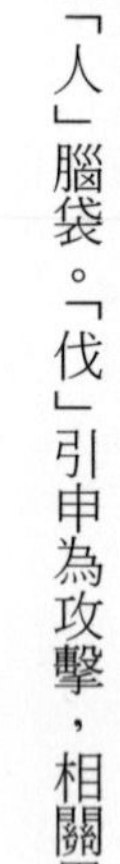

「戍」與「伐」都是由「人」與「戈」兩個構件所組成，但是因為擺放位置不同就產生完全相反的意義，這是漢字一個很有趣的現象。

現代漢字	甲骨文	金文	篆體	構字意義
戍				防守
伐				攻擊

𢦏 ㄐㄧㄢ jiān

用「武器」（，戈）殺死「許多人」（，从）。

「𢦏」是「殲」的本字，代表將敵人殺光。甲骨文及篆體代表

㊎ ㊮

「一戈」殺「二人」。如何表示殺死許許多多的敵人呢？古人常割取韭菜食用，一根根細嫩的韭菜叢生在一起，一刀下去，就能割取一把。俗話說「殺人如麻」，還不如說「殺人如韭」。因是之故，後人將「𢦏」添加「韭」以代表殺了很多人，再添加「歹」以代表死亡，於是演變成現代的「殲」。

韱 ㄒㄧㄢ xiān

將「韭」菜（）全數割取（，𢦏）。

本義為割取許多韭菜。引申為纖細、眾多。

殲 ㄐㄧㄢ jiān

像「收割韭菜」般（，韱），將敵人全數殺「死」（，歹）。

戰國時期，秦國大將軍白起，百戰百勝，戰功彪炳，無人能及，然而，他一生殲滅六國士兵約一百六十萬人，可說是殺人如割韭菜！殲的相關用詞如殲滅、殲敵等。

懺 ㄔㄢˋ chàn

為「殺人無數」（，韱）而「心」生懊悔（）。

白起雖然為秦國立下史無前例的輝煌戰功，後來卻因違抗秦昭王的命令而被賜死。臨死前，他非常懊悔，但他不是因為違抗命令懊悔，而是為生前殺人無數懊悔。臨終前，白起想起與趙國的長平之戰，他俘虜了四十萬趙軍，卻擔心難以管理，於是設計坑殺所有降軍。一幕幕殘忍殺人的場面不斷湧上心頭，白起感到自己罪惡深重，為此懊悔不已。

篆 韱

篆 殲

籤 ㄑㄧㄢ qiān

許多根纖細「竹」棍（⺮），長得像一大把「收割的韭菜」（韱，𢧜）。

「籤」是細長的竹棍，相關用詞如竹籤、牙籤等。

㊧篆

戮 ㄌㄨˋ lù

用「武器」（戈）將他人「項上人頭」（兀）砍飛（羽）。

「戮」是描寫戰場中被斬頭而身首異處的殘酷景象。金文是由「歺」、「羽」、「兀」所組成，代表項上人頭（兀）長翅膀（羽）飛走了，僅剩一堆殘骨（歺）。篆體將「歺」改成「戈」，代表用武器將人頭砍飛。戮，引申為殺死，相關用詞如殺戮、戮屍等。

㊎ ㊧篆

戕 ㄑㄧㄤˊ qiáng

拿著「武器」（戈）破「牆」（爿）而入。

引申為將人殺害，如戕害。

㊥甲 ㊎金 ㊧篆

兩戈相擊聲

「戔」的甲骨文及篆體代表兩戈相擊，這是描寫雙方持戈相鬥的情景。兩戈相碰會發出相擊聲，因此古人便以戔來形容兩物相擊或兩物相擊所發出的聲音。

殘 ㄘㄢˊ cán

兩人「持戈激烈相鬥」（，戔）而造成「傷亡」（，歹）。

引申為互相傷害、受重傷，相關用詞如殘害、殘暴、傷殘等。

篆

錢 ㄑㄧㄢˊ qián

會發出「金」屬（）「相擊聲」（，戔）的東西。

中國的金屬貨幣始於商周時期的銅貝幣。秦朝統一六國貨幣後，大量鑄造「秦半兩」的銅錢。古人將銅錢放在囊袋裡，不時會聽見一堆銅錢的金屬相擊聲。《詩經》所說的「錢鎛」是指一種金屬農具。

篆

踐 ㄐㄧㄢˋ jiàn

「腳」踏某物（，足）使發出「相擊聲」（，戔）。

人走路會產生腳步聲，就是因為腳與路面發生撞擊摩擦。「踐」引申為用腳踩踏，相關用詞如踐踏、實踐等。

篆

棧 ㄓㄢˋ zhàn

走在上頭會發出「相擊聲」（，戔）的「木」造（）建築物。

古人將木板搭建的車子、高臺、道路、房子等都稱為「棧」，例如《韓非子》：「棧車牝馬。」《管子》：「棧臺之錢。」《史記》：「燒絕棧道。」其他如「客棧」是指木造旅店，「貨棧」是指木造貨倉。這些木造建築的共同特色是走在上面會發出明顯的相擊聲。

篆

我 ㄨㄛˇ wǒ

手持鐵耙（或青銅耙）的人。

「我」的甲骨文、及金文是由「戈」與「三齒叉」兩種符號所組成，可見這是一種帶齒的武器。另一組甲骨文、金文、、及篆體像是一支大耙，多根耙齒向下彎，因為可以當武器，所以添加「戈」的偏旁。這種武器很可能是西周考古文物所挖掘到的青銅耙（或稱三股叉）之類的器具。《西遊記》中，豬八戒的隨身武器就是一支大鐵耙，而由耙頭、木柄、尾椎所組成的排耙，也是古代少林門的重兵器，施展之技法有刺、撩、拍、攔、掃、刨、絞、掄、鉤等。這種排耙南方拳派稱為三股叉。耙可當作兵器，也可當作農具，是農家必備的器具，古人用此符號來代表「自我」也是相當貼切的。除了象徵自力耕種，也象徵人的自我是不容侵犯。

甲 金 篆

娥 ㄜˊ é

「手持三齒耙」（，我）的「女」子（）。

甲骨文、是一個手持青銅耙自力更生的女人，這應該是描寫古代英勇的貞節女子。娥皇是上古時代部落酋長唐堯的長女，既然被後人尊稱為皇，想必也曾經是英勇的女子。「娥」引申為好女人或美麗女子。

金 篆

義 ㄧˋ yì

在「我」（）之上覆蓋一隻具有完美品格的「羊」（）。

在甲骨卜辭當中，有許多處提到殷商君王或貞人跳羔羊之舞來祈雨的習俗，如「王，舞羊，雨。」「貞舞羔，有雨。」殷商時期的「貞人」是

甲 金 篆

一位擁有神權的祭司，而「王」則是統治者。為何卜辭找不到舞牛、舞龍、舞獅的紀錄，卻獨獨出現多次舞羊或舞羔的文字記錄呢？這是因為羔羊具有的完美品格之故（請參見「羊、美、善」等字）。「義」的構字概念與「美」相近，在「我」（）之上覆蓋一隻「羊」（），於是衍生出「義」（）。所謂「義人」就是一位行為沒有缺失，完全符合上帝標準的人。罪（辠）人的反義詞就是義人，就是一位行事合宜的人，相關用詞如見義勇為、仁義、義民廟等。

儀 yí

「人」（）應有的「合宜舉止」（，義）。

周朝非常講究禮儀，也就是在各種場合下，人必須要有合宜的舉止應對。為了推行禮儀教育，周朝設有「保氏」的官，教導學生在祭祀、宴會、喪事、上朝議事等六種重要場合中的禮儀。在正式宴會中又設有「司儀」，掌管九種賓主間應盡之禮儀。典故出於《周禮．地官．保氏》：「教國子以六儀，一祭祀，二賓客，三朝廷，四喪紀，五軍旅，六車馬之容。」《秋官．司儀》：「掌九儀之賓客擯相之禮，以詔儀容辭令揖讓之節。」「儀」的本義為人應有的合宜舉止，相關用詞如儀容、儀態等。

（篆）儀

議 yì

「討論」（，言）如何才算是「合宜的舉止」（，義）。

在各種場合下，人應當如何應對進退才算是合宜呢？周公制禮作樂，非常講求倫理與秩序，因此周朝最重要的禮儀經典——《周禮》、《儀禮》、《禮記》，將禮儀規範訂定得極為詳盡。顯然，周朝大臣曾經花費了無數時間在爭論這些內容。議的相關用詞如會議、建議、議論等。

（篆）議

義 ㄒㄧ xī

在祭祀時，為「我」（ ）犧牲生命（ ，兀）的「羊」（ ）。

「兀」的甲骨文 、 、 是一個無頭人，一個頭被砍掉的人。「義」的金文 、 是由「羊、我、兀」所組成，代表羔羊為我而犧牲生命。古代天子祭天時，身披羊服，跳羔羊之舞，又殺羊獻祭，並且獻祭的禮器也用羊來裝飾，可以說是不厭其煩的使用羔羊來表達一種極為重要的祭祀意義，那就是以羊替代自己獻身給上帝。「義」是由「義」分化而來，甲骨卜辭中有所謂的「即義」，似乎隱含了慷慨就義、為義犧牲的精神。《孟子》說：「生，亦我所欲也；義，亦我所欲也。二者不可得兼，捨生而取義者也。」「義」的本義為犧牲生命，「義」是「犧」的本字，引申為疲憊或衰弱，相關用詞如義老、義疾。

以色列人有一傳統習俗，人若犯了上帝的誡命，就必須殺一隻羊獻在祭壇上以作為贖罪祭。因為人犯了上帝的誡命，就是犯了死罪。必須認罪悔改並以羊代替人的死罪，以免除災禍並帶來平安。

(金) (篆)

犧 ㄒㄧ xī

在祭祀時，為「我」（ ）犧牲生命（ ，兀）的「羊」（ ）與牛（ ）。

「犧」引申為喪失生命或祭祀用的牲畜，相關用詞如犧牲、犧牛（祭祀用的純色牛）、犧羊（祭祀用的純色羊）。

(篆)

「戉」——長柄大斧

甲骨文是一支長柄石斧，新石器時代的半坡遺址所出土的寬刃石斧，造型與此相近。隨著青銅武器的盛行，長柄石斧依照斧頭形狀的差異便分化出戉、戊、戌等字。「戉」是凸型月牙刃的長柄大斧，「戊」是凹型月牙刃的長柄大斧，「戌」是寬面的長柄大斧。

戉 ㄩㄝˋ yuè

斧面像月牙的長柄大斧。

甲骨文將斧頭寫成「月」（），也就是所謂的「月牙鉞」，這個構字概念與另一個甲骨文（肾）相同，代表「戉」的斧刃形狀像「月」亮，其中，「月」是形容符號。金文的斧刃呈彎月形，構形與雲南博物館收藏的西漢青銅器「猴蛇銅鉞」極為相似。《說文》：「戉，大斧也。」《集韻》：「戉，威斧也。」

鉞 ㄩㄝˋ yuè

青銅合「金」（）製成的「長柄大斧」（，戉）。

漢字「金」的構字本義是青銅合金，（請參見「金」）因此，鉞就是青銅製長柄大斧。目前考古所發現的青銅鉞最早出現在二里頭文化遺址，屬商代前期。商周時代的青銅鉞，具有威權象徵，所以商周君王手持青銅鉞以統帥大軍，如《史

甲　金　篆

篆

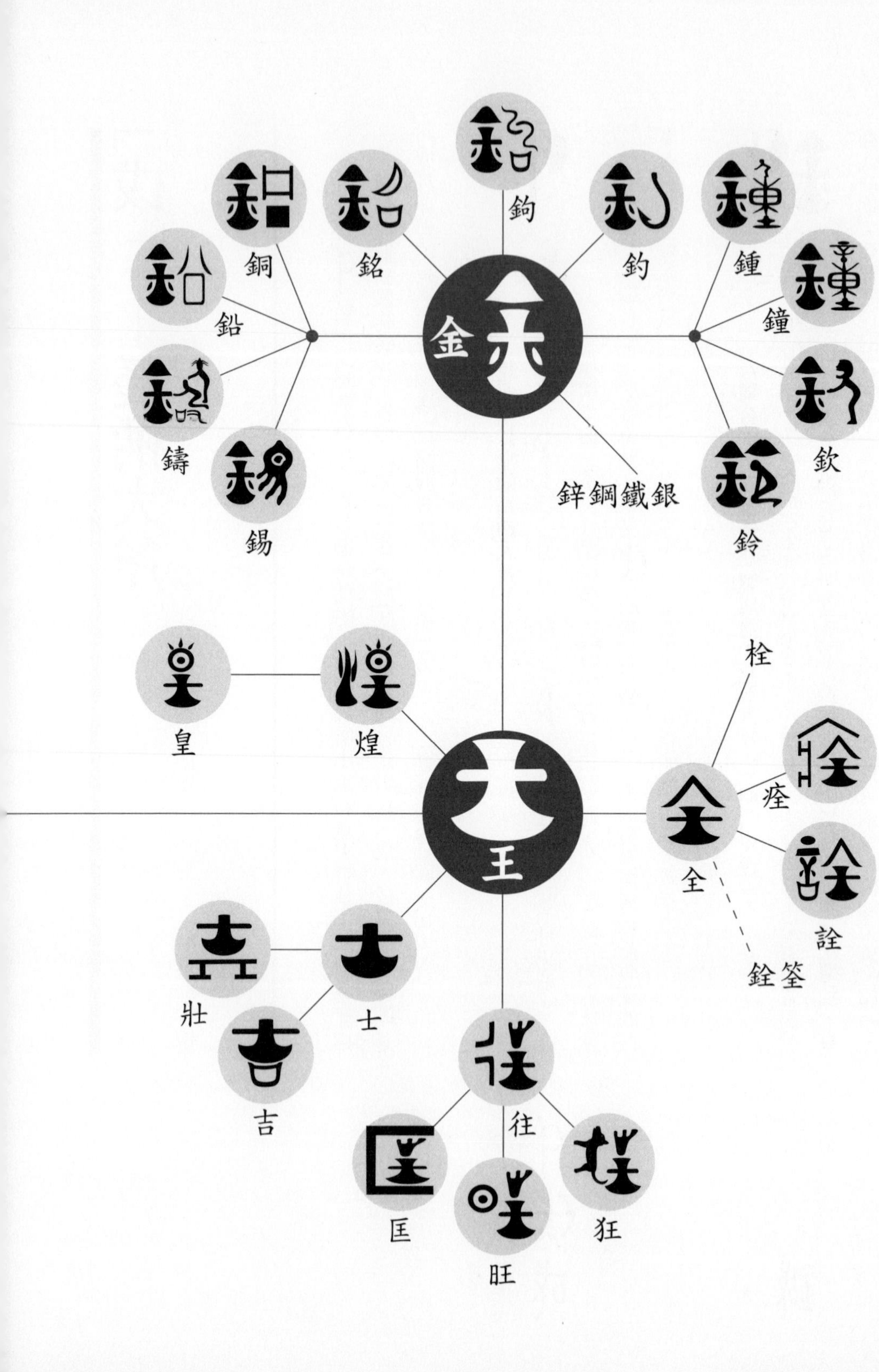

鉤
銘
釣
銅
鍾
鉛
鐘
金
鑄
欽
錫
鋅鋼鐵銀
鈴
栓
皇
煌
痊
全
王
詮
壯
士
銓筌
吉
往
匡
狂
旺

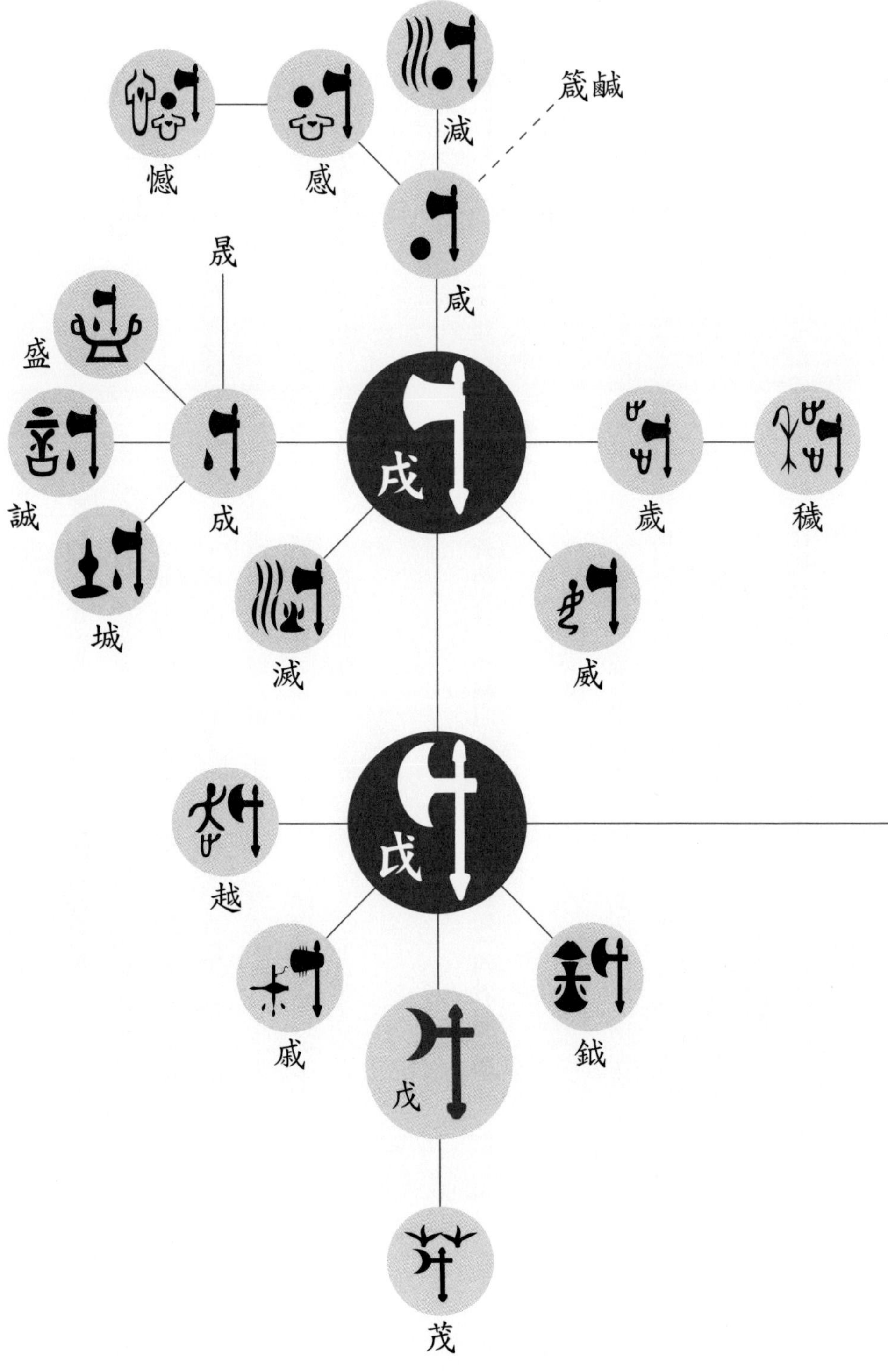

憾
感
減
箴 鹹
咸
晟
盛
誠
成
城
戌
滅
歲
穢
威
越
戉
戚
鉞
戊
茂

記》記載：「湯自把鉞，以伐昆吾，遂伐桀。」「武王左杖黃鉞，右秉白旄，以麾。」

越 ㄩㄝˋ yuè

手持「長柄大斧」（，戉）直「奔」（，走）攻擊目標。

古代君王手中的青銅鉞，代表軍事統帥權與審判權，只用來斬敵軍首腦，絕不用來斬士兵或平民百姓。周武王伐紂時，手持青銅鉞，率領三萬大軍，從盟津渡口越過黃河。所經之處，武王手中的武器，不殺任何人，只斬商紂王。典故出自於戰國《尉繚子》：「武王伐紂，師渡盟津，右旄左鉞，死士三百，戰士三萬。……武王不罷市民，兵不血刃，而克商誅紂。」「越」的本義為手持青銅大鉞，不理會周遭的百姓士兵，直奔攻擊目標，引申為跳過、閃過，相關用詞如越過、穿越、越來越逼近等。《說文》：「越，度也。」

篆

戚 ㄑㄧ qī

斧面兩側有利刺的「長柄大斧」（，戉），其利齒有如「四射的弋箭」（，尗）。

「戚」的甲骨文構形與商周的考古文物「玉戚」或「青銅戚」完全一致。戚是夏商時期的兵器，除了能劈砍之外，兩側利齒就像牛排刀一樣，能劃開皮肉，增加痛苦。因此，引申出哀傷痛苦、親密的意涵，相關用詞如親戚、戚族、哀戚等。《禮記》：「朱干玉戚。」《論語》：「君子坦蕩蕩，小人長戚戚。」戚的篆體有三種不同構形，但都是表達斧面兩側有利刺的武器。是由「戉」（大斧）、「朿」（尖刺）所構成，代表有利刺的長柄大斧；金文及篆體將刺改為四射的弋箭「尗」，弋是古代射鳥的箭矢；代表斧面兩側有利刺的「戈」，

甲 金 篆

戊 ㄨˋ wù

有凹刃的長柄大斧，又稱「月牙斧」。

「戊」的甲骨文、、、、是一個凹刃的長柄武器，形狀與古代印度「月牙斧」完全一致。這樣的長柄大斧用來做什麼呢？金文、、表示以長柄大斧（，戊）來砍伐樹「木」（、）。當草木繁茂時，就要用到這種長柄大斧加以砍伐清理，所以引申為茂盛，「戊」是「茂」的本字。《正韻》：「戊，音茂。物皆茂盛也。」另外，「戊」也是天干中的第五序位，代表在這個季節，草木茂盛，適於砍伐樹木並清理蔓生的野藤雜草。

甲 金 篆

茂 ㄇㄠˋ mào

「草」木（，艹）生長茂盛，可以砍伐（，戊）了。

相關用詞如茂盛、茂密等。

篆

滅命的武器

戌 ㄒㄩ xū

刃面寬廣的長柄大斧。

「戌」是由「戊」所衍生而來，所描寫的都是古代的青銅大鉞，戌兼具月牙刃及寬面兩特徵。金文、、、都是以「戌」（長柄大斧）砍人腦袋的象形字，可見戌具有處決、消滅的意思，也象徵審判權力。根據《六韜》記載，周武王擁有一支長柄大斧，稱為「天鉞」，刃寬八寸，重八斤，柄長五尺以上。殷商王后婦好所持的青銅大鉞，光是青銅部分就已經重達九公斤，刃寬三七．五公分，長三九．五公

甲 金 篆

分。商周時期，青銅鉞不僅是重型兵器，也是王權的象徵。如果將所有包含「戌」的漢字進行統整分析，可以發現「戌」是一把君王所持的長柄大斧，象徵可以滅盡仇敵、征戰得勝。「戌」引申為除滅。《說文》：「戌，滅也。」另外，「戌」也是地支的第十一序位，相當於晚上七點到九點。在此時段，日光不見了，人的活動漸漸止息，於是以「戌」來表徵這個安歇時段。

威 ㄨㄟ wēi

拿著「長柄大斧」（，戌）的「女」人（）。

表示拿著「長柄大斧」的「女」人，引申為令人畏懼、震懾，相關用詞如威武、威嚴等。古代媳婦稱丈夫的母親為「威姑」（今天稱為婆婆），因為她手中有權柄，令媳婦敬畏不已。殷商武丁王的妻子婦好墓就有一柄銅製大斧（銅鉞），婦好不僅是女王后，也是女將軍，曾經率領軍隊征伐夷方、羌方及土方等鄰國，戰功彪炳。

金 篆

滅 ㄇㄧㄝˋ miè

除「滅」（，戌）大「火」（）與大「水」（，氵）。

長柄大斧不僅可以疏通河道，消除水患，也可以去除可燃物，消滅火災，因此，消防人員出勤任務時，總是手持斧頭。甲骨文是以「長柄大斧」消除大「水」，篆體是以「長柄大斧」消滅大「火」，另一個篆體是以「長柄大斧」消滅大「火」及大「水」。

甲 篆

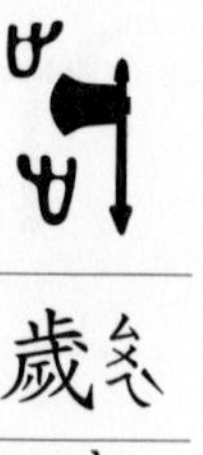

歲 ㄙㄨㄟˋ suì

年關將屆，施行「毀滅」的使者提著「長柄大斧」（，戌）跨「步」（）行走，大地籠罩著肅殺之氣。

本義為一年當中最後的寒冬節期，為「年」的別稱，相關用詞如歲月、

甲 金 篆

守歲、歲星、太歲等。嚴冬來臨，到處瀰漫蕭瑟荒涼的景象，草木凋零，各種動物也失去生氣，紛紛躲進巢穴，蟄伏等待。如何描寫這種肅殺之氣呢？甲骨文、金文、篆體是一個隱形殺手拿著武器在奔走。歲末嚴冬，住在北方的人莫不門窗緊閉慎防嚴寒，因此，另一種歲的甲骨文、乃描寫刺骨寒「冰」如「兵器」一般襲擊「棲身之地」。在這種氣候與生活習性下，醞釀出古老的年獸傳說與守歲的習俗。無獨有偶，古代的以色列民族也在除夕夜（逾越節）當天聚集在家裡烤食羊肉，並將羊羔的血塗在門框上以求平安，因為，外面有施行毀滅的天使在四處遊走。

穢 ㄏㄨㄟˋ huì

「嚴冬時期」（，歲）的「禾」場（）。

寒冬時期，田野荒蕪，所以引申為荒廢、雜亂，相關用詞如荒穢、污穢等。

咸 ㄒㄧㄢˊ xián

以「長柄大斧」（，戌）砍下「人頭」（●，口）。

金文、、代表以「戌」（長柄大斧）砍人腦袋，這個構字概念與「咸」相近，「咸」的甲骨文及金文、都是代表以「戌」（長柄大斧）砍下敵軍首領的「人頭」。在象棋裡，先殺死對方首領者為勝方，一旦「將」軍或大「帥」死了以後，棋局就結束了。古代的戰爭，敵軍首領一死，戰事就宣告結束，如牧野一戰，戰敗的商紂王自焚身亡後，周武王舉起青銅鉞斬斷他的頭，懸掛在殷商國旗（大白旗）之下。殷商部屬望見後紛紛投降，周武王順理成章地取得王權。「咸」的本義為殺頭滅絕，引申為終了，如《左傳》：「昔周公弔二叔之不咸。」「咸」也引申為全部，相關用詞如老少咸宜、

甲 金 篆

天下咸服。《論衡》：「武王伐紂，紂赴火死，武王就斬以鉞，懸其首於大白之旌。」鄭玄注：「大白，殷之旗。」

感 ㄍㄢˇ gǎn

看見令人「心」（心）生震憾的「殺頭滅絕」（咸）場面。

商紂王被斬首，頭顱掛在大旗之下，造成全國震撼。武王的部屬看見之後，歡聲雷動、興奮不已，但殷商人望見後卻心裡激動、憤慨、沮喪、不安，也有的百姓看見這個殘忍畫面心中感到悲傷與憐憫。「感」是「憾」的本字，原是指心裡震撼不已，相關用詞如感動、感觸、感受、感恩等。

(篆)

減 ㄐㄧㄢˇ jiǎn

「消除」（咸）盛大的「水」勢（氵）。

大禹以疏導方式消除洪水，以長柄大斧砍去堵塞河道之物，漲起的河水便漸漸消退。「減」的本義為讓水勢消退，引申為降低、去除、免除，如《呂氏春秋》：「水泉減竭。」《漢書》：「減死（免死也），完為城旦。」其他相關用詞如減輕、刪減、減除等。

(金) (篆)

殺牲取血立約

成 ㄔㄥˊ chéng

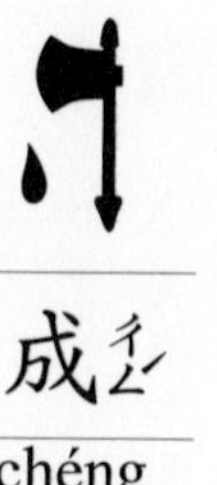

以「長柄大斧」（戊）殺羊取「血」（血）。

在周朝，祭拜上帝（或祭天）的儀式稱為郊祭或煙祭，在郊祭時，殺牲取血，將血灑在祭壇上的儀式稱為「郊血」。殺牲取血是古代盛大祭典

(甲) (金) (篆)

中重要的一環，具有重大意義。周朝人建好一間廟宇後，必須殺羊，並以羊血塗抹在廟中的祭祀禮器上。經過羊血塗抹潔淨後的禮器才能使用。這個典故出自《大戴禮記》：「成廟，釁之以羊。」《禮記》：「成廟則釁之。」「釁」就是以血塗抹的意義，古代的「釁鐘」之禮，就是將血塗抹在祭祀用的大鐘之上。塗血的用意在於抹去罪惡與污穢，因此，「釁」也引申為罪過，如《說苑》：「民之釁咎（百姓的過錯），血成於通塗。」「成」的本義為成就了獻廟或獻祭的潔淨之禮，引申為做完一件重要的事，相關用詞如成功、成就、完成、成果等。對於周朝人而言，恭敬地完成一件禮儀是非常重要的，《荀子》說：「人無禮則不生，事無禮則不成。」如今重大典禮完成後，司儀總會宣佈「禮成！」然後，與會者才能散場離去。

盛 ㄕㄥˊ shéng

以長柄大斧（ ，戌）殺羊取「血」（ ）。

「成」與「盛」的本義是相同的，都是代表殺羊取血，因此，《釋名》說：「成，盛也。」盛的甲骨文與「成」相同，後來，金文 及篆體 添加了「皿」，更清楚表明「盛」是由「戌」（ ）與「血」（ 、 ）所組成。血的甲骨文 、金文 表示血一滴滴地滴入皿中，這是殺牲取血的象形字，《說文》：「血，祭所薦牲血也。」古人殺羊取血後，將血灑在祭壇上，塗抹在禮器上，甚至在結盟時，塗抹在嘴唇上。「盛」的本義為在隆重祭典中殺羊取血，引申為填裝、隆重，相關用詞如盛飯、豐盛、興盛等。

（金）（篆）

誠 ㄔㄥˊ chéng

「殺牲取血」（ ，戌）後，歃血「立誓」（ ，言）。

歃血為盟是從周朝就有的習俗。《史記》：記載一段毛遂自薦及歃血結盟的典故。戰國時期，秦軍要攻打趙國首都，趙國宰相平原君急忙帶

（篆）

著二十位食客前往楚國，遊說楚王出兵相助，其中包括了自薦前往的毛遂。到了楚國首都，平原君的智囊團從早談判到傍晚，楚王硬是不願出兵。無可奈何，只好讓毛遂上陣。毛遂配掛著寶劍上台，先數落了楚王一番，再曉以大義，最終取得楚王出兵的承諾。這時候，毛遂立即令人殺牲取血，然後請楚王、平原君等將血塗在嘴唇上，立誓遵守諾言。古人歃血為盟，對天發誓，其用意就是表達誠信無偽。「誠」的本義為歃血立誓，引申為真實不假，相關用詞如誠實、誠懇等。盟的金文及篆體都是由「日、月、血」所組成，代表「日月」為證之下，以「血」向天立誓。

城 chéng

在城牆上有守軍以「長柄大斧流血」捍衛（，成）「土」地（）。

「城」的本義是抵死保衛的一塊土地。金文是由城「郭」（）及「成」所組成，另一個金文是由「戌、土」所組成，代表以長柄大斧流血捍衛城牆及土地。「城」引申為四圍有保護的居住地，相關用詞如城市、城牆等。戰國《尉繚子》的「盡資血城者」說的就是願意耗盡財物血守此城的人。春秋時期，齊國被燕國攻下七十二座城，只剩下莒、即墨二城。燕國傾全力攻打，但莒城人民頑強抵抗，歷經數年，不但屹立不搖，漸漸成為復國基地，最終在大將軍田單的帶領下，打敗敵人，收復了所有失地。莒城可以說是漢字「城」的最佳註解。

金 篆

城

王 ㄨㄤˊ wáng

象徵王權的大斧頭。

甲骨文、、、、及金文、、、是一支古代稱為「鉞」的大斧頭，金文及篆體則是逐步調整筆順的結果。「鉞」是君王專屬的武器與刑具，也是君王授權諸侯大臣的權力象徵。另外，如果天子將鉞賜給諸侯，則諸侯得以誅殺亂臣賊子。這就是《禮記．王制》所說的：「諸侯賜弓矢，然後征。賜鈇鉞，然後殺。」可見，鉞可以說是君王的權力象徵。

(甲) (金) (篆)

皇 ㄏㄨㄤˊ huáng

「榮光四射」（）的天上「王」（，王）。

金文、、代表「榮光四射」（）的天上「王」（，）上帝。皇原是用來形容上帝，如《詩經》：「上帝是皇，皇矣上帝。」《尚書》：「惟皇上帝。」《論語》：「皇皇后帝。」又如北京天壇上所書寫的「皇天上帝」。要如何表達天上王的榮光呢？因人能見到的最強烈光芒是從太陽所發出，所以古人以太陽來形容此榮光。後人將這強烈的榮光改成「白」（白光），因而形成現今的「皇」。「皇」本是指天上王或上帝，而在甲骨文中，「帝」都是指上帝，而「王」才是指君王，兩者是有明顯分別的，但一統六國的秦始皇覺得王無法形容自己的偉大，自稱為「皇帝」。「皇」也引申為極其明亮，與「煌」相通。

(金) (篆)

煌 ㄏㄨㄤˊ huáng

「極其明亮」（，皇）的燈「火」（）。

金文是一支燈柱，上有多條光芒。相關用詞如輝煌、敦煌等。

(金) (篆)

全 ㄑㄩㄢˊ quán

進「入」（入）「王」（王）室。

篆體全代表進「入」（入）「王」（王）室。《荀子》認為唯有道德完全的聖人才能稱王，因此說：「非聖人莫之能王，聖人備道全美者也。」也就是說，進「入」「王」的等級就是完「全」人。但《莊子》卻說：「世之所高，莫若黃帝，黃帝尚不能全德。」可見沒有一個人能成為完全人。反倒是進「入王」室，成為君王，天下所有東西「全」是他的，《詩經》說：「普天之下，莫非王土；率土之濱，莫非王臣。」在這個觀念下，擁有王位就擁有天下一切，無怪乎幾千年來許多人為了王位之爭殘害了無數百姓。「全」引申為沒有任何缺乏，相關用詞如完全、周全等。衍生字「痊」代表「病」「全」好了，「牷」代表完「全」無瑕疵無雜毛的「牛」，「詮」代表將整個事件完「全」地「說」明清楚，「佺」則是指古代成仙之人，完「全」「人」，「栓」是保「全」容器內的物品不流失的「木」塞。

全（篆）

往 ㄨㄤˇ wǎng

君「王」（王）在「路上」（彳，彳）「行走」（止，止）。

「王」也是聲符。隸書將「王」「止」合為「主」。

往（甲）往（金）往（篆）

匡 ㄎㄨㄤ kuāng

或匡。前「往」（往）某地所攜帶的「方箱」（匚，匚）。

（請參見匚——「匡」）。

匡（金）匡（篆）

旺 ㄨㄤˋ wàng

可以前「往」（往）辦事的「太陽」天（☉），晴天。

「旺」的本字是「暀」，篆體暀是由「日、往」二字所組成，代表可以前「往」辦事的「太陽」天。艷陽天，萬物蓬勃生長，也是出門辦事的好日子，故「旺」引申為興盛的、熾烈的，相關用詞如興旺、旺盛、旺季等。另一個篆體旺將「往」簡化為「王」。

篆

狂 ㄎㄨㄤˊ kuáng

如瘋「狗」（犬，犬）一般任意「追逐」（往，往）。

許慎認為「狂」是在描寫一隻瘋狗，「狂，狾犬也。」瘋狗古代稱為狾犬或瘈狗，如《左傳》：「襄公十七年十一月甲午，國人逐瘈狗。」瘋狗其實是一隻得了狂犬病的狗，感染初期會對聲音異常敏感，牠會到處追逐、狂咬人或動物，因此，古人遇見瘋狗都會將他們驅逐或殺死。可憐的瘋狗會到處傳染疫情，最終都將發狂而死，這個現象也記載於《漢書》：「旱歲，犬多狂死。」「狂」引申為肆無忌憚、任意而為，相關用詞如瘋狂、狂妄、狂人等。

甲 金 篆

審判官的徽章

士 ㄕˋ shì

手持「青銅大斧」的審判官。

皐陶是中國歷史上第一位審判官，智慧充足，善於透過邏輯推理來揭穿詭詐不法。《尚書》記載舜吩咐皐陶說：「皐陶，汝作士。」西漢孔安國說：「士，理官也。」可見，「士」就是「理官」，也就是掌管刑事案件的「審判官」，而青銅

金 篆

斧就是審判官的權力象徵。金文[glyph]、[glyph]的構形與「王」極為相近，也是一個斧刃向下的青銅大斧。青銅鉞本是君王的象徵，表示擁有最高審判權，但君王也會將象徵殺頭之刑的斧頭交付給審判官，因此，漢字便由「王」字分化出「士」。「士」的本義為有智慧的審判官，引申為各級官員、有學問的人，相關用詞如卿士、學士、男士等。古代「士農工商」四種職業，士就是指當官的或努力讀書準備當官的人。

壯 ㄓㄨㄤˋ zhuàng

手持大斧的「審判官」（[glyph]，士）坐在「長板凳」（[glyph]，爿）上。

「壯」的本義為指握有生殺大權的審判官坐在寶座上，引申為威猛，相關用詞如強壯、壯士等。古代男子年過三十，稱為壯年。

壯：（金）[glyph]（篆）[glyph]

吉 ㄐㄧˊ jí

「審判官」（[glyph]，士）「口」中（[glyph]）的判語。

甲骨文[glyph]、[glyph]、[glyph]、[glyph]都是由一個指向天的箭頭及一個口所組成，代表能通曉天上的事，說出（[glyph]）上天（[glyph]）的旨意，便能逢凶化吉。古人行大事以先，必尋求上帝旨意，上帝所喜悅者為吉，所不悅者為凶，若能明白上帝旨意，就能趨吉避凶。金文[glyph]與篆體[glyph]更改為「士」與「口」的組合，意指審判官（士）的判語（口），因他能判斷是非善惡，保護善良，懲治奸惡，所以引申為美好，相關用詞如吉祥、吉利等。《詩經》：「王多吉士。」

吉：（甲）[glyph]（金）[glyph]（篆）[glyph]

金 ㄐㄧㄣ jīn

將「銅、鉛兩礦物」（，八）融「合」（，亼）以鑄造「青銅鉞」（，王），合金也。

金文、、、、都是由「亼」、「王」及「兩點」所構成，其中「兩點」代表兩種礦物，「亼」是「合」的本字，而「王」的本義為君王所使用的青銅大斧，因此，整體而言，「金」代表將銅、錫（或鉛）融「合」以鑄造「青銅鉞」。在構字裡，凡是包含金的漢字，大多與青銅合金有關，當然也可以擴大解釋為與金屬有關。

銅 ㄊㄨㄥˊ tóng

將此物放進「模具」（，凡）裡以製作青銅合「金」（）「產品」（，口）。

純銅又稱為紅銅，加入錫鉛之後便成了青銅，但若加入鋅就成了黃銅。銅是製作青銅或黃銅合金的主要原料，其構字以「金、同」組成，其中，金代表合金，而同的甲骨文代表以「模具」（，凡）製作出規格一致的「產品」（，口）。

鉛 ㄑㄧㄢ qiān

加熱後的「合金」（，金）液體「沿」（）著引道進入模具裡。

鉛是灌注金屬液體進入模具裡的會意字。從大規模的殷商青銅作坊及青銅器物看來，商朝人不僅懂得將銅錫鉛等金屬融化以製作合金的技術，也擅長以模具大量生產金屬器物。

金 金（篆） 金（金）

銅（篆） 銅（金）

鉛（篆）

鑄 ㄓㄨˋ zhù

製造出「千年不壞」（，壽）的「青銅器」（，金）。

《荀子》在〈強國篇〉裡簡要地說明了青銅劍的鑄造要領：「刑（型）範正，金錫美，工冶巧，火齊得，剖刑而莫邪已。」大意是說鑄造青銅器的模子（型範）要做得密合準確，銅與錫要精純，冶煉技藝要精巧，火候要均勻。當這些要求都做到之後，一打開模具，鋒利的莫邪寶劍就鑄成了。甲骨文是由「皿、火、雙手、倒皿」四個符號所組成，皿代表承裝物品的容器，而倒皿（倒過來的皿）代表將物品覆蓋，這兩個符號代表模具。金文、將「火」、「金」放在皿與倒皿之間，表示火熱的合金液體在兩個模具之間。這些字其實是描寫商周時期最普遍的青銅鑄造法。皿與倒皿代表鑄造青銅器的模具，前者是內模，後者是外模，兩者合在一起稱為「合模」，而火熱的兩種金屬液體則灌入內外兩層模具之間，等到冷卻之後，再將外模打開，青銅器就完成了。另一組金文，在內外兩模具之間，除了金、火以外，還添加了，這個符號像是兩種物體交互融合。篆體將此符號改成「壽」，於是變成，表示製造出長「壽」的「青銅器」。商周人所鑄造的青銅器果然器如其名，千年不壞，直到今日，在博物館裡依然如新。「鑄」的本義為製造青銅器，引申為煉製，相關用詞如鑄造、鑄鐵等。

甲 金 篆

變化多端的錫

易 ㄧˋ yì

融化變形的錫塊。

商周時代的人不僅懂得將錫熔化以鑄造器物，還懂得將銅、錫融合以鑄造青銅器。「易」是「錫（賜）」的本字，如甲骨卜辭中有「易（錫）貝

甲 金 篆

二朋」，青銅彝器銘文有「易貝五朋，用乍父丁尊彝。」「王易貝五十朋。」卯的甲骨文及金文代表兩物會合，像是左半邊的銅塊與右半邊的錫塊準備合在一起，而易的甲骨文則代表右半邊的錫塊準備向左熔合，這是古代熔解錫礦以製造合金的概念。左邊的三畫代表熔化後的條紋，在構字裡，以三畫來代表條紋或紋理的漢字還有彣、彪、彤、形等。易的金文、、、、、、、及篆體也都是描寫正在融化的錫塊。金文代表用「火」使「錫」熔化，代表「眼睛」看著「錫」熔化的樣子。錫的熔點只有攝氏二三二度，與其他常見金屬之熔點比較相對低得多，如鉛是三二八度，鋁是六六〇度，銀是九六二度，金是一〇六四度，銅是一〇八三度，鐵是一五三五度，所以，錫塊稍微加熱就熔化，且熔化過程會產生各種形體的變化，因此，「易（錫）」引申為不費力、轉換、變為平坦，相關用詞如容易、交易、平易等。

賜 ㄘˋ cì

以「錫」（，易）「貝」（）作為獎賞。

自夏朝以來，古人就使用貝殼作為貨幣，到了商周時期，也鑄造金屬貝幣。如《竹書紀年》：「殷商成湯二十一年，大旱，鑄金幣（金屬貝幣）。」金文代表用「錫」（，易）熔化以製作「貝」幣，而甲骨卜辭中也記載「易（錫）貝二朋」，可見，「錫貝」的確曾出現過，只是精純的錫器在低於攝氏十三點二度的溫度下會得錫疫，變成粉末狀，難以保存久遠。（目前出土的錫器都不是純粹的錫器，多少都摻有其他金屬，不是合金就是以錫鍍金。）到了周朝就改以錫、銅合金的青銅貝幣來代替，這一點由考古所發現的戰國時期「青銅貝幣」可加以佐證。貝殼除了作為貨幣之外，也被做為君王賞賜臣子的貴重物品，如《穆天子傳》：「天子（周穆王）乃賜之黃金銀罂四七，貝帶（貝殼串成的腰帶）五十。」又如《詩

金　篆

經》：「既見君子、錫（賜）我百朋。（朋為貝幣單位，兩串為一朋。）」「賜」的本義為錫貝，引申為給予、作為獎賞，相關用詞如賜與、賞賜。《正字通》：「上予下曰賜。」《禮記．曲禮》：「長者賜，少者賤者不敢辭。」

錫 ㄒㄧˊ xí

將「錫」（易，易）融化以製作合「金」（金）。

「錫」的本字是「易」，後來為了顯明它可製造合金的特性，於是添加「金」成為「錫」，相關用詞如錫箔、焊錫、錫匠等。古人以錫鑄造成器物當作餽贈之物，因此，在西周典籍裡，錫也代表贈與，如《詩經》：「既見君子、錫（賜）我百朋。」二〇一三年五月考古學家在內蒙古錫林郭勒盟發現一處錫礦遺址。由礦坑坑道、採礦工具及遺物來研判，距今已有三千年，然而以青銅器的發現來看，錫的使用應可追溯至夏商時期。

惕 ㄊㄧˋ tì

「心」思（心）像「錫」熔解時「變化不定」（易，易），戒慎恐懼。

當人在擔憂懼怕時，心思起伏不定，就好像正在熔解的錫塊，不斷變換形體樣貌。在古籍裡，惕都具有戒慎恐懼之義，如「怵惕之心、汗出惕然、惕然而恐、惕然若驚。」其他相關用詞如警惕、惕勵等。

剔 ㄊㄧ tī

「刀」法（刀）「變換不定」（易，易）。

剔代表用刀把肉從骨頭裡割挑出來，因此，刀鋒必須順著骨頭而變換走勢。剔的相關用詞如挑剔、剔牙、剔除等。《說文》：「剔：解骨也。」「剔人肉置其骨也。」《尚書》：「焚炙忠良，刳剔孕婦。」

鍾 ㄓㄨㄥ zhōng

沉「重」（，金）的「青銅器」（，金）。

「鍾」是指青銅製的大酒杯或大量器，形狀像個大碗公。例如孔叢子說：「堯舜千鍾，孔子百觚。」（堯舜具有一千大杯的好酒量，孔子也有一百小杯的酒量。）青銅製的大酒杯或酒甕稱為「酒鍾」，如南朝梁任昉《述異記》：「上別立春宵宮，為長夜之飲，造千石酒鍾。」青銅製的大號量米器具也稱為鍾，春秋時期的齊國規定一鍾等於六斛四斗，「鍾」引申為存聚，相關用詞鍾愛、鍾情等。《孔叢子》：「孔子曰：季孫之賜我粟千鍾。」

（金）（篆）

鐘 ㄓㄨㄥ zhōng

「倒垂的」（，辛）沉「重」（）「青銅器」（，金）。

「鐘」是一種可撞擊發聲的禮樂之器，盛行於周朝，屬於重器，輕者數十斤，重者數百斤。在先秦典籍中，鐘也寫作鍾。鍾與鐘的構字裡，都含有「重」「金」，意表沉重的青銅器。後來，漸漸加以區分，將「鍾」添加具有倒逆意涵的符號——辛，便成了倒掛的「鐘」，之後便以此字代表禮樂之器。鍾是一個青銅大酒杯，把它倒垂過來，不就像一個青銅鐘嗎？所以《禮記》說：「垂之和鐘。」《說文》：「鐘，樂鐘也，……，古者垂作鐘。」古代宗廟在特定時辰或祭典會撞擊青銅鐘，所以鐘也引申為時鐘的鐘。

（金）（篆）

欽 ㄑㄧㄣ qīn

「金鐘」（ ）「發出聲音」（ ，欠）。

「欽」是指敲金鐘所發出的聲音，也就是《詩經》所說：「鼓鐘欽欽。」古代祭祀時，鐘聲一響，音傳千里，彷彿自天庭而來，聞者莫不肅然起敬，因此，「欽」引申為恭敬、仰慕，相關用詞如欽佩、欽敬、欽慕等。「欽」本義為鐘聲，引申為天或神獸所發出的聲音，如《論衡》：「鍾鼓聲猶天之應也。」又如《山海經》：「剛山……多神，其狀人面獸身，……其音如欽。」此外，欽也引申為皇帝的命令（或聲音），所以，皇帝所指定的事稱為欽定，所指定的巡視大臣稱為欽差。皇帝的命令，誰敢不從呢？於是，欽又引申為順從，如《後漢書》：「昔堯命四子，以欽天道。」金文 是由金與欠所組成，欠代表人張口發出氣息，在此是指金鐘所發出的悠揚樂音。

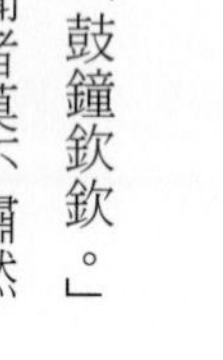

（金）（篆）

鈴 ㄌㄧㄥˊ líng

用於傳達命「令」（ ）的「青銅器」（ ，金）。

古代的西方貴族，主人若要傳喚僕人，只要搖一搖手中的鈴噹，僕人就會立刻趕過來。在漢朝，聽到鈴聲就要趕來侍候主人的僕役稱為「鈴下」。在周朝，有一種掛滿鈴噹的大旗稱為旂，用來傳達軍令。兩軍交戰時，若指揮官向左揮動這種大旗，軍隊聞聲後就向左攻，若大旗揮向右，軍隊就向右攻。這個典故出自戰國《尉繚子》：「金、鼓、鈴、旂四者各有法。鼓之則進，重鼓則擊。金之則止，重金則退。鈴，傳令也。旂麾之左則左，麾之右則右。」金文 、 是鈴鐺的象形字，另一組金文 、 是由「金」及「令（或命）」所組成，代表傳達命令的青銅器。鈴的相關用詞如鈴聲、鈴鐺等。《說文》：「旂，旗有衆鈴，以令衆也。」《爾雅》：「有鈴曰旂。」《論衡》：「事大而急者用鍾鼓，小而緩者用鈴。」

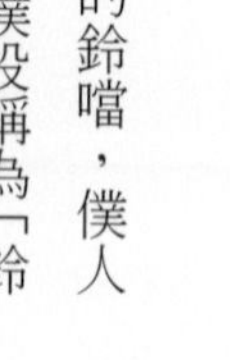

（金）（篆）

青銅銘文

銘 ㄇㄧㄥˊ míng

將「名」字（名）刻在「青銅器」（金，金）上以資紀念。

古代刻在鐘鼎上的文字稱為銘文、金文或鐘鼎文。若是研讀內文則會發現，這些銘文都是追述祖先恩德，頌讚先王功績的祭祀文。如大盂鼎是周康王時，貴族盂所鑄造的祭祀禮器。銘文內容敘述商朝因酗酒而亡國，文王、武王的建國，告誡盂要效法祖父南公，忠心輔佐周朝王室等。又如毛公鼎的銘文也是毛公感念周王的相關紀事，作為後代子孫永久的紀念。《禮記》說：「夫鼎有銘，銘者，自名也。」又說：「銘者，論譔其先祖之有德善，功烈勛勞慶賞聲名列於天下，而酌之祭器。」「銘」引申為刻寫、牢記不忘，相關用詞如銘刻、銘記、座右銘等。

(金) (篆)

青銅魚鉤

釣 ㄉㄧㄠˋ diào

用「金」屬（金）「鉤子」（勺，勺）來捕魚。

中國在西周時期就有釣魚的紀載，如《詩經》：「籊籊竹竿、以釣于淇。」釣原寫作魡，金文魡是一條線拉著一條魚，另一個金文魡是一條魚及一根魚鉤，早期的魚鉤是骨製的，後來漸漸改成青銅製造，故將金文中的「魚」改成「金」，而將魚鉤分化成「勺」與「句」，前者代表「釣」魚（釣），後者代表魚「鉤」（鉤）。《論語》說：「子釣而不綱。」

(金) (篆)

「斤」——可砍殺的武器

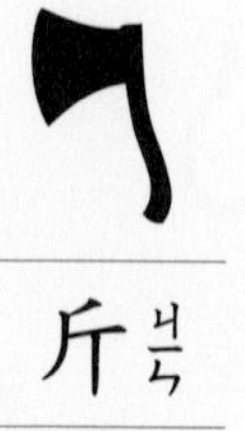

斤 ㄐㄧㄣ jīn

持斧劈砍。

甲骨文 並非描寫一把斧頭，而是代表持斧頭之類的工具劈砍，箭頭方向就是劈砍方向。所以，斤的原始意義是劈砍，是動詞，後來才引申為可劈砍的工具——斧頭。

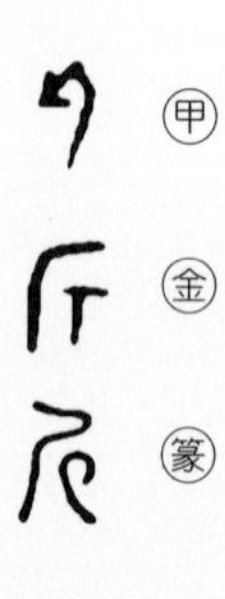

甲 金 篆

父 ㄈㄨˋ fù

或ㄈㄨˇ，fǔ。手握無柄石斧。

金文 是手握長石的象形字，這個長石應該是無柄石斧。石器時代的先民以敲打及研磨方式製作石斧、石鋤等用具。男子是家族守護者、狩獵者、勞動者，手裡隨時都握著一塊石器，因此，古人便以此形象來刻畫家中男主人——父親。除此以外，父也用來稱呼有才德的長者，例如稱管仲為仲父，孔子為尼父。

甲 金 篆

斧 ㄈㄨˇ fǔ

「手握長石」（，父）用力「劈砍」（，斤），父也是聲符。

甲骨文 、 是由父、斤所組成，其中，斤的箭頭指向手中的石頭，表示以此石劈砍。「斧」的本義為可以用來劈砍的石頭，引申為可劈砍的工具。

甲 金 篆

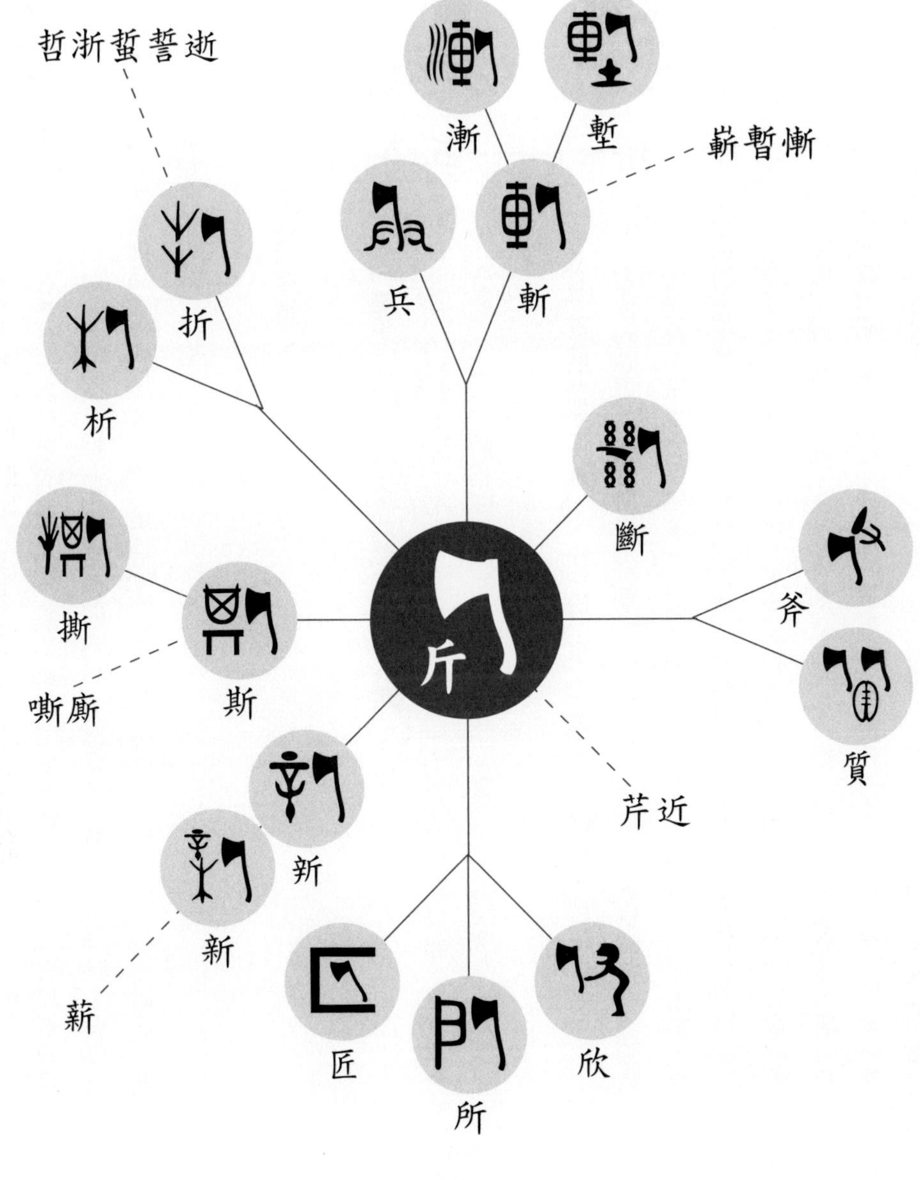
斤
漸
塹
蟖暫慚
斬
兵
哲淅蜇誓逝
折
析
斷
斧
質
撕
斯
嘶廝
芹近
新
新
薪
匠
所
欣

質 ㄓˊ zhí

用「斧頭」（，斤）抵押以借取「金錢」（）。

在古代，斧頭是有價值的工具，可以用來典當。「質」代表以斧頭換錢，本義為抵押，相關用詞如人質、質押等。當進行抵押時，典當商必定會詢問與評估抵押品的性能、質地等，再決定借貸金額，因此，「質」便引伸出與此有關的意義，相關用詞如性質、本質、質疑等。

篆

作戰的斧頭

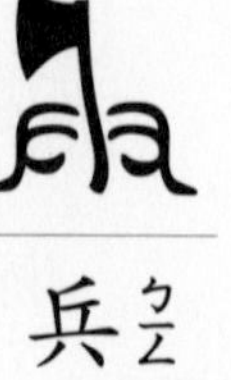

兵 ㄅㄧㄥ bīng

「雙手」（，八）拿武器「劈砍」（，斤）。

甲骨文表示「雙手」拿武器「劈砍」，引申為劈砍武器、拿武器劈砍的人。「兵」的相關用詞如兵器、士兵、當兵、兵工廠等。

甲 金 篆

斬 ㄓㄢˇ zhǎn

有「劈砍武器」（，斤）的「車」（），戰車。

古代的戰車，商朝稱為「寅車」，周朝稱為「戎車」，戰車前有一位御馬的士兵，戰車上則站著一位手持劈砍武器的勇猛軍官。古籍記載，周武王率領三萬士兵與商紂王征戰，其中有戰車三百輛，分別由三百位勇猛的軍官（虎賁將軍）駕御。典故出自於《尚書》：「武王戎車三百兩，虎賁三百人，與紂戰于牧野。」如何以最簡單的筆畫來描寫一部戰車呢？由「斬」的構字可以得知古人是以斧頭為標記來描寫戰車。戰車與斧頭是古代戰爭中的利器，武士們站在快速行進的戰車上，以銳利的斧頭向敵人揮砍，其殺傷力可想而知，被擊的敵人往往就身首異處。西漢設有車騎將軍，相當於戰車部隊的統帥。衛青

篆

是西漢名將，他擔任車騎將軍時，率領三萬戰車部隊對抗匈奴，斬敵數千人。「斬」的本義為戰車，引申為砍斷，相關用詞如斬首、腰斬等。《史記》：「青為車騎將軍，出雁門，三萬騎擊匈奴，斬首虜數千人。」

塹 ㄑㄧㄢˋ qiàn

「戰車」（，斬）陷在「土」裡（）。

戰車雖然厲害，但若遇到凹陷的泥沼地形，車輪就會陷落。《六韜》記載，周武王問姜太公如何使用戰車作戰？姜太公回答說：「戰車作戰的致勝關鍵在於地形。」於是他提出十種不利的地形，如凹陷、毀塌、黏泥、水澤、溝渠、險阻等都是車戰必須避開的死地。「塹」的本義為使戰車陷落的地形，例如：「塹壕」是指防禦用的人工壕溝；「天塹」是指可阻擋敵軍進攻的天然溝渠或凹地。

漸 ㄐㄧㄢˋ jiàn

「戰車」（，斬）掉進「濕地」（，氵）裡。

戰國文字表示戰車泡在水裡。戰車不小心駛進泥沼地，愈陷愈深，直到整個泡進泥水裡。三國時代，關羽率兵攻打樊城，曹操的大將于禁調遣七軍駐守在樊城北邊的罾口川應戰。曹軍人數眾多，又有戰車部隊可衝鋒陷陣，勢在必贏，因此，龐德戰前就訂製好關羽的棺材，等著收屍。沒想到，連日下雨，襄江水勢上漲，關羽竟然乘機放水淹七軍，使得戰車部隊無用武之地。最後關羽生擒于禁、龐德，大獲全勝。「漸」的本義是戰車陷在水裡，由於水勢會慢慢升高，最後將戰車淹沒，所以「漸」引申為緩慢地，相關用詞如逐漸、漸進等。

塹（篆）

漸（篆）

處決罪犯

新 ㄒㄧㄣ xīn

以新「斧頭」劈砍（[glyph]，斤）「罪犯」（[glyph]，辛）。

新 ㄒㄧㄣ xīn

以新「斧頭」劈砍（[glyph]，斤）「辛」（[glyph]）「木」（[glyph]）。

「新」的甲骨文[glyph]及金文[glyph]表示以剛磨好的鋒利斧頭砍（[glyph]，斤）罪犯（[glyph]、辛），因為只有銳利的斧頭才能將人頭一次斬斷。到了周朝的篆體，文字做了變革，將「辛」改成「辛木」，大概是施行禮樂教化的周公覺得太過殘忍之故吧。辛木就是「梓」樹，是家家戶戶種來供應柴薪的良木，新買來的斧頭，鋒利無比，趕快拿來砍柴試一試吧！「新」引申為第一次、剛開始，如新鮮、新婚等。

工匠的標記

匠 ㄐㄧㄤˋ jiàn

內有「斧頭」（[glyph]，斤）的「工具箱」（[glyph]，匚）。

（請參見「匚」──「匠」）。

甲 [glyph] 金 [glyph] 篆 [glyph]

金 [glyph] 篆 [glyph]

所 ㄙㄨㄛˇ suǒ

舉「斧」劈砍（，斤）以製作門「戶」（）。

（請參見「門」——「所」）。

（篆）

欣 ㄒㄧㄣ xīn

一邊拿著「斧頭」劈砍（，斤），一邊「張口歌唱」（，欠）的快樂工作者。

砍樹劈柴

折 ㄓㄜˊ zhé

以「斧頭」（，斤）將樹木的主幹砍成兩截（）。

甲骨文、金文可以清楚看見一棵樹木斷為兩截。篆體將兩截斷木寫的非常接近，中間只留下一個細微斷痕。到了隸書，為了書寫便利，竟然將這兩截斷木接合起來，以至於訛變為手（，扌）。「折」引申為把東西弄斷或減低其價值，相關用語如折斷、折損、折扣等。「折」的構字概念與「析」相近。「折」是將樹木砍斷，「析」是將砍斷的樹木加以分解。

（甲）（金）（篆）

析 ㄒㄧ xī

以「斧頭」（，斤）分解樹「木」（）。

「析」是描寫樵夫將一棵大樹砍下之後，再繼續將它分解成可燒飯的木柴。析引申為分解，相關用詞如離析、分析等。《說文》：「析，破木也。」

（甲）（金）（篆）

劈竹作畚箕

斯 ㄙ sī

用「斧頭」（，斤）劈開竹子以製作「畚箕」（，其）。

（請參見「其」——「斯」）。

金 篆

撕 ㄙ sī

用「手」（，扌）將物品「撕裂」（，斯）。

斷繩

㡭 ㄉㄨㄢˋ duàn

以「刀」（）斷「線」（，糸糸）。這是「斷」的古字。

甲骨文在絲線上劃條橫線，代表將線切斷，金文則在絲線斷裂處加上一把「刀」（），代表以刀斷線。

甲 金 篆

斷 ㄉㄨㄢˋ duàn

用「斧頭」（，斤）將某物砍「斷」（，㡭）。

篆

「矛」——可穿刺的武器

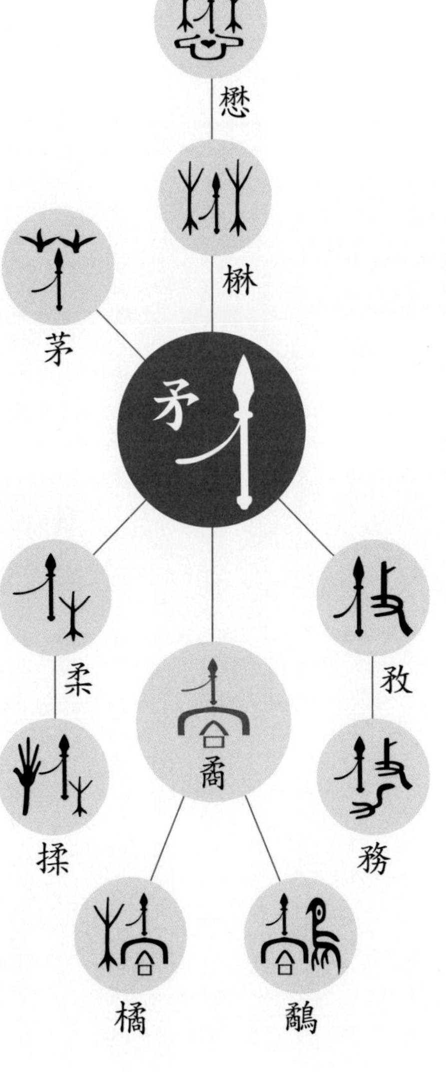

矛 ㄇㄠˊ máo

前端有刃的長柄直刺武器。

矛是古代刺殺敵人的長柄兵器，是槍的前身。金文[金文字形]是一支長矛向前穿刺的象形字。矛包含矛頭、柲（長木棍）以及兩者交接處的骹部，且多半裝飾有紅纓帶。周朝的矛有兩種尺寸，四尺長的稱為酋矛，二十四尺長的稱為夷矛，這兩種都裝飾有紅纓帶。夷矛適用長刺，兩軍正面對決時，戰車或前排士兵使用這種長矛，可以連續刺穿數排敵兵，具有夷滅敵軍的威震效果，所以稱為夷矛。酋矛除了適於近身穿刺，也適於投射。《後漢書》甚至記載一種床弩，可以將矛發射出去，殺傷力極強。商周時代都有大量的青銅矛頭出土，光是河南省安陽縣侯家莊西北岡遺址一〇〇四號商王大墓就出土了七百餘支相同形制的青銅矛頭，矛頭呈三角形，側邊有用來穿繩帶的小圓孔（稱為鈕或穿），因此，另一個金文[金文字形]呈現矛頭之外，也描繪出可以穿繩帶的圓孔。《周禮．考工記》說：「酋矛常有四尺，夷矛三尋。」《詩經》：「二矛重英。」（酋矛、夷矛各飾有紅纓帶。）

金　篆

楙 ㄇㄠˋ mào

「林」立（[字形]）的長「矛」（[字形]）。

在古戰場上，我們常會看到許多士兵手持矛戟在整軍，遠遠望去，有如一片長得又直又挺的林木。金文[金文字形]、[金文字形]在描寫「林」立的長「矛」，後來引申為林木快速向上生長，有如長矛向前衝刺一般，也就是生長茂盛的意思。如《漢書》：「林鍾助蕤賓，君主種物，使長大楙盛。」「豐楙於戊。」《說文》：「楙：木盛也。」

金　篆

懋 ㄇㄠˋ mào

或悉。「許多支長矛」（，楙）努力向前衝刺的「心」（）。

在戰場上，手持長矛的士兵通常列隊在前排，他們的任務就是向前衝刺。統帥通常會勉勵他們：「不要畏懼、退卻，只要勇敢向前衝，就能得勝。」甲骨文是由「矛、心」所組成，表示「勇敢向前衝鋒」的「心」，金文添加了「林」，表示林立的長矛一齊向前衝刺。在先秦典籍裡，懋通常用在勉勵人要勤奮努力，勇敢向前，如《尚書》記載，舜勉勵大禹：「禹，汝平水土，惟時懋哉！」（大禹啊！你去平息水患，要隨時警戒自己勤勉努力啊！）又如皋陶說：「政事懋哉懋哉！」（勤奮努力，使政務興旺地發展！）《說文》：「懋，勉也。」

敄 ㄨˋ wù

「手持工具」（，攴）「向前衝刺」（，矛）。

金文描寫一個「人」（）手持工具（，攴）衝進一層層的敵陣。這是描寫一個非常勇敢的工農兵，即便手中沒有長矛，也要往前衝殺。篆體改成矛、攴的會意字，其中，矛是形容符號，表示向前衝刺。「敄」引申為不顧一切地向前衝刺。《說文》：「敄，彊也。」

務 ㄨˋ wù

用盡一切「力」量（）不顧一切地「向前衝刺」（，矛）。

「務」的本字是「敄」，後來添加「力」以加強努力向前的意涵。「務」的本義為用盡一切力量去達成使命，引申為欲達成的使命、必須達成，相關用詞如任務、務必等。

柔 ㄖㄡˊ róu

製作長「矛」（）的「木」桿（）。

在周朝的官制中，「盧人」是專門負責製作長柄武器的長桿。製作長矛所使用的木桿，講求外柔內剛。因為剛硬的木桿容易被折斷，必須選擇外表富有彈性，禁得起彎曲，內裡卻堅實的木材。隨著技術的精進，後來發明了一種積竹柄，以堅硬的木桿為芯，外圍裹以竹桿。由於竹纖維強韌，所以能彎曲而不被折斷。它的作法是先把整支竹桿的竹節打通，中間塞入長木桿，再以膠、繩裹緊。在古籍裡，充滿了剛柔相濟的思想，例如《禮記》：「剛柔輕重遲速異齊。」《詩經》：「不剛不柔，布政優優。」《說苑》：「柔而不撓；剛而不折。」可見，柔的反義就是剛，所謂的柔就是具有良好彈性，許慎說：「柔，木曲直也。」也就是說，彎曲變為挺直，挺直變為彎曲。柔的相關用如柔軟、溫柔、柔和等。

揉 ㄖㄡˊ róu

用「手」（，扌）撫弄「木」桿（）使成為挺直的「矛」柄（）。

古人製作竹箭，通常要先將彎曲的竹子扳直，然後火烤定型，這過程稱為「揉竹為矢」。將竹箭扳直稱為「揉矢」或「矯矢」，「矯」是將箭扳直的箝子，所謂的「矯揉造作」就是指揉製器物的過程，引申為太過人工化而不自然的行為。當然，若是挺直不彎曲的竹子，製作箭矢時便可省略矯揉的過程，因此，孔子學生子路說：「南山有竹，弗揉自直。」古代工匠擅長於用手將木頭、竹子揉製成耒、車輪、矛、矢等器具，如《易經》說：「揉木爲耒。」《淮南子》：「揉以為輪。」《白虎通》：「法火揉直木也。」「揉」的本義為用手撫壓以製作器具，引申為用手撫弄，相關用詞如揉搓、揉合、揉弄、矯揉造作等。

篆 柔

矞 ㄩˋ yù

製用「矛」（）向物體「內」部（）刺出一個開「口」（）。

《說文》：「矞，以椎穿物。」（相關衍生字請參見第三章）。

篆

茅 ㄇㄠˊ máo

葉片修長如「矛」（）的「艸」（）。

茅草春天發芽，細小如針，俗稱針茅，漸漸成長後，葉片修長如矛，古人用它來做蓑衣，又用它來蓋茅屋，甚至製藥。茅草生長迅速，若山間小徑久無人行走，道路就會被茅草阻塞，孟子把這種現象稱為「茅塞」，藉以勸戒他的學生，心思要常常活用，否則也會阻塞。三國時期，劉備正愁苦如何開展功業，等到遇見孔明，聽他分析天下大勢與進取之道後，說道：「先生之言，頓開茅塞，使備如撥雲霧而睹青天。」

金　篆

「刀」的衍生字

「刀」的甲骨文、金文及篆體是一把刀的象形字。若將含有刀的漢字加以分類，大致可看出，古人將刀視為工具、刑具及防身武器。

刀的用途		相關構字
工具	削切整治的工具	切、割、削、刊、刪、刮、刺、刈
	裁製衣服	初、制、製、剪
	斷繩線	絕、斷
	契刻	契、鍥、齧、栔、挈
	劃分	分、辨、別
	解剖祭牲	判、解、列、物
刑具		刑、罰、則、劈、刖、劓
防身武器		賴、劉、到

刀、刃、办、勿

刀、刃、刅、刎四者意義極為相近，甚至可以通用，例如「利」的甲骨文 、 、 、 分別含有「刀」（ ）或「刎」（ ），可見這兩種符號意義相通，又如汈的金文 、 、 分別含有刃、刅、刎，可見這三者互通。但若要細分，還是有些微差異，如「刃」代表刀鋒，「刅」代表刀削（碎屑黏在刀上），「刎」代表快速揮刀（碎屑紛飛）。

刃 ㄖㄣˋ rèn

「刀」（ ）的鋒利面。

忍 ㄖㄣˇ rěn

「心」（ ）在刀「刃」上（ ）。

我們常以「心如刀割」來形容極為難受的心情，而遇到艱難時，長輩也常以「心」頭上一把「刀」來勉勵晚輩要「忍」難。「忍」引申為耐心承受，相關用詞如忍耐、忍痛等。

金 篆

刅 ㄔㄨㄤ chuāng

「刀」上（ ）黏著「碎屑」（ ）。

金文 、 在「刀」的刀刃及刀背處都畫有一點，表示刀面黏著削切的碎屑。「刅」的本義為用刀削切，引申為被刀削到，創傷。《說文》：「刅，傷也。从刀从一。【徐曰】一刀所傷。指事也。」

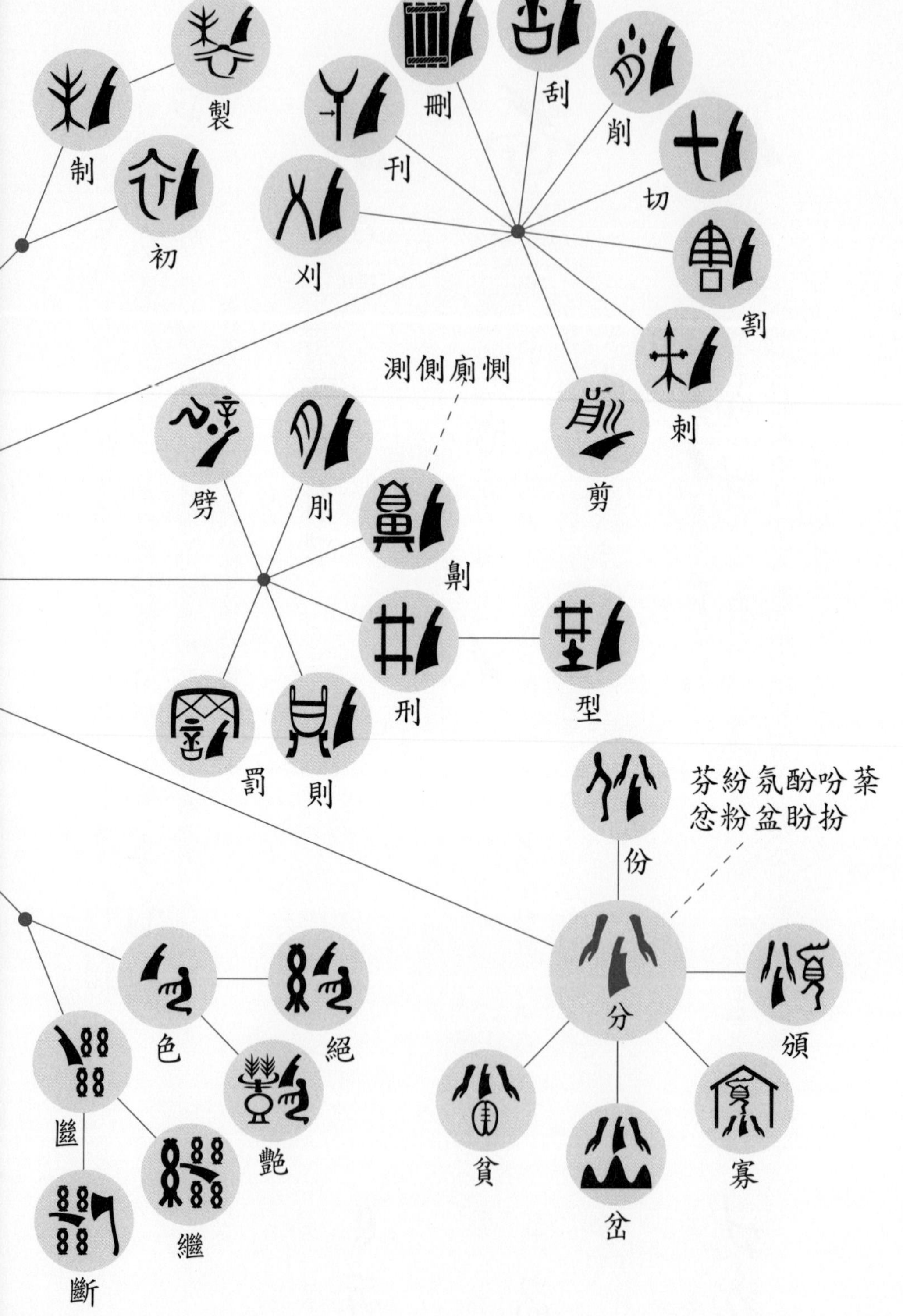
制
製
初
刈
刊
刪
刮
削
切
割
刺
剪
測側廁惻
劈
刖
劓
刑
型
罰
則
份
芬紛氛酚吩棻
忿粉盆盼扮
分
頒
寡
盆
貧
色
絕
艷
㡭
繼
斷

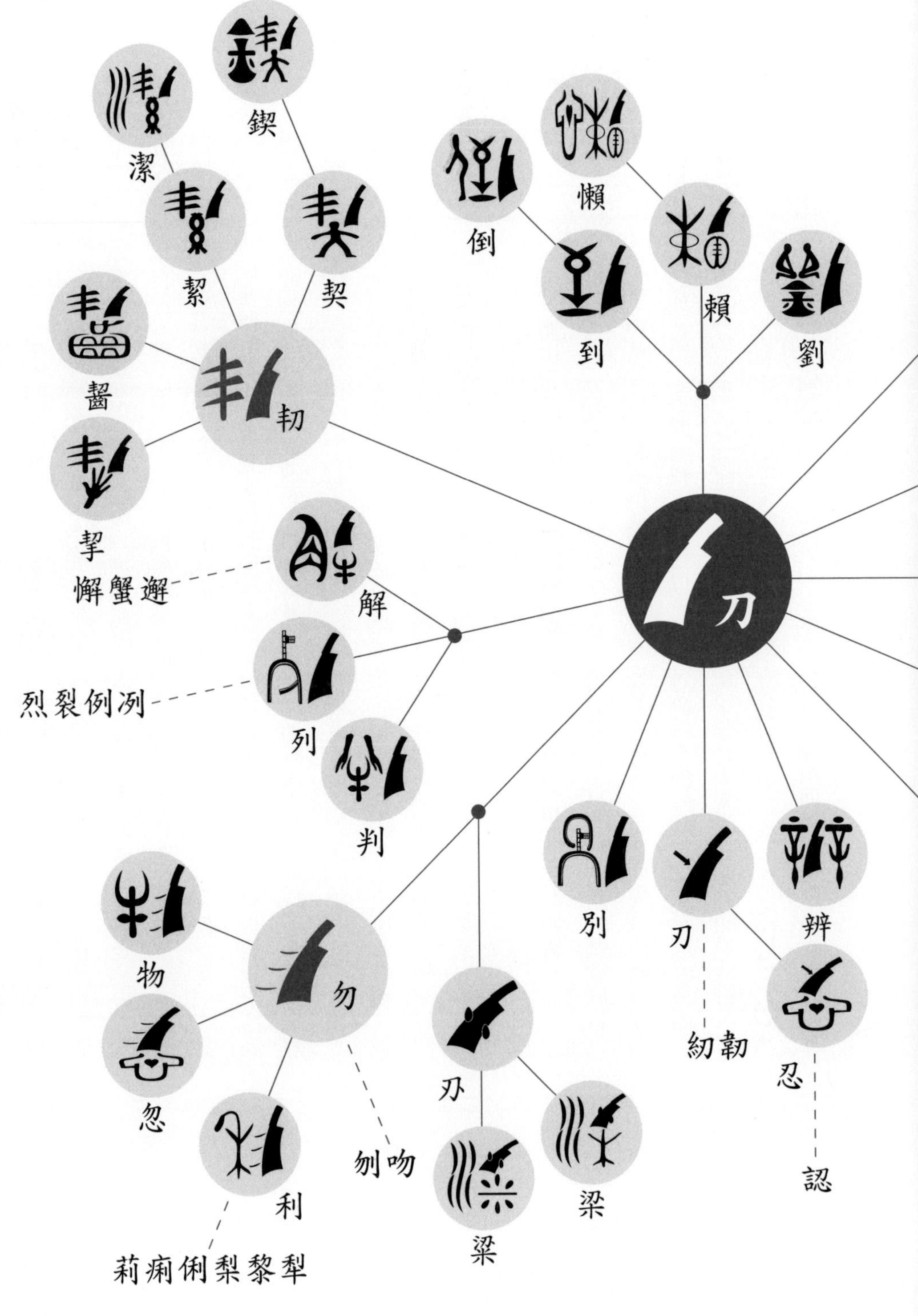
刀
丯刀
契
鍥
絜
潔
齧
挈
解
懈蟹邂
列
烈裂例冽
判
別
刃
紉靭
辨
忍
認
到
倒
賴
懶
劉
勿
物
忽
利
莉痢俐梨黎犁
刎吻
刅
梁
粱

梁 ㄌㄧㄤˊ liáng

在「水」上（，氵）以「刀削」（，刅）「木」（）造橋。

「梁」的本字是「㳥」，金文、、以水、刅（或刃、勿）兩個符號來代表截斷水流。古人為了捕魚或建蓄水池，都會在河水中間的狹窄處以土石建壩，這種人造水壩就好像一把刀截斷水流一般，使水無法向前流走。古人造水壩捕魚的靈感來自於水獺，因為水獺善於以樹枝築水壩成為棲息地，然後在其中恣意捕魚維生，所以，《孟子》說：「為淵毆魚者（造水壩以獵魚），獺也。」《禮記》甚至說：「獺祭魚，然後虞人入澤梁。」也就是說，每年要等到水獺將所捕獵的魚陳列在岸上之後，才算是捕魚季節到了，這時候漁夫才能下水建造水壩以捕魚。由此可見，周朝人捕魚講求順從天時，而且以水獺為師。「梁」的本義為截斷水流，梁又稱為魚梁、澤梁、水堰或水壩。後來，聰明的古人在水壩之上搭上木頭做成可通行的橋樑，於是，篆體添加了「木」，代表在水上削木做橋，從此以後，梁就具有橋的意義。古代的大梁城（河南省開封市），春秋時期原叫做儀邑，戰國時期魏國遷都於此，由於境內水網密布，因此，魏王在此廣建橋梁，所以改名為大梁城。

金 篆

粱 ㄌㄧㄤˊ liáng

將小「米」（）「刀削」（，刅）入「水」（，氵）做酒。

「粱」又稱高粱，果實細小如粟，帶有黏性，是古代常用之釀酒原料。現今，四川與金門的高粱酒享有盛名，其實，早在商周時代就有以高粱釀酒的紀錄。《禮記》說：「黍醴清糟，粱醴清糟。」所謂的「黍醴」就是用黍釀成的美酒，而「粱醴」則是用粱釀成的美酒。依據古籍記載可知，黍與粱都是周朝最普遍的釀酒穀物，因此，黍與粱的構字中都含有「水」，表示將它們浸泡水中後就可釀造為酒。金文、是由「水」、「米」及「刅」所組成，「刅」代表刀上黏著小米，整體而言，是削米入水的會意

金 篆

字。高粱除了可做酒之外，也可當作主食，口感極佳，周朝人將它奉為美食，因此，富貴人「食必粱肉，衣必文繡。」《說文》：「粱，米名也。」

勿 ㄨˋ wù

快速揮「刀」（）所發出的聲音，刀聲勿勿也。

當有人入侵時，防衛者很本能地會拿起隨身刀具揮動，警告他不要靠近。「勿」的本義為揮動的刀，引申為不可靠近，否則將惹殺身之禍。

甲骨文有兩種不同構型，第一種構型含有「刀」，如、、，代表揮動的刀；第二種構型含有「弓」，如、、，代表弓弦所發出的聲音，這個構型與「泓」的甲骨文相近，其中，在弓弦處的兩點或三點，代表弓弦的震動（請參見「泓」）。由於揮刀的聲音與弓弦的聲音相近，都是「勿勿」聲響。綜合這兩種構型意義可知，「勿」表達快速揮刀所發出的聲音，刀聲勿勿。在先秦典籍裡，「勿勿」的本義為連續揮刀的聲音，引申為持續不斷、飄忽不定，如《大戴禮記》：「君子終身守此勿勿也。」《禮記》：「勿勿乎其欲其饗之也。」《文始真經》：「勿勿乎似而非也。」（許慎認為勿是一個飄揚的旗幟，旗聲勿勿，用來驅促人民，他說：「勿，州里所建旗。象其柄，有三游。雜帛，幅半異。所以趨民，故遽，稱勿勿。」

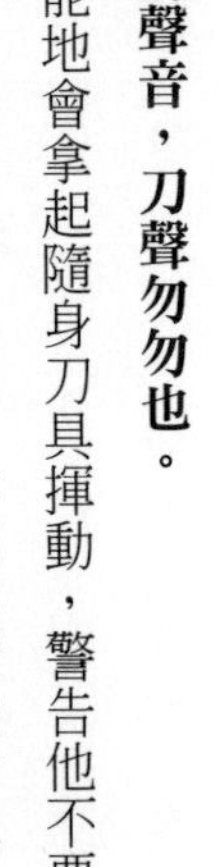

利 ㄌㄧˋ lì

「揮刀」（）收割「禾」穀（）。

「利」的古字是快速收割禾穀的象形字，甲骨文代表「手」握「刀」割取「土」上的「禾」穀，後來將手與土兩符號省略，甲骨文、、金文改成由「禾」與「勿」所組成，表示揮刀割取禾穀，篆體則將「勿」改成「刀」。「利」的本義為揮刀收取禾穀，引申為鋒利的刀、得著好處，相關用詞如銳利、順利、利益等。

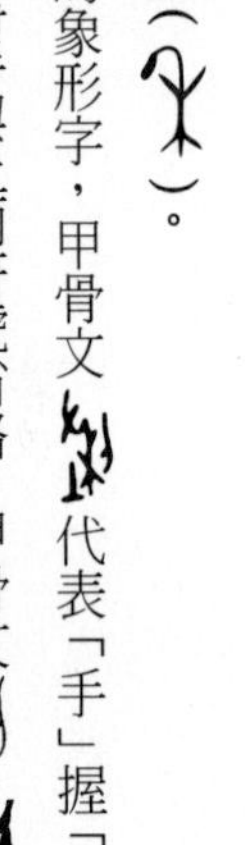

物 ㄨˋ wù

揮「刀」（ ）宰「牛」（ ）以為祭物。

「物」的甲骨文 、 、 都是一把刀揮向一頭牛的象形文，這是古人殺牛祭天的寫照。甲骨卜辭裡，「勿牛」二字出現了至少兩百次以上，所謂的「勿牛」即揮刀宰牛，例如：「貞勿牛。」（負責問卜祭祀的貞人殺牛以獻祭。）又如「歲其勿牛」（歲末年終時宰牛祭天）。周朝人祭天所使用的牛還有不同等級之分，如《禮記》記載：「天子以犧牛，諸侯以肥牛，大夫以索牛。」「物」本義為獻祭之物，後來廣泛引申為東西的總稱，相關用詞如生物、祭物、動物、植物等。

金 篆

用刀切分

忽 ㄏㄨ hū

有一意念在「心」中（ ）「如刀揮過」（ ，勿）。

引申為突然、急速、一閃而過、很快就忘記，相關用詞如忽然、忽隱忽現、忽略等。《說文》：「忽，忘也。」

金 篆

分 ㄈㄣ fēn

用「刀」（ ）將物體「分成兩邊」（ ，八）。

許多含有「八」（ ）的古字都有「分」的意涵，可見「八」本身就代表分開，後來添加了「刀」變成了「分」。分財、分居、分發、分岔等。

甲 金 篆

份 ㄈㄣˋ fèn

每「人」（ ）所「分」得（ ）的量。

篆

貧 ㄆㄧㄣˊ pín

「錢財」（，貝）「分」配（）出去了。

把錢分出去後，錢就變少了。「貧」的本義為分錢，引申為不足、缺乏，相關用詞如貧瘠、貧乏、貧窮等。「貧」與「賀」是相對的，「賀」代表為某人「加」「錢」，而「貧」卻是把錢減少，如《晉語》：「韓宣子憂貧，叔向賀之。」《說文》：「貧，財分少也。從貝從分。」

頒 ㄅㄢ bān

「分」岔（）在「頭」（，頁）兩側的東西，也就是兩頰接近耳朵的髮鬢。

「頒」的本義為髮鬢，但因為髮鬢是從上而下分散而出的頭髮，所以引申為由上往下分發而出，相關用詞如頒發獎狀、頒贈、頒佈等。

寡 ㄍㄨㄚˇ guǎ

與人「分」開（）單獨「居住」（，宀）的「人」（，頁）。

金文、是一個人在屋子裡東張西望，代表獨居的人，篆體添加了「分」，表示與人分居。「寡婦」代表死了丈夫，孤單一人居住的婦女。古代君王，位居高處，自謙為「寡人」，因為身邊找不到相同地位的人。「寡」的本義為孤單一人居住，引申為孤單、缺少，相關用詞如寡居、寡情、寡欲等。

岔 ㄔㄚˋ chà

「山」（）脈「分」（）岐處。

引申為分岐、錯開，相關用詞如岔路、分岔、岔話等。

「刀」是「辨別判斷」的利器

辨 ㄅㄧㄢˋ biàn

在「兩嫌犯」（辡，辡）間「劃分」（刀，刀）何者有罪。

「辡」的篆體辡代表兩個嫌疑犯（辛，辛）互相控告，加上「刀」就成了「辨」。刀具有劃分的意義，所以「辨」（辨）表示判官在兩個嫌犯之間劃分出誰是有罪的，誰是無罪的。「辨」引申為將事物分別清楚，相關用詞如辨別、辨認等。

（篆）辨

別 ㄅㄧㄝˊ bié

以「刀」（刀）分解「骨頭」（冎，冎）。

甲骨文别是由「刀、骨」所組成，本義為分解骨頭，引申為分剖、分開、分辨等，相關用詞如別離、辨別等。

（甲）（篆）

以「刀」執行「刑罰」

刑 ㄒㄧㄥˊ xíng

用「刀」（刀）強力推行「井」（井）田制度，也就是依照法令強制將土地劃分成井字型。

刑的金文𠛬、𠛬、𠛬以「刀」（或刃、办）、「井」、「田」來描寫強制施行「井田」制度，金文刑、刑則是將「田」省略。周公實施井田制度，強制將一里平方的土地劃分成九區，每一區再劃分成一百畝的田，共九百畝。中間一百畝為公田，其餘八百畝為私田，分給八家耕種。這樣大規模的土地改革，勢必會遭受許多阻力，因此，周公除了制定有關的法律之外，還需仰賴公權力，每一位執行者身旁總要跟隨著許多帶刀的士兵。漢

（金）（篆）

代應劭在《風俗通》說：「井，法也，節也。」這裡的「井」，應是指井田制度所訂定的法規，而「刑」則是指違反井田制度所需接受的懲罰。由於井田制度是非常嚴謹有條理的制度，因此，引申出井井有條、井然等意涵。

有些學者認為，古代人常常為爭井水而產生紛爭，有人持刀守在井邊維持秩序，於是產生了「刑」字。這種說法在遠古時代是有可能的，但井邊帶刀維持秩序或執法的證據力似乎相當薄弱。反觀周公所實施的井田制度，促使周朝成為繁榮的社會，不但具有嚴謹的施行方法且規模宏大，所因應的刑法制度也相當健全，另外，最早的「刑」字是金文，也是發生在西周，這些事實似乎更能說明「刑」的構字意涵與井田制度有關。底下「型」與「荊」的構字意義，也可說是與「刑」的構字意義彼此呼應。

型 ㄒㄧㄥˊ xíng

將「土」(土)地強制劃分(刀，刀)成「井」(井)字型。

「荊」是「型」的古字，表示「井」字型的「土」地，引申為具有統一規範的模子。古代的模子，用木頭做的叫「模」，用竹子做的叫「範」，用土做的則叫「型」，（參見《禮記．王制》）。

(金) (篆)

劈 ㄆㄧ pī

用「刀」(刀)將「罪犯砍頭」(辟，辟)。

《尚書》記載皋陶對夏禹說：「天討有罪，五刑五用哉。」皋陶是中國第一位刑官，他制定了五種刑罰以懲處逆天而行之人，後來此刑法制度廣泛施行於夏、商、周。在五種刑罰當中，「辟」刑是砍頭之刑，屬於最重的刑罰，其他還有刖刑、劓刑、墨刑以及宮刑。「劈」的本義為以「刀」執行「辟」刑，引申為以刀或斧剖開物體，相關用詞如劈開、劈頭等。

(篆)

刖 ㄩㄝˋ yuè

以「刀」( )砍斷犯人的「肢體器官」。

刖刑是將犯人的腳砍斷，是古代的五刑之一。「刖刑奴隸守門鬲」是故宮博物院所收藏的周朝青銅器，器物中雕塑一位腳被砍斷卻以木頭當義肢的奴隸在看守城門。甲骨文 描寫一把刀把犯人的腳砍斷， 是手拿鋸子將犯人的腳鋸斷， 是斷腳的人綁上木頭行走。篆體 改成「刀、月」的會意字，以「月」(肉)代表人的肢體器官。

金  篆

劓 ㄧˋ yì

以「刀」( )割去犯人的「鼻子」( )，「割鼻」之刑。

金 篆

罰 ㄈㄚˊ fá

將犯法者「網」( )住，施以「言」語( )訓誡，或使用刑「刀」( )給予懲處。

周朝的刑罰，目的是使人知錯並加以糾正，因此，《禮記》說：「嚴刑罰以糾之。」刑、罰二字都有刀，因為古代的五刑，砍頭、割鼻、剁手腳、去生殖器與黥面都需要用刀來執行。罰除了有「刀」，還添加了「言」，表示以言語懲誡，可見是比「刑」更輕微的處分。罰的相關用詞如刑罰、懲罰、罰鍰等。

金 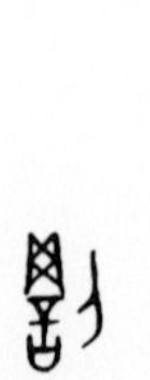 篆

則 ㄗㄜˊ zé

將法律條文用「刀」刻( )在「鼎」( )上，成為全國人民必須遵守的標準。

引申為規章法度，相關用詞如法則、準則、原則等(請參見「鼎」──「則」)。

金  篆

以刀削去細微之物

刊 ㄎㄢ kān

以「刀」（ ）削去多餘支條以製作「長棍」（ ，干）。

本義為削去不必要的部份，引申為削去、修正，相關用詞如隨山刊木、刊正、刊物等。《廣雅》：「刊，削也。」

篆

刪 ㄕㄢ shān

用「刀」（ ）削除簡「冊」（ ）上的文字。

古人以筆沾漆在竹簡上書寫文字，倘若需要修正，就必須用刀削去竹簡上的字。「刪」的本義為削去竹簡上的文字，引申為除去一部分，相關用詞如刪除、刪改等。

篆

刮 ㄍㄨㄚ guā

「刀」削（ ）如「舌」舔（ ）。

碗裡的殘羹用舌頭一舔，就一乾二淨了，於是古人以舌舔來形容刀刮。在此，「舌」是形容符號，用來形容「刀」。「刮」引申為除去表面之物，相關用詞如刮除、刮臉、刮痕等。

削 ㄒㄧㄠ xiāo

或ㄒㄩㄝˋ，xuè。一「小」（ ）片「肉」（ ）一小片肉地用「刀」（ ）割取。

古人吃肉時，通常是一片片割下來食用。孔子吃肉非常講究，除了不新鮮的不吃外，烹調不好或肉割得不正，他也不吃。「削」的本義為割肉，引申為去除、剝奪，相關用詞如削減、削權、削地等。削也是古代割除小東西的刀，如

篆

《韓非子》所說：「諸微物必以削削之。」成語「削足適履」是指為了穿上鞋子而削去腳踝的肉，語出《淮南子》：「譬猶削足而適履。」

以刀分解牛身

判 ㄆㄢˋ pàn

考慮從何處下「刀」（ ）才能準確地將牛破「半」（ ）。

古代大型祭典，常以牛為祭品。要將牛從中破成兩半，要考慮對稱性，辨別骨節位置、肌理紋路等，才能快速而準確地完成任務。「判」的本義為將牛破半，引申為辨別，相關用詞如判斷、審判等。《說文》：「判，分也。」

解 ㄐㄧㄝˇ jiě

用「刀」（ ）割下「牛」（ ）「角」（ ）。

甲骨文 代表「兩隻手」將牛「角」（ ）從「牛」身上取出，金文 及篆體 代表用刀割下牛角。引申為將物體不斷拆散，相關用詞如分解、解除、解釋等。

以刀斷繩

列 ㄌㄧㄝˋ liè

用「刀」（ ）將祭牲的「屍骨」（ ，歹）按次序分解後再排列整齊。

「列」引申為擺設、歸類、橫排、眾多的，相關用詞如排列、列舉、陳列等。

篆

甲 金 篆

金 篆

斷 ㄉㄨㄢˋ duàn

用「斧頭」（，斤）將某物砍「斷」（，㡭）。

㊉篆

繼 ㄐㄧˋ jì

將「斷線」（，㡭）以「繩線」（，糸）接續起來。

㊉篆

色 ㄙㄜˋ sè

憤怒的持「刀」（）「巴」人（）。

古人善於察言觀色，所謂「變色」就是指生氣變臉，有些人一生氣，臉色就發紫，如《前漢紀》：「上大怒。變色而罷朝。」在先秦典籍中，所謂的「顏色」多是指臉色，如今我們說花容失色、和顏悅色等，也都是講人的臉色。「色」的本義為指人所表現的神情氣色，引申為表情、臉色、色彩等，相關用詞如神色、紅色、色盲、貨色、色情等。《說文》：「色，顏氣也。」甲骨文、是由「刀」與跪坐的人「卩」所組成，由於刀刃朝外，故所描寫的似乎是一位叛變的奴隸。秦漢時期，巴國被攻陷，巴人因此成為秦漢王朝的奴隸，於是隸書將卩（奴僕）改成巴，這種文字變革也發生在肥、絕等字。

㊉甲 ㊉篆

豔 ㄧㄢˋ yàn

「豐」富（）的顏「色」（）。

絕 ㄐㄩㄝˊ jué

「巴」人（）持「刀」（）斷「繩」（，糸）。

篆體（）代表奴僕（，卩）持刀（）斷繩（）。「絕」的本義為將繩子砍斷，引申為斷開、中止，相關用詞如斷絕、絕食等。

（篆）

裁製衣服

初 ㄔㄨ chū

持「刀」（）裁「衣」（）。

律的甲骨文（）、（）代表手拿一支「筆」（，聿）繪製「衣」服的樣式，「初」的甲骨文（）代表持「刀」裁「衣」，這兩個象形字是描寫製作衣服的前期作業，引申為事物的開端，相關用詞如初始、初步、初稿等。《說文》：「初，始也。从刀从衣。裁衣之始也。」

（甲）（金）（篆）

制 ㄓˋ zhì

「裁剪」（，刀）尚「未」（）完成的衣服。

「制」是製的古字，本義為製衣，如《詩．豳風》：「制彼裳衣」。制引申為設立規章、規範，相關用詞如制度、制服、控制等。

（金）（篆）

製 ㄓˋ zhì

「制」做（）「衣」服（）。

「製」的本義為製作衣服，引申為製作各種器物，相關用詞如製作、製造等。

（篆）

切、割、剪、刺都離不開刀

切 ㄑㄧㄝ qiē

用「刀」（　）將長棍「從中砍斷」（　，七）。

「切」的本字是「七」，七的甲骨文　及金文　以對稱的「十」字來表示持刀具對準棍子中間砍下去，篆體將「七」添加「刀」成為「切」。

（篆）

割 ㄍㄜ gē

用「刀」（　）宰殺被捕於「網袋」下（　）的獵物。

（請參見「害」──「割」）

（篆）（金）

刺 ㄘˋ cì

一捆「有尖刺的植物」（　，朿），像「刀」（　）一樣傷人。

在「刺」的構字裡，「刀」是修飾符號，是用來形容「朿」的傷人特性。

（篆）

剪 ㄐㄧㄢˇ jiǎn

不斷向「前」進（　）的「刀」具（　）。

剪刀的前半部有刀刃，後半部是握把，剪裁時，刀刃會不斷往前進，彷彿一艘船往前行走，所以古人用「刀、前」兩符號來描寫剪。　是西漢時期的「交股剪」，是目前所發現最古老的剪刀，而我們現在所使用的剪刀是屬於「雙股剪」，是唐宋以後才有的造型。《釋名》：「剪刀，剪，進也，所剪稍進前也。」（請參見「前」）。

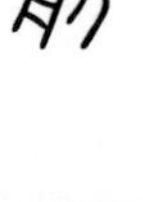

（篆）

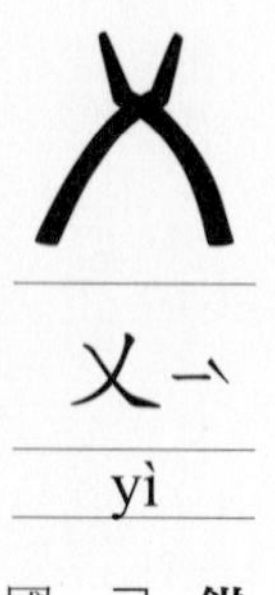

乂 ㄧˋ yì

鉗子。

「乂」的甲骨文、是一支鉗子，其造型與陝西鳳翔出土的戰國時期秦國遺物「銅手鉗」（中國國家博物館收藏）完全一致。中國人使用鉗子的歷史極為久遠，例如古代把箭矢扳直的鉗子稱為「矯矢」。由於鉗子可以矯正器物，故乂引申為治理，在古籍裡，「乂」幾乎都具有治理與安定的意涵，如《晏子春秋》：「有管仲夷吾保乂齊國。」《尚書》：「有能俾乂。」《逸周書》：「乂，治也。」《史記》：「天下乂安。」《漢書》：「保國乂民。」過去，大多數學者將乂解譯為剪刀，然而，這種解譯至少有兩點矛盾。依據考古文物，最古老的剪刀當屬於西漢時期的「交股剪」，其構型為，與「乂」的甲骨文及金文構型完全不合。我們現在所使用的剪刀是屬於「雙股剪」，這是唐宋以後才有的造型。此外，在古籍裡，乂並不具有修剪或剪除的意涵。

甲 金 篆

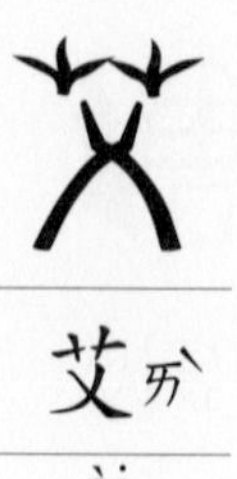

艾 ㄞˋ ài

「矯治」（）疾病用的「草」（，艹）。

中國早在《詩經》裡就有採摘艾草的詩句，艾草味道苦，又有輕微毒性，為何要採摘呢？原來，是為了治病。艾草自古以來就被當作藥草，又被稱為「醫草」，如《孟子》：「猶七年之病求三年之艾也。」《本草綱目》記載，艾草性味苦、辛、溫，入脾、肝、腎。艾草還可應用於針灸，所謂的艾灸法，就是以燒灼艾草熏蒸針灸所扎的穴道，每燃燒一個艾炷，稱為一壯。周朝人稱五十歲為艾壯之年，是當官的最佳年歲，《禮記》說：「四十曰強，而仕。五十曰艾，服官政。」《鹽鐵論》解釋說：「五十以上，血

篆

脈溢剛，曰艾壯。」

刈 ㄧˋ yì

揮「刀」（ ）「整治」（ ，乂）。

「刈」的本義為割除雜草，引申為斬除、割取、鐮刀，如《論衡》：「山野草茂，鉤鐮斬刈，乃成道路也。」《墨子》：「刈其禾稼。」

以刀防身

賴 ㄌㄞˋ lài

一「束」（ ）錢（ ，貝）與一把「刀」（ ）。

遠古時代，「金錢」與「隨身武器」是人民賴以維生的兩種最重要物品。漢字「賴」充分表現出這種價值觀，篆體 代表一袋「束」緊（ ）的「錢財」（ ），另一個篆體 、 則添加了刀（ ），整體意表一束錢與一把刀，引申為依靠，相關用詞如依賴、信賴等。

懶 ㄌㄢˇ lǎn

「心」裡（ ）總是想依「賴」（ ）他人。

勤快的人，凡是親力而為，而懶惰的人，心存依賴，凡事都要他人服事。懶的相關用詞如懶惰、懶散、懶鬼等。

劉 ㄌㄧㄡˊ liú

兩把「金」（ ）「刀」（ ）相「會合」（ ，卯）。

商周人用青銅鑄造刀劍，秦漢以後改成用鐵鑄造刀劍。所謂的「金刀」就是指鋒利的刀，而「劉」的本義就是鋒利的雙刀。雙刀武器是兩把等

篆

長的短刀，施展時，須貼近對手，因此，不僅講求雙手的分進合擊，更講求步伐的滑移。劉姓祖先大概擅長使用雙刀，於是以「卯金刀」為姓氏。

關於雙刀武器的古籍記載，《尚書》：「一人冕，執劉，立于東堂。（有一個侍衛，戴著頭盔，雙手拿著鋒利的刀，站在大堂東邊台階上。）」梁．陶弘景《古今刀劍錄》：「後燕慕容垂以建興元年，造二刀長七尺，一雄一雌。」劉，引申意為殺戮。

在木條上契刻

契 ㄑㄧˋ qì

「交易者」（大，大）用「刀」（）在「木棍上刻畫齒痕」（丰，丰）以作為交易憑證。

木契（刻木為契）是古代記帳用的木條，也是文字發明以前（或初期）的常見交易契約書。交易進行時，交易者將約定好必須支付給對方的數量，在木條上刻劃出對等數量的齒痕，然後將此木契（有齒痕的木條）交給對方。等到約定時日到了，對方便可出示此「木契」要求交易者兌現。《列子》記載一段有關木契的趣事。在東周時代，有個宋國人在路上撿到一支別人遺棄的木契，他如獲至寶，急忙帶回家，然後一條條地數著木條上的齒痕。之後，他忍不住向鄰居誇耀：「你們等著瞧，我很快就要變成富翁了。」（原文：宋有游于道得遺契者，歸而藏之，密數其齒，告鄰人曰：吾富可待矣。）「契」本義為（刻木條當作）交易憑證，由於交易雙方各持一木後，各自離去，一段時日後，再相會面出示木條以兌現交易內容，所以契引申為相合、別離，相關用詞如契約、契合、契闊等。

甲 金 篆

栔 ㄑㄧˋ qì

刻「木」（）為「契」（）。

「栔」與「契」相通。

篆

絜 ㄒㄧㄝˊ xié

將許多「木契」（）分類「綑綁」（，糸）。

木契是交易紀錄或憑證，必須要分類綑綁以收藏，所以「絜」引申為整齊、束緊。「絜」是「潔」的本字，如《詩經》：「絜（潔）爾牛羊。」《易經》：「齊也者，言萬物之絜（潔）齊也。」《廣雅》：「絜，束也。」《通俗文》：「束缚谓之絜。」

篆

挈 ㄑㄧㄝˋ qiè

「手」（）提「刀」（）在「木條上刻劃」（，丰）。

引申為懸提著，相關用詞如提綱挈領、左提右挈。

篆

齧 ㄋㄧㄝˋ niè

銳利的牙「齒」（）在「木條上契刻」（）。

齧是描寫一口能啃咬木頭的大鋼牙。老鼠、松鼠等鼠類屬於齧齒動物，即便是堅硬的核果也能咬破。齧引申為啃咬，相關用詞如齧咬、齧齒動物等。

篆

鍥 ㄑㄧㄝˋ qiè

「契」刻（）用的「金」屬（）刀具。

引申為鏤刻。《荀子・勸學篇》：「鍥而不舍，金石可鏤。」

篆

第六章

射擊武器

漢字中的射擊武器，不外乎弓、矢、弋、單。弓與矢是射箭者不可或缺的工具，由於能遠距離攻擊目標物，令人防不勝防，因此成為古代射獵、爭戰的利器。「弋」是綁著絲繩的箭，專門用於射獵大型候鳥，因已於第三冊介紹，故不再贅述。「單」是古代的原始彈弓，是彈的本字，雖然射程不遠，精確度不高，但能驅趕鳥獸，達到威嚇作用。

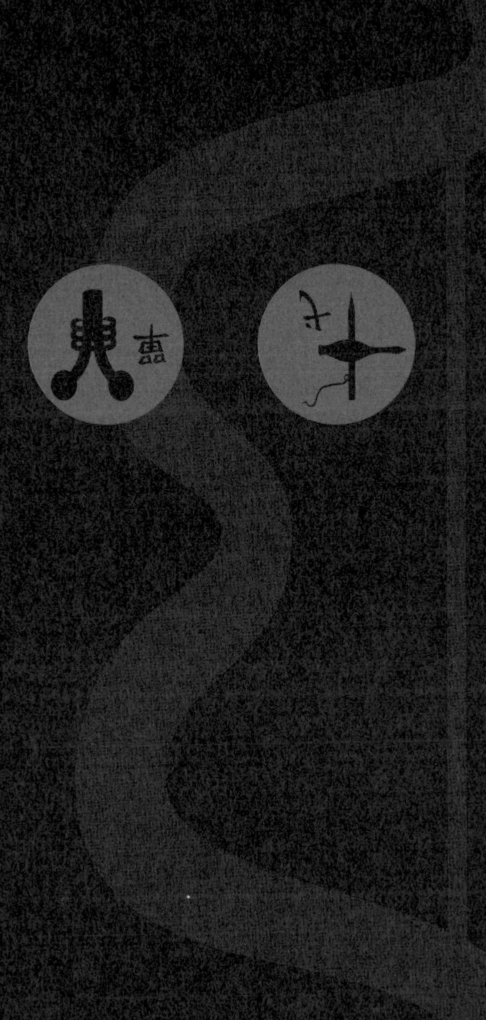

「弓」的衍生字

在周朝，弓箭是男子們必學的技能。《禮記》記載，若生下男嬰，父母就會在門上懸掛一支弓，藉以祝賀孩子長大後能成為善射的勇士。因是之故，後人便稱生男為懸弧之喜。春秋時期，首開私人講學風氣的孔子，他的教學範圍極廣，含括禮、樂、射、御、書、數，射箭就是其中一項必修科目。《論語》記載「子弋不射宿」，也就是說，孔子只射飛鳥，不射棲息在樹上的鳥。由此可見，孔子的射箭技藝相當好。甲骨文、、金文、及篆體都是弓的象形字。弓所衍生的漢字大致可分成四類，分別是製弓、射箭、彎曲如弓、弓弦聲。

製弓

據《周禮》記載，負責製作及管理弓箭的人叫做「司弓矢」，他掌管六種弓、八種箭矢。周朝人將弓分成三類，其中，王弓、弧弓是作戰用的，專門用來射穿敵人所穿的甲革；夾弓、庚弓是狩獵用的，專射鳥獸；而唐弓、大弓則是作為練習射箭用的。

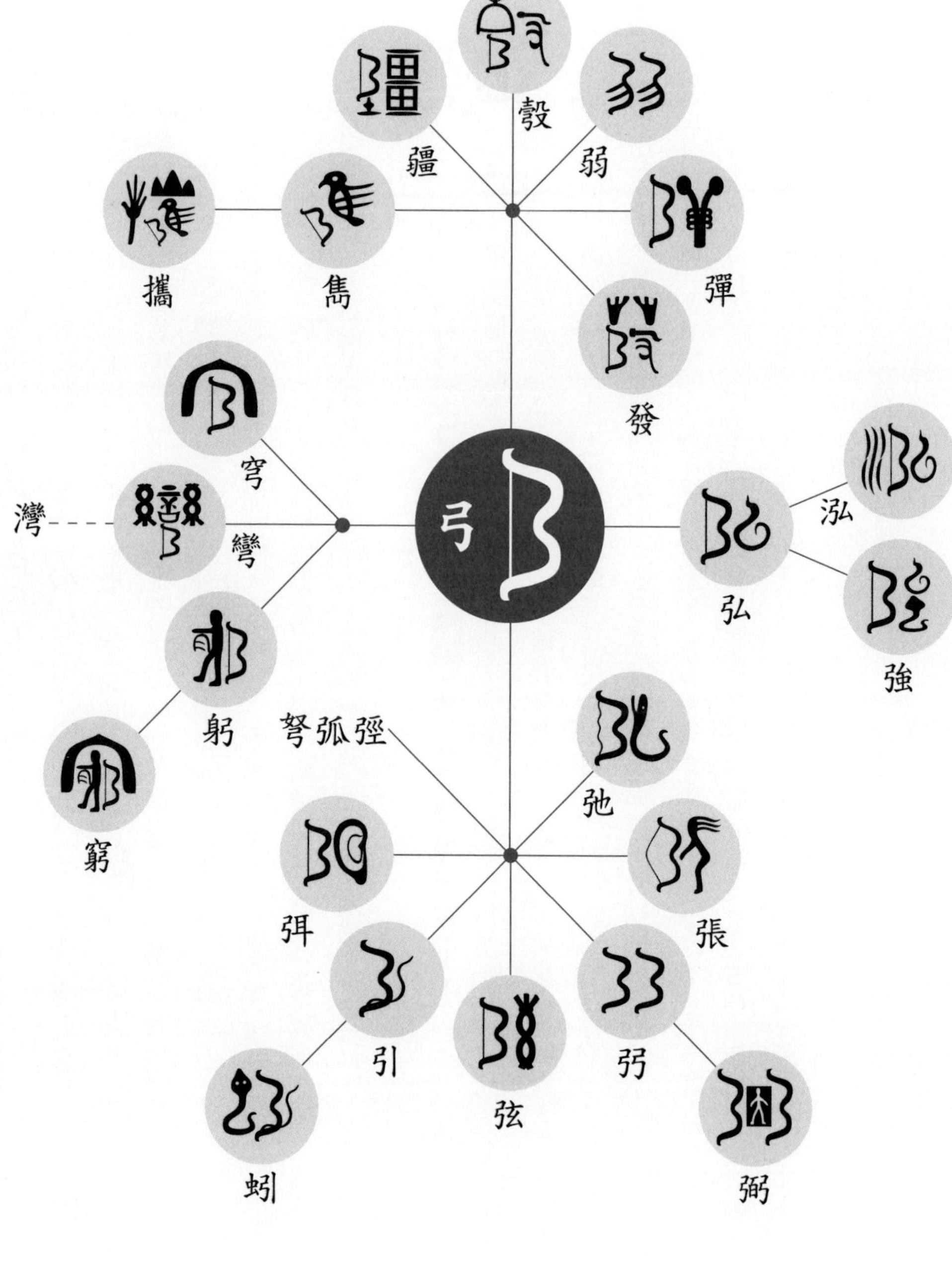

弓
轂
彊
弱
攜
雋
彈
發
穹
灣
彎
弘
泓
強
躬
窮
弩弧弳
弛
弭
張
引
弦
弜
蚓
弼

弜 ㄐㄧㄤˋ jiàng

以「左弓」（）來矯正「右弓」（）。

「弜」的甲骨文、及金文、是矯正弓弩的器具，此象形字由兩條彎曲幅度一模一樣的弓所組成，其中，左弓是用作矯正弓弩的輔助弓，右弓是被矯正的弓，趴伏在左弓之上。輔助弓後來被稱為「檠」，其構字意義就是使弓變得恭「敬」順服的「木」器。安裝弓弦前必須把弓趴伏在檠上面，然後等待三十天。這就是《韓非子》所說：「伏檠三旬而蹈弦。」若僅僅一天就取下來，硬是把它裝上弦，弓就會折斷。使用過一陣子的弓，也必須重新用檠來矯正，因此，《淮南子》說：「弓待檠而後能調。」談到矯正弓弩，漢朝名人蘇武可是箇中好手，《漢書》記載：「武能網紡繳，檠弓弩。」

甲 金 篆

弼 ㄅㄧˋ bì

「右弓」（）「臥伏」（）在「左弓」（）之上。

「弼」的本字是弜，都代表矯正弓弩的器具。由於不少人直覺地將「弜」意會為兩支弓，因而忽略了輔助與矯正的意義。為了使意義更明確，金文添加了「因」，「因」是代表一個人躺臥在草蓆上，用以表明將弓「臥伏」在輔助弓之上。弼引申為輔助、矯正，相關用詞如輔弼、匡弼等。唐楊倞注：「弼，所以輔正弓弩者也。」

養由基是春秋時代的神射手，他不僅善於射箭，更善於矯正弓器。有一次，荊國有一隻行動敏捷的大猿猴，沒有人能射中牠，國王只好請鼎鼎大名的養由基來射。《呂氏春秋》記載：「養由基矯弓操矢而往，……發之則猿應矢而下。」可見再好的弓、再好的射箭之術，若不先將弓矯正也是徒勞無功啊！

金 篆

引 ㄧㄣˇ yǐn

牽拉「弓」（ ）「弦」（ ）。

將弓定型之後，緊接著就可以為弓上弦了。甲骨文 代表以「手」拉「弓」，金文 、 在「弓」（ ）之上添加一條牽拉的絲繩，代表準備將絲弦安裝在弓的兩端。因是之故，「引」具有牽拉弓弦（或琴弦）的意義。如《吳越春秋》：「臣請引琴而鼓之。」《淮南子》：「引弓而射。」《列子》：「『引烏號之弓。』」「引」的本義為拉開弓弦，引申為發動、牽拉，相關用詞如引發、引導、引用等。昹的金文 代表引弦上弓時，用眼睛觀測以校準。

（甲）（金）（篆）

蚓 ㄧㄣˇ yǐn

在地土裡穿梭牽「引」（ ）的「蟲」（ ），蚯蚓。

每當下雨過後，蚯蚓就會從地土裡鑽出來，蚯蚓爬行時，一會彎曲，一會拉直，不久在地土上就牽引出一條長長的痕跡，晶瑩透亮如引動的弓弦一般。《孟子》稱讚蚯蚓光是吃腐土就可以過活，具有廉潔美德。《荀子》也以蚯蚓為例勉勵學子，他說：「蚓無爪牙之利，筋骨之強，上食埃土，下飲黃泉，用心一也。」如此柔弱的動物，卻能穿梭土壤而飲得黃泉，它所倚靠的就是專注與毅力啊！

（篆）

弦 ㄒㄧㄢˊ xián

以「絲繩牽引」（ ，玄）著「弓」（ ）的兩端。

「弦」的本義為弓弦，除此之外，也可以當作動詞，代表安裝弓弦，如《後漢書》：「弦大木為弓，羽矛為矢，引機發之。」弦後來也指琴弦。相傳，舜發明五弦琴，《禮記》記載：「昔者，舜作五弦之琴以歌南風。」

（甲）（篆）

張 ㄓㄤ zhāng

將「弓」（　）拉「長」（　）或將直木彎成弓。

「張弓」是製弓的重要程序，製弓者必須將挺直的木頭逐漸弄彎，最後再安上弦製作成有彈性的弓。《韓非子》說道：「夫工人張弓也，伏檠三旬而蹈弦。」大意是說，張弓的工人先把弓逐漸彎成最佳弧度，放在固定弓的器具裡，等待三十天，一直到弓定型之後，再腳踏著弓將弦裝上。此外，拉弓也叫做張弓，如《韓詩外傳》：「張弓射之。」總之，張弓可以視為將弓開展、擴大，相關用詞如張開、開張、張揚等。

篆

弛 ㄔˊ chí

使「弓」弦（　）鬆軟如「蜿蜒的蛇」（　，也）

弓為了保持良好的彈性，不能一直繃緊著，它必須有時緊繃，有時鬆弛。弓弦緊繃稱之為「張」，反之則稱為「弛」。弓的兩端有一個勾弦的裝置，稱作「釬」，透過它，可以快速地使弦繃緊或鬆弛。《管子》記載，春秋時期，齊桓公準備去打獵，就在他正在調整弓器時，管仲及隰朋兩位大臣上朝求見。為了不失禮數，桓公迅速地將勾弦的「釬」扳開，弓弦就脫鉤鬆弛了，然後趕忙起身迎接他們。《管子》：「弛弓脫釬。」

角弓是一種極為強勁的弓。製作角弓講求「內張外弛」，外弛的力量是使弓不致過於內張，而內張的力量則是使弓不致於過度外弛。為了達到這樣的目的，製弓所需要的材料，除了弓桿、絲弦、膠、漆以外，還需要有牛角與牛筋。製作方式是將牛角剖開，貼在弓桿外緣，然後以風乾且剝成絲的牛筋貼在弓桿內緣。牛角是為了加強弓桿的外弛的力道，牛筋則是為了加強內張的力道，如此，「內張外弛」才能使整支弓具有絕佳的彈性，射出的箭才能更加勁疾。《禮記》：「張弓尚筋，弛弓尚角。」《列女傳》：「今妾之夫，治造此弓，……傳以燕牛之角，纏以荊麋之筋，餬以河魚之膠。」

篆

弭 ㄇㄧˇ mǐ

有「耳」（  ）朵的「弓」（  ），這是止息叛亂的利器。

「弭」是兩個末端有耳朵的弓，也就是角弓。角弓與一般的長弓不同，差異在於長弓的兩個末端是圓弧邊，而角弓沒有圓弧邊。角弓為了增加張力，將兩個末端反向折彎以能束緊弓弦，這兩個末端就好像是人的兩隻耳朵一樣。由於角弓射程遠，而且發射速度快，是古代騎兵攻城掠地的優良武器，也是軍隊快速平亂的利器，因此，「弭」引申為平息，相關用詞如弭亂、弭平等。《爾雅．釋器》：「有緣者謂之弓，無緣者謂之弭。今之角弓也。」

（篆）

發射箭矢

射 ㄕㄜˋ shè

端正「身體」（  ），穩固持弓箭的「手」（  ，寸）（請參見「寸」），**才能正中目標。**

甲骨文  、金文  表示箭搭在弓上；金文  加了一隻拉弓的手，顯然手中的箭正蓄勢待發。然而，篆體產生了很大的改變，將「弓」改做「身」，篆體 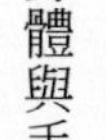 表示「射箭」是身體與手巧妙搭配的技能，端正「身體」（  ），穩固持弓箭的「手」（  ），才能正中目標。這個轉變並非訛變，而是受到周朝射箭禮儀所影響。

《禮記．射義》記載射箭要領：「內志正，外體直，然後持弓矢審固，持弓矢審固，然後可以言中，此可以觀德行矣。」周朝時，射箭術不但是男子必學的技藝，為六藝之一，更是天子選拔諸侯的依據，男子不但要擅長箭術、製作弓箭之外，更要遵守射箭禮儀。由此可知，漢字的造字過程會因著時代習俗而有所改變。

（甲）（金）（篆）

榭 ㄒㄧㄝˋ xiè

登高「射」箭（　）的「木」製平台（　）。

古人常登高而射，甚至製造高臺作為射箭的場所。《吳越春秋》記載，吳王闔閭建置兩座射臺，作為舉行射禮的場所。《晏子春秋》也記載「景公登射」，齊景公想要得到天下勇士，登上高臺舉辦射箭比賽。榭引申為木製高臺，相關用詞如臺榭、亭榭、歌臺舞榭等。

（金）（篆）

發 ㄈㄚ fā

「登」（　，　）上高處發射「弓」箭（　）與投擲長「殳」（　）。

「發」引申為把物體送出去，相關用詞如發射、散發、發芽等。「發」與「髮」的簡體字都為「发」。

（金）（篆）

彈 ㄉㄢˋ dàn

或ㄊㄢˊ，tán。「單」（　）與「弓」（　）都是用來彈射的武器。

甲骨文　表示以「弓」發射「彈丸」，篆體　則改成「單」與「弓」的合體，兩者都利用彈性原理製作的武器。相關用詞如彈射、彈跳、子彈等。（請參見「單」）。

（金）（篆）

弱 ㄖㄨㄛˋ ruò

射箭時，箭「羽」（　）誤觸「弓」𦁤（　），羽𦁤也。

羽𦁤（或羽殺）是射箭者的惡夢，就好比槍手遇見「卡彈」一樣。古人將弓把（抓弓的部位）稱之為柎，弓把旁讓箭穿過的凹槽稱為㢮，這個凹槽與弓臂交縫處稱為「𦁤」。發射弓箭時，箭矢必須穿過凹槽飛射出去，萬一失了準頭，箭矢尾端的羽毛碰觸到弓𦁤，這種現象稱之為「羽𦁤」，輕微者箭會減弱力道或偏離目標，嚴重者，

（篆）

箭被勾住再回打。《周禮．考工記．弓人》記載：「弓而羽䋄，末應將發（箭矢末端一碰到就飛散了）。」《戰國策》所說的「弓撥矢鉤，一發不中」就是發生了「羽䋄」，以至於撥弦發矢後，箭矢被䋄勾住了。弱的篆體是「弓」（）及「羽」（）的合體，本義是羽䋄，引申為無力的，相關用詞如減弱、虛弱、弱智等。

彀 ㄍㄡˋ gòu

拉開「強硬」（，㱿）的「弓」（）。

古代的青銅弓，是威力極強的硬弓，只有像項羽這樣力大無窮的勇士能拉開。彀引申為使勁拉弓，「彀弓」表示使勁拉弓或拉滿弓；「入我彀中」表示處在我強弓的射程範圍內。《韓非子》：「彀弩而射。」《孟子》：「羿之教人射，必志于彀。」

（篆）

疆 ㄐㄧㄤ jiāng

或強，qiáng。「田」產（）與「土」地（）的邊境（）上有「弓」箭手（）防守著。

《周禮》稱掌管邊疆守備的部門為「掌疆」。畺的金文代表京城內的田產與邊界，添加弓成為「彊（ㄑㄧㄤˊ）」，其甲骨文及金文代表以「弓」箭防守田產的邊界，這個字與「強」通用。彊再添加「土」便成為「疆」，金文代表邊境上有弓箭手防守。「疆」引申為國家的邊境，相關用詞如疆界、疆場（戰場）、疆域等。《詩經》：「萬壽無疆。」《左傳》：「夏，及齊師戰於奚，疆事也。」《周禮》：「以大都之田任畺地。【註】畺五百里，王畿界也。」

（甲）（金）（篆）

雋 ㄐㄩㄢˋ juàn

或ㄐㄩㄢˋ，juàn。用「弓」（[glyph]）射下來的野鳥（[glyph]，隹）。

先民獵補鳥獸不僅是為了餬口，也是為了打打牙祭，而辛苦獵得的野味，似乎感覺特別鮮美。「雋」的本義為拉弓射鳥，引申為肥美的滋味，耐人尋味也，相關用詞如雋永的文章。金文 [glyph] 代表一隻「鳥」在爐灶（[glyph]，丙）上，篆體 [glyph] 將「丙」改成「弓」。《說文》：「雋，肥肉也。从弓所以射隹。」

金 [glyph]　篆 [glyph]

攜 ㄒㄧ xī

「手」（[glyph]，扌）提著「獵得的野鳥」（[glyph]）下「山」去（[glyph]）。

獵人攜帶獵物下山，心裡想著可以讓全家享受一頓豐盛野味，他的腳步應該是輕快跳躍的吧？攜引申為帶著東西走，相關用詞如攜帶、攜家帶眷。

彎曲如弓

躬 ㄍㄨㄥ gōng

將「身」體（[glyph]）彎曲如「弓」（[glyph]）。

「躬」的本義為將身體彎曲，相關用詞如鞠躬、躬身等，引申為親身做工。

篆 [glyph]

彎 ㄨㄢ wān

用幾條會「發聲的絲弦」（[glyph]，䜌）拉住「弓」（[glyph]）的兩端，使其彎曲也。

另一個篆體 [glyph] 顯示在弓之上有三條細線，這是古人以多條絲線拉弓的象形字。

篆 [glyph]

穹 ㄑㄩㄥˊ qióng

洞「穴」（ ）內的圓拱形屋頂像拉滿的「弓」（ ）一般。

「穹」泛指圓拱形的高大空間，如「穹廬」是指北方遊牧民族所居住的大帳篷，「穹頂」是指中央高四周低垂的圓拱形屋頂，「穹形」是隆起的半球型，「穹蒼」或「穹隆」都是指天空。北朝樂府《敕勒歌》：「天似穹廬。」

篆

弓弦聲

弘 ㄏㄨㄥˊ hóng

撥「弓」弦（ ）以「發聲」（ ，厶）。

甲骨文 、 代表以單手或雙手撥弄弓弦，金文 代表「弓」弦震盪如「水波」。弢的甲骨文 及金文 表示手持器具（ ，攴）撥弄「弓弦」（ ）。弢的金文 表示「手持器具撥弄弓弦」（弢）使它發出「聲音」（ ），此字後來簡化成「弘」。弘的甲骨文 、 、金文 、篆體 及 是由「弓」及「厶」或「口」所構成的會意字，表示「弓」弦震盪所發出的「聲音」（厶、口）。古人發現，撥弄弓弦之後，弓弦會持續震動，並連續發出聲響，古人藉此比喻推動一項政策所發生的後續影響力。所以弘引申為持續擴大，相關用詞如弘大、弘揚、恢弘等。《說文》：「弘，弓聲也。」

甲　金　篆

泓 ㄏㄨㄥˊ hóng

「水」波（ ，氵）「如弓弦震盪」（ ，弘）。

甲骨文 是由水及弓弦兩個符號所組成，這是描寫水波盪漾與弓弦震盪。水波盪漾時，由大到小漸漸減弱，由近到遠慢慢傳遞出去，這個特性與弓弦震盪很相似。金文 代表弓弦震盪如水波；篆體 改成「水、弘」的會意

甲　金　篆

字，泓引申為水勢深廣。先秦典籍中的「泓」是指古代的「泓水」，一條著名的古河，在今河南柘城西北。春秋時期，宋襄公是繼齊桓公之後的霸主，素有仁義之風，可惜在「泓水之戰」中箭病逝。泓水之戰是宋楚兩國的會戰，當時楚國大軍正在渡過「泓水」時，大司馬子魚建議乘機攻擊，襄公表示不願乘人之危，予以拒絕。等到楚軍上岸後，子魚再度建議襄公乘對方還來不及整隊的時候攻擊，襄公還是表示要等對方整軍後再公平對決。最後，宋軍大敗，襄公中箭病逝，宋國從此衰落。

強 ㄑㄧㄤˊ qiáng

「拉大弓」（弓，弘）射大「蛇」（虫，虫）。

「強」是由「弘、虫」所組成的會意字，弘是弓弦震盪發聲，表示箭已射出，虫代表蛇，因此，「強」的構字本義是射殺大蛇。洞庭湖畔有一尊后羿射大蛇龍的雕像，這是紀念洪水時期，后羿為平息水患，在洞庭湖射殺一條興風作浪的巨蛇。此外，據《南史》紀載，南宋開國君主劉裕年輕時，家境貧困，他為了製作草鞋，在河邊收割蘆荻，突然間冒出一條數丈長的大蛇，驚駭之餘，他立即拉起大弓將牠射殺。后羿、劉裕都是人中強者，後來都成為國君。

強 篆

「矢」的衍生字

「矢」的甲骨文、金文、、及篆體都是一支箭的象形字。據《周禮》記載，周朝人將箭矢分成四類、八種，其中，枉矢、絜矢是作戰用的，用於火射；殺矢、鍭矢是用來射野獸的；矰矢、茀矢是用來射鳥的；恒矢、庳矢則是平日練習射箭用的。

崇尚射箭的民族

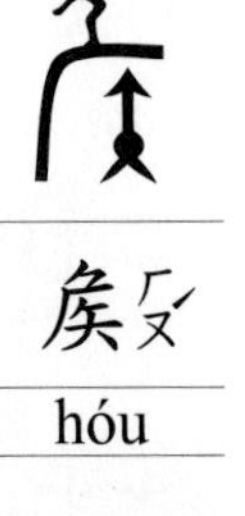

侯 hóu

或侯。用「箭」（，矢）射向「掛在高處」（，产）的箭靶。

古代天子為招募英才，辦理射箭比賽，稱之為「射侯」。所謂的「侯」就是高高掛起的靶子，這個箭靶是用獸皮做成的，高高掛在遠處供人射擊。後來，漸漸將獸皮改成布幕，上面畫著熊、虎、豹或鹿等，分別稱為熊侯、虎侯、豹侯等。甲骨文及金文、、都是代表把箭「矢」射向「垂直布幕」（，厂）上所繪製的動物。「厂」代表懸崖、河岸，在此代表垂直布幕。（漢字「盾」也有同樣的構字概念。）篆體將「厂」改作「产」，产是危的本字，代表高處。周朝貴族在天子舉辦的射侯比賽當中，表現好的就能當高官，因此，侯便引申為官職，如諸侯、魯侯、侯爵等。《周禮》：「王

甲 金 篆

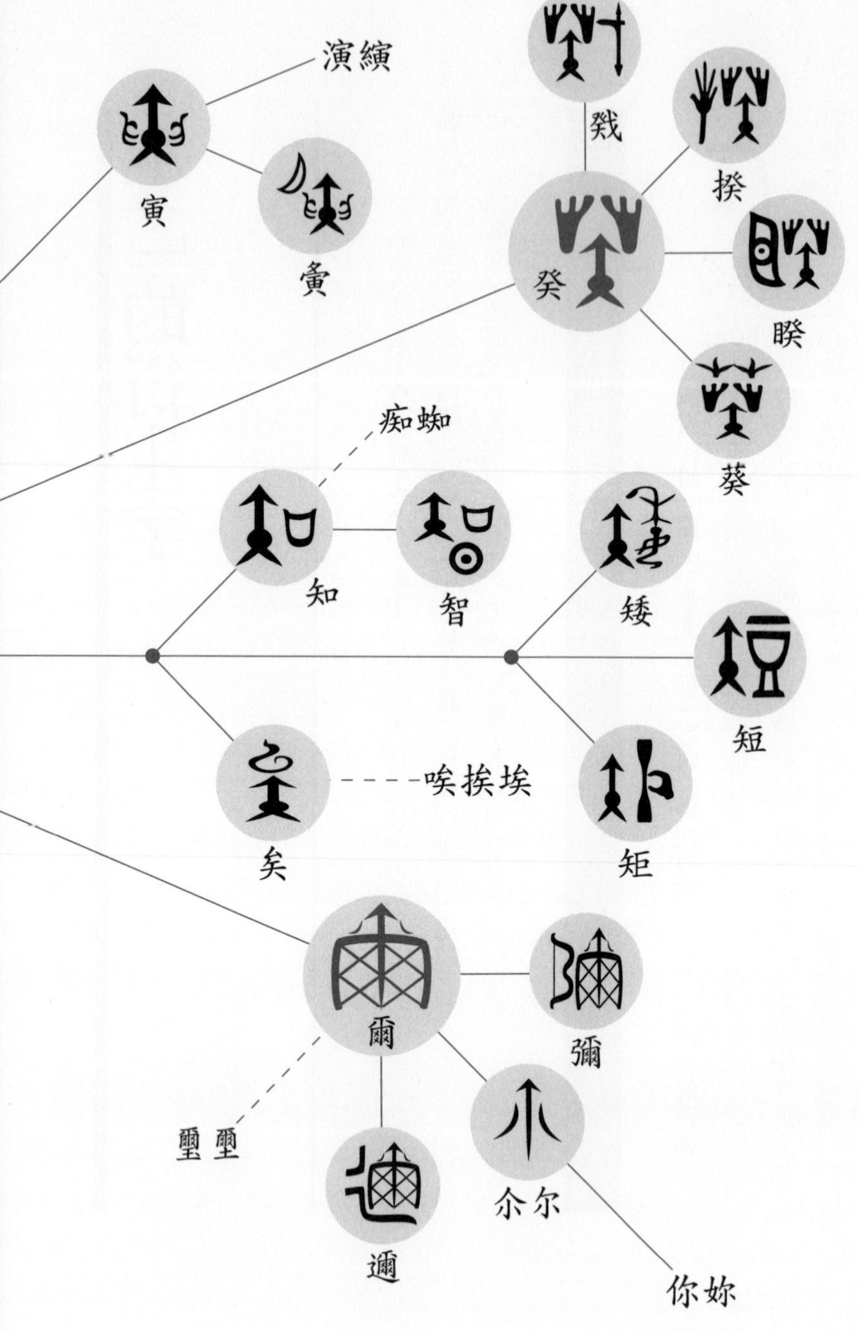
演縯
戣
揆
寅
夤
癸
睽
葵
痴蜘
知
智
矮
短
矣
唉挨埃
矩
爾
彌
璽壐
尒尔
邇
你妳

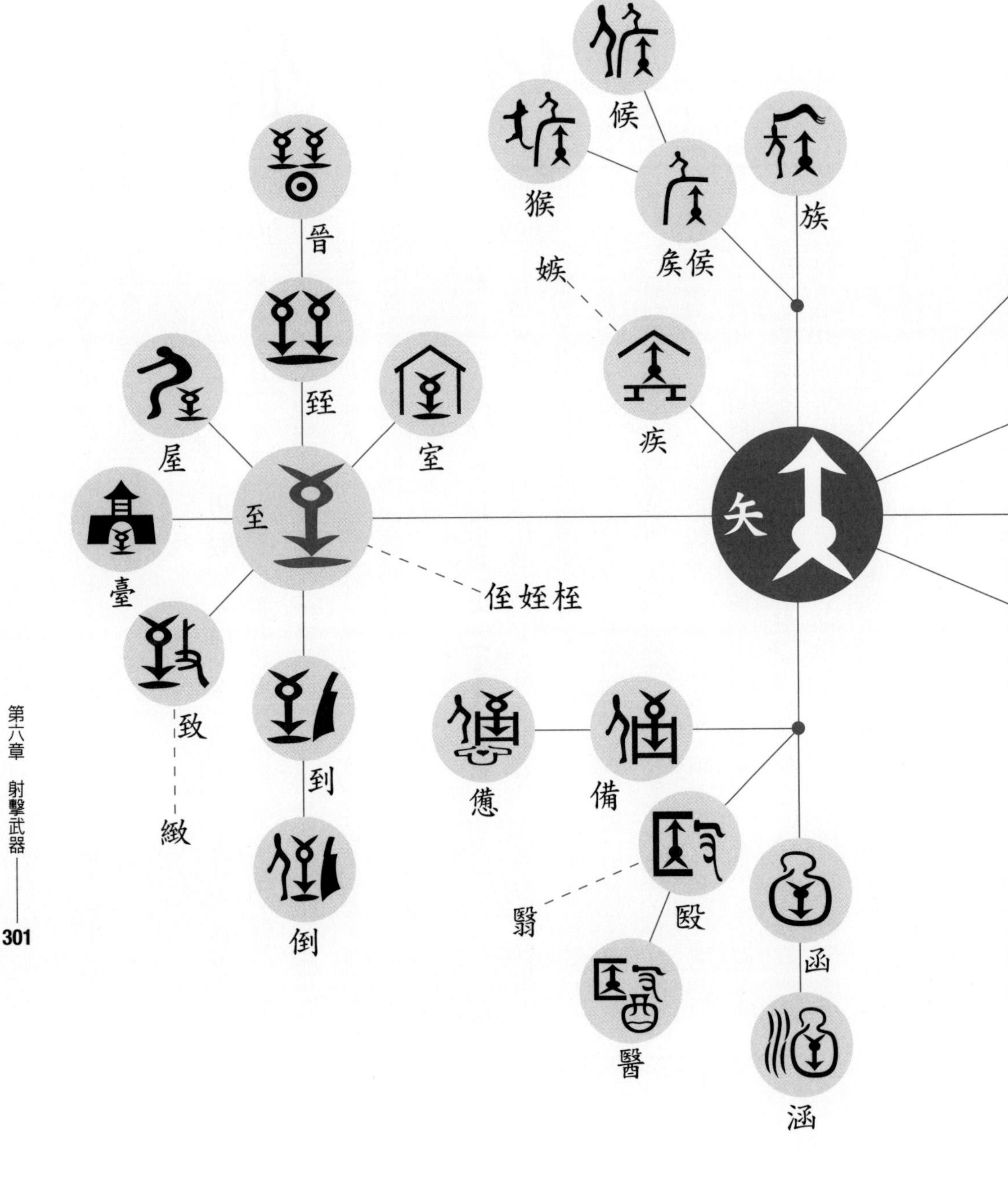
矢
族
侯
猴
医侯
嫉
疾
晉
臸
屋
室
至
臺
侄姪桎
致
緻
到
倒
備
憊
殹
翳
醫
函
涵

大射，則共虎侯、熊侯、豹侯，設其鵠。」《禮記．射義》：「故天子之大射，謂之射侯。射侯者，射為諸侯也。射中則得為諸侯，射不中則不得為諸侯。」

侯 ㄏㄡˋ hòu

站在旁邊觀察並等待射「侯」（，矦）的「人」（），候望也。

無論是射侯大典或鄉射禮，參賽者必須列隊依序進入比賽。他們一邊等待，一邊觀察，一邊盤算，一邊詢問，期望輪到自己時能有最佳表現。「候」生動地將這種瞭望等待結果的心情表露出來，所以引申為等待、瞭望觀察、等待，相關用詞如等候、氣候、問候等。周朝設有一種專職候望的官，稱為「候人」。

篆

猴 ㄏㄡˊ hóu

射「侯」（，矦）用的類「犬」（）動物。

在山東嘉祥武宅山的漢代墓室壁上，有一幅壁畫，描寫出三種景象，畫的下方是車水馬龍的情景，右上方是描寫許多人拜謁墓主的盛況，而左上方則是有人舉起弓箭，瞄準樹上的猴子與雀鳥。畫中以射猴子來象徵「射侯」，並以射雀鳥來象徵「射爵位」，旨在表達官場中汲汲營營、求取「侯爵」的升官慾望。另外，猩、猿、猴都是有「犬」偏旁的形聲字，可見古人把猿猴歸屬於犬類。《儀禮》所記載的「猴矢」就是射猴的箭，《周禮》稱之為「鍭矢」，用於打獵。古人射猴子，似乎並不是為了食用，《淮南子》記載，楚國有人烹煮猴子，請鄰居來享用，大家都以為是狗肉，吃完後，主人才告知是猴肉，他們聽到後，各個都把吃進去的肉吐出來。由此可見，古代貴族射猴只是把猴子當箭靶來練習射猴。《周禮》：「殺矢、鍭矢用諸近射、田獵。」《淮南子》：「楚國有烹猴而召其鄰人，以為狗羹也，而甘之。後聞其猴也，據地而吐之，盡寫其食。」

篆

飄蕩的「國旗」（…，㫃）下方，有「弓箭」（…，矢）手防衛。

先秦時代，看到飄揚的「旌旗」，表示那裡有「族群」居住，也表示那裡有保衛族群的「弓箭手」，警告外人不得隨意侵入。「族」引申為生活在一起的共同體，相關用詞如民族、宗族等。

族 ㄗㄨˊ zú

甲 金 篆

射到目的地

至 ㄓˋ zhì

甲 金 篆

「箭」（…，矢）射到了「目的地」（一）。

春秋時期，楚國有一位神射手，名叫養由基，能夠射中百步以外的楊柳葉。《論衡》說：「夫人之射也，不過百步，矢力盡矣。」可見，一般人能拉弓射出百步以外都有困難，更別說要射中一片細小柳葉呢！「至」的本義是射中箭靶或射到目的地，引申為到達，相關用詞如至今、冬至等。《史記》：「楚有養由基者，善射者也。去柳葉百步而射之，百發而百中之。」（漢字「正」也是以一橫畫代表目的地。）

致 ㄓˋ zhì

篆

「使用各種工具」（…，攴）想盡辦法「讓箭射達目的地」（…，至）。

戰國時期，有一種以機械製造的弓箭，稱為弩或青銅弩。威力強大，射程遠超過一般弓箭。《荀子》記載，魏國的武士，能操「十二石之弩」，也就是具有三百六十公斤張力的弓（一石相當於三十公斤）。就考古發現而言，隨著秦朝兵馬俑一起出土的秦弩，為數不少。發射秦弩可不容易，拉弓時，還得藉助腳的力量，以腳踏在弓幹上，再以手臂，甚至全身的力量，才能將箭上弦。秦弩的板機是青銅製的，精巧複雜，輕輕一扣，就能發射。秦弩所使用的青銅箭頭呈對稱的三稜形，兩者結合後，可以射得又快又準又遠，極具殺傷力。「致」似乎是描寫人類不斷改良弓箭及發射方式，使它能射得更遠更準，引申為想盡辦法達成目標。相關用詞如極致、致賀、致力於等

到 ㄉㄠˋ dào

「刀」（）已「至」（）。

征戰的勇士，持刀砍向敵人，每一刀都希望能砍到對方。篆體表示「刀」已「至」，刀也是聲符。相關用詞如到達、到底、周到等。（金文表示「人」（）已經到達（，至）目的地。）

倒 ㄉㄠˋ dào

「人」（）被刀砍「到」（）。

刀子砍中人的要害之後，緊接著他就倒臥在地。倒引申為讓站立之物躺下來，相關用詞如倒塌、打倒、倒閉、倒車等。

晉 ㄐㄧㄣˋ jìn

諸侯們火速來「到」（，臸）「天子」（，日）居所，勤王也。

甲骨文是一支箭射向太陽，這個象形字使我們想到后羿射日的故事。甲骨文、金文、變成了兩支箭射向太陽，箭頭轉而朝下，篆體將兩支箭改成「臸」。臸（或秦）的金文、及篆體表示雙雙同時到來。臸與至相通，如「室」的金文也寫作、。事實上，箭是不可能射到太陽的，那為何造出這個字呢？若仔細探究原因，當可發現，「晉」字當中的「日」指的不是天上的太陽，而是古代「天子」，代表諸侯們火速地向天子聚攏，這是描寫周朝的諸侯們有責任擁

護天子。當天子有難，諸侯必須快速組成「勤王之師」以營救天子。天子為了報答前來營救的諸侯，除了大擺宴席之外，還會賜下「弓矢」以彰顯功勳。因此，《左傳》說：「天子當陽，諸侯用命也，諸侯敵王所愾，而獻其功，王於是乎賜之，彤弓一，彤矢百，玈弓矢千，以覺報宴。」這裡所謂的天子當陽，漢朝儒學孔穎達解釋說：「陽，謂日也。言天子當日，諸侯當露也。」董仲舒《春秋繁露》也說：「不當陽者，臣子是也；當陽者，君父是也。故人主南面以陽為位也。」可見，太陽暗指天子或君王。春秋時期，晉文公的霸業長達百餘年。《左傳》及《新序》都記載，當周天子的權勢逐漸衰微時，晉文公數次率領諸侯朝見天子以表達忠誠，鞏固了天子地位。天子感激之餘，稱他為叔父，封他為諸侯之長，賜他彤弓、彤矢。「晉」的構字，以「雙矢」描寫火速前來救駕的諸侯，以「日」描寫天子，因此，晉引申為快速跟進，如《周禮》：「王提馬而走，諸侯晉。」晉的相關用詞如晉升、晉級等。《說文》：「晉，進也，日出萬物進。从日从臸。」古人以「矢」來表達火速前往的漢字，除了「晉」以外，還有甲骨文（遷）、（迭）（疾）、（殺）等都是在「腳掌」旁加上「矢」或「至」，表示「箭步」如飛。

全面發射

癸 gui

「登」上（，）高台向四面八方發射弓「箭」（，矢）。

依據考古文物，可同時發射許多支箭的連弩機，最早出現於戰國時期。《淮南子》及《史記》也都有「連弩以射」的紀錄，《墨子》還詳細說明「連弩車」的製造方法，然而，甲骨文顯示早在商朝就有同時向各方發射弓箭的概念。甲骨文、金文、都是描寫向四面八方射擊的箭（，矢），篆體將許多支箭簡化為一

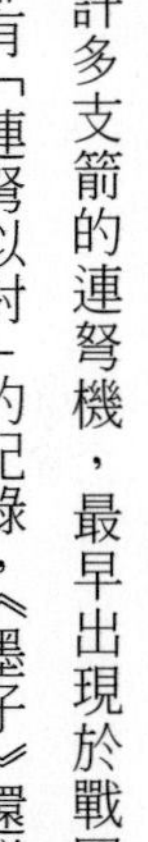

甲 金 篆

支箭（矢），又添加了「癶」，表示登上高台發射弓箭。可惜，隸書為了書寫簡便，將「矢」簡化成「天」，以致於失去了原意。「癸」是「揆」的本字，癸後來轉作天干的第十位。

爾 ěr

對方射來的「箭」（），「分」（八，八）散開來像密布的「網」（）一般。

（請參見「网」——「爾」）。

以箭射獵

雉 zhì

獵人喜愛「射殺」（，矢）的「鳥」（）。

雉的甲骨文是以箭射鳥的象形文。匹夫無罪，懷璧其罪，擁有美麗羽毛的雉雞很自然地成為古代人類獵取的對象，於是射殺雉雞便成為古代重要的田獵活動，晉朝潘岳曾寫了一篇有名的《射雉賦》，而更早的周朝典籍也常見射雉紀載，如《春秋左傳》記載一則賈大夫射雉雞的趣事，賈大夫是一位賢臣，其貌不揚，卻娶了一位美貌的妻子，或許是因為妻子嫌丈夫醜惡，以至於鬱鬱寡歡。雖然賈大夫想盡各種辦法來取悅她，但她總是不言不笑，度過了三年。有一天，賈大夫駕車載著妻子兜風，來到水岸邊，突然從蘆葦叢中飛出一隻美麗的雉雞，賈大夫瞥見一道五彩的羽尾劃過天際時，隨手拉弓，咻——，不幸的野雉應聲落地，此意外展露的不凡身手，沒想到卻博得美人燦然一笑。事後，賈大夫得意地對人說：「看來，每一個人無論如何都要學點本事，就拿長得醜惡的我來說，若沒有一點騎射的本領，想要博得妻子一笑，也都難如登天啊！」

金 篆

彘 ㄓˋ zhì

以箭（，矢）射殺野「豬」（，豕）。

甲骨文是一支「箭」（，矢）射向一隻「豬」（）。金文及篆體則將豬分解為豬頭、豬身及兩隻豬腳。彘引申為野豬。

甲　金　篆

身受箭傷

在爭戰當中，箭矢無情，稍一不慎，即遭暗算。甲骨文、（睘，ㄉㄝˊ）用一隻專注的眼睛，盯著飛來的箭，顯然是警戒人要留意暗箭，引申為斜視。然而，暗箭防不勝防，最好還是要有全副的護身裝，《淮南子》說：「今被甲者，以備矢之至。」《逸周書》說：「儼矢將至，不可以無盾。」所以，身披盔甲，手持盾牌，才是上策。

疾 ㄐㄧˊ jí

受「箭」傷（，矢）而「臥病在牀」（，疒）。

古代爭戰不斷，身受箭傷是極為常見之事，因此箭傷便成為漢字「疾、病」的造字背景。疾的甲骨文、金文及篆體（）是一個受箭傷而臥病在床的人。疾是描寫突然而來的箭傷，故引申為生病、快速、痛恨、缺失，相關用詞如疾病、疾風、疾（嫉）惡如仇、寡人有疾等。

甲　金　篆

寅 ㄧㄣˊ yín

被箭射中後，以「兩手」（）將「利箭」（，矢）拔出。

「寅」的構字多變，但都表示慎防被箭射中。剛開始，寅的甲骨文為，代表箭矢，甲骨文、及金文添加了圓圈符號，

甲　金　篆

表示射中箭靶，另一組甲骨文、、金文、添加了兩隻手，表示以雙手拔箭，另一個金文添加了肉（月），表示利箭深入肉體（），篆體則是調整筆順的結果。「寅」本義為受害、深入，如《淮南子》：「欲寅之心亡於中，則饑虎可尾。」（如果心中不存害人的心，即使尾隨在饑餓的老虎後面也不必害怕。）寅引申為慎防受害，戒慎恐懼。如《尚書》：「嚴恭寅畏」。此外，「寅時」是指凌晨三點到五點的深夜時段，接近黎明前的時段，不僅室外溫度最寒冷，且人體體溫、脈搏、血壓都處於最低點的時候，是死亡率較高的時段。而此時段也是人睡得最沉、容易遭遇敵人襲擊的時候。先秦史籍有關寅時死亡的記載也非常多。如「六月丙寅，沛王定薨」、「戊寅，梁王暢薨」、「甲寅，濟南王顯薨」、「丙寅，阜陵王統薨」等等。

夤 ㄧㄣˊ yín

「夜」（，夕）間容易遇害的「時刻」（，寅）。

引申為深夜、令人畏懼的時刻，相關用詞如夤夜、夤畏（寅畏）。（寅與夤的本義是相通的。）

篆

盛箭矢的容器

函 ㄏㄢˊ hán

掛在腰間的「箭」（）「袋」（）。

甲骨文、及金文、都是描寫掛在腰間的箭袋，引申為封套、包含在內、信件，相關用詞如函封、函括、信函等。箭有箭袋，弓也有弓袋，的甲骨文及金文就是放「弓」的大袋子。東漢《釋名》說，皮

甲 金 篆

製的箭袋稱為「箙」，用竹編的箭袋稱為「笮」。

涵 ㄏㄢˊ hán

「箭袋」（，函）掉入「水」中（，氵）。

古人涉水而過，偶有箭袋掉落水中之情事。《申鑒》：「洇者勞而危，乘舟者逸而安，虛入水則必溺矣。」甲骨文、是由「水、函」所組成的會意字，本義是箭袋掉入水中，引申為沉入、浸潤、包容，相關用詞如涵洞、涵管、涵蓄、涵養等。《方言》：「涵，沉也。楚郢以南曰涵，或曰潛。」《詩經》：「僭始既涵（浸潤）。」

金　篆

備 ㄅㄟˋ bèi

將許多支「箭」（）存放在「框器」（）中以供「人」（）使用。

戰爭來臨前，必須製作許許多多的弓箭，儲存預備著。甲骨文及金文、代表將許多枝箭插入框器中，甲骨文、金文、、簡化成一支箭，並逐步將框器改成「用」，又添加了「人」，表示儲備箭矢以供人使用，引申為事前做好完善的準備工作，相關用詞如預備、儲備、完備等。「備」的簡體字為「备」。

甲骨文（僃）代表將儲備的箭矢，定期拿來火烤，以防止受潮。古人多以竹造矢，如《東觀漢記》：「伐淇園之竹，治矢百餘萬。」《漢書》：「兵則矛、盾、刀，木弓弩，竹矢，或骨為鏃。」在製造箭矢的過程中，先削竹以作箭桿，然後將彎曲的箭桿拉直，再用火烤。火烤的目的，除了去除水分防止受潮外，還可使它定型。箭桿完成後，插上箭簇，加上羽根，一支箭矢就完成了。

甲　金　篆

僃 ㄅㄟˋ bèi

長期準「備」事務（僃）的煎熬「心」情（心）。

在科考制度下，應考生必須經過「十年寒窗」的苦讀，才有機會「一舉成名天下知。」在軍中，「養兵千日，用在一時。」戰爭的成敗，往往決定於事前的預備是否充分，然而，事前的預備工作是一件長期的磨人差事，需要堅忍的毅力。「憊」引申為疲倦，相關用詞如疲憊、憊乏。《廣韻》：「憊，羸困也。」《通俗文》：「疲極曰憊。」

医 ㄧ yī

存放箭「矢」（矢）的「方形容器」（匚，匚）。

《說文》：「医，盛弓弩矢器也。」（請參見「醫」）。

金　篆

以箭作為測量工具

古人以「矢」當作測量短距離的工具，例如《禮記》：「壺去席二矢半（壺與席之間的距離為箭長的兩倍半）。」《說文》記載：「有所長短，以矢爲正。」可見，「矢」是測量距離的標準之一。以下「短、矮、矩」三字，就是以「矢」來表示距離。

短 ㄉㄨㄢˇ duǎn

像「鍋器」（豆，豆）與「短箭」（矢，矢）一樣矮小。

「豆」器是周朝常見的禮器，用來盛裝煮熟的祭品。祭祀時，由祭者捧著它登上高壇獻祭。出土的青銅豆器高度通常不超過五十公分。箭矢

篆

與豆器一樣，都是短的器物，因此古人藉此來表示短距離的概念。「短」引申義為矮小，相關用詞如短小精幹、短少、短時間等。

矮 ㄞˇ ǎi

身體「萎縮」（，委）如短「箭」（，矢）。

篆體 是由「身」與「委」所組成的會意字，表示「身」體「萎」縮的人。篆體 （矮）把「身」改成「矢」，這是因為古代以箭矢來測量長度。矮的相關用詞如矮小等。《說文》：「矮，短人也」。

矩 ㄐㄩˇ jǔ

以「矢」（）量短邊，以「夯杵長度」（，巨）量長邊，測量矩形。

古人以箭矢測量短距離，以木夯杵測量長距離，如此，一長一短便形成一個矩形的邊長。矩的本字為巨（請參見「巨」）。

快如箭：矣、知

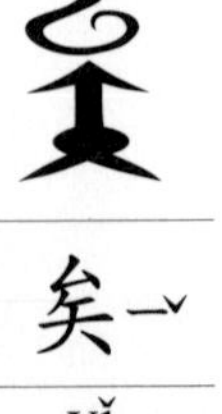

矣 一ˇ yǐ

射出去的「箭」（，矢）在空氣中發出「咻」的聲音（，厶）。

古人體會到說出去的話就好像射出去的箭，是無可挽回的，於是造了這個字來自我警惕。「矣」引申為已然，或是當語助詞來使用。由「矣」為聲符所衍生的常用字有挨、唉、埃等，發ㄞ的音。

矮（篆）

矣（篆）

知 ㄓ zhī

「應答」（口）快如「箭」（矢）。

老師為了測試學生的理解程度，通常會出一個問題讓學生回答，金文［金文字形］代表孩「子」（子）應答（口）快如矢（矢），篆體［篆體字形］將子省略。因為清楚事情原委，所以能迅速回答，「知」引申為明瞭，相關用詞如知道、知識、知覺等。《說文》：「知，詞也。从口从矢。【徐曰】知理之速，如矢之疾也。」

金　篆

智 ㄓˋ zhì

「知」道（知）得明明白白，就像「日」光（日）將事物照得清清楚楚一般。

知與智的甲骨文［甲骨文字形］代表「知」道「神」（示）的作為，也就是「知神」或「知天」。先秦典籍裡，充滿了「知天」的思想，如孔子說：「五十而知天命。」孟子說：「知其性，則知天矣。」「知天命」是古代聖人與聖王的主要特徵，所以，董仲舒說：「夫王者不可以不知天。」《論衡》：「堯之心知天之意也。」《韓詩外傳》：「上知天，能用其時。」由於「知天命」的人能掌握天時，趁勢而為，古人推演《易經》的目的就是想要知道「天命」與「天時」，周文王因推演《易經》而得以掌握時勢推翻商紂，建立周朝。孔子對《易經》的評論是「知變化之道者，其知神之所為乎。」其中，孔子所謂的「知神」就是知道神的作為，也就是「知天命」也，這應是古人對「智」的最佳註解吧！金文［金文字形］及篆體［篆體字形］是由「知、于、日（或白）所組成，表示對「于」事務「知」道得明明白白「日」，就像「日」光將事物照得清清楚楚一般，因此，《釋名》詮釋說：「智，知也。無所不知也。」智的相關用詞如智識、智力、智慧等。

甲　金　篆

「單」——古代彈弓

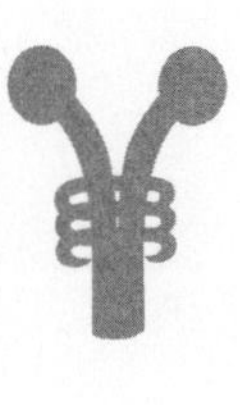

在商朝沒有橡皮筋，先秦典籍裡也缺乏彈弓具有皮筋功能的記載，到底當時的彈弓是如何製作的呢？藉著「單」的甲骨文，讓我們一起來了解商周時代的彈弓！

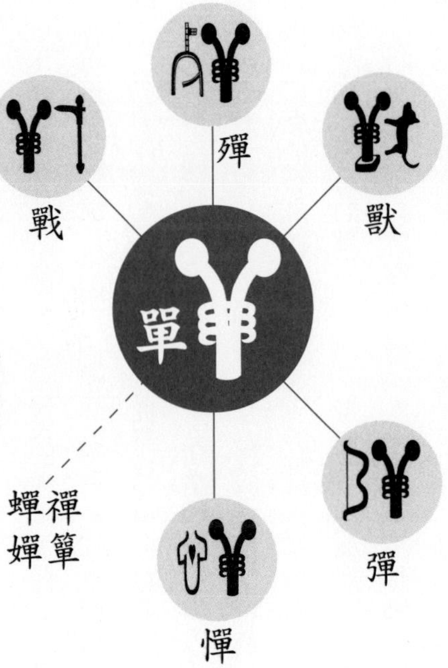

單
戰
殫
獸
彈
憚
禪 簞
蟬 嬋

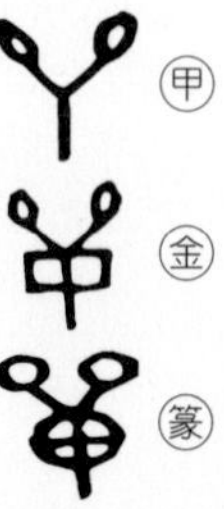

單 ㄉㄢ dān

將竹片破開、扳彎（ ）、以繩子綑綁接合（ ），製作成可同時發射多顆「彈丸」（●）的武器。

《吳越春秋》記載有一個守喪的孝子，為了不讓父親的屍體被野獸拖去吃掉，於是製作了彈弓以驅趕野獸，書中以「彈謠」這首短歌來描寫關於彈弓之事，歌詞說：「斷竹、續竹、飛土、逐害。」這與《中國民間歌曲集成》所收錄的江蘇民謠《斫竹歌》幾乎一致，歌詞說：「杭唷，斫竹，呵喲嗨！杭唷，削竹，呵喲嗨！杭唷，彈石，飛土，呵喲嗨！杭唷，逐肉，呵喲嗨！」大意是說，先去破開竹子，削竹，然後將它們接合起來製作彈弓，眼看彈弓裡連番發射出一顆顆的石丸、泥丸，危害人的野獸也一個個被驅逐出去了。」此歌謠並未清楚描寫如何以竹子製作彈弓的細節，不過，後漢李尤《彈銘》解開了謎題。李尤說：「昔之造彈，起意弦木，以彈爲矢，合竹爲樸（撲），漆飾膠治，弗用筋鏃。」大意是說，從前製作彈弓，是從有彈力的弦木得到靈感，（故採用有彈力的竹子做彈弓）。古人以彈丸替代箭矢。將竹片破開，削整、膠合以製作成可撲擊的器具。而「弗用筋鏃」就是指不需皮筋作弦，也不需箭矢。「單」的甲骨文 是一個能同時發射兩顆彈丸的兩竹片（即合竹為撲），而金文或篆體 、 、 添加了圍捆的符號，代表綁住兩竹片。至於彈丸則是分別放置在左右兩末端的竹節處。整體而言，「單」的構字本義就是一支原始彈弓。由於這種彈弓製作簡便且力道單薄，所以引申為薄弱、簡陋、孤獨，相關用詞如簡單、單薄、孤單等。

值得一提的是，甲骨文 、 、 在 （單）的分叉處有一個劈砍（ ，斤）的符號，表示以斧頭從中間劈開，其中「圍捆」的符號表示將它接合，這些象形字不正符合破竹、續竹以製作彈弓的古籍記載嗎？又有一個甲骨文 在「單」底下添加「火」，表示將劈開且扳曲的竹子以火烤定型。這些都是描寫製作彈弓的象形字。至於這種彈弓要如何操作呢？

甲骨文、代表以「手」（，又）抓緊彈弓（，單）將兩顆彈丸甩出去。因為這種彈弓沒有橡皮筋，射擊力道完全要靠甩力及竹子本身的彈性，這個原理與古代甩石機相同，也與大衛打敗巨人歌利亞所使用的甩石帶（sling shot）原理相同。

令人好奇的是，這種彈弓的用途是什麼？準確度又如何呢？由孝子以彈弓驅趕鳥獸的故事來看，這種彈弓所射擊的對象是以鳥獸為主，且準確度通常是不高的，這點由古籍當中可以得到證實。《論衡》記載，有人在庭院曬穀，雞雀來啄食，主人便發射彈丸驅趕。《潛夫論》認為，彈弓就像玩具，對外不能防禦賊寇，對內無法禁絕鼠患，遊手好閒之事，妄自拿來射鳥雀，百發卻難中一發。《呂氏春秋》記載，春秋時代，晉國君主晉靈公常常攜帶彈弓及彈丸到處遊玩。他最喜歡的娛樂就是從高處向底下路過的行人發射彈丸，然後觀看行人閃避彈丸的驚慌樣子。典故原文《論衡》：「暴穀於庭，雞雀啄之，主人驅彈則走，縱之則來。」《潛夫論》：「懷丸挾彈，攜手遨游，或取好土作丸賣之，於彈外不可以禦寇，內不足以禁鼠，晉靈好之以增其惡，未嘗聞志義之士喜操以游者也。妄彈鳥雀，百發不得一。」《呂氏春秋》：「晉靈公無道，從上彈人而觀其避丸也。」

獸 ㄕㄡˋ shòu

用定點設置的「大型彈弓」（，嘼）及獵「犬」（）驅趕害人的動物。

從許多古字型可以看出古人驅趕野獸的方式，甲骨文代表Y型樹枝及犬，Y型樹叉是古人所使用的原始防身武器。金文、用「單」及「犬」，而則是用「嘼」（大型彈弓）及「犬」。「嘼」的金文有幾種型態，表示將「單」（）插入洞孔（）內，代表「兩隻手」將「單」插入「洞孔」，另一個金文在「單」底下添加

甲　金　篆

了「樹根」的符號，整體而言，「嘼」都是代表一支大型彈弓設立在固定點以驅趕野獸。

在甲骨卜辭中有出現「執于東單」、「羔于南單」、「于南單立羔」、「貞西單火」，其中，東單、西單、南單等地名應該就是在宮室周圍設置大型彈弓於東、西、南方以驅趕走獸或侵入者，其作用大概就像城堡四周的砲台吧。

彈 ㄉㄢˋ dàn

或ㄊㄢˊ，tán。「單」（）與「弓」（）都是可以發射丸子的武器。

甲骨文 表示以「弓」發射「彈丸」，這是有別於「單」的另一種可發射彈丸的彈弓。它的弓桿是木製的，弦卻是用竹篾編織而成的，這就是《說苑》所說：「彈之狀如弓而以竹為弦。」這種彈弓除了瞄不準之外，最大的缺點是，彈丸偶爾會射到弓桿，反彈回來，傷到自己眼睛。難怪這種彈弓難以流傳。由於弓與單都是可以彈射丸子的武器，所以篆體 以「單」與「弓」的合體來表達像丸子一樣的東西、能發射丸子的器具、有彈力的。相關用詞如子彈、彈弓、彈射、彈跳等。

憚 ㄉㄢˋ dàn

「心」裏（，忄）懼怕四射的「彈丸」（，單）。

現代人玩躲避球，享受以球襲擊他人的快樂，而古代君王晉靈公卻喜歡更刺激危險的遊戲，就是用彈弓射人。昏庸殘暴的晉靈公喜歡用彈弓從高處向路過的行人發射彈丸，然後觀看行人閃避彈丸的驚慌樣子。可想而知，行人到處閃躲的慌亂心情，倘若閃躲不及，眼睛失明、腦袋開花都有可能發生。憚引申為心理懼怕，相關用詞如忌憚、憚煩等。

甲 篆

金 篆

戰 ㄓㄢˋ zhàn

手持「彈弓」（，單）或「武器」（，戈）與人爭鬥。

古人以彈弓襲擊鳥獸，以武器攻伐敵人，都是能傷人的器具。戰引申為與人爭鬥，相關用詞如戰鬥、爭戰等。《說文》：「戰，鬥也。」

(金) (篆)

殫 ㄉㄢ dān

「彈弓或彈丸」（，單）已「死亡」（，歹）。

彈丸一旦用盡了，彈弓就無用武之地，形同宣告死亡。殫引申為耗盡、結束了。在先秦典籍裡，殫幾乎都表示耗盡，如「歲既殫矣」、「馬力殫矣」、「罷民力，殫民財」、「殫盡府庫」等。

(篆)

【第七章】

敲擊工具

與敲擊工具有關的基礎構件主要為工、丂、丵、攴及殳，這些都是古代常見的重要工具。工是一支夯杵，丂是一根拐杖，丵則是一支鑿子，而攴及殳已於《漢字樹——人體器官所衍生的漢字地圖》介紹，不再贅述。

工
丂
丵
攴 攵
殳

「工」的衍生字

「工」是極為常見且重要的漢字，它是一種古代的重要工具，但它是什麼樣的工具呢？東漢許慎認為與裝飾圖案有關，他說：「工，巧飾也。」近代學者大多認為「工」是一個畫矩形、畫直角的工具，又有人稱它為「工字尺」，有人稱它為「曲尺」。若是將所有含「工」的古字加以彙整分析，便能找出答案。以下是幾點線索：

字	古字	說明
工	甲 (古字形三種) 	（考古文物中，是否有這種樣式的工具？）
攻	甲  (古字形三種)	代表手持「工」。（所以，工是可以用力敲擊的工具。）
功	篆 	代表用「力」做「工」。
扛	篆 	代表以「手」扛抬沉重的「工」。（工是個沉重的工具。）
巧	篆 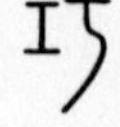	代表以「工」「敲擊」（丂）。
巩	金 	代表「雙手」握緊「工」用力夯打，「巩」是「築」的本字，與建築工具有關。

字	古字	說明
恐	(金)	是「心」與「工」的會意字。（這個工具為何與恐懼有關聯呢？）
塞	(甲) (篆)	代表兩「手」持「工」搗「土」以填補「房子」破洞。
任	(甲)	是「人」與「工」的會意字。（男人在做什麼工？什麼是男人的責任？）
妊	(甲)	是「女」與「工」的會意字。（女人在做什麼工？）
巫	(甲)	是兩個交錯的「工」，篆體 [巫篆體] 是兩巫人持「工」跳舞。
江	(金)	代表一條會發出大聲音的河「水」，其聲音與「工」的撞擊聲相似。
空	(篆)	代表以「工」撞擊洞「穴」會發出「工」的空洞聲。

由以上線索，顯然，許慎的「巧飾說」與近人之「曲尺說」或「工字尺說」，都不合理。讀者不妨猜猜看，什麼樣的古代常用工具能符合以上敘述呢？

安陽殷墟文化中，可以看見許多建築基地與牆壁都是經過器具加以夯實的，稱為「夯土」，夯土所使用的工具，稱為「夯杵」。夯杵有兩人一起操作的大夯杵，也有單人操作的小夯杵；有石夯杵，也有木夯杵。

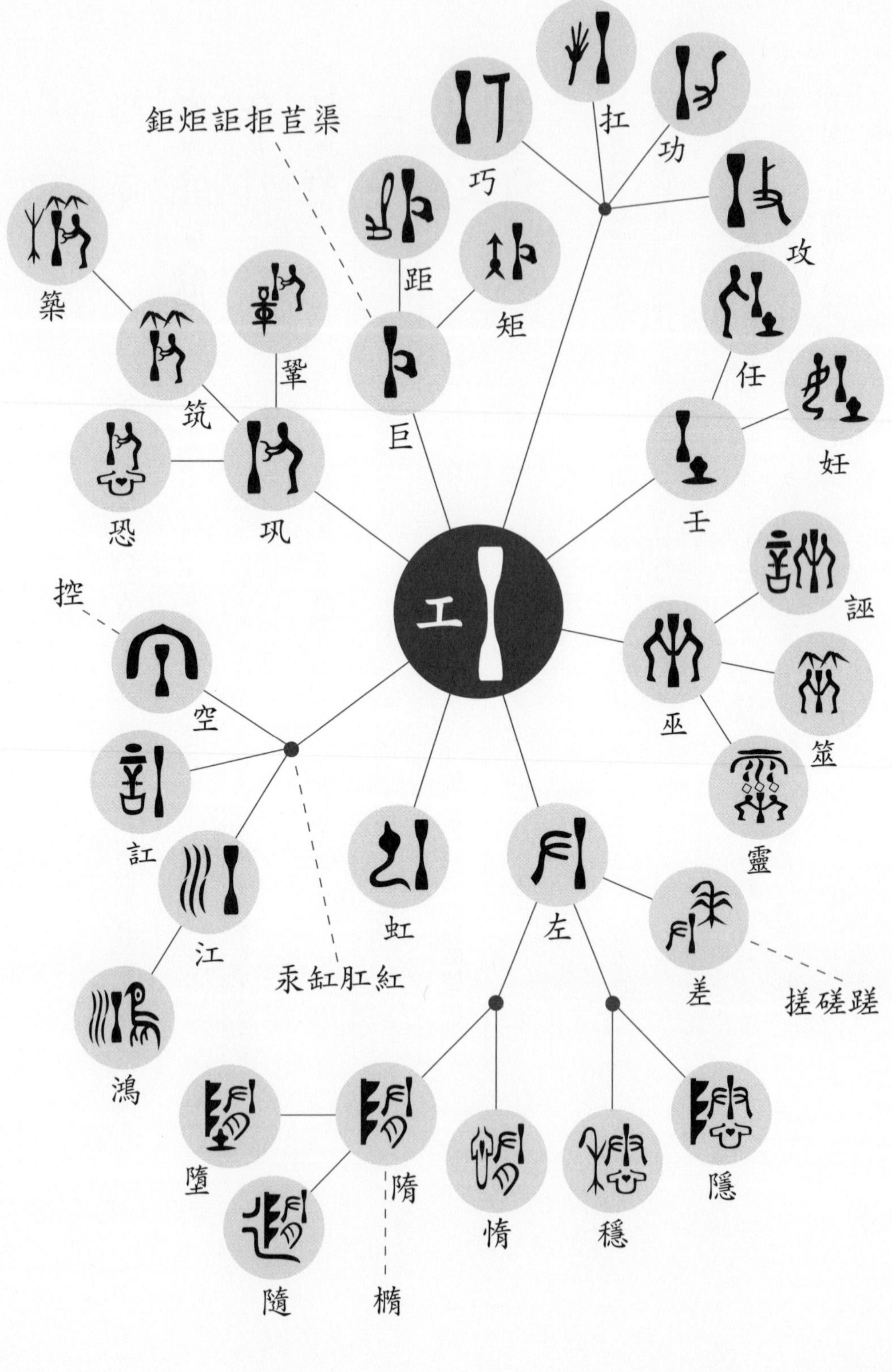

工
巨
距
矩
鉅炬詎拒苣渠
巧
扛
功
攻
任
壬
妊
巩
恐
筑
築
鞏
控
空
訌
江
鴻
汞缸肛紅
虹
左
差
搓磋蹉
巫
誣
筮
靈
隋
墮
隨
橢
惰
穩
隱

工 ㄍㄨㄥ gōng

建築工人所使用的「夯土器具」。

「工」代表夯土建造的夯杵，它的甲骨文有兩種構型，分別代表石夯杵與木夯杵。甲骨文[甲骨文字形]是一支可以將土搗實的石夯杵（也像是一支大槌子），是由夯杵頭及長棍所組成。考古學家在陝西櫟陽城遺址、眉縣（古郿塢）等地都有發現古代夯築城墻用的石夯頭，形狀多為矩形，中間有洞，可以插上木棍，形狀與此甲骨文完全一致。另一組甲骨文[甲骨文字形]、[甲骨文字形]、[甲骨文字形]是在棍子上加一根橫桿作為把手，在有些偏遠地區的人民仍然使用這種有把手的石夯杵來壓製土磚。工的第二種甲骨文構型是[甲骨文字形]，它是一支木夯杵，兩頭粗大便於撞擊，中間狹小便於抓舉。古人為了簡化線條便於書寫，因此以上下橫畫代表夯杵頭。甲骨文[甲骨文字形]、[甲骨文字形]表示「雙手」抓著「木夯杵」用力夯打，手持部位就是中間狹窄處。「工」引申為工具、工匠、工作。相關用詞如木工、電工、工資、工廠等。

(甲) (金) (篆)

攻 ㄍㄨㄥ gōng

「手持器具」（[字形]，攴）與「夯杵」（[字形]，工），不斷敲擊。

「攻」的甲骨文[甲骨文字形]、[甲骨文字形]、[甲骨文字形]及金文[金文字形]、[金文字形]是手（[字形]）持石夯杵（[字形]）或木夯杵（[字形]）用力擊打的象形字。本義為用力擊打，引申為擊打，積極建造、指責，如《詩經》：「經始靈臺，經之營之，庶民攻之，不日成之。」《禮記》：「善問者，如攻堅木。」《孟子》：「小子鳴鼓而攻之可也。」其他相關用詞如攻擊、攻克己身等。《說文》：「攻，擊也。」

(甲) (金) (篆)

功 ㄍㄨㄥ gōng

手拿著「夯杵」（[字形]）用「力」（[字形]）夯打。

用力夯打才做得了「功」，否則進展有限。古代重大建設，都得仰賴龐大的勞動人力，他們是如何激勵士氣呢？古人為了提振士氣，增加生

(金) (篆)

產力，各種勞動產業都有其專屬的「打夯歌」（俗稱勞動號子），它通常是由一人領唱，眾人應和。夯歌帶領大家隨著節拍，有韻律的呼吸，統一步調的夯打，同時藉此釋放身體負重所累積的壓力。隨著夯歌旋律，勞動者發出整齊劃一的吆喝聲，緊接著用力朝下夯打，隨即響起「砰——」一聲巨響，腳底立時感受到地面的震動，真可謂氣勢磅礡！夯歌文化充分表現出歷代勞動人民的樂觀、睿智與奮勇的英雄氣概。「功」的本義為勉勵人用力夯打才有功效，相關用詞如用功、功勞、功動等。功與攻的字源相同，甲骨文及金文都相同，後來再分化出來。在先秦典籍中，功與攻是通用的，具有完善或功動的意涵，如《詩經》：「我車既攻（功），我馬既同。」【傳】攻，善也。【朱傳】攻，堅也。」《荀子》：「械用兵革攻（功）完便利者強。」《墨子》：「易攻伐以治我国，攻（功）必倍。」

扛 ㄎㄤˊ káng

或ㄍㄤ，gāng。「手」（，扌）舉「夯杵」（，工）。

在古籍中，「扛」都是用於抬重物，如《史記》：「力能扛鼎。」《漢書》：「令十人扛之。」「扛」的本義為抬夯杵，由於夯杵是重物，所以引申為承擔重物。《說文》：「扛，橫關對舉也。」

巧 ㄑㄧㄠˇ qiǎo

善於使用「夯杵」（，工）「敲擊」（，丂）的巧匠。

（請參見「丂」）。

扛（篆）　巧（篆）

中國古代的「土」「木」建築技術相當發達，「築」便是用來描寫當時的板築技術，板築是以夯土與打樁立版為基礎，可以說是「土」與「木」的巧妙結合，古人藉此技術以至於能建造出雄偉的宮殿、城牆、樓臺。板築技術據說是傳說發明的。傳說是殷商時期著名的宰相，年輕時卻是身分低賤的奴工，有睿智，以板築之術而聞名。後來，傳說被商王武丁拔擢為宰相，重整衰敗的殷商王朝，造就了武丁中興的盛世。建築的「築」，「築」的本字是「巩」，然後衍生為「筑」，再衍生為「築」。

巩 ㄍㄨㄥˇ gǒng

一個人「雙手握著」（，丮）「夯杵」（，工）用力夯打。

丮（ㄐㄧˇ）的甲骨文、金文及篆體是一個人伸出雙手的象形文。丮所衍生的字有巩、執、埶、弄等。巩的金文、表示一個人雙手握著夯杵；執的甲骨文及金文表示將罪犯的雙手放進木製手銬裡；埶的甲骨文及金文表示伸出雙手種樹；弄的甲骨文及金文表示雙手玩玉。「巩」是「筑、築」的本字，本義為夯打，它所衍生的字都具有這個意涵，但如今，「巩」已變成「鞏」的簡體字。

筑 ㄓㄨˊ zhú

竹製（）打擊（，巩）樂器。

在古代典籍裡，「筑」幾乎都作「築」用，可見「筑」是「築」的本字。如《禮記》：「是月也，可以筑城郭，建都邑」、「筑囹圄」、「筑為宮室。」《史記》：「為筑倉廩」、「筑長城」、「項王伐齊，身負板筑，以為士卒先。」《周禮》所謂「筑煮」就是指將食物搗碎放進鍋子裡煮。綜而言之，「筑」的本義為手持夯杵搥打，「筑」的本字是「巩」，但後來為何添加「竹」變成「筑」呢？由於，夯杵擊打的時候會發出聲音，如漢朝的畫像石磚繪有跳夯杵舞蹈的情景，舞者在擊夯杵歌唱。原住民也有手持竹夯杵唱歌的，

只見他們將竹夯杵一槌擊就能發出美妙樂音。周朝也發明了這類的竹製打擊樂器，於是添加「竹」成為「筑」，「筑」於是變成打擊樂器。之後，為了與建築意義有所區分，就將「筑」添加「木」變成「築」，使其更明確地表達土木建造的意義。戰國時期，荊軻的好友高漸離是殺狗的屠夫，但也是頂尖的擊筑高手，它的音樂經常令賓客感動到淚流滿面。《史記．荊軻傳》：「高漸離擊筑，荊軻和而歌於市中。」荊軻刺殺秦王失敗後，秦始皇將他的好友高漸離眼睛刺瞎，但聽聞他琴藝高超，於是召他到秦宮演奏。高漸離雖然眼睛看不見，仍然能彈奏出美妙音樂，令秦王忍不住趨前傾聽，就在千鈞一髮之際，高漸離將預先灌過鉛的筑琴猛力擲向始皇，可惜功敗垂成。《說文》：「筑，以竹曲五弦之樂也。」《釋名》：「筑，以竹鼓之。」

築 ㄓㄨˊ zhú

先用「木」板（ ）從兩旁將泥土夾住，再「手持夯杵」（ ，巩）把土搗實。竹（ ）為聲符。

《說文》：「築：擣也。」古代人稱「夯杵」為「筑」或「築」。例如，《呂氏春秋》：「今之城者，或者操大築乎城上，或負畚而赴乎城下。」《楚辭》：「說操築於傳巖兮，武丁用而不疑。」《漢書》：「九月甲申，莽立載行視，親舉築三下。」其中所謂的「操大築」、「操築」、「舉築」，都是指手持夯土大杵。文中提到建城者手持夯杵站在城牆上，傳說手拿夯杵在傳巖一帶興建城牆，王莽親自舉起夯杵撞擊三下，象徵性地宣示建設決心。可見古代建設總少不了夯杵，因此，築引伸為建造，相關用詞如建築、築牆等。

(金) (篆)

鞏 ㄍㄨㄥˇ gǒng

表示「手握夯杵」（ ，巩）夯打「獸皮」（ ）。

「革」與「勒」分別代表「獸皮」及「剝取獸皮」，這是古人取獸皮利用的象形字。由於剛取下的獸皮，不但會捲縮，而且表面有許多皺痕，

(篆)

必須經過拉皮、夯打，才能產生一張平整的皮革，古人於是以此皮革加工情境造出「鞏」字。鞏引申為使結實、牢固，如「鞏固」。「鞏」的簡體字為「巩」。

恐 ㄎㄨㄥˇ kǒng

內「心」（心）好像有人拿夯杵撞擊（巩，巩）。

人在緊張害怕的時候，心臟跳得特別厲害，甚至可以清楚聽到砰、砰、砰的聲音。金文恐、恐代表內「心」好像有一支「夯杵」在撞擊。

（金）（篆）

男女應盡的責任

壬 ㄖㄣˊ rén

以夯杵（丨，工）搗「土」（土）。

「壬」的甲骨文工與「工」相同，代表夯杵。「杵」是夯土或製陶土時不可或缺的工具，因此，「土」（土）與「工」（工）的合體就變成金文壬，代表用「夯杵」從事「土」的工作。後來，「壬」分化為「任」與「妊」，分別代表男女所應盡的責任。「任」的金文任是一個男「人」在做「工」，而「妊」金文妊代表「女」人在做「工」。「壬」的本義為夯土，後來成為十天干中第九個序位，代表寒冬前人們持夯杵修補房屋及製造儲存器具的季節。

（甲）（金）（篆）

任 ㄖㄣˋ rèn

以「木杵」（丨，工）夯「土」（土）的「人」（人）。

「任」的甲骨文任代表男「人」在做「工」，金文任將工改成「壬」。「任」的本義為夯土的人，或從事建設的人，引申為職責、擔負，相關用詞如責任、擔任等。

（甲）（金）（篆）

妊 ㄖㄣˋ rèn

婦「女」（　）以「木杵」（　，工）搗「土」（　）。

製陶是古代婦女的責任之一，妊的甲骨文　代表「女」人在做「工」，金文　將工改成「壬」，另一個金文　在「壬」的旁邊，有一個女人拿著一團土，這是以土製造陶器的概念。「妊」的本義是婦女製陶土，引申為婦女的責任，與「任」通用，但後來又為何引申為婦女懷孕呢？《白虎通》提到：「女二十，肌膚充盛，任為人母。」可見古代女人為人母，懷孕生子被認為是一種責任。因此，古書常將「妊」寫成「任」，可見兩者具有相同本義，如《漢書》：「任（妊）身十四月乃生」、「貴人有任（妊）」、「任（妊）身有子」等。

甲　金　篆

「玨」——四處夯打

塞 ㄙㄞ sāi

或ㄙㄜˋ，sè。雙手（　）取「土」（　）填補「房子」（　）漏洞，然後用「夯杵」（　，玨，ㄓㄢˇ）四處夯實。

古代的土造房子，用久之後，牆壁、地面都可能破損或出現許多孔穴，如何將這些洞穴塞住呢？《詩經．豳風》描寫先民對付鼠患的生活：「穹窒熏鼠，塞向墐戶」，翻成白話就是堵死房洞薰老鼠，以土塞死門戶破洞。「塞」的甲骨文　及金文　代表許多隻手拿著夯杵在屋子裡四處夯打，篆體有多種構形，　表示取「土」（　）塞住房子漏「洞」（　，穴）；　則是描寫雙手（　）取土（　）填補房子（　）漏洞，再以夯杵（　）將洞穴一個個夯實。

甲　金　篆

將「衣」（　）服皺摺「壓平」（　，尸），然後「四處夯打」（　，玨）使衣服得以平整。（請參見「衣」——「展」）。

展 zhǎn

（篆）

手持夯杵拆毀城牆

古代戰爭，破壞敵人城牆是攻城的成敗關鍵。為了激勵士氣，統領大軍的元帥就會激勵大家說：「城裡有酒、有肉、有糧食，只要攻破這道城牆就能得到你所要的，大家不要偷懶，奮力攻城吧！」以下「左」（　）的衍生字便隱藏了這樣的古代戰爭文化。

以「左手」（　）持「夯杵」（　，工）來完成上司所交付的任務。

左有輔助、左手、卑下等意涵，後來具有輔助意涵的「左」就分化成「佐」。

左 zuǒ

（金）（篆）

「持夯杵」（　，左）破壞敵人「城牆」（　，阜）後，就有「肉」（　，月）吃了。

「隋」的本義為戰利品，引申為肉。隋也是朝代名稱。《周禮．守祧》：「既祭則藏其隋（祭祀完後便將肉儲藏起來）。篆體　代表「手持夯杵」努力工作就有「肉」吃。　（隓）代表許多人「手持夯杵」破壞「城牆」。《說文》：「敗城阜曰隓。」《玉篇》：「廢也，毀也，損也。」「阜」代表陡坡或高牆。

隋 suí

隨 ㄙㄨㄟˊ suí

為了城內的「肉」（，月），「手持夯杵」（，左）跟著元帥「走」（，辶）去攻破「城牆」（，阝）。

「隨」引申為跟從，相關用詞如跟隨、隨從等。

墮 ㄉㄨㄛˋ duò

為了城內的「肉」（，月），「手持夯杵」（，左）用力將「城牆」（）上的「土」（）磚一個個打落。

「墮」引申為掉落、毀壞，相關用詞如墮落、墮胎等。

惰 ㄉㄨㄛˋ duò

「手裡拿著夯杵」（，左）卻無心工作，全「心」全意（）想著城裡的「肉」（，月）。

「惰」引申為不勤快的，相關用詞如懶惰、怠惰等。

穩 ㄨㄣˇ wěn

只要專「心」（）「手持夯杵」（）奮力做工，就一定能得到「糧食」（，禾）。

「穩」引申為有把握、安心，相關用詞如安穩、穩定等。「穩」的簡體字為「稳」。

隱 ㄧㄣˇ yǐn

「手持夯杵」（）攻打「城牆」（），但「心」（）中卻好奇：「城裡會有什麼好東西呢？」

「隱」引申為掩藏在裡面，相關用詞如隱藏、隱居等。「隱」的簡體字為「隐」。

差 ㄔㄚ chā

指使別人「手持夯杵」（）擊打即將成熟的「下垂稻禾」（），使別人糧食缺乏。

古代戰爭，常發生破壞敵人莊稼及糧倉的戰略。目的是使對方因缺糧而變得疲弱不振。在民間，仇家也常以這樣的手法施行報復。差的金文代表以手摘取下垂的稻禾，表示手持夯杵擊打下垂的稻禾。差，引申為不好的、缺少的、指使，相關用詞如差勁、誤差、差遣等。

（金）（篆）

以夯杵測量距離

巨 ㄐㄩˋ jù

一隻手（）拿著「夯杵」（，工）測距離。

對於擅長應用器具的工匠而言，長長的木夯杵除了可以用來夯土建造以外，還可以作為長距離的量測。例如，長度為兩夯杵半，表示二點五倍的夯杵長。巨的金文、、代表一個「人」（）或「夫」（，成年男子）手持「夯杵」（）測量距離；另一個金文及篆體將人省略，僅留下夯杵及手圈；還有一個金文在「工」之上添加一「繩尺」，表示測量夯杵的長度。「巨」引申為很大、很長、很高，相關用詞如巨人、巨岩、巨浪等。「巨」是「距、矩」的本字，如《墨子》：「守為臺城，以臨羊黔，左右出巨（距），各二十尺。」《說文》：「巨，規巨（矩）也。」

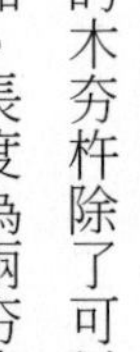

（金）（篆）

矩 ㄐㄩˇ jǔ

以「矢」（）量短邊，以「夯杵長度」（，巨）量長邊，測量矩形。

古人以箭矢測量短距離，以木夯杵測量長距離，如此，一長一短便形成一個矩形的邊長。古人以箭「矢」作為測量的工具，這個構字概念也出現在短、矮等字。

距 ㄐㄩˋ jù

「腳」（□，足）走了多少「夯杵長度」（□，巨）。

「距」的本字為「巨」，「巨」代表以夯杵長度作為長度單位，後來添加「足」而成「距」，代表行走的長度。

跳夯杵舞蹈

巫 ㄨ wū

兩「人」（□）合跳「夯」杵（□，工）舞蹈以降神。

殷商後期，若遇乾旱，君王或諸侯經常會呼叫巫師跳祈雨舞，巫師手持木夯杵，一邊跳舞擊打，一邊吶喊。甲骨文□及金文□為兩隻交錯的夯杵，篆體□表示兩個人一起跳夯杵舞，另外兩個篆體□、□添加了雙手或雙口，表示兩個巫人雙手舉起夯杵用力夯打，而且呼聲連連（□，請參見「吅」）。

夯杵舞是古代的祭祀舞蹈，中國兩湖一帶的少數民族「土家族」現今仍保有這種舞蹈習俗，跳舞時是兩人一組，時而夯打，時而挪移腳步，交換位置，有時杵棍交揮發出碰撞聲響，另外，跳舞時所唱的夯歌簡短有力，嘿嗬、嘿嗬……。布農族或邵族的杵舞則是一種豐收的祭祀舞蹈，舞者手持木杵在地上或石臼上敲打。這些跳夯杵舞的情境完全表現在巫的古字中。

商湯的宰相伊尹告誡年幼的君王要遠離巫風、淫豐、亂風，否則國家必定滅亡。可惜，後代子孫不聽勸，商朝後期的巫風與鬼靈崇拜可說到了令人匪夷所思的地步，從當時所留存的甲骨文字，就可以發現君王動不動就占卜，動不動就呼叫巫師跳舞，更有甚者，考古發現商朝後期龐大的「人祭坑」與「奠基坑」，人祭是將人活埋以祭祀祖先神靈的殘酷行徑，除此之外，他們在建築房屋之前，先將人畜活埋在基地底下，稱為「奠基」。這種奠基儀式顯然是人畜活埋後，再呼叫巫師手持夯杵將地基加以夯實的，一邊夯土，一邊呼叫鬼靈保護這座建築物，使它能長久穩固。河南登封王城崗發掘的「奠基坑」，屍體據說可能是夏商時代殉葬的奴婢。

「巫」引申為通靈者，相關用詞如巫師、巫術等。《說文》：「巫，祝也，女能事無形以舞降神者也。在男曰覡，在女曰巫」。《周禮・春官》：「若國大旱，則帥巫而舞雩。」

靈 ㄌㄧㄥˊ líng

「巫」人（ ）呼求神靈「落雨」（ ，霝）。

（請參見「霝」與「靈」）。

誣 ㄨ wū

「巫」（ ）人之「言」（ ）。

巫人常常假借鬼神的旨意來陷害人，因此，巫人所說的話，可不能隨便相信。相關用詞如誣告、誣陷等。

筮 ㄕˋ shì

「巫」（ ）人使用「竹」器（ ）占卜。

金文（ ）表示「巫」（ ）人「兩手」（ ）拿著「竹」（ ）器。相關用詞如卜筮、筮人等。衍生字「噬」（ㄕˋ）是由「筮、口」所組成，意表「吞吃」，可見卜筮是很危險的。

金 篆 篆 篆

夯杵撞擊時，會發出「工~工~工~~」的聲音，因此，夯杵聲便常被造字者用來形容連續震盪的大響聲，如「江」代表終日發出隆隆響聲的大河，江水濤濤，其聲大如夯杵撞擊。

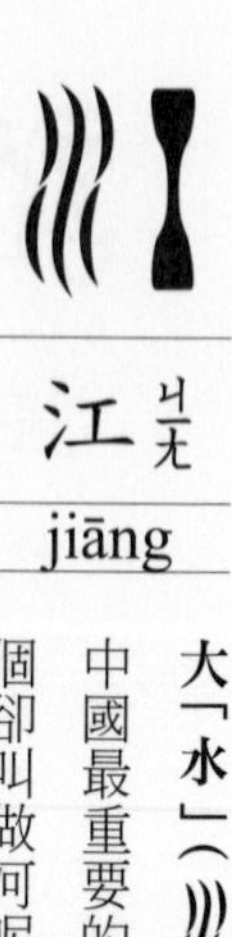

江 ㄐㄧㄤ jiāng

大「水」（）奔騰時，發出「工~工~工~~」的夯杵聲（）。

中國最重要的兩條大河流，就是長江與黃河，為何一個稱為江，另一個卻叫做河呢？因為南方人覺得大河流奔騰時所發出的聲音有如夯杵聲，工~工~工~~；北方人則覺得像歌詠的聲音，呵~呵~呵~~。所以，南方人稱大河流為「江」，如長江、錢塘江、珠江等；北方人則稱之為「河」，如黃河、洛河、渭河等。

金 篆

空 ㄎㄨㄥ kōng

擊打洞「穴」（）時，發出「工~工~工~~」的夯杵聲（）。表示空無一物也。

相關用詞如空洞、空虛等。空心的牆敲起來會有空洞的迴音。如何形容這個聲響呢？古人夯土建造時，以夯杵用力槌擊，地面震動，發出大響聲，於是古人就用夯杵聲「工~工~工~~」來形容。

金 篆

鴻 ㄏㄨㄥˊ hóng

「江」（）上大「鳥」（）。

在古籍裡，鴻是一隻能翱翔千里的大鳥，如「鴻鵠高飛，一舉千里」。鴻的甲骨文是由工、鳥所組成，在此，工是形容符號，藉以形

甲 金 篆

容此鳥身長如夯杵，力大如夯杵。《韓詩外傳》說：「非鴻之力，安能舉其翼！（若鴻力量不大，如何能舉起這麼大的翅膀呢？）」古人所謂的鴻，多半是指鴻鵠，也就是天鵝。一隻成年天鵝，張開羽翼，可以長達一點六到兩公尺。由於，天鵝棲息於河岸邊，經常翱翔於江河之上，篆體添加「水」而成「鴻」，表示「江」上大「鳥」。

訌 ㄏㄨㄥˊ hóng

「言」語聲（言）及「夯杵」聲（丨，工）齊飛。

一群人在屋內爭鬥，空氣中充斥著叫罵聲、打鬥聲。「訌」生動地描寫出這樣的混亂場面。訌的相關用詞如內訌、訌亂等。《詩經・大雅》：「蟊賊內訌。」（小賊們內部起了爭端。）

形狀像夯杵

虹 ㄏㄨㄥˊ hóng

形狀像「夯杵」（丨，工）的雙頭「蛇」龍（虫）。

大雨過後，天空就會出現彩虹，而彩虹的形狀就像一條巨大的蛇龍，因此，古人便將「虹」想像成「蛇龍」。《爾雅》認為彩虹是兩條相伴而生的龍，雄龍顏色鮮艷，稱之為「虹」，雌龍顏色暗沉，稱之為「霓」。「虹」的甲骨文代表兩條吸水的龍，其中一條雄龍的頭在右邊，另一條雌龍的頭在左邊。這種構形與古籍的記載相當一致，《山海經・海外東經》記載：「虹虹在其北，各有兩首。」清朝吳任臣《字彙補》說：「虹，龍也。」「虹」的篆體改作，代表形狀像「夯杵」的蛇龍，夯杵是兩頭粗大中間狹長的木棍，像一隻雙頭龍。

（篆）訌

（金）（篆）

「丂」——拐杖

自古以來，老人所使用的拐杖形狀似乎都是「T」字形，丂（ㄎㄠˇ，kǎo）的甲骨文及金文是一根「T」字形拐杖的象形文，代表「木」製「拐杖」。篆體調整筆順之後成為。丂的本義為拐杖，引申為敲擊或敲擊聲，客家話「ㄎㄠˇ」，就是敲擊的意思，至今仍然保有這個字的用法及發音。

拄著柺杖

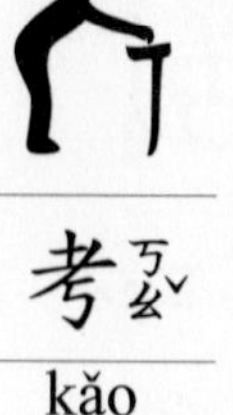

考 ㄎㄠˇ kǎo

拄著「拐杖」（，丂）的「老」人（）。

甲骨文、金文及篆體表示拄著一根拐杖（、丂）的老人。「考」的本義是老人，引申為推敲、探究。或許是因為年老長者在回答問題或做決策的時候習慣輕敲拐杖，後人藉此而聯想出推敲探究之義，相關用詞如考究、考古、考試等。另外，後人稱呼已死的父親為考。以考為聲符所衍生的字有烤、拷、銬等。

孔子老了也是拄著拐杖行走，有時還用拐杖教訓他人。《呂氏春秋》：「孔子以六尺之杖。」《論語》記載一段孔子用杖敲人的故事。原壤是孔子的故舊，為人不拘禮儀，凡事任性而為！

㊙甲 金 篆

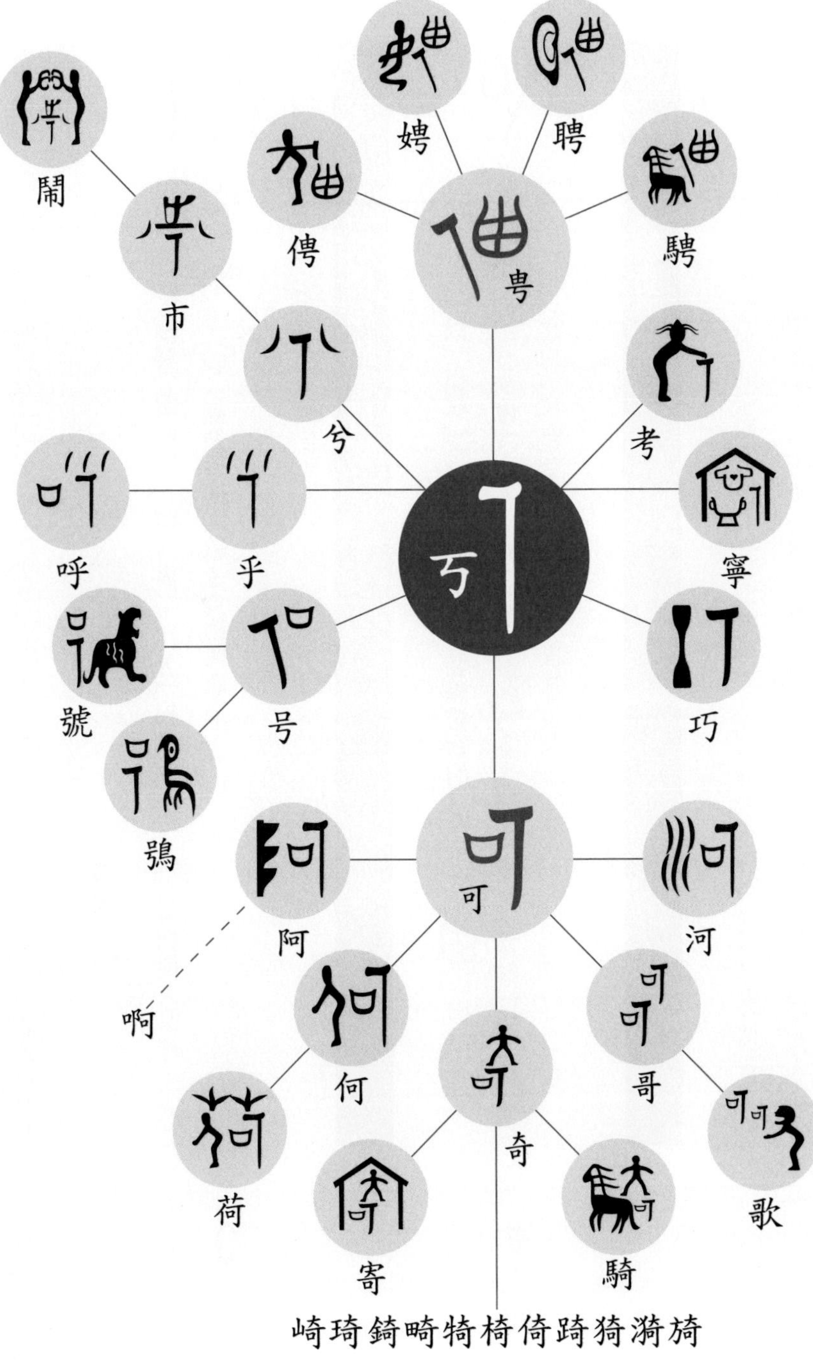
鬧
娉
聘
俜
騁
甹
市
考
兮
巧
寧
呼
乎
號
号
巧
鴞
阿
可
河
啊
何
哥
奇
荷
歌
寄
騎
崎琦錡畸犄椅倚踦猗漪旖

有一天，孔子拄著枴杖來探望原壤，他竟然又開雙腳坐在地上等待孔子走過來，孔子見他如此傲慢無禮，一走過來劈頭就教訓說：「你從小就不講孝悌之禮，長大後一事無成，活到這麼老還不死，與賊沒兩樣。」孔子一面說，還一面用拐杖敲他的小腿。

寧 ㄋㄧㄥˊ níng

拿著「飯碗」（皿）、拄著「枴杖」（丂）到他人家裡，「心」（心）裡期望他人給予食物與歇宿。

（請參見「皿」——「寧」）。

甲 金 篆

以拐杖挑著禮物

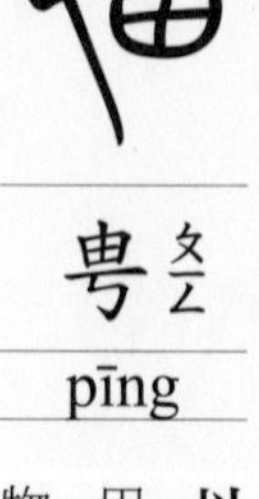

甹 ㄆㄧㄥ pīng

以「拐杖」（丂）挑著裝滿禮物的「麻袋」（由）。

甲骨文、金文及篆體都清楚表達以「拐杖」挑著裝滿禮物的「麻袋」。（「甹」的衍生字請參見「由」）。

甲 金 篆

擊節歌唱

擊石詠唱應該是最古老的演奏方式，在石器時代，人們以敲擊或琢磨石頭來製作器具，無論走到哪裡，都可以聽到ㄎㄜ ㄎㄡ ㄎㄜ ㄎㄡ、ㄎㄜ ㄎㄡ的聲音，因此，敲擊石器所發出的聲音和節奏自然就成了音樂，古代的「磬」就是用石頭作的樂器，據說孔子還是擊磬高手呢！另外，缶、陶鈴也都是遠古時期所使用的陶製打擊樂器。

可 ㄎㄜˇ kě

「**敲擊**」(丂，丂)「**歌唱**」(口，口)。

《集韻》說：「歌，古作可。」可的甲骨文是由「丂、口」所組成，「丂」是一支拐杖，代表敲擊，「口」代表歌唱。「可」是「哥、歌」的本字。每逢祭天，古代君王就會率領眾臣民藉著歌聲向上天表達感謝與稱頌，一旁的樂師就會以杖擊石來應和。《尚書》及《史記》都記載，舜命令樂官擊磬作樂，結果演奏之後，群獸隨樂起舞，鳳凰來儀，神人和諧。這個祭祀音樂，史稱「韶樂」。此外，商周人習慣於一邊歌唱，一邊敲擊，所敲擊的器材包含磬、筑、缶等打擊樂器，甚至興之所至，擊牛角而歌，擊杖而歌，擊棺木而歌。如《新序》：「寧戚飯牛於車下，望桓公而悲，擊牛角，疾商歌。」《禮記》：「孔子蚤作，負手曳杖，消搖於門，歌曰：泰山其頹乎？梁木其壞乎？哲人其萎乎？」又如《禮記・檀弓》記載一段原壤即興而歌的故事。原壤是個極為隨興的人，凡事不拘禮儀。有一天，他母親死了。孔子體恤他家庭貧困，於是親自送來一付棺材。沒想到，原壤竟然敲打著棺材唱起歌來，他說：「我好久沒有用歌聲來抒發內心的感情了呀！」接著就隨興唱起：「初看這棺材的紋路，好像狸貓頭上的斑紋。細看之下，又好像是母親你柔弱雙手因勞碌而生的皺痕啊。」孔子的弟子都覺原壤如此行徑太失禮，但孔子雖然講究禮儀，這時候竟視而不見，僅淡然地表示老朋友終究不失為老朋友啊！「可」的本義為向上帝擊石詠唱，引申為合宜、值得稱許、應允。因為古人認為對上天獻唱是「合宜的」，如此上天就會「應允」百姓所求。相關用詞如可以、許可等。

甲 金 篆

哥 ㄍㄜ gē

「**連連擊節歌唱**」(可、可)……。

「哥」是「歌」的本字。唐代劉禹錫說：「屈原作九哥。」九哥就是九歌，原來是夏朝的祭祀歌舞。到了戰國時代，屈原採集楚國民間的祭

篆

祀歌謠編纂成集，也取名為九歌。「哥」的本義為歌，後來轉作對兄長的稱呼，因為在古代祭祀時，祝禱與詠唱是兄長的權利與義務。（請參見「祝」）。

歌 ㄍㄜ gē

一個人「張口」（欠）連連擊節「歌唱」（可、可）……。

相關用詞如唱歌、歌唱家、歌曲等。

（篆）

何 ㄏㄜˊ hé

或，ㄏㄜˋ，hè。**荷「杖」（丂）之「人」（亻）轉頭發問（口，口）。**

中國人崇尚禮儀，路上遇到熟識之人，總會親切問候：「近來如何呀？」甲骨文、金文是荷杖之人轉頭發問。他是向人問路呢？還是向人問候呢？這個象形字令人想到荷杖而問的孔子。《呂氏春秋》記載：「孔子之弟子從遠方來者，孔子荷杖而問之曰：子之公不有恙乎？」接著孔子還繼續問候弟子的雙親及兄弟姐妹是否身體健康，這幅溫馨畫面把孔子自然流露的仁者風範表露無遺。「何」的本義是挑著東西向路過的人問路或詢問近況，引申為疑問詞，相關用詞如為何？何必？何處？

（甲）（金）（篆）

荷 ㄏㄜˊ hé

或，ㄏㄜˋ，hè。**挑著（何，何）草編的容器或柴薪（艹）。**

甲骨文是描寫古人把拐杖挑在肩上。古人常以拐杖挑東西，尤其是草編的容器或柴薪，如《論語》：「有荷蕢而過孔氏之門者。」其中，蕢是草編的筐子。又如《論語》：「子路從而後，遇丈人，以杖荷蓧。」《後漢書》：「良妻荷

（金）（篆）

薪。」荷引申為以肩扛物、承受，相關用詞如荷鋤、荷槍、負荷等。

河 ㄏㄜˊ hé

令人忍不住「歌頌讚美」（可，可）的大「水」道（氵，氵）。河的甲骨文、是由「水」及「丂」或「何」所組成，表示一個挑著枴杖的人在水邊，金文代表一個荷杖之人（）對著大水（）歌唱（），篆體再將荷杖之人省略。「河」的本義為令人歌頌讚嘆的大水流，引申為大水道，如黃河、淮河等。

阿 ㄚ ā

或ㄜ，ē。對著「城牆」（，阜）發出「歌」頌讚美（可，可）。巍峨的高山或雄偉的城牆，總令人忍不住發出讚嘆。金文是由代表高牆的「阜」及代表歌唱的「可」所組成，另一個金文將「可」改成「奇」，更清楚表明「頌讚」之意。阿引申為讚嘆、諂媚、偏袒、雄偉的山陵或城牆，相關用詞如阿諛、公正不阿，又如《詩經》：「無矢我陵，我陵我阿，無飲我泉、我泉我池。」「啊」是由「阿」所衍生的形聲字，是用來表示讚嘆的語助詞。

奇 ㄑㄧˊ qí

或ㄐㄧ，jī。一個人（大，大）在不斷地「歌」頌讚美（可，可）。由「阿」的金文、可知，「奇」與「可」的字義極為相近，都是代表歌頌讚美。篆體表示「壺罐」（）裡的東西讓「人」（）大大「讚賞」（），另一個篆體則省略了壺罐。「奇」的本義為令人大為讚嘆、嘖嘖稱奇的東西，引申為獨特無二、稀有的，相關用詞如奇特、奇異、驚奇、奇數等。

騎 ㄑㄧˊ qí

或ㄐㄧˋ，jì。一個人（大）在「馬」（馬）背上快樂地「歌」唱（可）。

寄 ㄐㄧˋ jì

將令人嘖嘖稱「奇」（奇）的寶物存放在「屋」（宀）內。

寄引申為暫時存放、託人送達，相關用詞如寄託、寄寓、寄信等。《說文》：「寄，托也。《增韻》：「寓也。」

受杖責的壕叫聲

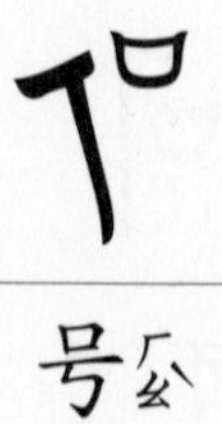

号 ㄏㄠˊ háo

被「拐杖」責打（丂，丂）後所發出的哀叫聲（口，口）。

古代的「杖責」就是用拐杖處罰犯錯的人，後來更演變為刑法之一。通常犯人被杖責五十下後，幾乎就去掉半條命。春秋時代有一段杖責的故事，有一次，曾參在瓜田裡除草，不小心斬斷了瓜根，他的父親曾皙看見了就拿起粗大的拐杖，重重地處罰曾參，曾參痛得倒地昏厥了好一陣子。被杖責的人，可想而知，必定發出痛苦的哀號聲。号引申為嚎叫。「號」與「鴞」就是由「号」所衍生的字，其中，號（號）表示老「虎」（虎）的吼叫聲（号，号），引申為呼喊、稱呼，相關用詞如號啕、號角、名號等。而鴞（鴞，ㄒㄧㄠ）則是一隻愛嚎叫（号，号）的「鳥」（鳥）。《說苑》：「曾子芸瓜而誤斬其根，曾皙怒，援大杖擊之。」《宋史》記載：「州縣官有罪，諸帥司毋輒加杖責。」

騎（篆）　寄（篆）　号（篆）

擊杖聲

乎 ㄏㄨ hū

用「楞杖」（丁，丂）「連擊三下」（川）以召喚他人前來。

「乎」是「呼」的本字，在甲骨卜辭中，「乎」出現非常多次，而且絕大多數都代表君王「呼」喚下屬辦事，如「王乎執羌」、「王乎射」、「貞王乎取牛」、「貞乎帚執」。乎的甲骨文、代表以拐杖連敲三聲，這是古代主人呼叫僕人的舉動。漢字「彭」也是以三撇代表連續擊打三下的構字概念，「彭」代表連擊鼓三聲，（請參見「彭」）。乎引申為語末助詞或疑問詞，如《論語》：「為人謀而不忠乎？與朋友交而不信乎？傳不習乎？」《說文》：「乎，語之餘也。」

呼 ㄏㄨ hū

用「喊叫」（口）或「楞杖」（丁，丂）「連擊三下」（川）以召喚他人前來。

兮 ㄒㄧ xī

「敲擊」（丁，丂）的吵雜聲音向各地「分」散（八，八）開來。

甲骨文在「拐杖」上有「兩點」，代表用拐杖敲擊兩聲，金文及篆體將「兩點」改成「八」，在構字裡，「八」是「分」的本字，代表拐杖的敲擊聲四面分散開來。「兮」的本義為吵雜的敲擊聲，斷斷續續而無規律。兮是語助詞，用於句中表示停頓，或句末表示感嘆。

「走到」（，之）「吵雜」（，兮）的地方。也就是人聲鼎沸、買賣之地。

市 ㄕˋ shì

相關用詞如市場、都市等。

鬧 ㄋㄠˋ nào

在「市」場（）中與人相「鬥」（）。

古人造這個「鬧」字真有趣，「市」場原本就是人多的地方，再加上「鬥」，可就熱鬧非凡了。圍觀看好戲的人，除了起鬨，搞不好還會加入助陣。鬧，引申為吵雜、招惹事端，相關用詞如熱鬧、鬧事、等。《禮記》記載，有一次，子夏問孔子：「應如何看待殺父仇人呢？」孔子回答：「殺父之仇，不共戴天，即使在市場中遇見他，不必等回家拿兵器（以免錯失機會），直接衝上去與他相鬥。」

「丂、示、丁」的古字容易造成混淆，透過底下的對照表，讀者便能分辨、（丂的甲骨及金文）、（示的甲骨文）、（丁的篆體）的差異。示的甲骨文、，其中的一橫一豎是水平與垂直的，代表住在至高之上的神，而丂的甲骨文、當中的一豎卻是有一點彎曲的，代表木製拐杖，因為拐杖並不講求完全垂直。

現代漢字	甲骨文	金文	篆體	構字意義
丂				拐杖
示				至高之上的神
丁				釘孔或釘子

（金）（篆）

（篆）

「丵」——鑿子

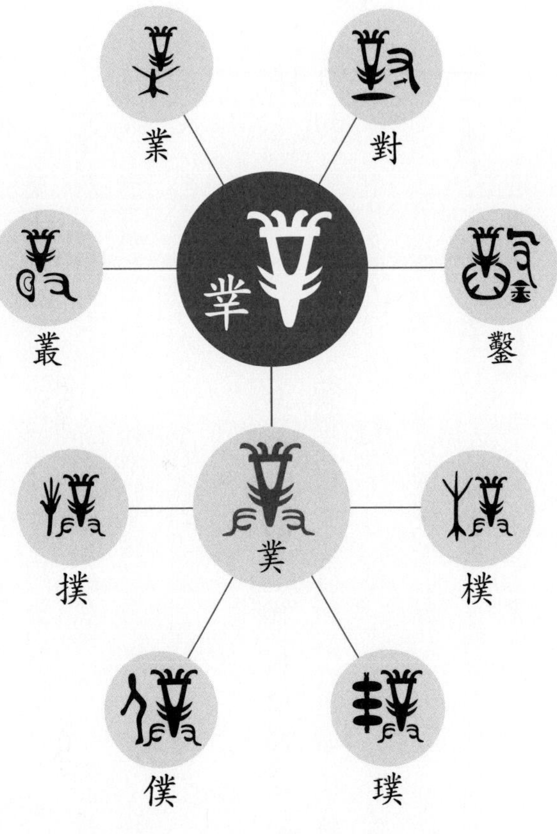

丵 ㄓㄨㄛˊ zhuó

甲 金 篆

能打穿一層層物體（）的鑿子（）。

甲骨文、當中的、兩符號代表鑿子，所呈現的下扁上寬型態與出土的商周時期青銅製鑿頭相吻合。「丵」是「鑿」的本字。金文、是一支鑿子的象形文，底端是鋒利的鑿頭，其中，兩底線代表被鑿穿之物，鑿頭之上是木柄，因木柄久經鎚擊後，其中的木纖維會因壓迫而分裂，於是以雜草狀呈現。《說文》認為「丵」代表草木叢生，但是以古字構型來看，顯然不是雜草。

對 ㄉㄨㄟˋ duì

甲 金 篆

「手」（，寸）拿「鑿子」（，丵）插向「地面」（）。

古人開墾道路，必須依靠鑿子來清除樹根、盤根錯節的雜草、石頭等，甲骨文及金文以「人、鑿子、道路」三個符號來表達開鑿道路的概念，可惜這個字並未流傳下來，只留下與開鑿地面有關的「對」字。金文是「手」拿「鑿子」，甲骨文、及代表「手」抓「鑿子」並將它插向「地面」，則是用一隻「手」抓著「鑿子」插進「土」（）裡。另一個金文是由「對、貝」所組成，代表鑿貝殼，這是描寫製作貝幣的過程，因為古代的貝殼需經過鑿孔、打磨的過程才能成為錢幣。「對」引申為對準目標、調整方向或位置、準確無誤，相關用詞如對準、面對、應對等。

鑿 ㄗㄠˊ záo

金 篆

或凿。「手持錘子」（，殳）敲擊「金」屬（）鑿子（，丵）以製作「臼」器（）。

甲骨文代表「手持錘子」敲擊「鑿子」，篆體添加了「臼」與「金」，代表以金屬鑿子製作臼器。古代的石臼、木臼都是工匠細心鑿出來的。相關用詞如鑿出、鑿穿、鑿子等。「鑿」的簡體字為「凿」。

業 一ㄝˋ yè

或业。從事「鑿」（，丵）「木」（）工作。

金文是由並列的「丵、大」所組成，表示兩個拿「鑿子」（）的「人」（），這是描寫依靠鑿子維持生計的一群人，因此，另一個金文添加了「口」，表示靠此行業「糊口」。（此糊口的造字概念與「周」相同，周代表開墾農田以糊口，請參見「周」）。篆體改成「丵、木」的會意字，表示從事「鑿木」工作，可見這是描寫古代的木匠。古代木匠，以鑿木為業。從六、七千年前的河姆渡文化所遺留的接榫技術來看，中國的鑿木業由來已久。業引申為各種領域所從事的工作，相關用詞如家業、事業、學業、農業、創業、畢業等。

叢 ㄘㄨㄥˊ cóng

或丛。必須「鑿」（，丵）開才能「取」出（）之物。

引申為緊緊聚集在一起而不易分開的團體，相關用詞如草叢、叢集、叢林等。「叢」的簡體字為「丛」。

大號鑿子

菐 ㄆㄨˊ pú

以「雙手」（）緊緊握住一支大「鑿子」（，丵），引申為大號鑿子。

古代的大型建築物，常需要鑿切大石塊、大樹木，這時候就需要用到大型鑿子。這類工程至少要有兩個人共同合作，其中一人雙手握住大鑿子，另一人則揮舞大錘子。

僕 ㄆㄨˊ pú

「雙手握住大鑿子」（，丵）的「人」（）。

古代建造大型宮殿，需要許多石匠。鑿開巨石不僅需要特大號的鑿子，也需要強壯的槌擊手，除此以外，還需要一個人來抓穩大鑿子。金文、代表雙手握鑿子的人。由於握鑿的工作非常具有危險性，一不小心就會被錘子敲到手，甚至敲破頭，所以這種職務通常由僕役擔任。僕引申為受差遣從事低賤或危險事務的人，相關用詞僕役、男僕、奴僕等。甲骨文可能也是「僕」的另一種構形，它描寫一個僕役拿著畚箕倒糞土，他頭上的「辛」乃用來形容此人是「有罪之人」，而屁股後面的尾巴則是用來形容此人身分低賤如動物。「僕」的簡體字為「仆」。

撲 ㄆㄨ pū

「手」（，扌）握「大號鑿子」（，丵）對準目標衝過去。

金文代表以「大號鑿子」（）當「武器」（，戈），可見，大鑿子雖然是工具，但被逼急了，也可以拿來當作武器。「撲」很可能是描寫一位被苦役的奴隸受不了虐待所產生的反撲行為。撲引申為不顧性命地向前衝刺，相關用詞如撲殺、撲空、撲滅等。

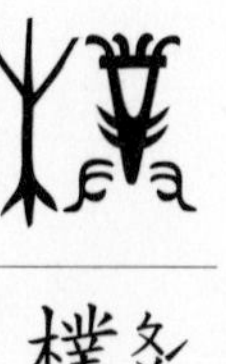

樸 ㄆㄨˇ pǔ

需要以「大鑿子」（，丵）鑿開的大「木」頭（）。

樸是在描寫等待加工處理的原始木頭，因為在製作木器之前，先以特大號鑿子鑿去大塊不要的木料，之後才能進行細部施作。樸引申為原始的木料、尚未加工的、自然而不華麗的，相關用詞如樸實、樸素等。

璞 ㄆㄨˊ pú

「兩手握鑿子」（[古字]，菐）開鑿出寶「玉」（[古字]）。

「璞」的本義為剛開採到的玉石。古籍稱尚未雕琢的玉為「璞」，《春秋繁露》說：「玉出於璞。」《韓非子》記載，春秋時代，卞和於荊山發現一塊璞玉，獻給楚厲王，楚厲王叫玉匠鑑定，不識貨的玉匠認定是一塊石頭，楚厲王便以欺君之罪，砍掉卞和的左腳。到了楚武王即位，卞和再獻璞玉，楚武王又認為卞和說謊，命人砍去他的右腳。等到楚文王即位，卞和不再獻玉，只是抱著璞玉在荊山下哭泣，直哭到血流出來。楚文王得知後，派人詢問他為何哭得這麼傷心？卞和回答說：「臣不是為了被砍去雙腳而悲泣，我之所以哭泣，乃是為如此寶玉竟被看作無用的石頭，忠貞之士卻被冤枉成騙子！」於是楚文王命玉匠琢石開驗，果然是一塊稀世美玉，為了洗刷卞和過去之汙名，於是將此玉命名為和氏璧。屈原自比為璞玉，卻志不得伸，因此感嘆說：「和抱璞而泣血兮，安得良工而剖之？」

【第八章】……衣與巾

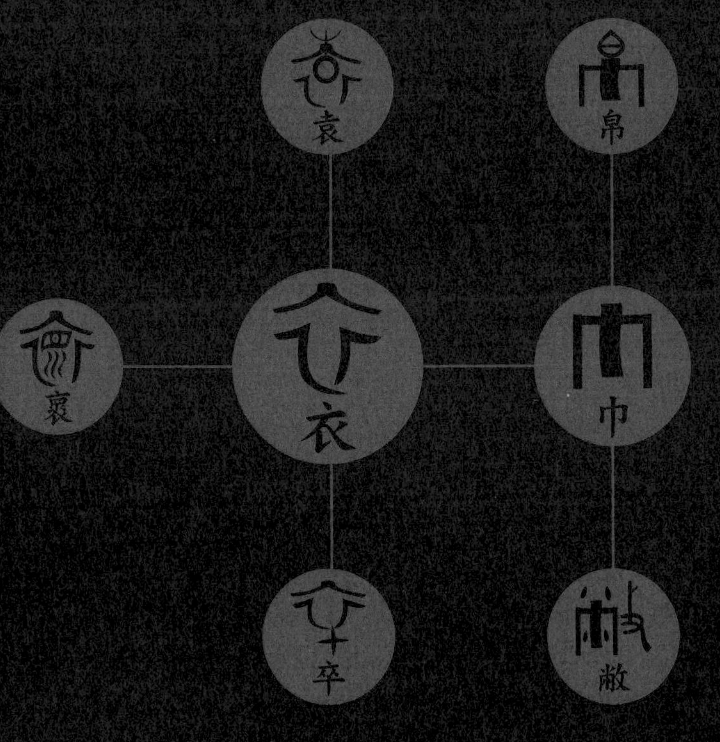

袁
帛
褢
衣
巾
卒
敝

「衣」的衍生字

甲骨文 ![] 是一件衣服的象形字，詳細畫出了縱橫交織的布料，簡化後的甲骨文 ![] 及金文 ![] 僅呈現出衣服的輪廓，有衣領與袖子。衣的衍生字大致可彙整成十個主題。

主題	相關衍生字
(1) 人要衣裝	裸裹依
(2) 裁製衣服	初製裁
(3) 毛草大衣	裘表衰蓑
(4) 工作服	褻襄攘壤穰讓
(5) 裏衣	裏衷
(6) 各式衣物	袍被裳袖襪
(7) 以璧玉為衣飾	袁遠園睘環還寰
(8) 軍裝	卒碎萃粹猝醉瘁焠淬
(9) 淚濕衣襟	哀褱懷壞
(10) 壓平衣服	展輾碾

人要衣裝

裸 ㄌㄨㄛˇ luǒ

水「果」（![]）的外「衣」（![]）。

人若沒有穿衣服，身體簡直就像水果一樣，只剩一層外皮保護，因此，古人便以「果」來形容赤裸的人，所以，「果」是形容符號，也是

㊟

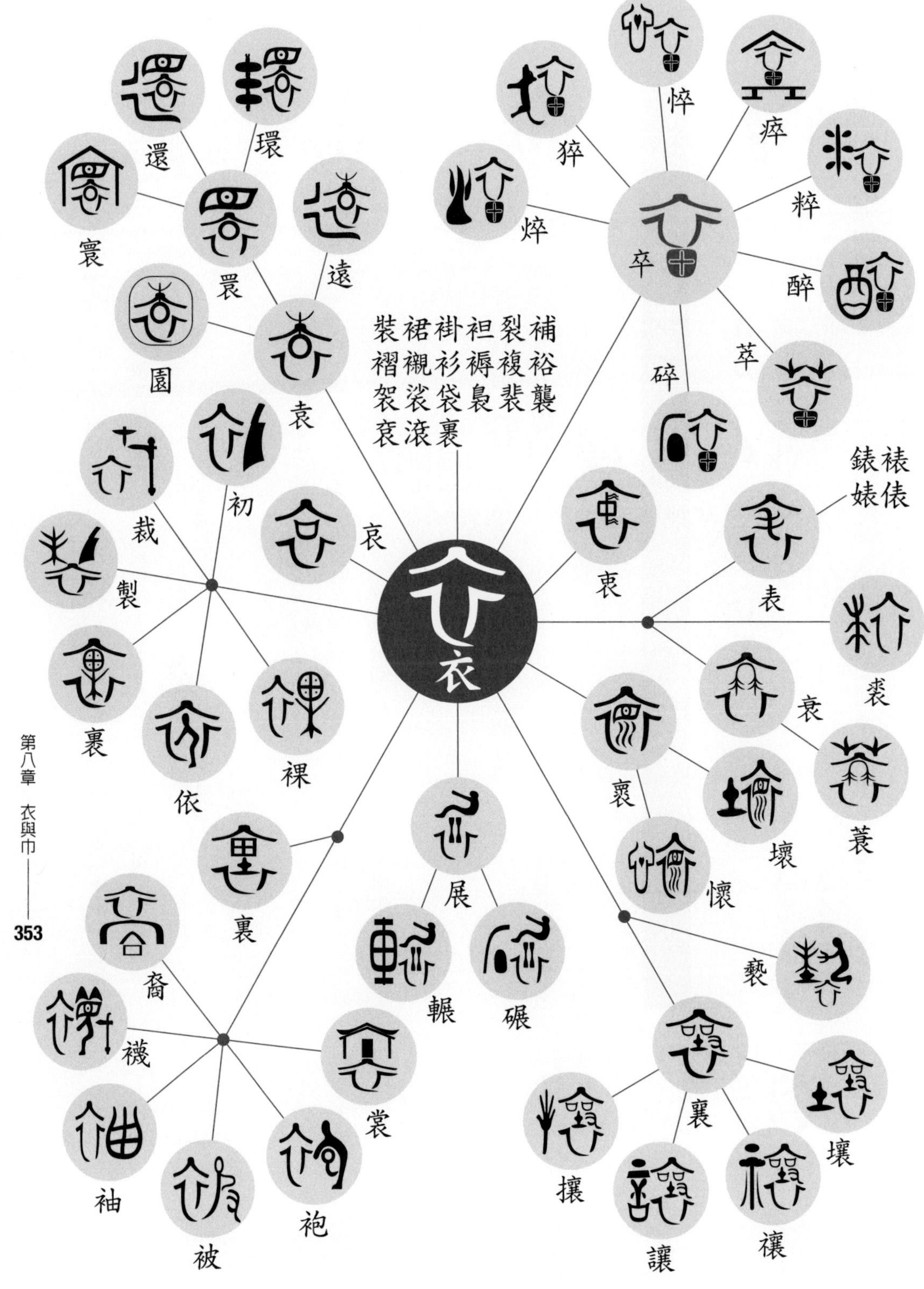

衣
卒
猝
悴
瘁
粹
焠
醉
萃
碎
補裕襲
裂複裴
袒褥裊
褂衫袋裏
裙襯裟滾
裝褶袈衰
袁
睘
遠
園
寰
還
環
哀
初
裁
製
裏
依
裸
衷
表
裘
衰
蓑
裱俵
錶婊
褱
壞
懷
展
輾
碾
裏
裔
襪
袖
被
袍
裳
褻
襄
攘
讓
瓖
壤

聲符。裸的小篆是，而六書通的篆體卻寫成，代表人的「身」體像水「果」一般光溜溜。相傳在大禹的時代，吳國人有裸體紋身的習俗，被稱為「裸國」，大禹入吳國時也隨俗，裸著身體走進吳國，之後再穿著衣服走出來。《論衡》：「禹時吳為裸國。」《呂氏春秋》：「禹之裸國，裸入衣出。」

裹 ㄍㄨㄛˇ guǒ

水「果」（）的外「衣」（）。

「裹」與「裸」的構字本義為相同的，都是從水「果」的外「衣」產生聯想，後來再分化出不同意義。水果的外衣（或皮）將整個水果包住，引申為包纏，相關用詞如包裹、裹腳等。

篆 

依 ㄧ yī

「衣」服（）緊貼著「人」（，亻）的身體。

甲骨文是一個「人」穿上「衣」服的象形字。由於衣服都會貼靠著人的身體，所以引申為緊靠、貼近，相關用詞如依賴、依循等。

金 篆

裁製衣服

初 ㄔㄨ chū

持「刀」（）裁「衣」（）。

聿的甲骨文、代表手拿一支「筆」（，聿）繪製「衣」服的樣式，「初」的甲骨文代表持「刀」裁「衣」，這兩個象形字是描寫製作衣服的前期作業，引申為事物的開端，相關用詞如初始、初步、初稿等。《說文》：「初，始也。从刀从衣。裁衣之始也。」

甲 金 篆 

製 ㄓˋ zhì

「制」作（[古字]）「衣」服（[古字]）。

「制」是「製」的本字，如《詩．豳風》：「制彼裳衣」。「製」的本義為製作衣服，引申為製作各種器物，相關用詞如製作、製造等。

裁 ㄘㄞˊ cái

使「衣」服（[古字]）能「穩妥地套進」（[古字]）他人身上。

裁縫師傅製作衣服，必先為客戶量身，然後依照尺寸剪布製衣。唯有如此，客戶才能穿得合身。「裁」的本義為量身製作衣服，引申為剪去多餘的、合宜地製作、合宜地處置，相關用詞如裁縫、裁判等。

毛草大衣

裘 ㄑㄧㄡˊ qiú

毛皮大衣。

「裘」的甲骨文[古字]是一件毛皮大衣，金文[古字]及篆體[古字]改成「衣、求」的合體字。「求」的金文[古字]表示一隻「手」從「毛皮大衣」裡伸出來，後來改成一隻毛絨絨的手[古字]，表示從「毛」皮大衣裡伸出一隻乞求或求救的「手」。

表 ㄅㄧㄠˇ biǎo

「毛」（[古字]）皮外「衣」（[古字]）。

動物毛皮所製成的衣服，通常只會穿在外面，而不會穿在裡頭。穿戴時，毛皮朝外。「表」的本義為毛衣，引申為外面的，相關用詞如外表、表皮、表彰等。

（甲）（金）（篆）

金 篆

衰 ㄕㄨㄞ shuāi

「邊緣露出許多植物纖維」（，冄）的草「衣」（）。

金文以兩棵倒垂的草木及衣領來表達一件草衣，篆體改成「衣、冄」的會意字，代表長滿草毛的衣服。草衣是最原始的衣服，古籍稱之為草衣或草服，如《禮記》：「黃衣黃冠而祭……，草服也。」（臘月祭祀時，祭祀者身穿枯黃的草衣草帽）。又如《後漢書》：「解草衣以升卿相。」草衣、草帽、草鞋是古代的喪服，稱為「衰衣」。春秋時期的晏子為父親守喪時，身披衰衣（草衣）、穿草鞋、住茅草屋、睡草席、草枕，記載於《左傳》：「晏桓子卒，晏嬰麤縗斬，苴絰帶，杖，菅屨，食鬻，居倚廬，寢苫，枕草。」當然草衣並不好穿，周朝貴族所穿的「衰衣」（或喪服），改成以粗麻布剪裁而成，沒有滾邊，毛纖維裸露。藉此來表達對死者的哀戚之情。這種習俗至今依然流傳，守喪者所持的棒子稱為「衰杖」，俗稱哭喪棒，所帶的帽子稱為「衰冠」。喪家以麻布剪裁後，簡單幾針手縫之後，就完成一件「衰衣」，完全沒有滾邊，麻線纖維完全裸露。「衰」本義為守喪時的服裝，由於守喪者身形特別憔悴，引申為老、弱，相關用詞如衰老、衰弱、衰運等。

蓑 ㄙㄨㄛ suō

用「草」（，艹）覆蓋而成的「毛邊衣服」（，衰），原始雨衣。

「蓑衣」是原始的草製雨衣，本字為「衰」。周朝就已有穿蓑衣、戴笠帽的紀錄，如《詩經》：「爾牧來思、何蓑何笠（你牧羊的時候，穿戴著蓑衣與笠帽）。」唐・許渾《村舍》：「自剪青莎（ㄙㄨㄛ）織雨衣。」

褻 ㄒㄧㄝˋ xiè

「種樹」（，埶）時所穿的「衣」服（）。

引申為私人、隨便的，相關用詞如褻衣、褻瀆。《說文》：「褻，私服。」

金 篆

襄 ㄒㄧㄤ xiāng

換上「衣」服（），動「手」（）搬運「一塊塊」（，口）「土」壤（）。

無論是開墾土地或闢地建設，都需要搬運土讓。如《說苑》：「傅說負壤土，釋板築。」甲骨文是一個「人」頂著器「皿」，金文添加一隻大腳掌，表示一個人頂著容器行走，這是搬運物品的象形字。金文添加了「土、攴」，表示「手持工具」從事與「土」有關的工作，金文、把「土」放進器皿裡，金文添加了「衣」，表示脫下外衣、換上工作服去工作。整體而言，「襄」是一個人換上工作服來幫忙搬土，他先用工具挖土，再將土壤放進容器裡。篆體簡化為、。「襄」的本義為幫忙搬運土壤，引申為開墾土地、移除、幫助，如《周書》：「辟地為襄。」《詩經》說：「牆有茨，不可襄也。」（牆上有蒺藜，無法移除。）其他相關用詞如襄助、襄辦等。《說文》：「襄，漢令：解衣耕謂之襄。」

甲 金 篆

攘 ㄖㄤˊ ráng

動「手」（，扌）「幫忙搬運土壤」（，襄）。

「攘」是描寫一隻幫忙搬運土壤的手，引申為捲起袖子、移除、紛亂（七手八腳），相關用詞如攘除、熙熙攘攘等。

篆

壤 ㄖㄤˇ rǎng

「**幫忙搬運**」（，**褱**）「**土**」壤（）。

「褱」的金文、代表挖土搬運，為了強調所搬運的是土，於是添加「土」而成為「壤」。「壤」的本義為泥土，引申為耕地，疆土，相關用詞如土壤、接壤等。

㊎ ㊜

禳 ㄖㄤˊ ráng

求「**神**」（，**示**）「**幫忙搬運土壤**」（，**褱**）。

在愚公移山的故事裡，天真的愚公為了把屋前的兩座大山移開，竟然動員全家老老少少，經年累月搬運土壤。最後，愚公的傻勁感動了天帝，派遣大力士將大山移走。「禳」的本義為求神將土運走，引申為求神除去不好的事物，所謂的「禳災」就是祭神以求消解災禍。

㊜

讓 ㄖㄤˋ ràng

「**開口**」**請求**（，**言**）「**幫忙搬運土壤**」（，**褱**）。

「讓」引申為放棄自己權利或責任，相關用詞如退讓、禮讓、讓路、忍讓等。

㊜

裹衣

衷 ㄓㄨㄥ zhōng

藏在「**衣**」**服**（）**之**「**中**」（）。

古人把鎧甲穿在衣服裡面稱之為「衷甲」，如《左傳》：「楚人衷甲（杜預注：甲在衣中。）」《後漢書・董卓傳》：「肅以戟刺之，卓衷甲，不入。」

㊜

若把短襦穿在衣服裡面則稱之為「衷襦」，可見，衷就代表在「衣」服之「中」，也就是藏在衣服裡面，引申為內心、誠心、在……之中，相關用詞如衷心、衷情、折衷（折中）。

里 ㄌㄧˇ lǐ

九百畝「田」（田）及其間的「土」（土）地。

在周朝的井田制度中，所謂的「一里」就是九百畝農田及其間的土地。《韓詩外傳》：「古者八家而井田。方里為一井。」（八家合耕一個井田，也就是一里平方的土地。）《孟子》：「方里而井，井九百畝；其中為公田，八家皆私百畝。」（一里平方的土地劃分為一個井田，共九百畝，中間一百畝為公田，其餘八百畝為私田，由八家耕種。）秦漢時期的百里侯，就是管轄百里之地的縣官，因為秦漢實施郡縣制，以百里見方為一縣。里原本是井田制度下的農田與土地單位，引申為(1)距離單位，古代以三百步為一里，(2)居住地，鄉里，(3)裡面，古人將自己家鄉之內稱為里，後來添加「衣」改為裏或裡。

金 篆

裏 ㄌㄧˇ lǐ

或ㄌㄧ˙，li˙。「衣」服（衣）內的「田地」（里，里）。

「裏」的本字是「里」，代表自己家鄉內的農田與土地，後來添加「衣」改為裏或裡。「裏」代表在衣服內的世界，引申為在……之內，相關用詞如裏衣、裏面、心裏等。

金 篆

裳 ㄕㄤ˙ shang

撐開來像「房子」（尚）的蓬鬆「衣」物，長裙。

古代男女都穿裙子，而「裳」就是古人所穿的「長裙子」，撐開來就像一棟美麗的房子。在周朝，穿在上半身的叫做「衣」，穿在下半身的叫做「裳」，也就是所謂的上衣下裳。衣與裳缺一不可，《禮記》說：「衣必有裳。」《楊子法言》也說：「衣而不裳，未知其可也；裳而不衣，未知其可也。衣裳其順矣乎？」

袍 ㄆㄠˊ páo

能將身體整個「包」住的大「衣」。

「袍」是古代的連身外衣，不分上衣下裳。袍的相關用詞如長袍馬褂、戰袍、睡袍等。《詩經》有一段描寫秦國兩位生死與共的軍中同袍，詩中說：「豈曰無衣，與子同袍。」（怎能說你沒有衣服穿呢？我的長袍可以與你共用啊！）由此可見，古代長袍算是相當寬大的，否則如何能讓兩人共用呢？

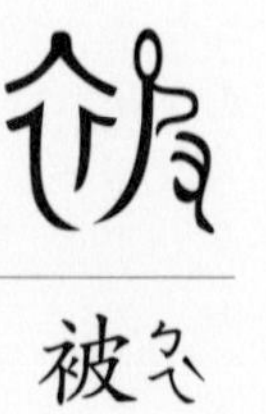

被 ㄅㄟˋ bèi

或ㄆㄧ，pī。像一層「皮」將全部身體覆蓋的「衣」物。

古人體會出，人的「皮」膚就像一件「大衣」，將人整個覆蓋。「被」是一件將人整個覆蓋的衣物，引申為⑴覆蓋，「被」是「披」的本字，如《禮記》：「被髮文身。」《尚書》：「光被四表。」⑵將人整個覆蓋之物，如棉被。⑶蒙受，如被害、被捕、被告等。

袖 ㄒㄧㄡˋ xiù

手經由「衣」服裡的「開口處」（由）出來。

穿衣服時，手必須從袖子裡穿出來。《釋名》：「袖，由也，手所由出入也。」

襪 ㄨㄚˋ wà

被輕「蔑」（𦭝）踐踏的「衣」物（衣）。

如何形容穿在腳底的襪子呢？它既然被踩在腳底，任人踐踏，那就賦予它一個輕賤的形容符號「蔑」吧！中國人似乎習慣以輕賤方式稱呼踩在腳底的東西。《釋名》：「襪，末也，在腳末也。」

（篆）

裔 ㄧˋ yì

「衣」（衣）服上的「開口」（口），如衣襟口、袖口等。

引申為從開口處流通出去的人民，如「裔子」或「後裔」是指後代子孫，「裔民」是指移居邊境的本國子民。

（篆）

以璧玉為衣飾

袁 ㄩㄢˊ yuán

在「衣」（衣）服上「懸掛」著（十）一塊「圓形璧玉」（○）。

商周人習慣在衣服上配掛著一塊圓璧玉。「袁」的本義為環狀璧玉，後來改作姓氏。

（篆）

遠 ㄩㄢˇ yuǎn

「衣服上配掛著圓形璧玉」（袁，袁）在路上「行走」（辵，辶）。

周朝人遠行出任務，除了檢查服裝儀容之外，還要走幾步路，聽聽看衣服上的佩玉相擊聲是否悅耳，然後才能出門，這就是《禮記》所說：「既服，習容觀玉聲，乃出。」古人行走時佩掛玉飾是為了讓自己的步伐從容而有節度，因此，《大戴禮記》說：「上車以和鸞為節，下車以佩玉為度。」大意是說，出門坐車，車子行

（甲）（金）（篆）

進速度要配合車上所懸掛的鈴鐺聲，而下車走路的速度要配合身上的佩玉聲。由此可見，周朝人之進退舉止是何等講究儀節，而周公所推行禮樂制度又是何等細膩，連行車走路都要發出美妙和諧的樂音。「遠」的本為是穿戴佩玉行走，引申為離開、長途旅行，相關用詞如遠離、遠親、望遠鏡等。

園 ㄩㄢˊ yuán

如「環狀壁玉」（，袁）「四圍環繞之地」（，口）。

「園」是指四周有圍籬之地，如花園、果園、菜園、遊樂園、動物園等。《初學記》：「有藩曰園。」《詩經》：「將仲子兮，無踰我園。」《說文》：「園，所以樹果也。」

睘 ㄏㄨㄢˊ huán

或睘。ㄑㄩㄥˊ，qióng。「眼睛」（，罒）順著「環狀壁玉」（，睘、袁）環繞一圈。

古人喜愛把玩玉器，拿起圓形壁玉，眼睛很自然地就會順著環狀壁玉轉這麼一圈。「睘」與「睘」通用，是「環」的本字，代表眼睛（朝四周圍）轉了一圈，引申為孤單，如《詩．唐風》：「獨行睘睘。」《詩．周頌》：「睘睘在疚。」

環 ㄏㄨㄢˊ huán

「眼睛順著環狀」（，睘）壁「玉」（）環繞一圈。

引申為中心有孔的圓形物品、圍繞，相關用詞如耳環、園環等。

金 篆

金 篆

篆

還 ㄏㄨㄢˊ huán

「環繞一圈」（睘）後，又「走」（辵）回原點。

引申為返回、恢復、仍然，相關用詞如還鄉、還原、還是等。

金 篆

寰 ㄏㄨㄢˊ huán

在「屋內」（宀）「環繞一圈」（睘）。

「寰」的本義為人所處的全部範圍，引申為全世界，相關用詞如寰宇、人寰（人所居住的範圍）、寰內（天子所管轄的區域）。

篆

軍裝

甲 ㄐㄧㄚˇ jiǎ

盾牌。

古人將兩根木棍製作成十字架當作抵擋刀劍的武器，這是最原始的盾牌，也是「甲」的甲骨文十構形。後來在十字棍上架設擋板，就變成金文的構形，其中，「十」代表兩木棍交疊而成的盾牌骨架，「口」代表整片盾面。甲的本義是代表盾牌，引申為軍人的護身衣、種子的保護殼、堅硬之物等，相關用詞如盔甲、甲兵、裝甲戰車、甲蟲（有硬殼的昆蟲）、甲坼（種子外殼裂開）、孚甲（種子裂殼發芽）等。在天干中，甲是代表一年中第一個月份，代表種子破殼發芽的月份，因此，《史記・律書》記載：「甲者，言萬物剖符甲而出也。」《後漢書》：「方春生養，萬物孚甲。」

甲 金 篆

卒 ㄗㄨˊ zú

由許多「甲」（）片連綴而成的「衣」服（）。

「卒」是描寫古代軍人所穿的甲衣，它是由許多甲片連綴而成，是古代最重要的軍裝。就甲片的材質而言，主要有青銅片、石片及皮胎片。最早的商周時期出現過青銅鎧甲。戰國時期的楚國，拋棄笨重的青銅鎧甲，改以皮甲。二〇〇二年湖北九連墩一號墓出土的一套皮質甲冑，包含冑（頭盔）、身、袖、裙四部分，都是使用絲帶連接許多皮質甲片。此外，秦始皇陵墓出土的多屬石質鎧甲，一件完整的盔甲約需六百石片，石片之間是以青銅絲連綴而成。「卒」的甲骨文、、是描寫一件由許多甲片編綴而成的衣服，金文則改成「衣、甲」的會意字，代表一件甲衣。「卒」引申為穿甲衣的士兵，常用詞如卒子、獄卒等。《荀子》：「魏氏之武卒，以度取之，衣三屬之甲。」《淮南子》：「武王甲卒三千，破紂牧野。」由於，一件甲衣的製作費時費力，據估計一套秦朝石甲的製作時間約需一年，故引申為終於完成，相關用詞如卒業、病卒、鬱卒等。此外，在構字裡，卒也是碎、猝的本字，因為連接甲衣的絲線一旦斷裂，整件甲衣就會一下子裂開來。

甲　金　篆

碎 ㄙㄨㄟˋ suì

「甲衣」（，卒）上的小「石」片（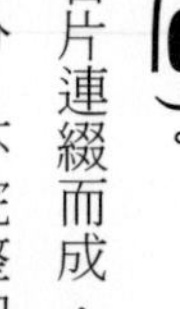）。

秦始皇陵墓出土的鎧甲戰衣由600塊小石片連綴而成，碎就是描寫鎧甲上的小石片，引申為整體物件中的小部分、不完整的，相關用詞如碎片、碎布、破碎、瑣碎等。

篆

萃 ㄘㄨㄟˋ cuì

將藥「草」（，艸）匯集搗「碎」（，卒）。

「萃」是古代止咳化痰的藥草，味苦，冬天開花，《博雅》稱之為「苦萃」，《楚辭》及《金匱要略》稱之為款冬。金文及篆體是由

金　篆

「艸、卒」所組成，代表將所採集到的「藥草」搗「碎」服用（或敷用），引申為匯集精華，相關用詞如萃取、薈萃、萃聚等。

醉 ㄗㄨㄟˋ zuì

爛醉後，把「酒瓶」（酉）**打「碎」**（卒）。

（請參見「酉」——「醉」）。

粹 ㄘㄨㄟˋ cuì

打「碎」穀物外殼（卒）就會顯露出純白色的「米」粒（米）。

古人舂米，目的是將穀類的外殼打破以取出白米。粹引申為物體的內部精華、純一，相關用詞如純粹、粹白、國粹等。

悴 ㄘㄨㄟˋ cuì

「心」（心）已「碎」（卒）。

引申為憂傷、沮喪，相關用詞如憔悴、悴容等。《韓詩外傳》：「愁悴哀憂。」《楚辭》：「憂憔悴而無樂。」

猝 ㄘㄨˋ cù

「甲衣」（卒）爆開如「狗」（犬）衝出來一般。

「猝」本寫作「卒」，它是形容戰爭時，甲衣上的絲線被割斷後，甲衣突然爆開，一個個甲片紛紛解體的情景。為了形容「突」然爆開，於是添加「犬」。「突」表示「狗」從洞「穴」中衝出來（請參見「突」）。「猝」引申為突然，相關用詞如猝不及防、猝死、猝然等。《說文》：「猝，犬从艸暴出逐人也。」

瘁 ㄘㄨㄟˋ cuì

因身體器官破「碎」不堪（卒，卒）而「臥病在床」（疒，疒）。

相關用詞如勞瘁、鞠躬盡瘁。

焠 ㄘㄨㄟˋ cuì

或焠，淬。為了使金屬不斷融合與「破裂」（卒，卒），先以「火」（火）熬煉再以「水」（水）冷卻。

古代的冶煉技術，總少不了「火煉、錘打、淬火」三道程序，火煉是以大火熬煉，使金屬軟化、融合；淬火是將高溫金屬放進水裡，使它迅速冷卻、硬化；至於錘打則是為了定型及去除氧化物雜質。所謂的千錘百煉，就是經過無數次的錘打與熬煉，這樣才能製造出精純的金屬器物。焠與淬兩字通用，如《史記》：「火與水合為焠。」《漢書》：「火與水合為淬。」《漢書》：「清水焠其鋒。」《說文》：「焠：堅刀刃也。」

篆

淚濕衣襟

哀 ㄞ āi

臉埋在「衣」（衣）服裡大聲哭泣（口，口），掩面而哭。

引申為極度悲傷，相關用詞如哀號、哀悼、悲哀等。《說文》：「哀，閔也。」

金 篆

褱 ㄏㄨㄞˊ huái

「淚水」（眔，眔）濕透「衣」襟（衣）。

「懷」的古字。

金 篆

懷 ㄏㄨㄞˊ huái

「心」（ ）中因思念某人而「淚濕衣襟」（ ，褱）。

相關用詞如懷念、關懷。「懷」的簡體字為「怀」。

壞 ㄏㄨㄞˋ huài

因「土」（ ）造建築物或器具毀敗而「淚濕衣襟」（ ，褱）。

古代的房屋與用具大多是用土製成的，崩塌或被毀壞了，總是令人傷心不已。壞的相關用詞如敗壞。「壞」的簡體字為「坏」。

壓平衣服

展 ㄓㄢˇ zhǎn

將「衣」（ ）服皺摺「壓平」（ ，尸），然後「四處夯打」（ ，珏）使衣服得以平整。

「展衣」是《周禮》所記載的王后服裝之一，白色，專用於朝見皇帝或接見貴賓，是一種相當正式的禮服。顧名思義，「展衣」就是壓平皺摺的衣服。古代沒有熨斗，為了將有皺摺的衣服弄平整，只好藉助具夯杵功能的「衦」。「衦」是古代壓平衣服皺摺的器具，功能相當於熨斗。《說文》：「衦，摩展衣也。」段玉裁注：「摩展者，摩其襵縐而展之。衦之用與熨略同。」「展」本義為壓平，引申為張開，相關用詞如展開、展覽等。展的衍生字，（碾，ㄋㄧㄢˇ）代表以「石」頭「壓平」；（輾，ㄓㄢˇ）代表以「車」輪「壓平」。

「巾」的衍生字

甲骨文[glyph]、[glyph]代表以布「巾」（[glyph]）擦去從「鼻子」（[glyph]，自）「分流」（[glyph]，八）出來的東西，這是擦鼻涕的象形字。甲骨文[glyph]代表「雙手」拿著布「巾」擦「腳」（[glyph]，止），這是描寫古代僕人為進門的客人或主人擦腳的禮儀。布巾沾滿了泥土灰塵怎麼辦呢？甲骨文[glyph]代表手拿棍條（[glyph]，攴）擊打汙穢的布「巾」，還打得粉塵滿天飛。由此可見，商朝人相當講究衛生習慣。考古學家在湖州錢山漾遺址、河南滎陽青台村先後發現了五千年前的絲線、絹片、絲帶及絲麻織物殘片。之後又在杭州良渚反山墓中發現七千年前的織機玉飾件，這是最原始的織布機（又稱腰機）的主要構件。到了戰國時期，人們開始藉由腳踏板來傳遞動力，這種踏板織布機在東漢畫像石上可以看到，如江蘇泗洪曹莊的畫像石即反映了漢朝一般家庭的織造情況。這些考古發現更驗證了大量造字的夏商周時期已有相當進步的織布技術。

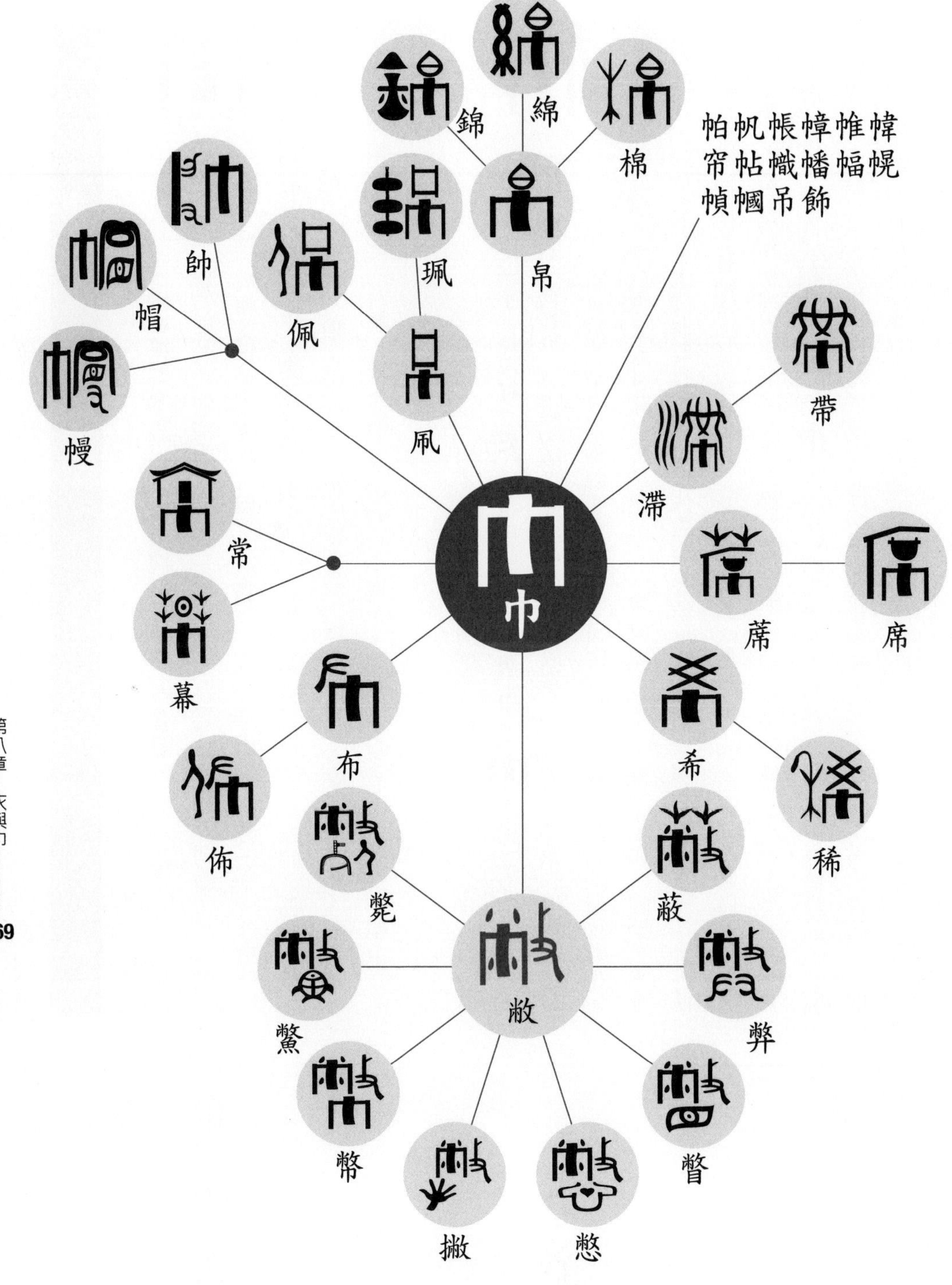
帕帆帳幛帷幃
帘帖幟幡幅幌
幀幗吊飾
錦
綿
棉
帥
帛
帽
佩
珮
幔
帇
帶
滯
常
巾
巾
蓆
席
幕
布
希
佈
稀
蔽
斃
敝
鱉
弊
幣
瞥
撇
憋

巾 ㄐㄧㄣ jīn

「織布機框架」（  ）上的「一匹布」（ ）。

新石器時代的河姆渡文化就出現原始的織布機及相關紡織工具，到了周朝又再加以進化，甲骨文  、  是由「冂」及「丨」所構成，「冂」是織布機的木框架，「丨」則是橫擱在架上的一匹布。以巾為義符所衍生的字都與紡織品有關，如帛、布、帕、帶、帽、帆、帳、帷、幃、幕、幣、席、帘、帖、幔、幟、幅、幌、幀、希等。巾單獨成字的時候，專指隨身佩帶的一小塊布，相關用詞如毛巾、頭巾、圍巾等。《說文》：「巾，從冂從丨，丨像系也。」

甲 金 篆

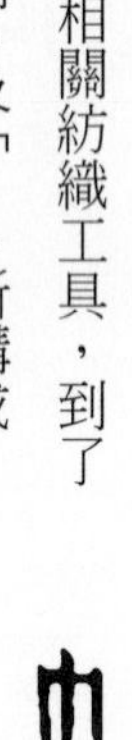

布 ㄅㄨˋ bù

「手」持機杼（  ）牽引緯線以織布「巾」（ 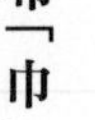 ，巾）。

《戰國策》記載一段「曾母投杼」的故事。有一天，曾參的母親正在織布，有人跑來通報說：「曾參殺人了」，曾母不信，從容地繼續織布。接著，又有第二個、第三個人來通報說曾參殺了人。曾母這下慌了，為了逃命，趕緊丟下手中的機杼，翻牆逃跑。由這個典故可知，古代織布人進行紡線時，手裡必須拿著機杼（或稱織梭）。機杼是一個比手肘稍短的長條狀木器，其上纏繞著一卷絲線，隨著手的拉動就可以引出緯線。織布人藉著機杼在經線上來回穿梭引線，就能織出一匹縱橫交織的布疋。金文  表示「手持機杼」（ ）在織布「巾」（  ）。「布」的本義為引線以織布，引申為紡織品，相關用詞如紗布、棉布等。另外，由於織布機能使紡線縱橫排列在布疋上，所以引申出排列、分散的意義，相關用詞如布置、散布等。《說文》：「布枲，織也。」

金 篆

佈 ㄅㄨˋ bù

一個「人」（）「手」持機杼（）牽引緯線以織布「巾」（）。

「佈」的古字是「布」，如《禮記》：「布（佈）席。」《荀子》：「布（佈）乎四禮。」「布（佈）陳於國家刑法。」可見，「佈」的本字是「布」，本義是引線以織布，由於機杼能吐出緯線，織布人手持機杼將緯線分散排列到經線之中，引申為展開、施予，相關用詞如佈線、佈局、佈告等。

長布巾

常 ㄔㄤˊ cháng

布「巾」（）長度約為「大房子」（，尚）的高度。

「常」是古代的長度單位，一常為兩尋。一尋是兩手張開的距離（古代視為八尺），因此，一常大約是現今之三公尺，相當於一層樓高。「經」是織布機上一條條持續不斷的經線，而「常」是一條長長的布匹，於是「經常」就被用來形容持續不斷。機布機所織出來的布匹，寬度固定不變，但長度卻持續延伸，令人有持續不斷、規律不變、沒什麼特別的聯想，相關用詞如經常、平常、常識等。《小爾雅》：「尋，舒兩肱也，倍尋，謂之常。」《韓非子》：「布帛尋常，庸人不釋。」

篆

幕 ㄇㄨˋ mù

使景物「隱沒」（，莫）的一塊「布」（，巾）。

古代覆蓋車轎或帳棚的布巾稱為幕，相關用詞如簾幕、帷幕、幕僚等。（請參見「莫」）。

篆

帛 ㄅㄛˊ bó

「白」色（）桑蠶絲所製成的布「巾」（）。

「帛」是古代的高級布疋，現代人稱為絲綢。帛是用蠶絲製作的，古人種桑養蠶，再抽絲製帛，因此，《史記》說：「繭出取帛絮。」《孟子》又說：「五畝之宅，樹之以桑，五十者可以衣帛矣。」由於，桑蠶所吐的絲，其色澤多屬白色略帶透明，少部分是白中帶黃或黃色，所以帛的甲骨文以「白、巾」來描寫，代表「白」色純淨的布「巾」。帛是能保暖的布，適合七十歲以上的老人穿，《禮記》說：「七十非帛不暖。」在古代，帛有多種用途，它是貴重財，可以用來代替錢幣，如《禮記》：「開府庫，出幣帛。」帛還可以用來書寫，如《墨子》：「書其事於竹帛。」《史記》：「劉季乃書帛射城上。」

甲 金 篆

綿 ㄇㄧㄢˊ mián

或緜，可製成「帛」（，帛）的「絲線」（，糸），蠶絲也。

古代，綿是蠶絲，而帛則是以蠶絲織成的布，如《後漢書》：「帛二匹，綿三斤。」「河東太守王邑奉獻綿帛。」「綿」的本義為細長而柔軟的蠶絲，引申為延續不斷、柔軟或像蠶絲一般的東西，如《說苑》：「涓涓不壅，將成江河；綿綿不絕。」《穀梁傳》：「長轂五百乘，綿地千里。」其他相關用詞如綿延、纏綿、綿密等。

篆

錦 ㄐㄧㄣˇ jǐn

價值似「金」（）的「絲綢」（，帛）。

古人將白色絲綢稱為帛，染成彩色的絲綢則稱為錦，晉《拾遺記》：「染五色絲，織以為錦。」錦與繡都是五彩的絲織品，前者是用紡織機

篆

織成的，而後者是採用針線刺繡的，即所謂「織錦刺繡」。「錦」因價格昂貴似「金」而得名，《釋名》說：「錦，金也。其價如金，故字从金帛。」因此，錦常與黃金搭配作為高貴的進貢禮品。漢朝大使前往西域諸國就是以黃金錦繡作為賀禮，並藉此打通絲路。《漢書》記載：「漢使者持黃金錦繡行賜諸國。」《史記》：「黃金千溢，錦繡千純。」錦可做成各種用具，如錦衣、錦旗、錦囊等。「錦」是古代最複雜的織物，就考古證據而言，由一九八二年湖北馬山一號楚墓出土的「舞人動物錦」所顯示彩色花紋來看，戰國時期的織造技術已經相當進步，而同批出土的其他錦繡，也都是織工精細，色澤及花紋都很華麗，真是名符其實的「錦上添花」。

棉 ㄇㄧㄢˊ mián

從木棉「樹」上（木）採摘可織成「白布」（帛）的棉絮。

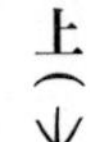

中國遲至隋唐以後才出現「棉」字，不過當時是指木棉樹的棉，而非棉花田的棉，如唐朝李商隱的詩句「幾夜瘴花開木棉。」木棉樹開花結果後，等到果實迸裂，棉絮就隨風飄飛，古代居住在華南一帶的人民便採來織布。宋朝以後，棉花開始引進，因生產成本低且經濟價值高，漸漸取代了絲、麻的地位。

輕巧的夏布

希 ㄒㄧ xī

「編織輕巧」（爻）的布「巾」（巾）。

冬衣為了保暖，都織得較緊密厚實，但是到了夏天，為講求輕便涼爽，古人就以麻、葛來製作衣服，而編織時則講求輕、薄且透氣，因此經線與緯線較為稀疏，有明顯的孔隙。「希」的本義為輕薄且精細的葛布，後來改作絺

希（篆）

（ㄔ）。絺是古代貴族夏天穿的衣服，《禮記》記載，在孟夏之月「天子始絺。」《淮南子》也說：「夏日服絺紵。」《詩經》說：「綿綿之葛，在於曠野，良工得之，以為絺紵。」可見，絺是用葛織成的布，又稱葛布。《吳越春秋》記載，越王勾踐從吳國歸來後，就叫越國婦女「織治葛布」，獻給吳王夫差。《小爾雅》與《說文》都說絺是精細的葛布。到底古代織品能有多輕巧呢？馬王堆出土的西漢素紗蟬衣，用料面積約有二．六平方米，但重量只有四十九克，輕薄到只能以「薄如蟬翼」來形容。在構字裡，甲骨文以交錯的線條代表交織的概念，如网（網）的甲骨文代表交織的網子，樊的金文代表交織的圍籬，駁的甲骨文、是花紋交錯的雜色馬。就是精巧編織的布巾，引申為難得一見的、渴望的，相關用詞如希有、希望等。

稀 ㄒㄧ xī

像田裡的稻「禾」（）一樣「疏落有致」（，希）。

農夫為了使田裡的稻禾能順利生長，稻禾之間必須保留適當空間。插秧時的布局，與織布一樣，都要事先規畫好縱橫交錯的經緯線條，再將秧苗插在正確位置，因此，稻田裡的禾苗總是疏落有致。稀本作希，如《老子》：「知我者希（稀）。」《史記》：「地廣人希（稀）。」其他相關用詞如稀少、稀疏等。

佩與帶

「帶」與「佩」相近，都是一條狹長布巾，因此，許慎說：「帶象繫佩之形。佩必有巾，故帶从巾。」這兩者有何差異呢？

凧 pèi

有「環扣」（口，凡）的長布「巾」（巾）。

「凧」是古代用來繫掛物品的腰帶，也就是東漢許慎所說的「大帶佩」。凧是由凡、巾所組成，凡（口）代表方形框器，在此代表腰帶上的環扣或可繫掛物品的金屬環。一九八三年陝西安塞謝屯出土的戰國時期遺物——「虎噬蜥蜴」腰帶，它是由許多金屬鍊環所串接而成，每一個鍊環都可以用來懸掛隨身用品。「凧」的本義為在身上圍成一圈的腰帶，引申為一個完整週期，所謂的「凧歲」或「凧年」就代表滿一周年，「凧月」代表滿月，如《韓詩外傳》：「吾田凧歲不收。」「齊桓公設庭燎，為便人欲造見者，凧年而士不至，……凧月，四方之士相導而至矣。」

佩 pèi

「人」（亻，亻）身上繫著一條「腰帶」（凧，凧）。

古人在腰帶上常隨身佩掛著謀生工具，如《白虎通》：「農夫佩耒耜，工匠佩斧，婦人佩鍼縷（針線）。」《禮記》記載一位賢慧的婦人「左佩紛帨（抹布）、刀、礪（磨刀石）、小觿（小錐子）、金燧（取火用具），右佩箴（針）、管、線、纊（棉絮），施縏帙（針線袋），大觿（大錐子）、木燧（取火用具）、衿纓（衣帶），綦屨（布鞋）。」這位婦人腰帶所佩掛的隨身用具足足有十四樣！「佩」的本義為身上束著一條可繫掛物品的腰帶，引申為隨身攜帶，相關用詞如佩帶、佩巾、佩玉、佩環、佩劍等。

珮 pèi

在「腰帶」（凧，凧）上所繫掛的「玉」飾（王）。

在衣帶邊繫玉佩是周朝人的禮節，《禮記》說：「凡帶必有佩玉。」又說「古之君子必佩玉，……天子佩白玉，公侯佩山玉，大夫佩水蒼玉，世

佩（金）佩（篆）

子佩瑜玉，士佩瓀玫。」在河南信陽出土的戰國楚墓文物中，有一只木俑，腰間繫著一整組繁複的玉珮，由此可以看出當時的佩玉文化極為講究。除了在腰帶佩掛玉飾以外，古代也出土不少玉腰帶，都是由數個「方形玉塊」所串接而成。

帶 ㄉㄞˋ dài

束緊「衣袍」（）的「一長條」（）布「巾」（）。

「帶」是指古代用來束緊衣袍的一條帶子，因此，脫下衣袍就必須先「寬衣解帶」。而「衣不解帶」是形容因事操勞以至於無法脫下衣袍安睡，這個成語典故出自《漢書》，年少的王莽為了討好官拜大司馬的大伯父王鳳，在他生病的期間，衣不解帶的細心照顧。「帶」引申為可繫綁物體的條狀物或以此條狀物提物品，相關用詞如鞋帶、褲帶、腰帶、冠帶、攜帶、帶動等。《釋名》：「帶，蔕也。著於衣，如物之繫蔕也。」

篆

滯 ㄓˋ zhì

拖泥「帶」（）「水」（，氵）

水流好像被帶子拉住一樣，水流不暢，相關用詞如滯留、滯銷、停滯不前等。

篆

以布巾纏頭當帽子

帥 ㄕㄨㄞˋ shuài

「雙手」（）將「一長條」（）綸「巾」（）繫在頭上。

以青絲巾綁頭似乎是古代武將的標誌。宋朝蘇軾《赤壁懷古》形容東漢諸葛亮：「羽扇綸巾，談笑間，檣櫓灰飛烟滅。」「帥」就是一個像諸葛

金　篆

亮一般指揮若定、瀟灑從容的大將軍。

冒 ㄇㄠˋ mào

在「眼睛」（[glyph]，目）之上以「長巾纏繞」（[glyph]冃）。

冒是帽的古字，如《漢書》：「衣黃襜褕，著黃冒（帽）。」古人以長巾包頭當作帽子的習俗從商朝就已存在，河南殷墟遺址裡有一個頭戴「高巾帽」的玉人雕像，就是以長巾纏在頭上當作帽子。古籍中不乏以長巾纏繞作帽子的記載，如《後漢書》：「童男冒（帽）青巾。」《釋名》說：「帽，冒也。巾，謹也。二十成人，士冠，庶人巾。」宋朝流行「東坡巾」，相傳是蘇東坡將方巾折疊成四方形的帽子戴在頭上，一時蔚為風行，又稱「烏角巾」。[glyph]是一條長巾纏頭的象形字，生長在北方的古人用長巾纏頭以抵擋風沙及寒冷，甚至只露出一雙眼睛，因此，金文[glyph]及篆體[glyph]在纏頭巾底下添加「目」。《禮記》說：「冒者何也？所以掩形也。」也就是說，纏頭巾可以用來遮掩人的面貌，「冒」因此引申出遮蓋、假冒的意涵，如《呂氏春秋》：「冒缶而鼓之（以皮革等物覆蓋在陶罐上當鼓敲）。」《尉繚子》：「馬冒其目也（以長巾遮蓋馬眼）。」其他相關用詞如冒名、冒充、冒牌等。

[glyph] 甲 [glyph] 金 [glyph] 篆

帽 ㄇㄠˋ mào

摺「巾」（[glyph]）當「帽」（[glyph]，冒）。

先秦典籍及古字中並無「帽」字，因為「帽」的本字是「冒」。古人以長巾纏頭當帽子的習俗相當普遍，除了從考古文物及古籍記載得到證實之外，從構字來看更是明顯，代表帽子的「冒」、「冕」（[glyph]）都含有代表以長巾纏頭的符號「冃」（[glyph]），而「帽」更明顯表示以「巾」作帽。

曼 ㄇㄢˋ màn

用「手」（又，又）把長巾「纏繞在頭上當帽子」（冃，冒）。金文、及篆體、表示女（女）子用手（又）把長巾纏繞在頭上當帽子（冒）。「曼」的本為是纏頭，由於姿態緩慢優雅，於是引申為輕柔細長，相關用詞如曼妙、曼（漫）長等。說文：「曼，引也。」

㊎ ㊟

幔 ㄇㄢˋ màn

「纏頭」（曼，曼）所使用的長「巾」（巾）。「幔」的本義是纏頭巾，引申為垂掛的帷幕。相關用詞如布幔、帳幔、幔子（簾子）。

㊟

坐墊與草蓆

席 ㄒㄧˊ xí

在屋棚下（广，广），大夥坐在布「巾」（巾）上，圍著飯鍋（廿，廿）用餐。《詩經》：「肆筵設席。」說明了古人每逢筵會，就要「設席」，也就是擺設坐墊，供赴宴者就坐用餐。「席」的本義是吃飯用的坐墊，引申為座位，如《論語》記載孔子赴宴時，「席不正，不坐。肉割不正，不食。」《列女傳》：「使男女不親授，坐不同席，食不共器。」席的相關用詞如坐席、席位、筵席等。

㊟

蓆 ㄒㄧˊ xí

用「草」（艸，艹）編織而成的「席」子（席）。

古代的席子有用布做的，也有竹編的或草編的。如《禮記》：「君以簟席，大夫以蒲席，士以葦席。」

(篆) 蓆

骯髒的布巾

敝 ㄅㄧˋ bì

「手持枝條」（攴，支）擊打骯髒污穢的布「巾」（巾）。

古代沒有洗衣粉或肥皂，在河邊洗衣服的婦女，人手一支短棍，只見他們左手揉搓衣物，右手用棍子將夾雜在衣物的髒汙打出來，這是早期農村常見的景象。甲骨文 敝 是手持枝條擊打布巾，敝 在布巾周圍加了四點，像是洗衣服時擊布所濺起的污漬。「敝」引申為骯髒污穢的、衰敗的，相關用詞如敝衣、敝屣、敝帚自珍。此外，早期台灣人如何長期保養棉被或棉襖呢？棉被或棉襖用久了會潮溼變硬，天氣好的時後，許多人就把它們拿出來曬，曬乾了，再用一條細棍子打，一方面打去灰塵，一方面是將被壓緊的棉花打散開來，恢復原本的蓬鬆，這樣棉被或棉襖才能發揮保暖功能。

(金) 敝 (篆) 敝

蔽 ㄅㄧˋ bì

將「骯髒污穢」的東西（敝，敝）用「草」（艸，艸）蓋起來。

相關用詞如遮蔽、蒙蔽等。

(篆) 蔽

弊 ㄅㄧˋ bì

「兩隻手」（廾，廾）沾染「骯髒污穢」（敝，敝）。

「弊」本義為人手所行的惡事，相關用詞如作弊、弊病等。《廣韻》：「惡也。」《玉篇》：「壞也，敗也。」

瞥 ㄆㄧㄝ piē

無意間「看見」（目，目）「骯髒污穢」（敝，敝）。

「瞥」本是指眼角快速掠過時，無意間發現了他人隱藏的小秘密，引申為眼光掠過，相關用詞如瞥見、驚鴻一瞥。《說文》：「瞥，過目也。一曰財見也。」

(篆)

憋 ㄅㄧㄝ biē

「心」中（心）有一股「骯髒污穢的」（敝，敝）的氣。

心中有冤氣，無處可發，因此引申為極力忍耐，相關用詞如憋尿、憋氣等。

撇 ㄆㄧㄝ piē

伸「手」（手，扌）抹去「骯髒污穢」（敝，敝）。

引申為除去或拂拭，相關用詞如撇棄、撇清等。

(篆)

幣 ㄅㄧˋ bì

經過許多人手摸過而顯得「骯髒污穢的」（敝，敝）布（巾）錢。

春秋時期開始流行布幣，依其形狀區分有鏟布、刀布等，若依其輕重厚薄區分則有空首布、平首布。《管子・國蓄篇》說：「以珠玉爲上

(篆)

幣，黃金爲中幣，刀布爲下幣。」可見布幣是價值最低的基礎貨幣，發行量相對是最高的。以布當作錢幣，流通久了，自然顯得骯髒污穢，必須收回重新發行。「幣」引申為各種材質所製成的貨幣，相關用詞如金幣、錢幣等。「幣」的簡體字為「币」。

鱉 ㄅㄧㄝ biē

看起來「骯髒污穢的」（敝，敝）「魚」（魚）。

「鱉」全身烏漆抹黑的，給人一種汙穢的感覺，因此，古人以「敝」來形容牠。「敝」同時也是聲符。

斃 ㄅㄧˋ bì

「死」（死）得「不乾淨」（敝，敝）。

「斃」是指意外的死亡或惡人遭報應而死，如《左傳》：「多行不義必自斃。」相關用詞如暴斃、一槍斃命等。

斃（篆）

【第九章】

玉與貝

寶的甲骨文（[oracle glyph]）代表屋子裡（[oracle glyph]）有「玉」（[oracle glyph]）及「貝」（[oracle glyph]），可見玉與貝是商朝最重要的寶物。在傳統中國文化裡，「玉」象徵高貴，「貝」象徵錢財，若擁有這兩者，就可說是富貴吉祥了！

玉

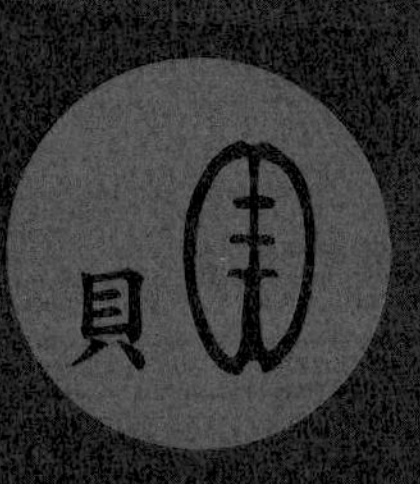
貝

作

「玉」的衍生字

中國人愛玉，主要是因為玉的特質與儒家所宣揚的美德極為一致，所以古人隨身穿戴玉佩，藉以提醒自己隨時要表現出如玉一般的德行。玉有哪些特質呢？玉外表溫潤有微光，內裡卻堅實，好比一個外柔內剛的人，言語溫順與人和好，但內心卻擇善固執不向世俗妥協；玉具有誠信的特質，內裡若有瑕疵，從外表就看得出來，完全不會掩飾缺點；玉的紋理細緻而有條理，像一個心思縝密的智者；玉所發出的聲音清揚而不混濁，是一個表達清晰的溝通者；穿戴在身上的佩玉只會往下墜而不會往上揚，像是一個沉潛謙虛的君子。許慎說玉有五種德行，管仲提出九種，孔子更不厭其煩地提出玉的十一種美德。總之，古人對玉的愛好完全反映出中國人追求高尚品德的願望。

玉 ㄩˋ yù

將許多片玉塊（ ）串在一條絲繩（ ）上。

「玉」的甲骨文有兩種構型，第一種為一串玉，如、、、等；第二種為玉琮的形狀，如、、、等。這兩種不同的構型，後來大多演變為金文及篆體。如、、、、等。

甲　金　篆

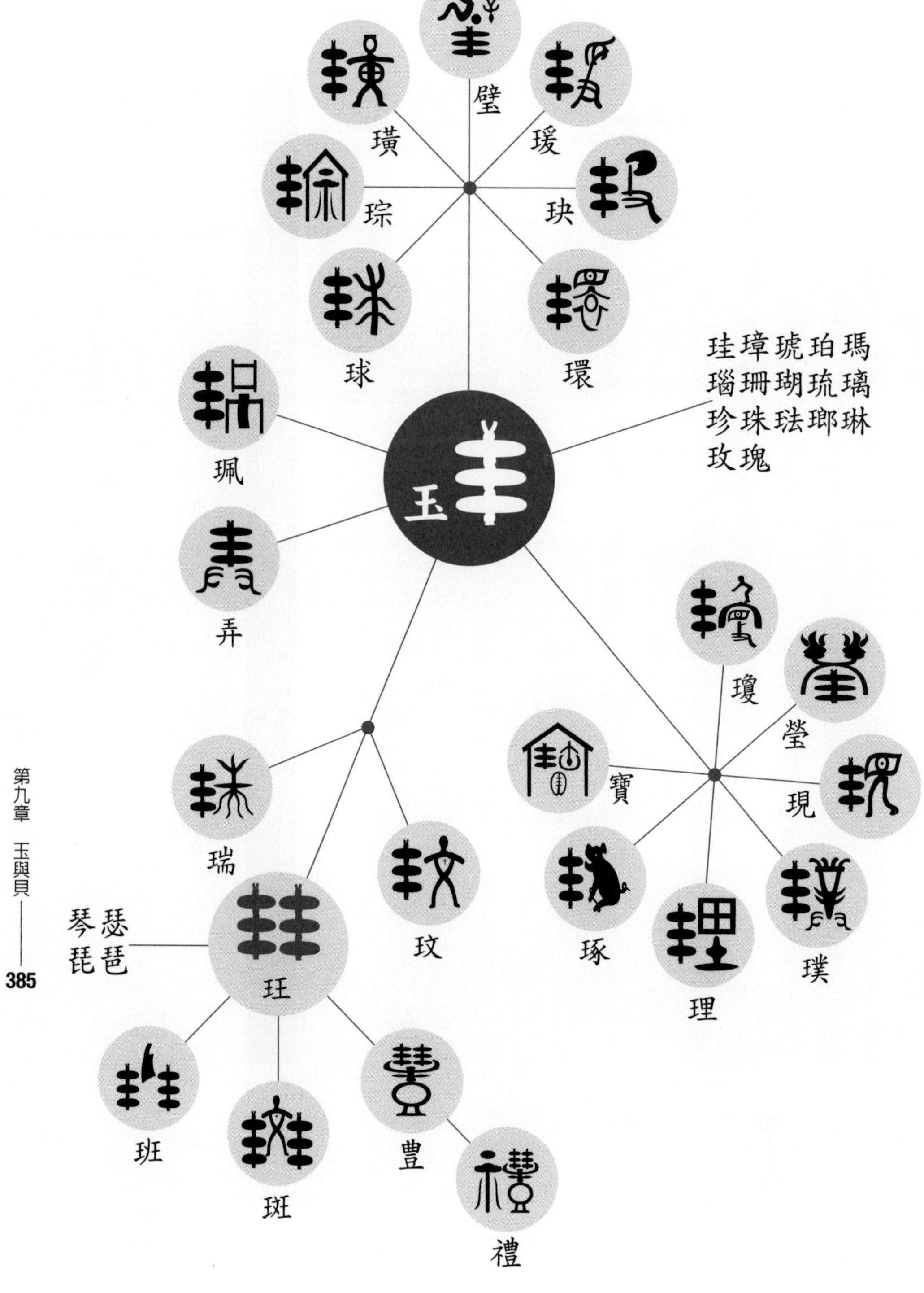
璧
瑗
璜
玦
琮
環
球
珪璋琥珀瑪
瑙珊瑚琉璃
珍珠珐瑯琳
玫瑰
珮
玉
弄
瓊
瑩
寶
現
瑞
琢
璞
理
玟
琴瑟
琵琶
玨
班
斑
豊
禮

弄 ㄋㄨㄥˋ nòng

「雙手」（）把玩「玉」器（）。

「弄」的本義為玩耍。引申為做、攪擾等，相關用詞如玩弄、愚弄等。

（金）（篆）

一對瑞玉

玨 ㄐㄩㄝˊ jué

一對「玉」器」（）。

「玨」代表兩塊玉，古人將一整塊玉切成兩半，做成一對玉器，「班、斑、瑞」等字都與此習俗有關。此外，周朝人喜歡聽玉的聲音，兩玉相擊之後，會發出清脆悅耳的聲音，因此，「玨」引申為清脆悅耳的樂音，後來所衍生的形聲字如琴瑟、琵琶等都與美妙樂音有關。

（金）（篆）

班 ㄅㄢ bān

用「刀」（）切成「兩塊玉」（，玨）。

古人將一整塊玉切分成兩半，使兩人各執其中一半當做信物。這種讓人各執一端的玉，稱為瑞玉。所謂的「班瑞玉」或「班瑞」就是將玉切成兩半，兩人各執一端以做為信物。《尚書》記載，舜繼任王位後，就頒發作為信物的瑞玉給各諸侯國的國君，後來，這種「班瑞玉」的儀式，就成了周朝任命各級官員的儀式，被任命的官員依照等級順序前來領取瑞玉，因此，班引申為分賜、等級、次序、按職務編成的組織，相關用詞如班賜（頒賜）、班次、班級、一班人馬等。另外，由於這兩半玉合併後就可以還原成一塊完整的玉，所以引申為回歸，如班師回朝。《說文》：「班，分瑞玉。」《尚書》：「班瑞于羣后。」

（金）（篆）

斑 ㄅㄢ bān

「一對玉」（，玨）身上的花「紋」（，文）。

被切分成兩半的玉，憑什麼可以當作信物呢？就是憑著這塊玉上頭的紋路。當兩塊玉合在一起，若紋路經過比對後，完全相符就能確認是從同一塊玉所切分出來的一對瑞玉。斑引申為顏色相雜的花紋、線條或圓點，相關用詞如斑馬、斑點、雀斑、斑白等。《韻會》：「雜色曰斑。」

玟 ㄇㄧㄣˊ mín

有「斑紋」（，文）的「玉」石」（）。

純色的玉，因為稀少，所以價值昂貴。大部分的玉石是有斑紋的，是屬於次等玉，價值較低賤，通常是官職低者所佩戴。《禮記》：「子貢問於孔子曰：敢問君子貴玉而賤玟者何也？」《正韻》：「瑉玟，石次玉。」《禮記》：「士佩瑉玟而縕組綬。」

瑞 ㄖㄨㄟˋ ruì

將「玉」（）切成兩半，兩人各執一「端」（，耑）以做為信物。

「瑞」是古代做為信物的玉，稱為瑞玉、瑞節或瑞符。天子將瑞玉頒給諸侯及大臣，之後，諸侯及大臣若要回朝晉見，必須手持此瑞玉作為信物，守門人見此信物便准予入朝。依據《禮記》記載，若某位大臣有過失，他的瑞玉是會被收回去的，待改正過失或將功贖罪，才能領回。擁有瑞玉就代表平安吉祥，瑞玉可說是古代官員的吉祥物。因此，瑞就引申為幸運，相關用詞如祥瑞、瑞雪、瑞霞等。

玟（金） 玟（篆） 瑞（篆）

耑 ㄉㄨㄢ duān

「植物的根」（ ）與「末梢」（ ，屮），物之兩端。

「耑」是「端」的本字。甲骨文 由「根」及往前走的「腳掌」所組成，代表植物的生長是由根部往上走，引申為事物的開端；金文 呈現植物的根及末梢莖葉，代表植物的頭尾兩端。

甲　金　篆

豊 ㄌㄧˇ lǐ

以「一對玉棒」（ ，玨）擊打「牛皮大鼓」（ ，壴）。

良渚文化及殷墟文化都有玉棒出土，而這些玉棒應是用於擊鼓。屈原所寫的《國殤》是一篇追悼戰士的祭祀歌，其中有一句提到「援玉枹兮擊鳴鼓」，就是描寫手執玉製鼓棒打鼓的情景。古代，鼓和玉都是重要祭祀禮器，鼓被認為是通天之器，鼓聲震天，因此祭祀時少不了擂鼓。依周禮記載，雷鼓用來祭天帝。

甲　金　篆

禮 ㄌㄧˇ lǐ

向「神」（ ，示）「擊鼓獻祭」（ ，豊），祭祀禮儀。

「禮」的本字是「豊」（ㄌㄧˇ），甲骨文 、金文 代表以兩玉（ ）棒擊打「牛皮大鼓」（ ），其中， 及 為玉的古字， （壴，ㄓㄨˋ）為牛皮大鼓。古代的祭祀禮儀，總免不了擊鼓、祭酒的祭告程序，因此，豊添加「示」成為「禮」，添加「酉」成為「醴」。「醴」是擊鼓獻祭所用的甜酒，是獻給神的美酒，而「禮」是向神擊鼓告祭。

古代的玉器主要用於禮天（祭天之禮），所以做成圓形，用來豫表天。《大戴禮記》說：「天道曰圓。」為何用圓形來象徵天呢？《潛夫論》說：「日月之體皆至圓。」太陽是圓的，月亮是圓的，所有星星也都是圓的，於是古人就以圓形來象徵天。古人又察覺，人的頭頂著天，人頭又是圓的，可見人頭與天之間必定有關聯，連帶的，周朝人所乘的馬車，車頂蓋也做成圓的，秦始皇陵墓出土的銅車馬就是圓頂造型。《淮南子》：「頭之圓也象天，足之方也象地。」《大戴禮記》：「古之為路車也，蓋圓以象天。」

古代的玉器大多做成圓形（或圓弧形），如璧、環、玦、瑗、璜、琮、天球等。就形體差異而言，環、璧、瑗都是中心有圓孔的環狀玉器，差別在於，若圓孔直徑等於外環寬度稱為環，若圓孔直徑小於外環寬度稱為璧，若圓孔直徑大於外環寬度稱為瑗。玦與璜可視為不完整的環或璧，其中，玦是有缺口的環，而璜則是璧的一半。此外，琮是內有中空圓柱的通天禮器，天球則是圓球形美玉。

袁 ㄩㄢˊ yuán

在「衣」（）服上懸掛著（）一塊環狀碧玉（○）。

商周人習慣在衣服上配掛著一塊環狀碧玉。「袁」的本義為環狀碧玉，後來改作姓氏。

環 ㄏㄨㄢˊ huán

眼睛順著「環」狀（，睘）碧「玉」（）環繞一圈。

古人喜愛把玩玉器，拿起環狀碧玉，眼睛很自然地就會順著圓環轉這麼一圈。「睘」與「瞏」通用，是「環」的本字。環引申為中心有孔的圓形物品、圍繞，相關用詞如耳環、環繞等。

（篆）

（金）（篆）

玦 ㄐㄩㄝˊ jué

有「缺」口（，夬）的「玉」（）。

「玦」是有缺口的「環」。玦與環都屬於佩玉，但功能卻相異。送人玉玦表示要求分手，送人玉環表示要求復合，重歸於好。孔子曾因勸誡魯君而遭到冷落，他收到魯君送來的玉玦之後，便傷心地離開魯國。等到孔子周遊列國十三年後，重回魯國，收到魯君捎來玉環，也算是年老還鄉的慰藉吧！《廣韻》：「玦，佩如環而有缺，逐臣待命於境。」「賜環則返，賜玦則絕。」

瑗 ㄩㄢˋ yuàn

用來請人「援」助（，爰）的「玉」器（）。

「瑗」的造型像玉環，只是中間的圓孔直徑大於外環寬度，如此大的孔徑，可以容納兩隻手握持，一人伸出左手，另一人伸出右手，雙雙握著玉瑗，表示互相援助之義。當古人需要對方援助時，便會送玉瑗給他，表示請求前來援助。此習俗就是《荀子》所說的「召人以瑗」。

璧 ㄅㄧˋ bì

用來「避」邪（，辟）的「玉」器（）。

璧玉最早出現在新石器時代，它的造型像環，只是中間的圓孔直徑小於外環寬度，它中空的圓孔象徵通天，是古代祭天所用的禮器，《周禮》說：「以蒼璧禮天。」漢朝古墓所出土的璧玉大多是用來穿戴的，古人穿戴璧玉多半有辟邪（避邪）作用，使邪惡念頭能遠離己身，因此《禮記》說：「故君子在車，則聞鸞和之聲，行則鳴佩玉，是以非辟之心，無自入也。」此外，璧也具有教化功能。史籍記載，周朝天子為貴族子弟設立高等學校，稱之為「辟雍」或「璧雍」。因周朝人以「圓形璧玉」代表天，以「水雍」代表教化流行，故此建築物的四周有水環繞，形狀如圓形璧玉，藉以提醒學子要效法天，因天藉著四季規律地運轉，使萬物都遵循此次序而生活，所以人也要遵守應有的禮儀規範。《白虎通》：「天子立辟雍何？所以行禮樂、宣德化也。辟者璧也，像璧圓又以法天；雍之以水，象教化流行也。」

璜 ㄏㄨㄤˊ huáng

「黃」色（黃）的「玉」飾（玉）。

「璜」是一種形狀像彩虹的弧形玉飾，大多為黃色或白裡透黃，《白虎通》說是陽光的顏色。古人將璜佩戴於胸頸前，除了美觀，更可象徵配戴者的身分地位。璜從新石器時代就開始流行，周朝人把它當作祭祀禮器，屬於五瑞之一。《禮記》說：「半璧曰璜」，然而新石器時代所發現的璜大多只有璧的三分之一或四分之一。考古所發現的璜，兩端多雕有獸首（如虎頭）、蛇（或龍）頭或魚頭等紋飾。《禮記》：「孔子卒，所以受魯君之璜玉葬魯城北。」《白虎通》：「陽氣橫於黃泉，故曰璜。璜之為言光也，陽光所及，莫不動也。」

琮 ㄘㄨㄥˊ cóng

內有中空圓柱的通天「玉」器（玉），「宗」為聲符。

「琮」的內部是一中空圓柱，外圍則是四角、六角或八角柱。最早的玉琮出現於安徽潛山薛家崗，距今約五千一百年，屬於良渚文化的遺物。甲骨文是琮的象形字，琮的造型像是一個中空的天井，內部的中空圓柱造型象徵「通天」，因此是古人與上帝溝通的祭祀禮器，這個概念與璧玉相同。然而，後世典籍如《周禮》卻認為是祭地的禮器，這可能是周朝的祭祀禮儀不斷複雜化的結果，把原本單純祭天思想，分化成祭地、祭四方、山川、祖宗等。不過，《周禮》內容的真偽向來備受爭議，仍有待進一步考察。篆體仍為玉琮構型，但小篆則改成形聲字，宗為聲符。《說文》：「琮：瑞玉。大八寸，似車釭。從玉宗聲。」

金 篆

金 篆

球 ㄑㄧㄡˊ qiú

人人渴「求」的美「玉」。

「球」是完美無瑕疵的玉石，是諸侯國進貢給大禹、周天子的禮物，是一個尚待加工的大塊美玉。如《尚書．禹貢》：「厥貢惟球。」（進貢美玉。）《詩經》：「受小球大球。」（天子接受諸侯所進貢的大小美玉。）球玉是介於璞與玉之間的半成品，也就是說，璞的外表是石頭，而球的外表已是一塊玉，只是等待切割雕琢成器而已。球玉可以拿來作成玉磬來敲擊發聲，如《尚書》：「戛擊鳴球，搏拊琴瑟。」球玉也可以拿來作成天子上朝所使用的笏板，如《禮記》：「笏，天子以球玉。」在先秦典籍中，球並無圓型、球體的意義，後來為何會引申出這些意義呢？《尚書》中提及諸侯進貢「大玉、夷玉、天球。」這裡所謂的天球，就是像天一般的球玉，天以圓為表徵，天球就是圓球。也就是說，後世所指的圓球是由天球所引申而來。

採玉與治玉

甲骨文、是一隻手拿著工具在鑿玉，這個工具應該是石錘，《詩經》說：「它山之石、可以攻玉。」《焦氏易林》也說：「諸石攻玉，無不穿鑿。」

瓊 ㄑㄩㄥˊ qióng

「人」在礦坑內（，穴），睜大「眼睛」（，目），手持工具（，文）挖掘寶「玉」。

「瓊」美玉。《說文》：「瓊，赤玉。」《山海經》：「丹穴之山，其上多金玉。」

篆

瑩 ㄧㄥˊ yíng

「玉」（）所發出的「微光」（，熒）。

玉會發出微微的光澤，《韓詩外傳》說：「良玉度尺，雖有十仞之土，不能掩其光；良珠度寸，雖有百仞之水，不能掩其瑩。」《逸論語》：「如玉之瑩。」《廣韻》：「瑩，玉色。」

現 ㄒㄧㄢˋ xiàn

寶「玉」（）顯露光澤讓人看「見」（）。

引申為顯露、眼前的，相關用詞如發現、表現、現在、現實等。《正韻》：「顯也，露也。」《集韻》：「玉光。」

璞 ㄆㄨˊ pú

兩手握「鑿子」（，丵）鑿開寶「玉」（）。

「璞」的本義為剛開採到的玉石。古籍稱尚未雕琢的玉為「璞」，《春秋繁露》說：「玉出於璞。」《韓非子》記載，春秋時代，卞和於荊山發現一塊璞玉，獻給楚厲王，楚厲王叫玉匠鑑定，不識貨的玉匠認定是一塊石頭，楚厲王便以欺君之罪，砍掉卞和的左腳。到了楚武王即位，卞和再獻璞玉，楚武王又認為卞和說謊，命人砍去他的右腳。等到楚文王即位，卞和不再獻玉，只是抱著璞玉在荊山下哭泣，直哭到血流出來。楚文王得知後，派人詢問他為何哭得這麼傷心？卞和回答說：「臣不是為了被砍去雙腳而悲泣，我之所以哭泣，乃是為如此寶玉竟被看作無用的石頭，忠貞之士卻被冤枉成騙子！」於是楚文王命玉匠琢石開驗，果然是一塊稀世美玉，為了洗刷卞和過去之汙名，於是將此玉命名為和氏璧。屈原自比為璞玉，卻志不得伸，因此感嘆說：「和抱璞而泣血兮，安得良工而剖之？」

理 ㄌㄧˇ lǐ

規劃整治一塊「玉」石（），猶如將「土」地開闢為良「田」（，里）。

理就是將「璞」石雕琢成一塊「玉」器。治玉者必須先除去璞石外層的雜質以顯露出內層的玉石，再依據玉的大小、形狀及紋路進行規劃，之後再進行雕琢，最後成為精美的玉器。此規劃整治過程猶如周朝實施井田制度，將大批土地開闢為良田，並將其規劃整治為「里」。「理」的本義為規劃整治玉石，引申為規劃整治、有次序，相關用詞如治理、修理、紋理等。《韓非子》：「王乃使玉人理其璞而得寶焉。」

篆

琢 ㄓㄨㄛˊ zhuó

像「綁架野豬」（，豕）一樣將「玉」（）給架起來。

要整治玉石，先要將玉石給固定起來，然後再加以雕刻、磨平。「琢」的本義是將玉石架起來整治，引申為加工處理，相關用詞如琢磨、雕琢等。《說文》：「琢，治玉也。」《史記》：「為之琢磨圭璧。」

篆

寶 ㄅㄠˇ bǎo

屋子（，宀）裡的瓦罐（，缶）、「玉」器（）與錢財（，貝）。

瓦罐裡的錢財與玉器都是貴重物品，引申為珍貴之物，相關用詞如寶貝、寶藏等。有不少後期發展的形聲字，並非玉器，但因具有像玉一般的價值，故都冠以「玉」的偏旁，如琥珀、琉璃、瑪瑙、珊瑚、珐瑯、玫瑰等。

甲　金　篆

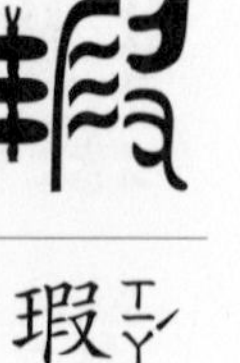

瑕 ㄒㄧㄚˊ xiá

有「裂縫」（，叚）的「玉」（）。

「瑕」本義為有裂縫的玉，因此，《博雅》詮釋說：「瑕，裂也。」《周禮．冬官考工記》也說：「深瑕而澤。」瑕引申為有缺點的玉，相關用詞如瑕疵。

篆

玉器加工

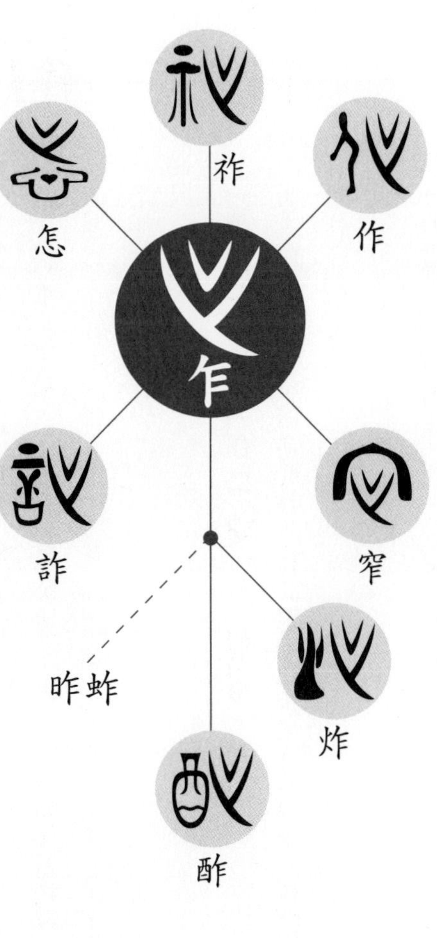

乍 ㄓㄚˋ zhà

一層層地往下削切與雕琢，玉器加工。

東漢許慎認為乍是亡或止的古字，近代有不少學者則認為是製作衣服，但我們若是彙整所有含乍的甲骨文就可以找到解答。在這些甲骨文中，「乍」幾乎都伴隨著「玉」，甲骨文[甲骨文字形]是「乍、玉」的合體字，代表「作玉」，因此，很明顯的「乍」就是製作玉器。《周禮》說：「以玉作六瑞，以等邦國。」此外，《詩經》所說的「如切如磋，如琢如磨。」也是在描寫玉器加工，切了再磋，琢了再磨。「乍」是「作」的本字，本義是玉器加工。古人製作琮、璧、環、玦、璜等玉器，都需要經過層層削切及無數次的雕

甲 金 篆

琢才能完成。乍的甲骨文、、、代表一層層往下削切與雕琢，這是描寫玉器加工的過程。到底商周人是如何切割玉器呢？金文代表「手」持「弓」弦（）製「作」玉器。為了切割玉器或雕刻線條，古人以弓弦當作線鋸，一邊鋸，一邊加上沙子（或金鋼沙）與水，就可以切割出平整玉器，這個工法在《天工開物》也有記載。至於琮、璧、環等玉器的鏤空技術，可就要依靠能鑽、鑿、磨的工具，甲骨文、代表手持工具（，攴）製「作」（，乍）「玉」器。整體而言，「乍」的本義為玉器加工，由於施作過程中，一下子這樣，一下子那樣，所以引申為迅速轉變，相關用詞如乍寒乍暖、乍隱乍現等。

作 zuò

「人」（，亻）持工具製「作」器物（，乍）。

「作」的本字是「乍」，本義為製作玉器，引申為人在製作器物或人工製的器物，相關用詞如工作、作者、創作等。《墨子》：「女工作文采，男工作刻鏤，以為身服。」

祚 zuò

「神」（，示）「作」（，乍）的美事。

古人將所得的福祉歸功於神，「祚」引申為神所賜的福祉，相關用詞如福祚、國祚等。

怎 zěn

「心」裡（）思考施「作」（，乍）的方法。

工匠在製作器物之前，總要先思考如何施作才能產出好作品，所以「怎」引申為如何？相關用詞如怎麼。

甲 金 篆

篆

窄 ㄓㄞˇ zhǎi

在狹小的洞「穴」（）裡「工作」（，乍）。

引申為空間狹小。

詐 ㄓㄚˋ zhà

在「言」語（）上「加工施作」（，乍）。

孔子說：「巧言令色，鮮矣仁。」有一分事實說一分話，若加油添醋或過於雕琢修飾就難免有詐。詐引申為欺騙、冒充，相關用詞詐欺等。

酢 ㄘㄨˋ cù

在「酒」（，酉）上「加工施作」（，乍）。

黍麥稷稻可發酵成酒，但酒液若是暴露在空氣中，接觸醋酸菌後，就變成醋，生出酸味。酢就是指這種酸掉的酒，如《列仙傳》所說：「主人酒常酢敗。」酢是醋的古字，相關用詞如酢酒（醋酒）、酢器（盛醋的容器）、酢味（酸味）等。此外，古代宴會中，主人向客人敬酒稱為「酬」，過了一陣子，客人就必須回敬並說祝福及感謝的話語，此稱之為「酢」，如此一來一往稱為「酬酢」。

炸 ㄓㄚˋ zhà

或ㄓㄚˊ，zhá。在「火」（）上加工施「作」（，乍）。

為了使火發揮更大威力，除了吹氣、加油、添加易燃物以外，唐代孫思邈在《丹經內伏硫磺法》中記載將硝石、硫磺加在炭化物上就能猛烈燃燒。炸的本意是使火燒得更猛烈，引申為使物體劇烈受熱或受熱爆開，相關用詞如爆炸、油炸等。

金　篆

金　篆

「貝」的衍生字

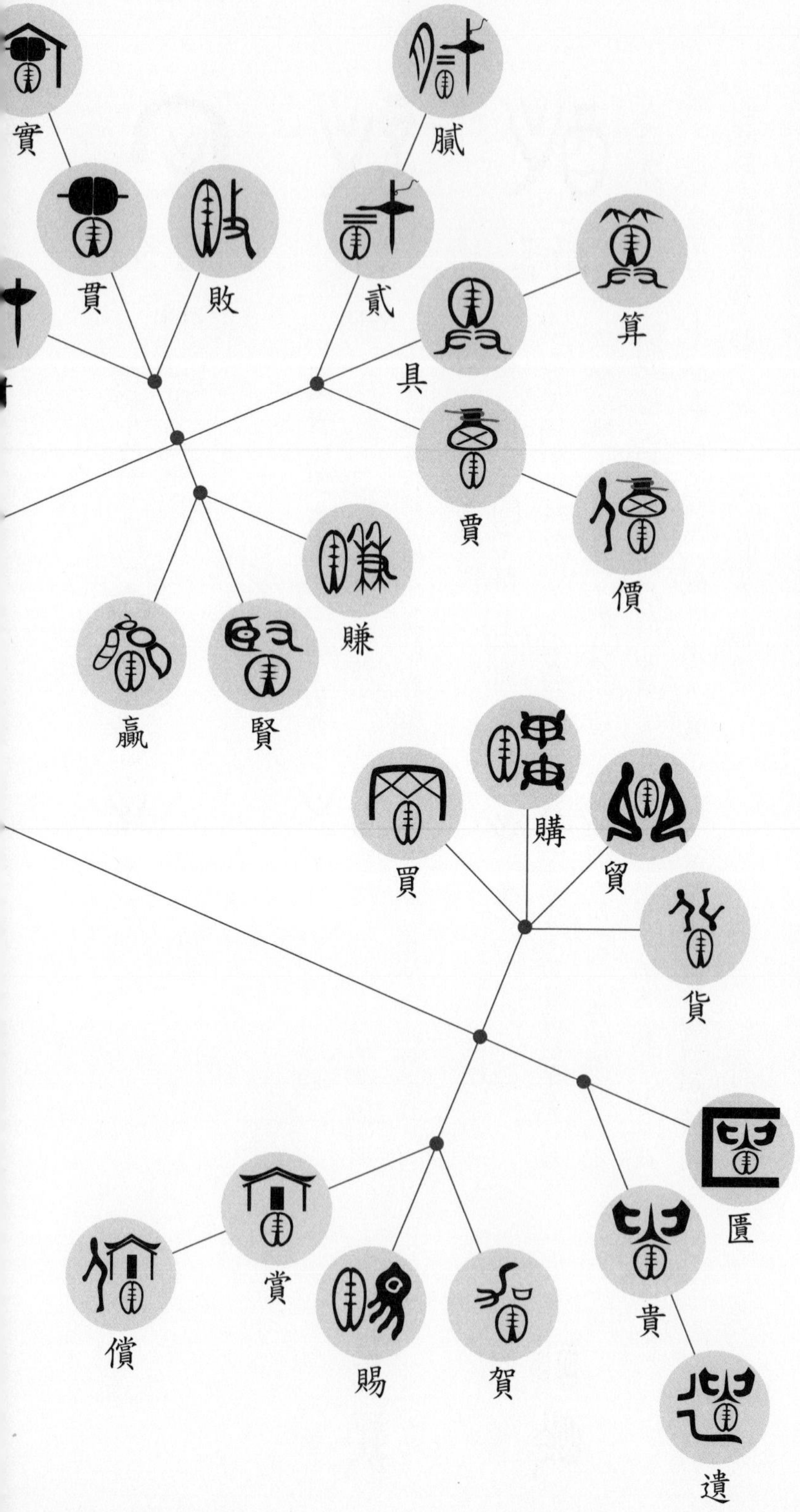

實 貫 敗 貳 膩 算 具 賈 價 賺 贏 賢

買 購 貿 貨

匱 貴 遺 賞 償 賜 賀

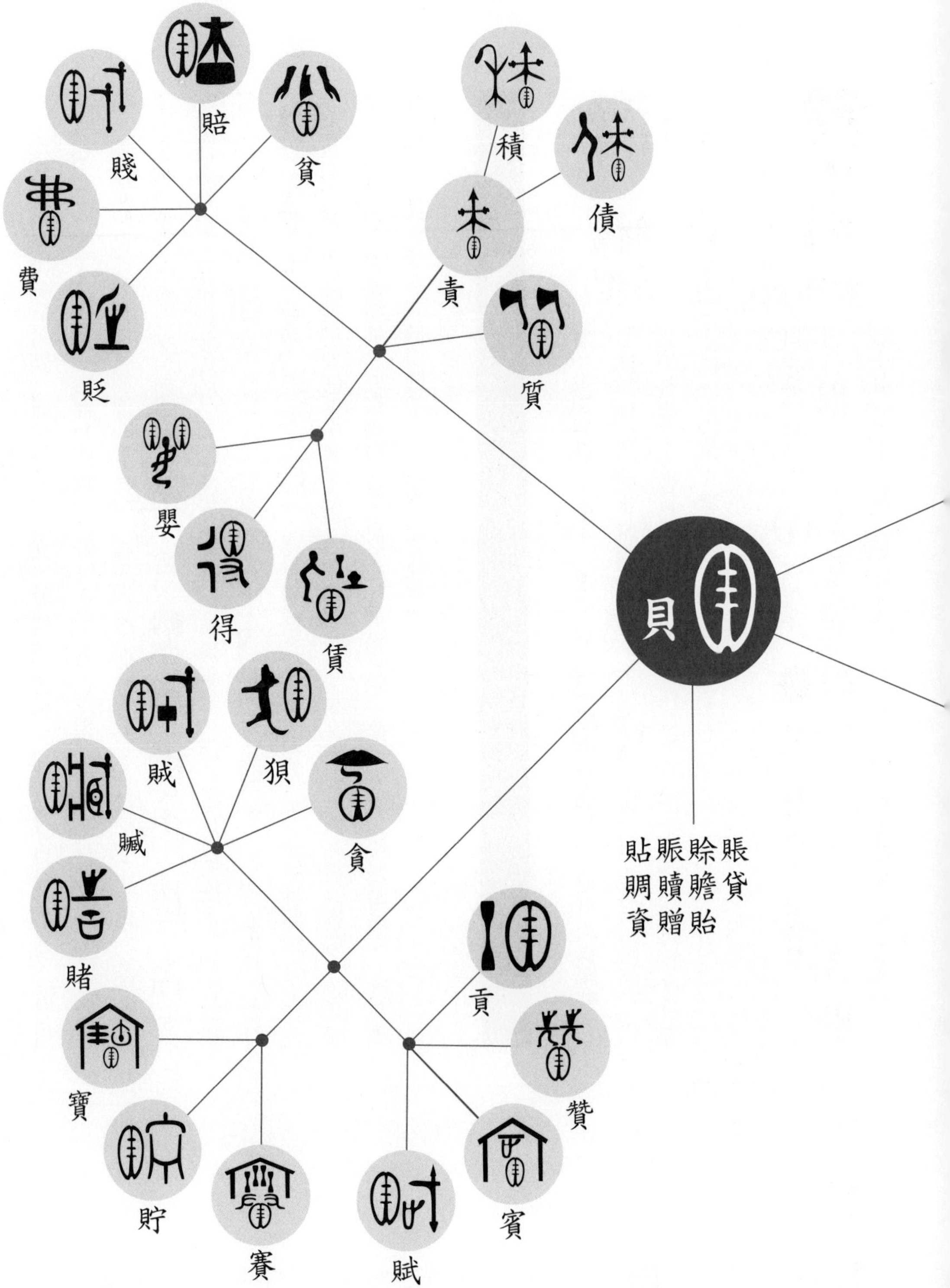

貝

貼賑賒賬
賙贖贍貸
資贈貽

賤 賠 貧 費 貶 積 債 責 質 嬰 得 賃 賊 狽 臟 貪 睹 貢 贊 寶 貯 賽 賦 賓

中國使用貝幣始於夏朝，盛行於商周時期，所使用的貝幣，稱之為貨貝（黃寶螺），俗名齒貝或白貝齒。三千多年前，殷商有一位「婦好」王妃，考古發現她的墳墓裡埋了七千餘枚的貝殼，顯見當時貝殼是相當有價值的陪葬品。商周人為了攜帶方便，將貝幣串在一起，於是產生了不少構型優雅的象形字，如甲骨文、金文、、、、等。在殷商遺物中，甚至還發現有以石頭及青銅製的石貝與銅貝，這些替代貨幣在古字中也同樣留下紀錄，甲骨文（硯）就代表「石貝」，其中，是「石」的甲骨文。金文代表以「爐灶」（，商）鑄造「貝」幣（），這是鑄造青銅貝幣的會意字。商周時期保留了許多有關貝的古字，描寫他們如何使用貨貝進行各種商業交易，舉凡製造貝幣、購買貨物、計算價錢、質押舉債、賞賜贈與、貯存錢財、遺留財產、繳納貢賦、坐地分贓、賺錢賠錢等，應有盡有！細看這些古字，我們彷彿走入古代的商業社會。

造幣

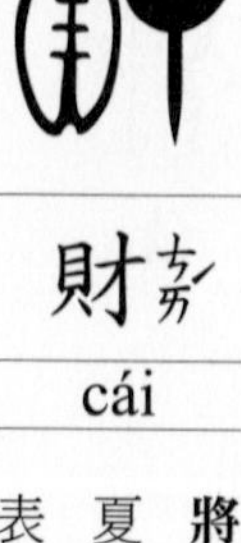

財 ㄘㄞˊ cái

將「尖棒插進」（，才）「貝」殼（）裡打孔，便可成為錢幣。

夏商時期流通的貨幣稱為貝幣。金文是由「對、貝」所組成，代表手拿鑿子去鑿貝殼，這是描寫製作貝幣的過程，因為古代的貝殼需經過鑿孔、打磨的過程才能成為錢幣。（請參見「才」——「財」）。

㉟ 財

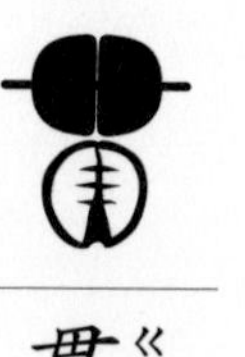

貫 ㄍㄨㄢˋ guàn

將多個「貝」殼（）「貫穿」（，毌），用以表示一串錢幣。

金文是一條繩子穿過貝殼，添加兩隻拉繩線的手，篆體是將兩個「貝」殼（）串在一起。另一個篆體則是將許多「貝」

㊎ ㉟ 貫

殼「貫穿」。「貫」本義為一串錢幣或穿錢的繩子，引申為穿透、連接。相關用詞如貫穿、貫徹、連貫等。

實 ㄕˊ shí

「房子」（，宀）裡存放著「一串串的錢幣」（，貫）。

「實」本義為裝滿錢財的房子，引申為充滿、富庶、不虛，相關用詞如充實、殷實、真實等。《說文》：「富也，從宀從貫」。「實」的簡體字為「实」。

（金）（篆）

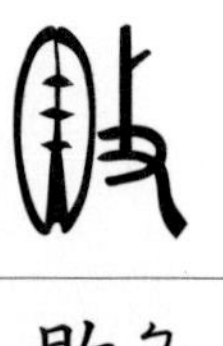

敗 ㄅㄞˋ bài

「手持工具」（，攴）打造「貝」殼（）錢時，卻不小心將它弄破了。造幣失誤。

貝殼要成為錢幣，必須先經過打磨穿孔的加工程序，「敗」就是描寫造幣失敗的情景。甲骨文描繪「兩隻手」將「兩個貝殼」（）錢弄破；金文表示手持器具（）加工兩枚貝幣（）。「敗」的本義為造幣失敗，引申為失利、破壞、無用的，相關用詞如敗壞。《說文》：「敗，毀也，從攴貝。」

（甲）（金）（篆）

購買貨物

貿 ㄇㄠˋ mào

「兩人面對面」（）進行「金錢」（，貝）交易。

相關用詞如貿易、經貿等。《說文》：「易財也。」

（金）（篆）

購 ㄍㄡˋ gòu

兩人「相遇」（，冓）時用「錢」（，貝）來進行交易。

用錢向他人買東西稱為「購」。

買 ㄇㄞˇ mǎi

用「錢幣」（，貝）「網」進（）貨品。

相關用詞如買進等。（請參見「网」——「買、賣」）。

貨 ㄏㄨㄛˋ huò

可轉「化」（）為「金錢」（，貝）的東西。

計算價錢

價 ㄐㄧㄚˋ jià

商「人」（）在估定「一袋貨物」（，西）值多少「錢」（，貝）。

由於商人買賣貨物時，必須估價、議價，所以引申為貨物所值的金額，相關用詞如價格、價值等。子貢善於經商，他始終覺得自己的老師孔子學識才幹一流，應該投靠一位賢能君主以施展抱負才對，於是他向孔子試探：「這裡有塊美玉，老師您覺得應該找個木匣子把它珍藏，還是求個好價錢賣了呢？」孔子馬上回答說：「賣了吧！賣了吧！我正在等人出高價呢！」這段典故就是成語「待價而沽」的由來。「價」的簡體字為「价」。

篆

甲 金 篆

篆

賈 ㄍㄨˇ gǔ

用「錢」（ ，貝）買「一袋貨物」（ ，西）。

「賈」的本義為做買賣，如《韓非子》：「多財善賈（善於做買賣）。」引申為買、賣、商人、求取，相關用詞如商賈（商人）、賈田（買田）、賈利（謀求利益）。《說文》：「賈，市也。」

(篆)

具 ㄐㄩˋ jù

「雙手」（ ）捧「錢」（ ，貝）準備買器具。

「具」有兩個構字系統，第一種構字系統是雙手捧著貝幣，如金文 及篆體 ；第二種構字系統是雙手捧著大鼎，如金文 及篆體 。在古代，鼎是重要器具，也是祭祀禮器，可用以烹煮、煎藥、焚香等。綜合這兩個構字系統可以推知，「具」的本義是準備金錢購買大鼎，引申為準備，相關用詞如具備。因為所購買的大鼎是有用的器材，所以「具」又引申為器材，相關用詞如工具。另外，「具」也代表所購買數量的單位，相關用詞如一具棺材等。以「具」為聲符所衍生的字有俱、颶等。《說文》：「具，共置也，從廾從貝省。」

(金) (篆)

算 ㄙㄨㄢˋ suàn

使用細「竹」棍（ ）來計算「雙手所捧的錢」（ ，具）。

「竹算籌」是古代計算的工具，是算盤的前身。竹算籌為等長的細竹棍，透過縱橫交替擺放的方式，就可以擺出任意的數字，如橫放代表五，直放代表一。各個數字的加減法同樣是採逢十進位，原理與算盤一樣。用竹算籌進行計算的方法，稱為「籌算」。考古學家在湖南長沙出土戰國時代竹算籌四十根，每根長十二公分。《前漢．律歷志》：「算法用竹，徑一分，長六寸，二百七十一枚而成六觚，爲一握。」「算」引申為計數、推測、承認等，相關用詞如算數、算盤、計算等。《說文》：「算，數也。從竹從具。」

(篆)

貳 ㄦˋ èr

「兩」（，弍）個「貝」幣（），

「貳」的本義為兩塊錢，引申為兩個、兩次、第二個，如孔子稱讚顏回「不貳過」。如今，「貳」也是「二」的大寫。

（篆）

膩 ㄋㄧˋ nì

「兩」（）塊「肉」（，月）

一個人一塊肉剛剛好，多吃了就會膩，膩引申為過多、使人厭煩，相關用詞如油膩、吃膩等。

（篆）

質押與債務

質 ㄓˋ zhí

用「斧頭」（，斤）抵押以借取金「錢」（，貝）。

在古代，斧頭是有價值的工具，可以用來典當。「質」代表以斧頭換錢，本義是抵押，相關用詞如人質、質押等。當進行抵押時，典當商必定會詢問與評估抵押品的性能、質地等，再決定借貸金額，因此，「質」便引申出與此有關的意義，相關用詞如性質、本質、質疑等。

（篆）

責 ㄗㄜˊ zé

手拿有刺的荊棘條（，朿），要求他人還「錢」（，貝）。

「責」是「債」的本字，本意是討錢，引申為索取、要求、處罰、應盡義務，相關用詞如責求、責備、責罰、責任等。荊棘（牡荊）條是古代

（甲）（金）（篆）

責打學生的枝條，這是對犯錯者的懲罰，因此，荊棘條象徵處罰。戰國時代有一則「負荊請罪」的故事，乃描寫廉頗為了表示認罪悔改，於是坦露上身，背負荊棘條，親自來到藺相如的家門前，請求責罰。廉頗勇於認錯的精神，從此傳為千古美談。

債 ㄓㄞˋ zhài

手拿「有刺的荊棘條」（，朿），向「人」（，亻）討「錢」（，貝）。

（篆）

積 ㄐㄧ jī

長期累欠「禾」穀（）的「債」務（）。

佃農應繳給地主的禾穀，因長年收成不好而累欠了許多債務。引申為長久累聚、堆聚，相關用詞如累積、積欠、積存等。

（篆）

贈予錢財

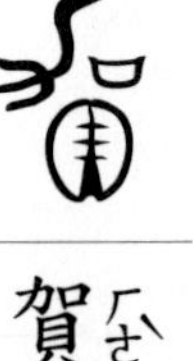

賀 ㄏㄜˋ hè

送「禮金」（，貝）來添「加」（）喜樂氣氛。

「賀」的金文與篆體是「加、貝」的合體字，代表為人添「加」「錢財」。如《國語》：「韓宣子憂貧，叔向賀之。」此「叔向賀貧」的典故說明了「賀」的本義就是在別人缺乏之時，以金錢贊助他。後來，這種善行漸漸成了習俗，並加以擴大應用。在喪禮、結婚、生子、喬遷等場合，親朋好友總會準備禮金（紅包）來贊助。賀引申為送禮慶祝，相關用詞如祝賀、賀卡等。

（金）（篆）

賜 ㄘˋ cì

以「錫」（，易）「貝」（，貝）作為獎賞。

（請參見「易、錫、賜」）。

賞 ㄕㄤˇ shǎng

以「豪宅」（，尚）與「錢財」（，貝）酬謝有功之士。

古代君王對於有功之士，常常給予獎賞，《尚書》說：「功多有厚賞。」用什麼來賞賜呢？古籍中，多有賞賜錢財的紀錄，《周禮》更記載：「掌衣服、車旗、宮室之賞賜。」可見高尚的豪宅也在賞賜之列。最高的賞賜當屬於賜給封地讓他建立國家，《焦氏易林》說：「君主好德，賜以家國。」君王獎賞對方時，除了給予豐厚禮物外，難免也要當眾稱頌對方一番，所以引申為贈送、褒揚，相關用詞如賞賜、獎賞、讚賞、欣賞等。

償 ㄔㄤˊ cháng

給予豐厚「賞」賜（）以報答他「人」（，亻）。

「償」的本字是「賞」，是指為報答他人先前的付出而給予豐厚賞賜作為回報。引申為酬報，相關用詞如償還、補償等。

貴 ㄍㄨㄟˋ guì

「從手中流出」（）「錢財」（，貝）。

古人如何描寫一位貴族呢？就是出手大方買得起高價品的人，或是能夠大方出錢施捨的人。「貴」的本義為流出錢財，引申為社會地位高的人或價格高的貨物，相關用詞如高貴、貴人、昂貴等。

遺 ㄧˊ yí

「錢」財（貝）「從兩手縫隙中」（ ）「溜走」（辵，辶）。

古代的貴族，一代傳一代，總是將錢財、地位留給子孫繼續享用，當然，也有少數願意將錢財施捨他人的。金文 、 是由雙手、少（ ）或小（ ）、辶（辵）所組成，代表小東西從兩手縫隙中溜走，另一個金文 及篆體 將小東西改成貝，表示錢財從手中溜走了。「遺」的本義為失去錢財或將錢財留下來，相關用詞如遺失、遺留、遺產等。《尚書》：「寧王遺我大寶龜。」

金 篆

匱 ㄍㄨㄟˋ guì

或匱，kuì。收藏「貴」重（ ）物品的「箱子」（ ，匚）。

（請參見「匚」——「匱、櫃」）。

篆

儲存錢財

貯 ㄓㄨˇ zhǔ

將「錢財」（貝）存進「儲藏罐」（ ，宁）裡。

許多人有儲蓄的習慣，從小就把零錢存入竹筒裡。甲骨文 及金文 是將貝幣放進儲藏罐裡，另一組甲骨文 及金文 是「貝、宁」的合體字，表示收藏錢財，貯引申為積存，相關用詞如貯藏、貯存等。古代有許多儲存貨貝的貯貝器，早期應是陶製、木製與竹製居多，而現今出土的多屬青銅器，數量不少，如戰國虎鹿牛貯貝器（雲南博物館）、西漢八牛貯貝器（上海博物館）等。宁（ㄓㄨˇ）的甲骨文 、 及金文 應是描寫一個存放貨貝等物品的儲藏罐，由出土的青銅貯貝器來看，底部大多有三支腳（或四支腳），罐體呈圓柱形，頂蓋則飾有各種動物或人類的雕飾（早期應只是簡單的提

甲 金 篆

蓋造型），這與甲骨文構型相仿。

賽 ㄙㄞˋ sài

秋收後，大家一起用「錢財」（）「塞」滿（）神的殿宇。

「賽」是秋收後，酬謝上帝的祭祀禮。《詩經．頌．豐年》是一篇描寫秋冬豐收後，高唱酬謝上帝的頌讚歌，文中說：「秋冬報賽之樂歌。」其中，「報賽」是指酬神告祝的稟報詞。《史記》也說：「冬賽（塞）禱祠。」《後漢書》：「禱賽以少牢如禮。」如今，我們所說的「賽神」是指以豐盛祭品報答神明，「賽文」是指豐年酬神的祭文，「賽還」是祭祀還願。由於，大家都爭相獻上祭物，所以引申出相互較量的意涵，相關用詞如比賽、賽跑等。

賺錢

賺 ㄓㄨㄢˋ zhuàn

一「貝」（）買「兩禾」（，兼）。

俗話說，一分錢一分貨，然而，這個人花一分的金錢竟能得到兩分的收穫，真是划算極了。賺引申為從買賣中得到利益，相關用詞如賺錢、賺得等。賺與廉具有相近的購字意義，賺就是以廉價取得。

賢 ㄒㄧㄢˊ xián

「眼明手快的人」（，臤）賺取很多「錢財」（，貝）。

做生意講求掌握時機，眼明手快的人常能創造財富。「賢」引申為有才能的人，相關用詞如賢能、賢慧等。「賢」的簡體字為「贤」。

蠃 ㄌㄨㄛˇ luǒ

叼「蟲」（ ）養育子女的「胡蜂」（ ）。

古代稱蜂類為蠃，如《詩經》：「螟蛉有子，蜾蠃負之。」大意是說，胡蜂揹著小桑蟲（螟蛉之子）回巢穴。科學家發現，胡蜂將小蟲帶回家儲存，等到小胡蜂孵化成長後就可以藉此維生，所以小蟲是給未來的小胡蜂吃的，然而，楊雄《法言》解讀時，卻誤以為胡蜂是將小桑蟲抓回去養育成胡蜂，但桑蟲是不可能變成胡蜂的。無論如何，古人以胡蜂來代表繁育後代的概念是很明顯的。蠃的金文 是一隻有頭、身體及腳爪的昆蟲，篆體 添加了「虫」，表示胡蜂屬於蟲類。由蠃所衍生的字主要為嬴與贏二字，都與生養繁殖有關。

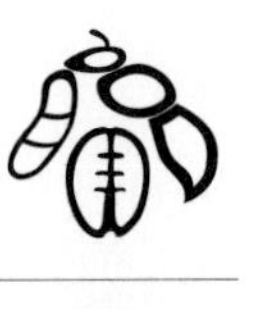

贏 ㄧㄥˊ yíng

累積「錢財」（ ，貝）像「胡蜂」（ ，蠃）繁殖一樣

商人善於投資以累積錢財，就好像胡蜂藉著抓來的桑蟲養育出一大群後代一樣，是非常划算的投資。贏引申為獲得利益、滿溢，相關用詞如贏錢、贏餘（盈餘）等。

嬴 ㄧㄥˊ yíng

能生養眾多的「母」（ ，女）「胡蜂」（ ，蠃）。

秦國祖先大費（或稱伯益）為舜管理鳥獸，又幫助大禹平定水患，賜姓嬴氏，藉此祝福他大量繁衍後嗣。這個典故出自《史記》：「舜曰：『咨爾費，贊禹功，其賜爾皁游。爾後嗣將大出。』……大費拜受，佐舜調馴鳥獸，鳥獸多馴服，是為柏翳。舜賜姓嬴氏。」嬴具有大量繁殖的意義，如《淮南子》：「季夏之月，……其蟲嬴。」《管子》：「春嬴育。」嬴是「女、蠃」的合體字，代表一隻能生養眾多的母胡蜂。金文 呈現胡蜂的頭、利嘴、身體及腳，另一個金文 、 多出了翅膀。「嬴」的本義為母胡蜂，引

金 篆

金 篆

金 篆

申為生養眾多，如「嬴育」是指繁殖孕育，「嬴土」是指肥沃的土地。另外，由於蜂類屬於小昆蟲，所以也引申為軟弱，如「嬴弱」意指虛弱。

繳納貢賦

貢 ㄍㄨㄥˋ gòng

出錢（，貝）「出力」（，工）。

報效國家最實務的作法就是「出錢出力」。「貝」代表錢財，「工」是一支夯杵棍，代表勞力，兩者合體便成為「貢」，表示貢獻錢財與勞力。貢的相關用詞如進貢、貢獻、歲貢等。《周禮》記載諸侯國進貢天子之禮，除了必須進貢錢財、貨物及嬪妃之外，還要提供朝廷所需要的勞役，分別稱之為幣貢、貨貢、嬪貢、服貢等。《尚書．禹貢序》也記載「禹別九州，隨山濬川，任土作貢。」大意是說，大禹將中國劃分九州之後，依據土地的使用情況來制定各種貢賦。諸侯及藩屬國向朝廷進貢，代表願意成為臣子為朝廷效力，若不進貢，恐涉叛逆之嫌。因此，《史記》說：「南夷之君，西僰之長，常效貢職，不敢怠墮。」「願長為藩臣，奉貢職。」夏商周三朝的貢賦稅率都是以十分之一為標準，所以《孟子》說：「夏后氏五十（畝）而貢，殷人七十（畝）而助，周人百畝而徹，其實皆什一也。」

篆

贊 ㄗㄢˋ zàn

覲見君王時，「兩個走在隊伍前頭的人」（，兟），獻上「財」物（，貝）以表敬意與擁護。

「贊」是描寫古代諸侯國覲見君王時獻上禮金或禮品的禮節。兩人捧著禮物走在前頭，而諸侯等緊接在後。贊引申為頌揚（同讚）、稱許、支持、願意從旁輔助，相關用詞如贊成、讚揚、贊助等。以贊為聲符所衍生的字有讚、攢、鑽、饡等。《說文》：「贊，見也，從貝從㚘。臣鉉等曰：㚘（ㄒㄢ），進也，執贄而進，有司贊相之。」

賓 ㄅㄧㄣ bīn

客人帶著「錢」（，貝）「走到」（，正）我「家」（，宀）。

甲骨文、代表鄰國人（，方）前來（，止），另一個甲骨文代表有客人（）來到我家；金文代表鄰國人帶著「錢」（）而來，篆體將代表鄰國人的「方」改成代表剛好來到的「正」。「賓」本義為鄰國人向中國進獻貴重禮物，引申義為必須以禮接待之客人，相關用詞如貴賓、迎賓等。賓，也有進貢或臣服的意涵，如《國語》說：「蠻、夷、戎、狄，其不賓也久矣。」意即蠻夷戎狄之邦，已經好久沒有向我們進貢稱臣了。

甲 金 篆

賦 ㄈㄨˋ fù

收取「金錢」（，貝）以充實「軍備」（，武）。

古代實施稅賦制度。「稅」是向人民徵收糧食，「賦」是向人民收錢以支應前方戰事。《前漢．法志》說：「畿方千里有稅有賦，稅以足食，賦以足兵」。從「稅」與「賦」的構字本義也清楚表達出稅賦的功用。

甲 金 篆

不義之財

貪 ㄊㄢ tān

「嘴裡叨唸著」（，今）「錢財」（，貝）。

篆

狽 ㄅㄟˋ bèi

一匹「貪」心（貝）的「犬」類（犬）。

過去，我們將狼與狽視為兩種動物，狼的前腿長後腿短，而狽的前腿短後腿長，這種誤解是受了唐朝段成式的影響，他在《酉陽雜俎》說：「狽前足絕短，每行常駕兩狼，失狼則不能動。」以自然觀察來看，狼的前腳一點都不比後腳長，而狽的甲骨文與金文構形，前腳與後腳一樣長，可見，段氏之說相當荒謬，而後世更以訛傳訛，真是貽笑千古。到底，狽是什麼生物呢？甲骨文、金文、、、都是「貝、犬」的合體字，其中，「貝」是形容符號，代表貪財或貪心，而狼屬於犬類，故整體而言，是描寫一匹貪心的狼。「貪狼」一詞屢見於古籍，如貪狼邪僻、貪狼逐狐、匈奴貪狼、秦王貪狼暴虐、貪狼之志等。狼喜歡群體出動，而狽是貪狼的狼，此狼群統稱為狼狽，相關用詞如狼狽為奸、狼狽而走等。「狽」就是狼的第一項證據是，狽的甲骨文與金文，到了篆體被改成狼。為何「狽」有甲骨文與金文，卻沒有篆體，而「狼」有篆體卻無甲骨文及金文呢？原來，「狽」到了篆體被改成「狼」（），意即將義符「貝」改成聲符「良」，這是篆體變革中的一種現象。此外，先秦典籍與古文間的矛盾也是另一項證據。既然甲骨文與青銅銘文證實商周時期有狽字而無狼字，為何周朝典籍未見狽字卻屢屢出現狼字呢？可見是後人將狽改成狼字。

甲 金 篆

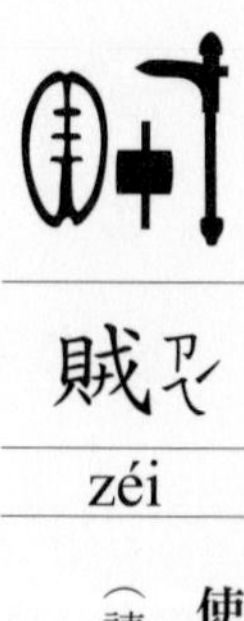

賊 ㄗㄟˊ zéi

使用「兵器」（，戎）搶奪他人「財物」（，貝）。

（請參見「戈」——「戎、賊」）。

金 篆

贓 ㄗㄤ zāng

將「別人珍藏的好東西」（，臧）及「錢財」（，貝）據為己有。

「贓」物是指使用盜竊、貪污等非法手段所獲得的財物。「坐贓（坐地分贓）」是指古代的貪汙罪，依據漢朝法律，凡貪汙坐贓的官吏，除了沒收外，還要革除官職，打入監牢。（請參見「臧」）。

賭 ㄉㄨˇ dǔ

玩「貝」（）「者」（）。

「賭」是一個玩錢的賭徒，熱衷於以財物作注與人比賽輸贏。相關用詞如賭博、打賭等。《博雅》：「賭，奕取也。」《廣韻》：「戲賭。」

失財

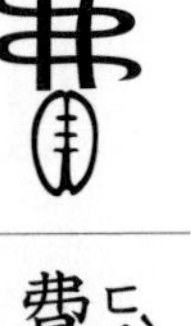

費 ㄈㄟˋ fèi

「金錢」（，貝）漸漸消耗「不」（，弗）見了。

吃飯、買東西、搭車、上學都要花錢，經濟學上稱它為「消費」，所花掉的金額，會計學上稱為「費用」。「費」引申為消耗財物，相關用詞如費用、花費、浪費等。

貶 ㄅㄧㄢˇ biǎn

「價值」（，貝）缺「乏」（）。

「貶」引申為降低、不好的批評，相關用詞如貶低、貶值、褒貶等。《說文》：「貶，損也，從貝從乏。」

賭（篆）　費（篆）

貧 ㄆㄧㄣˊ pín

「錢財」（，貝）「分」配（）出去了。

把錢分出去後，錢就變少了。「貧」的本義為分錢，引申為不足、缺乏，相關用詞如貧乏、貧窮等。「貧」與「賀」是相對的，「賀」代表為某人「加」「錢」，而「貧」卻是把錢減少。（請參見「賀」）。《說文》：「貧，財分少也。从貝从分。」

貧 篆

賠 ㄆㄟˊ péi

用加「倍」（，音）的「錢財」（，貝）償還受害者。

黑心食品時有所聞，立法機關祭出最高需賠償受害者數倍的法案，這種損害賠償的法律，其來有自。古代犯竊盜罪者，除了受處罰以外，還要加倍償還受害者的損失，如《太平預覽》：「盜者流，其贓兩倍征之。」「盜物倍還其贓。」依據漢朝時期的扶餘國法律，竊盜罪甚至要賠償十二倍。《尚書》：「其罰惟倍。」「賠」的本義為加倍付出錢財給受害者，引申為請求原諒、耗損，相關用詞如賠罪、賠償、賠本、賠錢等。

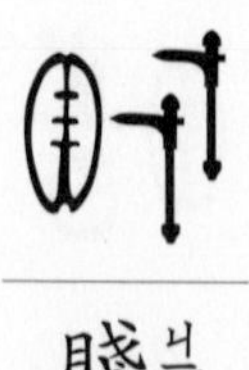

賤 ㄐㄧㄢˋ jiàn

「殘」（）「貝」（）。

「戔」是兩戈相擊，是「殘」的本字。賤是兩貝相擊或兩貝相殘，引申為失去價值，相關用詞如卑賤、賤價等。

賤 篆

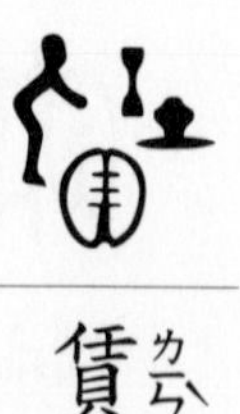

賃 ㄌㄧㄣˋ lìn

受「任」（）於人以賺取工「錢」（，貝）。

古代為人幫傭以賺取生活費稱為「賃」，如《史記》：「臣爲人庸賃」、「窮困，賃傭于齊，為酒人保。」「賃」的本義為受「任」於人以賺取工「錢」，引申為以錢財聘雇他人或他物，相關用詞如租賃、賃銀（受雇所得的工錢）等。金文

賃 金 篆

是「壬、貝」的合體字，「壬」是「任」的本字，代表手拿夯杵來夯土，這是古代服勞役的象徵。篆體將壬改成任，更清楚表明以錢財任用他人的意涵。《說文》：「賃，庸也。」《玉篇》：「賃，借傭也。」

得 ㄉㄜˊ dé

在「路上」（，彳）「拿到」（，寸）「錢」（，貝）。

「得」引申為獲取，相關用詞如獲得、得意等。隸書將「貝」訛變為「旦」，失去了原有的構字意涵。

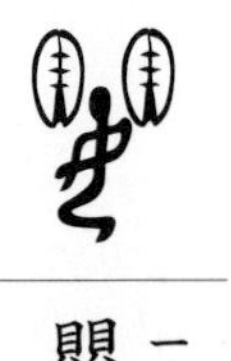

嬰 ㄧㄥ yīng

掛在「女」人（）頸項上的「貝殼項鍊」（，賏），引申為女人所珍愛的「新生兒」。

金文是由「貝」與「女」所構成，表示女人穿戴的貝殼飾品，篆體則表示掛在女人頸項上的「貝殼項鍊」（賏，ㄧㄥ）。「賏」是將貝殼串連起來的飾品。「嬰」的本義為「女」人所喜愛的「貝殼項鍊」，乃是珍貴的東西。在秦漢以前，「嬰」常被用作人名，例如出使楚國的晏嬰，還有秦朝最後一位皇帝子嬰等。「嬰」引申為女人所鍾愛的「新生兒」。以「嬰」為聲符所衍生的字有櫻、鸚、纓、罌等。

除了上述各種貝的衍生字以外，有些含貝的字是與貝殼無關，而是由「鼎」所簡化而來，如真、貞、則、員等，（請參見「鼎」）。此外，還有一些以貝為義符的形聲字，如貼賑賒賬賙贖贍貸資贈貽等，都是後期所開發出來的。

索引

Z

綠蠹魚 YLC93

漢字樹 4 與器物房舍相關的漢字

作者……廖文豪
主編……吳家恆
責任編輯……劉佳奇
編輯協力……黃珍吾
美術構成……吉松薛爾
綠蠹魚總編輯……林馨琴

發行人……王榮文
出版發行……遠流出版事業股份有限公司
地址……台北市南昌路二段八十一號六樓
劃撥……0189456-1
電話……02-2392-6899
傳真……02-2392-6658

著作權顧問……蕭雄淋律師
製版印刷……中原造像股份有限公司

初版一刷……二〇一四年十月三十一日
初版六刷……二〇一九年八月十六日
新台幣售價……四百八十元（如有缺頁或破損，請寄回更換）
ISBN……9978-957-32-7513-8

中華民國文化部贊助出版
Kindly Sponsored by Ministry of Culture, R.O.C.

ib 遠流博識網
http://www.ylib.com
www.ebook.com.tw
e-mail: ylib@ylib.com

國家圖書館出版品預行編目（CIP）資料

漢字樹4：與與器物房舍相關的漢字 / 廖文豪著. 一 初版. 臺北市：遠流, 2014.11
426面；17X23公分（綠蠹魚：YLC93）
ISBN 978-957-32-7513-8（平裝）
1.漢字 2.中國文字
802.2　　103020167